시체를 보는 사나이

2부. 죽음의 설계자 ②

제12화

보이지 않는 움직임

며느리 사망 당일, 서 의원 사망 D-2

강력계 형사들만 모여 연쇄 살인사건 B지점 수사 현황을 공유하고 있었다. 주필상을 내사 중이던 나상남 경사가 조사 내용을 보고하고 있을 때, 상황실 문이 열리더니 어깨에 무궁화 네 개가 달린 정복을 입은 남자가 들어섰다.

"충성! 안녕하십니까, 서장님."

"충성!"

모두 일제히 일어나 서장을 향해 거수경례했다.

"다들 수고가 많아요. 어이, 민 계장."

민 경정은 서둘러 달려와 강남 경찰서장 앞에 섰다.

"무슨 일로 여기까지 직접 오셨습니까? 부르시지 않고요."

"바쁜 사람들을 오라 가라 하면 쓰나? 잠시 나 좀 보세."

서장은 온화한 미소를 지으며 웃어 보였다.

"따로 말씀입니까?"

"그래."

"네, 알겠습니다. 회의실로 들어가시죠."

민 경정은 서장을 회의실로 안내했다. 회의실 문이 닫히자 서장은 조용한 목소리로 말했다.

"민 계장, 진행 상황에 대해서는 보고받아 알고 있네마는. 용의자로 추정되는 자의 자택을 압수수색하려 한다고?"

"네, 그렇습니다. 압수수색이 기각돼 다시 신청할 예정입니다."

"그래. 근데 내가 방금 서울 지검 부장 검사한테 연락을 받았는데 말이야. 혹시 연락 못 받았나?"

"서울 지검에서 말입니까?"

"그래. 담당이 한서율 검사지? 맞나?"

"네, 맞습니다. 그런데 아직 연락받은 건 없었습니다. 무슨 연락을 말씀하시는 겁니까?"

"아, 그래. 내가 좀 일찍 찾아왔나 보군. 그건 담당 검사한테 들으면 될 것 같고, 오늘 아침 뉴스는 봤나?"

"아직 못 봤습니다. 무슨 안 좋은 소식이라도 있었습니까?"

"그게 말이야. 서울 모 경찰서에서 민간인을 불법 사찰했다는 보도가 있었다네. 아는 얘기인가?"

"아뇨, 처음 듣는 얘기입니다. 어디 경찰서인지는 모르십니까?"

"그걸 몰랐으면 여기 오지도 않았겠지. 특수본에서 민간인 불법 사찰이 있었다고 하던데. 검찰청 민원까지 있었다고. 그래도 몰라?"

"서장님, 무슨 오해가 있었나 봅니다. 민간인 불법 사찰이라니요? 아닌 거 아시지 않습니까? 저희는 연쇄 살인범을……."

"그래 그래, 알고 있지. 근데 언론에서 이 일을 크게 키우면 말썽이지 않겠나? 하이에나처럼 경찰을 물고 뜯고 난리를 칠 게 뻔한데. 안 그런가?"

"그건 그렇지만……."

"지금 시국을 보게. 검경 수사권 조정 문제로 여론에 민감할 때가 아닌가. 청장님도 경찰 이미지에 안 좋은 여론이 불거지는 걸 바라지 않으시고 말이야."

민 경정은 말없이 고개를 돌려 먼 곳을 쳐다봤다.

"민 계장, 지금 압수수색하려는 집이 누구 집인지는 알고 이러는 건가?"

"그건 또 무슨 말씀이십니까?"

"이 사람아, 일 잘하는 것도 좋지만 주변을 좀 살피면서 살게나. 주 사장이네, 주 사장. 강남에서 주 사장 모르면 간첩이라고 할 정도인 그런 사람을……. 하여간에, 주 사장 아들이 살던 집을 압수수색하려는 것 같던데 아들은 지금 미국에 있네. 몸이 많이 안 좋아져 미국에서 치료를 받고 있다고 들었어. 그러니 쓸데없는 곳에 힘 빼지 말고 다른 수사에나 집중하란 말일세. 응? 제대로 좀 짚으라는 소리야!"

"아……. 그렇습니까? 서장님은 주 사장과 친분이 있으십니까?"

"에이, 이 사람. 무슨 친분까지. 몇 번 공적인 자리에서 본 적이 있네. 근데, 주 사장한테 사람 붙였나? 경찰이 민간인을 미행한다고 진정서가 올라와서 말이야."

"진정서요? 주 사장이 경찰서로 진정서까지 보낸 겁니까?"

"아니, 경찰청으로 보냈나 보더라고. 청장님도 보고받으셨을 거야. 당장 미행 중지시키게. 미행을 하려면 똑바로 하든가. 어찌 그렇게 매번 티를 내고 다니는지……. 형사들 교육 좀 제대로 시키게, 민 계장."

"뭔가 오해가 있으신 것 같습니다. 저희는 사람을 붙인 적이 없습니다. 미행을 하다니요?"

"그래? 여기가 아니면 누가 주 사장을 미행했을까?"

"그건 저희도 모르죠."

"그렇게 발뺌을 하신다?"

혼잣말과 함께 헛웃음을 지은 서장은 웃음기를 거두며 말을 이었다.

"그래, 알았네. 혹시라도 미행할 생각이었으면 좋은 말로 할 때 접게나. 이 정도로 정리하자고. 그럼 그쪽에서도 문제 삼지 않겠다고 하니. 알았나? 그리고 민간인 불법 사찰 보도 건은 언론에 오해가 있었다고 정정 보도 요청하게나."

"과장님께 보고드리고 진행하도록 하겠……."

"민우직 계장! 서 총경한테 보고할 것 없어. 청장님 지시라고! 몰라? 정말 몰라서 이러는 거야? 아니면 나 엿 멕이려고 이러는 거야?"

서장은 버럭 화를 내며 민 경정을 잡아먹을 듯이 노려봤다.

"아……아닙니다, 서장님. 그럴 리가 있겠습니까."

"내가 여기까지 직접 왔으면 얼른 알아 처먹어야지! 지금까지 뭘 들은 거야? 아이, 이 친구 참. 쯧쯧."

"네, 알겠습니다. 바로 진행하겠습니다."

"그래. 민 계장, 살인사건 때문에 고생하는 거 다 알아. 지금까지 물증 하나 찾지 못했다면서? 쯧쯧. 살인범이 빨리 잡혀야 하는데 말이지. 여론이 점점 안 좋아져서 민 계장 자리가 위태위태해질까 걱정이야. 여하튼, 고생들 하는데 성과가 없으니 안타까워서 하는 소리네. 잘 좀 하라고. 그리고 내가 말한 건 바로 처리해서 직접 보고하게."

"알겠습니다."

"아이고, 바쁜데 내가 시간을 많이 뺏은 건 아닌지 모르겠네. 난 이만 갈 테니 일 보게."

"충성."

서장은 옅은 미소를 지으며 회의실 밖으로 나갔다. 잔뜩 인상을 찌푸린 얼굴로 머리를 쓸어 올린 민 경정은, 검지로 관자놀이를 돌려 누르며 자리에 앉아 지그시 눈을 감았다.

한참 동안 손가락으로 테이블을 톡톡 두드리며 생각에 잠겨 있는가 싶더니, 이내 번쩍 눈을 뜨고 서둘러 회의실을 나섰다. 민 경정이 상황실 회의 테이블 자리에 앉자 최 경위가 다가와 물었다.

"팀장님, 무슨 일로 온 거랍니까?"

"아니야, 나중에. 하던 회의나 마저 하지. 어디까지 했지?"

"팀장님, 잠시만 이 뉴스 좀 보셔야겠습니다."

"무슨 뉴스 말입니까?"

나 경사는 안 경위가 민 경정에게 내민 스마트폰 인터넷 기사를 보기 위해 얼굴을 삐죽 내밀었다.

"민간인 불법 사찰 뉴스 말인가?"

"어! 알고 계셨습니까? 방금 올라온 뉴스 같았는데……."

"방금 올라왔다고?"

"예. 팀장님 들어오시기 바로 직전에 속보로 뜬 뉴스입니다."

"안 형사님, 민간인 불법 사찰이면 혹시 저번에 그 일 때문에……."

나 경사는 머리를 긁적이며 민 경정의 눈치를 살폈다. 안 경위는 민 경정을 바라보며 말을 이었다.

"팀장님, 서장님이 오신 게 혹시 이 뉴스 때문입니까?"

"그건 나중에 얘기하자고 했잖아. 우선 하던 회의부터 마저 합시다. 나 형사, 계속 이어서 해요."

"팀장님, 죄송합니다. 주필상 씨 민간인 사찰……."

"나 형사, 주필상 씨를 근접에서 미행한 적 있나?"

"아닙니다. 팀장님이 눈에 띄지 않게 조심하라고 하셔서 거리를 두고 최대한 멀리서 지켜봤습니다."

"그래, 알았어. 보고 이어서 하지."

"예, 팀장님. 주필상 씨 명의로 된 논현로 자택에는 아무도 살지 않는 것으로 확인됐습니다. 주필상 씨도 그날 이후로 논현로 자택에 들르지 않고 있고요. 그리고 주필상 씨 아들 소재를 확인했습니다."

"어! 그래? 그래서, 파악됐어?"

"예, 팀장님. 이름 주명근, 나이는 28세. 1년 전에 미국으로 출국한 기록이 남아 있었습니다. 출입국 사무국에서 확인한 사항입니다. 현재 미국에 거주 중이라고 하는데 정확한 거주지는 알 수 없고, LA 공항으로 출국한 사실까지만 확인할 수 있었습니다."

"그래. 사실이었군."

"예? 팀장님, 알고 계셨습니까?"

"무슨 일로 출국한 건지는 확인해 봤나?"

"아, 네. 정확하지는 않지만 마약 때문이라는 소문이 있습니다. 마약 건으로 경찰에 잡힌 적이 있었는데 조용히 훈방 조처되었다고 합니다. 기록이 남아 있지 않지만, 사건을 맡았던 담당 형사한테 직접 들은 얘깁니다."

"마약? 마약 때문에 도피했다는 말이야, 그럼?"

"도피도 도피지만 치료 차 출국한 것으로 알고 있습니다."

"치료라……. 그것도 사실…… 아니, 그래."

따르릉. 따르릉.

"안 형사, 전화 받아 봐."

"네."

따르릉.

"네, 특별 수사본부 안…… 안녕하십니까, 검사님. 네, 알겠습니다. 바꿔 드리겠……. 예? 네. 네. 알겠습니다. 그렇게 전달하겠습니다."

전화를 끊은 안 경위는 곧바로 민 경정에게 통화 내용을 전했다.

"팀장님, 압수수색 영장 신청이 또 반려될 거랍니다. 검찰 총장님께서 직접 지시하셨다는데, 자세한 건 검사님이 오셔서 말씀해 주시기로 하셨습니다."

최 경위가 살짝 흥분한 목소리로 불쑥 끼어들어 말했다.

"뭐야? 검찰 총장이 막은 거야? 그런데…… 팀장님은 알고 계셨군요? 그래서 서장이 직접 여기까지 온 겁니까?"

"예? 정말입니까?"

"말해 뭐 해? 팀장님 표정만 봐도 알겠는데."

민 경정은 낮게 한숨을 내쉬며 입을 열었다.

"그런데 예상보다 늦네. 안 형사, 남시보 순경한텐 따로 연락 없었고?"

"네, 아직 없습니다. 전화해 볼까요?"

"아니야. 뭐, 곧 오겠지."

그때 기다렸다는 듯 상황실 문이 열렸다. 모두 문 쪽을 바라봤지만, 모습을 드러낸 건 남 순경이 아닌 박민희 순경이었다.

"팀장님, 본부장님 호출이십니다. 바로 연락 달라고 하셨습니다."

"뭐? 과장님이?"

"예, 팀장님."

"그래, 알았어. 전화 좀 하고 올게."

민 경정은 휴대폰을 꺼내 들며 상황실 밖으로 나갔다. 나 경사는 그 뒤를 따라나서는 박 순경을 불러 세우며 물었다.

"박 형사, 과장님이 왜?"

"그건 저도 모르겠어요."

"대체 뭐야? 아침부터 서장님에 과장님까지 팀장님을 찾으시니……."

"서장님께도 전화 왔었어요?"

"아니, 여기로 직접 오셨다니까? 영장 신청……."

"잠시만요, 나 형사님."

박 순경은 휴대폰을 꺼내 전화를 받았지만, 별 얘기 없이 금방 전화를 끊어 버렸다.

"무슨 전화야?"

"정보과 호출이에요. 무슨 일인지는 나중에 얘기해 주세요."

"어? 어, 그래. 어서 가 봐."

"그럼 가 볼게요. 수고하세요."

박 순경은 그렇게 말하며 서둘러 상황실을 나섰다.

문이 열리는 순간, 상황실 밖에서 웅웅거리는 소리가 들려왔다. 본부장과 통화하는 민 경정의 목소리였다. 복도와 벽면을 타고 상황실까지 들려온 그 소리는 울림에 묻혀 대화 내용이 제대로 들리지 않았다. 다만, 민 경정이 상당히 흥분한 상태로 통화하는 것은 분명했다.

본부장과 통화하는 민 경정의 목소리가 점점 커져 갔다. 심상치 않음을 느낀 팀원들은 모두 각자 자리에서 심각한 표정으로 회의실 쪽을 주시하고 있었다.

그때 상황실 문이 열렸다. 모두 일제히 고개를 돌리거나, 머리를 숙였다.

"안녕하십니까, 늦어서 죄송합니다."

"어, 남 순경이야? 아이고, 난 또. 휴우!"

최 경위는 모니터 위로 고개를 내밀어 남 순경임을 확인한 뒤에야 안도의 한숨을 내쉬었다.

"무슨 일로 늦은 거야? 분위기도 안 좋은데."

"죄송합니다, 나 형사님. 대방 지구대에 일이 있어서……. 팀장님께 말씀드렸는데 혹시 따로 말씀 없으셨나요?"

안 경위는 아차 하는 표정으로 서둘러 대답했다.

"아, 팀장님이 말씀하셨는데 다른 분들도 알고 계신 줄 알고 제가 전달을 안 했습니다. 죄송합니다."

"그건 됐고. 남 순경, 자리에 가서 앉아. 지금 그게 중요한 게 아니야. 오늘 팀장님 기분이 썩 좋지 않을 것 같으니까 눈치껏 행동하라고. 팀장님 신경 건들지 말고, 다들 알겠지?"

"네, 알겠습니다."

자리에 앉은 남 순경은 입 모양으로 안 경위에게 무슨 일이냐고 물었다. 안 경위는 휴대폰을 확인하라는 듯 가리키며, 오전에 있었던 일을 간단히 정리해 톡으로 보내 주었다.

잠시 잠잠했던 민 경정의 목소리가 다시 커지더니 일순간 잦아들었다. 그리고 얼마 있지 않아 민 경정이 상황실로 들어왔다. 모두 눈치를 살피기만 할 뿐 누구도 쉽게 말을 걸지 못했다.

민 경정은 아무 말 없이 책상 앞에 앉아 노트에 무언가를 적기만 했다.

남 순경은 민 경정에게 인사하기 위해 자리에서 일어섰지만, 무거운 분위기에 쉽게 입이 떨어지지 않았다. 잠시 망설이다가 결국은 인사를 하지 못하고 다시 의자에 몸을 앉혔다.

한참 동안의 숨 막히는 정적을 깬 사람은 다름 아닌 박민희 순경이었다. 상황실 문을 열고 들어온 박 순경은 곧바로 민 경정을 찾았다.

"팀장님, 검사님이 전화하셨어요. 계속 통화 중……."

박 순경은 상황실 분위기가 평소 같지 않음을 느끼고 말을 멈췄다. 그리고 주위를 살피다, 눈이 마주친 남 순경에게 걸어가 조용히 물었다.

"무슨 일 있었나요? 분위기가 왜 이래요?"

"팀장님 기분이 안 좋으신 것 같아요."

박 순경은 조심스럽게 곁눈질로 민 경정을 살폈다.

"혹시 본부장님과 통화하시고 저러시는 거예요?"

"저도 방금 와서 자세한 건 모르지만…… 분위기가 안 좋은 건 확실하네요. 근데 본부장님은 왜요?"

"아니, 검사님이……."

"박 형사, 무슨 일이야? 검사님이 전화하셨어?"

"어머! 팀장님……."

어느새 민 경정은 박 순경과 남 순경 앞에 와 있었다.

"남 순경은 언제 왔어? 왔으면 왔다고 인사를 해야지."

"아! 죄송합니다, 팀장님. 조금 늦었습니다."

"그래. 갔던 일은……. 아니다, 그건 나중에 따로 얘기하자. 박 형사, 검사님은 언제 오신대?"

"아, 점심 같이 하자고 하셨어요. 팀원들 모두요. 검사님이 자리 마련하신답니다."

"그래. 시간 장소 공지하고 다들 모일 수 있도록 연락해 줘. 남 순경하고 같이 해."

"네, 팀장님."

민 경정은 자리로 돌아가지 않고 그대로 상황실을 나섰다. 그 뒤를 최 경위가 따랐다. 그 모습을 지켜보던 나 경사는 쪼르륵 박 순경이 있는 곳으로 왔고, 안 경위도 남 순경 옆으로 와 책상에 걸터앉았다.

"박 형사, 뭐야? 검사님이 한 턱 쏜대? 뭐지? 아직 수사도 종결 안 됐는데."

"검사님이 별말씀 없으셨어?"

"네. 그냥 고생들 하신다고, 식사 자리 마련한다고 하셨어요. 팀원들 모두 참석할 수 있게 전달해 달라고요."

"이야, 뭘 사 주시려고 그러시나."

나 경사는 입맛을 다시며 해맑게 웃었다.

"근데 오늘 분위기가 왜 이런 거예요?"

박 순경의 물음에 남 순경은 말을 거들었다.

"그러니까요. 안 형사님, 톡 보긴 했는데 자세히 좀 말씀해 주세요."

고개를 갸우뚱거리는 두 사람에게 나 경사가 먼저 입을 열었다.

"내가 말해 줄게. 서장님이 오전 회의 때 오셨거든. 보통 서장님 정도 되면 이런 곳에 행차를 잘 안 하는데 직접 오신 거야. 왜? 이유는 둘 중 하나로 볼 수 있지. 포상을 하거나, 질책을 하거나. 근데 내가 봤을 땐 후자인 듯싶은 거지. 아! 그리고 본부장님이 호출하셨다고 했잖아. 그렇지, 박 형사?"

"네. 근데 본부장님 목소리는 그렇지 않으셨는데……."

"당근이지! 일개 순경한테 티를 내시겠어? 보니까 팀장님이 엄청 깨지시는 것 같더라고."

"그건 아닌 것 같습니다."

안 경위가 끼어들어 말했다.

"아니라고요? 그럼 뭡니까?"

"나 형사님 말씀대로 서장님의 경우는 그럴 수 있겠지만, 본부장님과의 통화에서는 팀장님이 일방적으로 화를 내시는 것처럼 들렸습니다. 회의실 소리가 상황실까지 다 들렸으니 말 다 했죠. 안 그렇습니까?"

"아……. 그런가? 그럼 팀장님은 본부장님한테 무슨 일로 그리 화를 내셨을까요?"

"검사님이 식사하자는 이유와 관련이 있지 않겠습니까?"

상황이 이해되지 않는 남 순경이 안 경위에게 물었다.

"그게 무슨 말이에요?"

나 경사도 이해되지 않는 것은 마찬가지였는지 재차 물었다.

"그러게? 안 형사님은 뭔지 알고 있는 겁니까?"

"아참! 남 순경님, 가신 일은 어떻게 되셨습니까?"

안 경위는 갑자기 남 순경 이야기로 화제를 돌렸다. 남 순경은 깜짝 놀라 당황한 얼굴로 안 경위를 쳐다봤다.

"네? 아, 그게……."

나 경사는 어리둥절한 표정을 짓다, 언짢은 듯 안 경위를 힐끗 째려봤다.

"무슨 일이요?"

박 순경도 궁금했는지 남 순경을 빤히 쳐다보며 물었고, 이내 남 순경은 난처한 눈빛으로 손을 내저었다.

"아니, 아니요. 아무 일도 아니에요. 그렇게 쳐다보지 마세요, 박 형사님."

"남 순경님, 혹시……."

안 경위가 뭔가 생각이 난 듯 입을 여는 그때, 나 경사가 답답하다는 듯 불쑥 끼어들어 짜증 섞인 말투로 말했다.

"뭐야? 뭔데 그래, 남 순경?"

"아, 그게…… 사실은……."

어제 안 형사와 남순 할머니의 가족에 대해 이야기를 하는데, 도무지 미심쩍은 기분을 지울 수가 없었다. 나는 혹시나 하는 마음에 안 형사와 헤어진 뒤 며느리인 롤리의 시체가 보였던 포장마차 뒷골목으로 갔다.

포장마차를 지나 집으로 가는 길. 그때 시각이면 외진 골목에 롤리의 시체가 보이지 않아야 했다. 좁은 골목 초입에 다다른 나는 눈을 감고 모든 신경을 한곳에 모았다. 부디 초자연 현상이 나타나지 않기를 바라며 롤리의 시체를 떠올렸다.

'이런……'

야속하게도 롤리의 시체는 여전히 그곳에 있었다. 예전에 보았듯 벽에 기대고 앉아 옆으로 고개를 축 늘어뜨린 모습 그대로였다. 시체가 보인다는 건 아직 그녀의 운명이 바뀌지 않았다는 건데……. 사건 당일이 되어야 시체가 사라지는 걸까? 하지만 지금까지는 시체 당사자가 살게 되는 경우, 사건이 일어나기 전이어도 시체의 모습이 보이지 않았었다. 민 팀장도 그랬고, 이태섭 씨도 그리고 도진경 씨도 그랬다. 그렇다면 아직 롤리의 운명이 바뀌지 않았다는 걸까? 아니면…… 죽음을 막지 못한 걸까.

다시 그녀의 눈을 확인하기 위해 가까이 다가서던 그 순간.

'어?'

멀리서 볼 땐 몰랐는데 롤리의 얼굴이 그때와 달랐다. 그녀를 처음 만났을 때 정도의 멍…… 아니, 그것보다도 옅은 멍 자국만 있을 뿐, 보기 흉할 정도로 피멍이 들어 부어올랐던 그때 그 얼굴이 아니었다. 이게 어떻게 된 거지?

그녀의 눈을 들여다보니, 그곳엔 해장국집 큰아들이 아닌 작은아들의 모습이 비치고 있었다. 이상하다. 어째서 작은아들이…… 형수를 왜? 이해가 되지 않았다. 또 새로운 변수가 생긴 걸까?

'어, 뭐야! 이건 무슨 현상이지?'

생각에 잠겨 있던 그때, 방금 전까지 보였던 시체가 갑자기 눈앞에서 사라져 버렸다. 이제야 운명이 바뀐 건가? 그럼 롤리는 죽지 않는 걸까? 어쨌든 변화가 생겼다는 사실에 안심하며 가슴을 쓸어내리는데, 눈앞에 다시 시체가 나타났다. 그리고 또 사라졌다가 나타나기를 반복했다.

이게 대체 무슨 일이지? 잠깐만, 지금 시간부터 확인해 봐야겠다. 현실로 빠져나오기 위해 눈을 떴다. 그리고 휴대폰을 꺼내 시간을 확인했다. 다행히 시계가 정상 작동하고 있었다. 04시 21분. 역시 내 예상이 맞았다. 그녀를 여기서 처음 봤던 바로 그 시간대였다. 그런데 어딘가 좀 이상하다. 시체가 사라져도 초자연 현상은 그대로 유지되고 있는 듯한 느낌이었다. 만약 롤리가 운명이 바뀌어 살아났다면 초자연 현상 또한 사라져야 했다. 이렇게 된 이상 롤리와 작은아들을 직접 만나 확인하는 것밖엔 방법이 없었다.

나는 남순 할머니 집으로 무작정 달려갔다. 아직 새벽 5시도 되지 않은 때였지만, 지체할 시간이 없었다.

할머니 집에 도착해 곧바로 1층 초인종을 눌렀다. 잠을 자는지 아무런 응답이 없어 다시 한번 눌러 보았지만, 집 안엔 그저 어둠만이 잔뜩 내려앉아 있을 뿐이었다. 새벽 일찍 폐지를 주

우러 나가시는 할머니는 일어나 계실지도 모른다는 생각에 반지하층 초인종도 눌러 보았지만, 역시나 아무런 응답도 돌아오지 않았다.

초초했다. 설마 더 큰 일이 일어난 건 아니겠지? 큰아들은 병원에 잘 있는 걸까? 새벽이라 지금은 확인할 방법이 없는데……. 하지만 만약 병원을 탈출했다면 분명 연락이 왔을 것이다. 그럼…… 해장국집? 그래, 해장국집에 모두 모여 있을지도 모른다.

나는 그 생각 하나로 무작정 해장국집을 향해 달려갔다.

이내 저 멀리 해장국집이 보였다. 간판 조명과 실내등이 켜져 있는 걸 보니, 새벽 시간이었지만 영업을 하고 있는 듯했다. 숨이 차올랐지만 멈추지 않고 더 빨리 해장국집 앞까지 뛰어갔다. 나는 문 앞에서 잠시 숨을 고른 뒤, 조심스럽게 문을 열고 들어갔다.

안에는 이른 시간인데도 손님들이 꽤 많이 있었다.

"사장님, 계십니까?"

"어서 오…… 어머!"

"어, 여기 계셨네요."

"경찰 아저씨 왔네? 엄마! 경찰 아저씨 왔다. 엄마 나와 봐라."

식탁을 치우고 있던 롤리가 나를 보고 반가워하며 할머니를 불렀다.

"뭐여? 누가 왔단 겨? 얼레, 경찰 총각 왔구먼! 어여 이리 와. 이렇게 일찍 무신 일이여? 밥은 묵은 겨?"

주방에서 나온 할머니도 나를 보고는 환히 웃으며 살갑게 반겼다.

"안녕하세요, 할머니."

"그려, 시방 식전이지? 좀만 기다려. 며느라, 싸게 가서 해장국 한 그럭 갖구 와."

"야, 엄마."

"근데 할머니, 둘째 아드님은 어디 계세요? 주방에 계신……."

"작은아? 갸는 독립혀서 나갔어."

"독립이요? 어디로 가셨는데요?"

"지 성한테 미안타고, 성 병원 근방에 살믄서 일헌다 하지 뭐여. 지가 성을 챙긴다고 말이여."

"아……. 그래서 며느님이랑 두 분이 일하고 계신 거예요? 힘들지 않으세요?"

"아니여. 원체 내가 해 오던 거라 힘들지 않여. 혼자믄 몰라도, 며느라도 있는디 뭐."

주방 쪽을 바라보던 할머니는 춘천 댁과 눈이 마주쳤다.

"어! 그려, 춘천 댁도 있지. 히히히."

"그럼 다행이고요. 아, 아니, 잘됐다고요. 혹시, 큰아드님한테는 한번 가 보셨어요?"

"가려 혔지. 근디 오지 말라네. 정신 차려서 지가 나오겠댜. 그전까진 찾지도 말라 혔다지 뭐여. 둘째 아도 지가 성 챙긴다고, 여서 가게나 잘 보라고 혀고."

"아……. 네."

"고마워어, 경찰 총각. 둘째 갸한테 들었구먼. 총각이 큰 도움 줬다고 말이여. 이 은혜를 어찌 갚으디야?"

"아이, 아닙니다. 당연히 할 일을 한 건데요. 혹시 작은아드님이 별다른 말은 안 하던가요?"

"무신 말?"

"아……. 아니, 뭐……."

"별말 없었는디. 아! 그려. 짐 싸고 나가믄서 지 성수랑 좀 다퉜어. 지 서방을 강제로 입원시킨다고 말이여. 작은아가 잘 야 그헌다고 혔는디……. 며느라가 이해를 못 혀서 그런지 화가 단단히 난 겨. 근디 싸게 풀렸어. 병원에 안 가면 서방이 죽는다고 혀는디 천상 어쩌겄어? 며느라 자도, 죽을 수 있다고 허니께 정신이 바짝 든 거여. 안 그려? 여러모로 고맙구먼, 경찰 총각."

"며느님도 죽을 수 있다고…… 그렇게 말했다고요?"

"이이, 그지. 그렇게 두들겨 맞고 여적까지 버틴 것도 용한 거여. 병원에서 엔간치 고치고 나왔으면 좋겄는디 말이여."

"아……. 이런……."

"나왔다. 경찰 아저씨, 어서 묵어."

"묵어가 뭐여? 손님헌티 존댓말 쓰라고 혔잖여. 미안혀, 경찰 총각. 여직도 말이 모질러어."

"미안하닙니다, 경찰 아저씨. 마시게 드세요."

"괜찮습니다. 잘 먹겠습니다."

"그려, 어여 묵어."

그랬다. 모든 것이 순조롭게 정리된 것처럼 보였지만, 변수가 숨어 있었다. 작은아들이 형수에게 하지 말아야 할 말을 해 버린 것이다. 설령 모르고 한 얘기일지라도, 롤리에게 죽을 수 있다는 말을 한 것은 변함없는 사실이었다. 그것도 큰아들이 죽일 수도 있다는 말을……. 그게 아니면 무언가 다른 변수가 있는 걸까?

"남 순경님, 그래서요? 눈에 뭐가 보였습니까, 안 보인 겁니까?"

안 경위는 남 순경을 빤히 쳐다보고 있었다.

"네? 아, 제가 어디까지……. 어, 근데 다 어디 가셨어요?"

"박 형사는 아까 전에 호출 받고 나갔습니다. 나 형사님은 일찌감치 일 보러 가셨고요. 그런데 무슨 생각을 그리 하신 겁니까? 한참을 기다렸잖습니까?"

"아……. 그랬어요?"

남 순경은 롤리의 시체를 본 장면에서부터 생각에 잠겨 아무런 말도 하지 않고 있었다. 그때 호출을 받은 박 순경은 급히 상황실을 나갔고, 나 경사는 별로 흥미를 느끼지 못했는지 귀를 후미며 자리로 돌아갔다.

"그래서 어떻게 됐습니까? 보였습니까?"

"아, 아니요. 안 보였어요. 네."

"그럼 그 며느님은 사시는 겁니까?"

"그게……. 그렇겠죠. 아마도."

"아휴! 다행입니다, 그럼."

"팀장님, 어디 가세요?"

서둘러 민 경정을 따라나선 최 경위가 앞서가던 그의 어깨를 잡으며 말했다.

"어! 최 형사. 왜?"

"대체 무슨 일이에요? 대충 짐작은 가지만 그렇게 언성 높이시는 거 보고 좀 놀랐습니다."

"그래? 그렇게 소리가 컸나?"

"네, 상황실까지 들렸다니까요."

"그럼 다 들었겠네."

"아니요. 무슨 말씀을 하셨는지는 잘 안 들렸습니다. 무슨 일인데 그러세요?"

"다른 게 아니고, 아까 서장이 다녀갔을 때 말이야. 주필상을 '주 사장'이라고 부르면서 한다는 말이, 나더러 손 떼라고 하더라고. 압수수색하지 말라는 소리지."

"주 사장이라고 했다고요? 정말입니까?"

"그래. 민간인 불법 사찰 뉴스 봤지? 언론이 더 난리 치기 전에 언론사에 정정 보도 요청하라고까지 했어. 검경 수사권 조정으로 여론이 민감할 시기라나 뭐라나. 하아."

"사실 검경간 수사권 문제 때문에 말이 많긴 하잖아요."

"그렇긴 하지. 근데 그게 이유겠어? 그놈 건들지 말라는 뜻이겠지. 거참, 청장님 지시라고는 하는데……. 그 주필상이라는 사람이 얼마나 대단한 사람이길래 총장부터 청장까지 이렇게 들 난리냐고, 안 그래?"

민 경정이 답답하다는 듯 인상을 구겼다.

"그건 그래요. 쓰음, 주필상에 대해 더 들으신 건 없으세요?"

"딱히……. 근데 강남에서 모르는 사람이 없다던데…… 주필상이라고 들어 본 적 있어?"

"그래요? 그렇게 대단한 사람이면 우리가 모를 리 없지 않습니까?"

"그러니까 말이야. 그것도 수상하단 말이지. 왠지 느낌이 싸한데……. 하여간 그것 때문에 과장님이 연락 달라고 하신 거야. 전화해서 압수수색할 수 있게 힘 좀 써 달라고 했어. 안 그러면 긴급체포라도 하겠다고 대판 질렀지, 뭐."

"또 그러셨어요?"

"또? 하하. 왜, 내가 그것도 못 해? 해 달라고 떼도 못 쓰냐고? 나아 참."

"과장님은 뭐라고 하세요?"

"뭐라고 하긴, 안 된다고 하지. 이번만 그냥 넘어가자고 하더라고."

"그래서 뭐라고 하셨어요?"

"야, 내가 뭐라고 했겠냐?"

최 경위는 머리를 쓸어 넘기며 크게 웃더니, 고개를 끄덕이며 말했다.

"알 만합니다, 알 만해요."

"무조건 고야. 못 먹어도 고. 이거 뭔가 있다. 우리가 쫓고 있는 것과 연관되어 있을지도 몰라. 서장 말에 느낌이 확 왔어. 그리고 보통 건이 아닌 것 같다. 과장님도 어쩌지 못하시는 거 봐서는. 살인범 잡으라고 했더니 왜 애먼 사람만 들추고 다니냐길래 압수수색할 수 있게 해 달라고 박박 대들었더니, 안 된다고 오히려 더 화를 내시지 뭐야?"

"그런 상황인데 무작정 고하시게요?"

"아니지. 그랬다가는 피박에 광박까지 쓸 수 있으니 검사님하고 논의해 봐야지. 점심 식사 후에 검사님이랑 같이 얘기 좀 하자. 따로 할 얘기도 있고."

"아이, 괜히 말 걸었다가 골치 아프게 생겼네. 근데 아무것도 아닐 수도 있잖아요. 그 아들놈은 미국에 있다고 하던데. 이번 연쇄 살인사건하고는 상관없지 않겠습니까? 그리고 윗선부터 건드리면 안 된다면서요?"

"그 소리가 여기서 왜 나와? 그래, 살인범은 아닐 수 있어. 그런데…… 사교 파티 사조직과 무슨 연관성이 있을 것 같아서 그래."

"사교 파티요? '다크킹덤'과 연관이 있다고 보시는 거예요?"

"야! 조용! 조용히 얘기해."

민 경정은 화들짝 놀라, 주위를 두리번거리며 최 경위에게 조용하라고 주의를 줬다.

"가능하면 그 단어 쓰지 말고 얘기하라고. 특히 공공장소에서는. 최 형사, 주필상이 운영한다는 곳이 나이트클럽, 게임장, 호텔이라고 했지? 딱 봐도 대부업으로 벌어 사업 확장한 거잖아. 사교 파티가 호텔이나 클럽 같은 곳에서 열리기도 했고. 대부업 생리상 정재계와 밀접한 관계가 있을 거라는 거야. 총장, 청장이 직접 나서서 이러는 것 좀 보라고."

"무슨 말씀인지는 알겠는데요, 사실이 아니면요? 괜히 청장님께 밉보였다가 시작도 못 해 보고 짐 싸야 할지 모른단 말입니다. 그러니까 사교 파티 건은 우선 채이돈 의원을 좀 더……."

"됐다. 채 의원을 뭘 더 어떻게 하겠다는 거야? 3년이다. 3년 동안 찾은 게 그게 다였어. 이제야말로 윗선을 칠 때라고."

"네? 윗선이라면……."

"뭐가 문제야? 그들은 벌써 움직였는데. 뒤만 쫓다가는 꼬리도 못 잡게 생겼어. 이제 우리도 제대로 움직여 봐야 하지 않겠어? 안 그래?"

최 경위는 대답 대신 민 경정을 빤히 쳐다보기만 했다.

"뭐야? 갑자기 겁나? 윗선을 친다니까 빠지고 싶은 거야?"

"에이! 그게 무슨 말씀이세요. 제가 무슨 겁을 낸다는 겁니까? 그게 아니라 갑자기 윗선을 칠 때라고 하시니까 뭔가 짚이는 게 있으신 건가? 그런 생각을 잠깐 한 거죠. 저도 당연히 같이 해야죠. 여태 함께했는데……. 안 그래요? 형님."

"형님? 그래, 그래야지. 그래야 내 아우지!"

민 경정은 그렇게 말하며 호쾌하게 웃었다.

"형님, 혹시 이게 그 특단의 조치라는 겁니까?"

"특단의 조치라⋯⋯."

●

"의원님, 여남구 씨 어머님이라는 분이 의원실로 연락해 오셨습니다."

"누구요?"

"여남구 씨 어머님이시라고. 모르시는 분입니까?"

"여남구⋯⋯. 들어 본 것 같기도 한데 잘 모르겠네요. 근데 무슨 일로?"

"직접 말씀드릴 게 있다고 하시면서 연락처를 남기셨습니다. 여기요."

보좌관은 손에 들고 있던 메모지를 서민주 의원에게 내밀었다.

"무슨 일인지는 모르세요?"

"아, 아들에 대한⋯⋯ 아니, 여남구 씨에 대한 일이라고 했습니다."

"그래요? 알았어요. 그럼 제가⋯⋯."

"아닙니다. 제가 다시 전화해 보겠습니다. 민원이면 다른 민원과 함께 정리해서 보고드리겠습니다. 저는 아시는 분인 줄 알고 말씀드린 겁니다."

"그럼 그렇게 해 주시겠어요? 민원이면 잘 들어드리세요. 그리고 급한 사항 아니면 추후에 논의하고 처리하는 걸로 하죠."

"알겠습니다, 의원님."

보좌관이 나가고, 서민주 의원은 휴대폰을 꺼내 누군가에게 전화를 걸었다.

"나야. 전화했어?"

"어, 지금 어디야?"

"국회지 어디겠어? 무슨 일 있어?"

"아니, 잠깐만."

최 경위는 조용한 곳으로 이동해 통화를 이어 갔다.

"미안. 점심은 먹었어?"

"응. 왜? 점심 같이 먹자고 전화했던 거야?"

"아니, 그건 아니고……. 그……."

"그럼 뭔데? 아! 조 검사 건은 내일이면 기사 나갈 거야. 근데 좀 이상해. 조 검사 관련해서 받아쓰려는 언론사가 없어. 처음엔 쓰겠다고 해도 나중엔 다들 못 낼 것 같다고 미안하다네. 겨우 한 곳에서 내일 내보내겠다고 했어."

"그래? 음……. 주변에…… 뭐, 별다른 건 없었고?"

"별다른 거? 내 주변에 뭐가?"

"그러니까, 누가 미행을 한다거나 못 보던 차가 자주 눈에 띈다거나……."

"뭐야, 무슨 일 있어? 누가 날 미행한다고 그래?"

"아니, 요새 사람들이 많이 죽…… 아니, 세상이 흉흉해서 그러지. 그리고 강남 일대 살인사건도 있고. 자기 부모님 댁이 강남이잖아. 부모님 댁에 갈 때 조심하고.”

“지금 나 걱정해 주는 거야? 흐음, 좋네. 그래, 사람이 이래야지. 앞으로도 좀 그래, 알았어?”

“아무튼 몸조심하라고. 그럼 끊어. 식사 중이었어.”

“어머, 그랬어? 진작 말하지. 어서 먹어. 맛있게 머겅!”

“왜 그래? 징그럽게. 끊는다!”

전라도 음식을 전문으로 하는 한정식 집에 특수본 멤버 전원이 배석해 앉았다. 한서율 검사가 팀원들의 사기를 북돋우려고 마련한 자리였다. 사실 여기에는, 주필상 소유의 논현로 집을 압수수색하려 했지만 상부의 저지로 진행하지 못한 것에 대한 미안함이 담겨 있었다.

내색하지 않았지만 팀원 대부분은 그 사실을 알고 있었고, 다들 속상한 마음을 나름 티 내지 않으려 애쓰고 있었다. 민 경정과 최 경위는 그런 팀원들을 격려하며, 분위기를 띄워 보고자 이런저런 말들을 쏟아 냈다.

그때 마침 방문이 열리더니 묵직한 큰상이 모습을 드러냈다. 상 위의 수많은 반찬을 본 팀원들은 눈이 휘둥그레지며 입을 다물지 못했다.

“야아, 역시! 전라도 한정식은 스케일이 다릅니다, 검사님. 남 순경, 이런 밥상 받아 봤어?"

"아니요. 이런 밥상은 처음이에요. 와아, 반찬 놓을 곳이 부족한가 봐요. 이건 반찬을 차린 게 아니라 쌓았네요, 쌓았어. 와우!"

남 순경은 연신 감탄사를 연발하며 상에서 눈을 떼지 못했다.

"그렇지? 전라도 음식이 원래 이렇게 많이 나온다고. 정이 넘치지. 실컷 먹어, 남 순경."

"어째 팀장님이 쏘시는 것처럼 말씀하십니다? 이 자리는 여기 한서율 검사님이 마련하셨는데 말입니다."

"안 형사, 꼭 그렇게 말을 해야 속이 시원하냐? 그걸 누가 몰라? 여기 있는 사람 다 알지. 그런 의미로 검사님께 감사의 박수!"

겸연쩍게 웃으며 말하던 민 경정은 한 검사에게 가볍게 목례하고 손뼉을 쳤다. 팀원들이 민 경정을 따라 손뼉을 치자, 한 검사는 급히 손사래를 치며 만류했다.

"아니에요, 팀장님. 그런 자리가 아니잖아요. 그동안 고생 많이 하신 여러분께 감사의 마음을 전하기 위해 마련한 자리예요. 그러니 저 챙기려 하지 마시고 식사나 맛있게 하세요. 아셨죠?"

"야아, 들었지? 우리 검사님이 이런 분이시다. 멋지지? 그럼 맛있게 먹겠습니다, 검사님."

민 경정은 호탕하게 웃으며 한 검사에게 숟가락을 들어 보였다.

"잘 먹겠습니다, 검사님!"

민 경정의 말이 끝나기가 무섭게, 모두 젓가락을 들어 앞에 놓인 음식들을 먹기 시작했다. 들리는 소리라고는 젓가락이 접시에 부딪히는 소리와 음식 씹는 소리뿐이었다.

그때 최 경위의 휴대폰이 울렸다.

"어, 지금 어디야?"

"누구야? 밥 먹는데. 사건 터졌대?"

민 경정의 물음에 최 경위는 눈치를 살피며 말했다.

"아, 잠깐만. 아니에요, 팀장님. 잠시 실례하겠습니다."

최 경위는 자리에서 일어나 조심스레 밖으로 나갔다. 그 모습을 지켜보던 남 순경은 젓가락을 내려놓으며 맞은편에 앉은 도 경감에게 슬쩍 말을 건넸다.

"도민 경감님, 뭐 하나 여쭤봐도 될까요?"

"그래요. 뭐예요?"

"연쇄 살인범 말입니다. 몽타주를 만드셨잖아요. 근데……."

"살인범을 본 목격자도 없는데 어떻게 몽타주를 만들 수 있냐, 그거죠?"

"네, 맞아요. 프로파일러는 본 적도 없는 범인 얼굴과 체형을 어떻게 예측할 수 있는지 정말 궁금했거든요. 기회가 되면 물어보고 싶었어요."

"왜요? 프로파일러에 관심 있어요?"

"아이, 아니요. 그건 아니고요. 그냥 궁금해서……."

남 순경은 급히 손을 내저으며 멋쩍게 웃어 보였다.

"하하. 그래요. 우선 현장에 범인이 남긴 흔적들을 가지고 예측했죠. 물론 범행 방식도 포함해서요. 현장에서 지문은 나오지 않았지만, 피해자 혈흔이 묻은 살인범의 손자국이나 족적들로 신체 사이즈를 예측할 수 있죠. 또 피해자들은 모두 술에 취한 젊은 여성들이었고, 그녀들의 체형 등을 고려했을 때 살인범의 체격은 그리 크지 않을 것이라 봤어요. 그리고 범행 시간이 새벽이라는 점과 여성들만 타깃으로 삼았다는 점에서 살인범은 심신이 쇠약하거나 겁이 많은 남성이라 판단한 겁니다. 그런 부분들을 토대로 얼굴형을 선택한 거죠. 거기에 모발이 전혀 발견되지 않았다는 점에서, 범인은 짧은 머리를 했거나 머리카락이 없는 사람일 수도 있겠다고 본 거예요. 눈썹이나 수염도 마찬가지고요. 그 외에 여러 가지 다양한 정보들을 종합적으로 분석해 몽타주를 만든 겁니다. 100퍼센트 정확하다고 할 수는 없지만, 그래도 어느 정도 신뢰할 정도는 되지 않을까요?"

"아, 신뢰를 못 한다는 게 아니라 신기해서 그렇습니다. 오해하지 마세요."

"그래요. 또 궁금한 게 있으면 편하게 물어봐요."

도 경감은 웃으며 흐뭇한 표정으로 남 순경을 바라봤다.

"그럼 혹시, 저 같은 사람도 보신 적 있으신가요? 이상한 능력을 갖고 있는 경찰이나 프로파일러요."

"아하, 그게 궁금했군요. 한국에서도 미국에서도 그런 능력을 갖고 있는 사람은 보지 못했어요. 예지력으로 범인을 잡는다는 건 영화나 드라마에서나 볼 수 있는 일이죠. 하지만 분석적 사고력과 완벽한 기억력을 소유한 수사관은 본 적이 있어요. 범행 현장을 한 번 훑어보고는 바로 범인을 유추해 냈거든요. 거의 99퍼센트 정확하게 말이죠. 놀랍죠?"

"정말이요? 와아!"

"저도 남 순경처럼 특별한 능력은 가진 사람은 처음 봐요. 이상한 능력이 아니라 특별한 능력이에요. 자신을 디그레이드 하지 말아요. 알았죠?"

"네? 디그……."

"하하. 비하하지 말라고요."

"아, 네. 감사합니다."

남 순경은 수줍게 웃으며 도 경감에게 목례했다.

"그리고 혹시 팀장님이 말씀하셨는지 모르겠는데요. 오늘……."

남 순경이 자신의 눈치를 살피며 말하자, 민 경정은 무슨 이유인지 바로 알아채고 먼저 입을 열었다.

"어! 도 경감, 미안해. 내가 미리 얘기한다는 걸 깜박했네. 오늘부터 남 순경과 함께 A지점에 나가서 확인 좀 해 줬으면 해서 말이야. 이제 19일 남았지?"

민 경정의 물음에 곧바로 안 경위가 대답했다.

"시체 환영을 볼 수 있는 날로 하면 12일 남았습니다."

"그래, 그렇지. 그래서 앞으로 일주일간 요일별 예상 범행 지점을 확정해야 할 것 같아. 그 지점들을 도 경감이 남 순경과 한 번 더 체크해서 결정해 줬으면 좋겠어."

"네. 언제 말씀하시려나 기다렸습니다. 나영석 경위도 함께 나가겠습니다. 괜찮지? 나 경위."

"물론입니다, 경감님."

"혹시 둘 중에 오토바이 면허가 있는 사람이 있나?"

"모러사이클 라이센스 말입니까? 있습니다, 팀장님."

"오호, 도 경감이? 야아, 그럼 혹시 모러사이클도 있나?"

"하하. 네, 있습니다. 미국에 있을 때 출퇴근을 모러사이클로 했거든요. 귀국하면서 가지고 왔습니다."

"잘됐네. 02시 30분부터 04시 30분까지, 예상 시간 내에 모두 확인해야 하니까, 02시까지 강남 서 본관 앞에 집결하는 거로 하자고."

"알겠습니다. 나 경위, 말이 나온 김에 용의 차량 조사한 결과도 말씀드려요."

도 경감 말에 민 경정은 나 경위를 바라보며 물었다.

"어, 뭐라도 나온 게 있어?"

"네, 팀장님. 보고드렸던 세 대의 차량 중 한 대를 찾았습니다. 강남에 있는 옥스퍼드 클럽 지하 주차장으로 들어가는 것을 확인했는데, 클럽 주차장을 통제하고 있어 직접 들어가 확인하지는 못했습니다. 아무나 들어갈 수 없게 출입을 제한하고 있었습니다."

"그래? 클럽 운영자는 누구인지 확인해 봤고?"

"네. 이름은 이건성이라고, 신원 조회를 해 봤지만 특이사항은 없었습니다. 범죄 이력도 없는 평범한 일반인이었습니다. 현재 강남에 거주하고 있지도 않고요."

"건물주는?"

"동일인입니다."

"건물주가 직접 운영하고 있다? 흠……. 그리고?"

"현재 클럽 주차장 근접에서 용의 차량 움직임을 주시하고 있습니다. 아직 클럽에서 나오지 않은 상태라, 차주가 이건성 씨가 아닐까 싶습니다. 압수수색할 수 있도록 영장 신청을……."

"나 경위, 알겠어. 우선은 클럽 내를 조사해 보는 게 좋겠어. 오늘이라도 잠입 수사해서 용의 차량 확인해 보고 그다음에 판단하자고."

민 경정은 한 검사의 눈치를 살피며 수사 관련 이야기를 급히 마무리했다.

"아, 네! 알겠습니다, 팀장님."

"그래. 자세한 건 들어가서 다시 얘기하지."

나흘 전

중년의 부인은 마른 수건으로 정성스럽게 책상을 닦다, 가족 사진이 담긴 액자를 들어 한참 동안 물끄러미 바라보았다. 그리고 액자에 내려앉은 먼지를 조심스럽게 닦아 냈다. 액자를 가슴에 품고 입술을 부르르 떨며 울음을 참아 보지만, 눈가에 가득 맺힌 눈물은 끝내 품고 있던 액자 위로 떨어지고 말았다.

부인이 사진 속 젊은 남자의 얼굴을 손으로 어루만지던 그때, 거실에서 전화벨 소리가 울렸다. 부인은 급히 눈물을 훔치며 거실로 나갔다.

"흠, 흐흠. 여보세요."

"안녕하세요. 민성 대학교 경영학과 조교실인데요."

"네, 무슨 일로……."

"혹시 어머님 되시나요?"

"네."

"아, 안녕하세요. 도서관 사물함에 여남구 학생 물품이 남아 있다고 해서 연락드렸습니다."

"아아, 네. 어디로 찾아가면 될까요?"

"아닙니다, 어머니. 저희가 포장해서 택배로 보내드리겠습니다. 주소가……."

"고마워요. 그럼 '경기도 문평시 오정군 145-14'로 보내 주시겠어요?"

"네, 그 주소로 보내드리겠습니다."

"고맙습니다."

이틀 후, 대학에서 보내온 택배가 부인의 집으로 도착했다. 상자 안에는 교재, 노트, 필기구, 머그, 치약, 칫솔 등이 들어 있었다. 그리고 노란 서류 봉투 하나가 맨 아래에 깔려 있었다.

부인은 서류 봉투를 열어 안에 들어 있는 내용물을 바닥에 쏟아 냈다. 종이 한 장과 황색 서류 봉투, 그리고 민성 대학교 마크가 찍힌 USB가 톡 하고 떨어졌다.

종이에는 글이 빼곡하게 쓰여 있었다. 부인은 아들의 글씨체라는 것을 바로 알아채고 눈물을 흘렸다. 눈물이 앞을 가려 무슨 내용인지도 제대로 보지 못한 채, 부들부들 떨리는 손으로 겨우 울음을 참아 낼 뿐이었다.

이 글을 내가 아닌 다른 분이 보게 된다면 전 이곳에 없는 존재가 되어 있겠군요. 혹시 부모님이 이 글을 보신다면…… 죄송해요, 엄마 아빠…….

자료가 법정에 제출되지 못할 경우를 대비해 이 글과 자료를 남깁니다. 이 글을 보신 분께서는 이 종이와 함께 서류 봉투를 서민주 국회의원에게 전달해 주시기 바랍니다. 연락처와 주소는 글 하단에 적어 놓을 테니, 함께 동봉한 서류 봉투 속 내용물은 확인하지 마시고 꼭 서민주 의원에게 바로 전달 부탁드립니다.

법정에 필요한 증거 자료이니, 꼭 전달해 주시면 감사하겠습니다.

서민주 의원님께.

서민주 의원님, 안녕하세요. 의원님은 절 모르실 겁니다.

3년 전 우연히 뉴스에서 의원님을 봤습니다. 당찬 모습으로 동료 국회의원의 비리를 폭로하는 것을요. 그때 인상 깊게 본 탓인지, 갑자기 위험이 닥치니 의원님 생각이 났습니다. 경찰과 검사에게 전달해야 하는 게 아닐지 고민도 해 봤지만, 도저히 믿을 수가 없었습니다. 그 이유는 제가 보내드린 자료를 보시면 이해하실 겁니다.

또한, 의원님께 이 자료를 보낸 이유는 동료 국회의원을 감싸지 않고, 소신 있게 진실을 밝혀 주실 분이라 생각했기 때문입니다. 제가 뉴스에서 본 모습이 거짓이 아니라면, 이 자료를 헛되이 하지는 않으실 거라 믿습니다. 함께 동봉한 서류 봉투에는 이 모 의원과 주변인 관련 자료가 들어 있습니다.

의원님, 이 모 의원은 제 여자 친구를……

글을 읽던 부인은 흐르는 눈물을 닦으며, 곧장 휴대폰으로 서민주 의원을 검색했다. 그리고 종이에 적혀 있던 서민주 의원의 사무실로 전화를 걸었다.

"안녕하세요, 어머니."

"안녕하세요. 의원님하고는……"

"무슨 내용인지 저한테 말씀해 주시면 전달해드릴게요."

"아니요. 이건 제가 직접 만나서 말씀드리고 전달해드려야 해서요. 연락처를 알려……"

"죄송해요, 어머님. 저희 의원님이 요즘 바쁘셔서요. 어머님 말고도 만나 달라 하시는 분들이 많아요. 저한테 주시면 제가 의원님께 보고드리고, 시간 내서 다시 전화 드릴게요."

"저기 선생님, 그런 게 아니라……. 그럼 자택으로 보낼 테니 확인해 주시겠어요? 그리고 보시면 꼭 전화 좀 부탁드린다고 전해 주세요."

"네, 그렇게 말씀 전해드리겠습니다. 어머니, 죄송해요."

"아니에요. 의원님이라 바쁘시겠죠. 대신 확인하시고 연락 부탁드린다는 말씀 좀 꼭 전해 주세요, 선생님."

"네, 그러겠습니다. 그럼 이만 끊겠습니다."

"감사합니다. 꼭 부탁드려요."

뚜 뚜 뚜.

"처음 봤어요. 한 상 가득, 아니, 넘쳐나는 걸요. 반찬 내려놓을 곳이 부족했잖아요. 전라도 한정식……. 와아, 맛은 말할 것도 없고 듣도 보도 못한 음식들이 그렇게 많은 줄 오늘에서야 알았다니까요."

"어쩐지. 눈 돌아가는 소리가 내 귀까지 들린다 했다."

"그 소리가 거기까지 들렸나요?"

"그래."

남 순경과 나 경사는 농담을 주고받으며 히죽히죽 웃었다.

밥상에 올라왔던 반찬 이야기로 화기애애한 분위기 속, 모두 부른 배를 두드리며 상황실로 들어섰다.

"자, 이제 배도 부르니 힘내서 일합시다. 알았지?"

"네!"

사기를 북돋우는 민 경정의 목소리에 팀원들은 더욱 우렁찬 목소리로 대답했다.

　도 경감은 현장에 나가기 전 현장 사진들을 미리 확인하기 위해 안 경위에게 다가가 말했다.

　"안 경위, A지점 예상 장소들을 사진으로 정리해 뒀다면서요?"

　"네, 영상으로 남겼습니다. 지금 바로 보시겠습니까?"

　"그래요. 영상이면 더 좋죠. 현장에 가서 보는 건 보는 거고, 그 전에 미리 확인해 보는 것도 좋을 것 같네요."

　"그럼 잠시만요. 준비하겠습니다."

　박 순경이 프로젝트 빔을 켜는 동안, 남 순경은 노트북에서 영상 파일을 찾아 재생시킬 준비를 했다. 그사이 나 경위는 안 경위에게 다가가 말을 걸었다.

　"안 형사, 잠입 수사는 언제 나간다고 하셔?"

　"한 검사님과 회의 마치시면 준비해서 바로 나가실 것 같습니다."

　"그래? 내가 보낸 자료는 확인했지?"

　"네. 언제 메일을 다 보내셨습니까?"

　"뭐, 오는 길에 보냈지. 스마트한 시대잖아."

　나 경위는 그렇게 말하며 휴대폰을 들어 보였다.

　"남 순경, 준비된 건가요?"

　"네, 도 경감님. 박 형사님, 앞에 불 좀 꺼 주실래요?"

　박 순경이 불을 끄자, 도 경감이 나 경위에게 손짓하며 말했다.

　"나 경위도 이리 와서 같이 보죠."

　"아, 네. 알겠습니다. 이따 다시 얘기하자, 안 경위."

"그러시죠."

"식사는 마음에 드셨어요?"

"들다마다요. 크게 대접받은 느낌입니다."

"네, 검사님. 모처럼 밥다운…… 아니, 잔칫상이 따로 없었습니다. 정말 잘 먹었습니다."

최 경위는 한 검사에게 가볍게 목례하며 환히 웃어 보였다.

"그러셨다니 다행이네요. 다른 분들도 그렇게 느끼셨겠죠?"

"아유, 그럼요. 다들 신나서 상황실로 복귀했는걸요."

한 검사는 두어 번 고개를 끄덕인 뒤 말을 이어 갔다.

"다 아시겠지만…… 총장님 지시로 압수수색 영장 신청이 반려됐어요. 정말 죄송해요. 담당 검사로서 면목이 없네요."

"아닙니다, 검사님. 검사님이 죄송할 일은 아니죠."

"그래도 검사라는 게 이럴 때는 참 부끄럽네요."

"에이, 그렇게 자책 안 하셔도 됩니다. 처음부터 안 될 걸 예상하고 시도해 본 게 아니겠습니까? 그렇잖아요."

민 경정은 옅은 미소를 지으며 한 검사를 위로했다.

"여기서 멈추진 않으실 거죠? 아니면 이참에 긴급체포라도……."

최 경위의 말에 민 경정은 놀란 눈으로 그를 바라봤다.

"뭐? 최 형사, 압수수색도 안 되는 상황에 긴급체포라니? 확실한 증거도 없는 상황에서 무작정 체포해서 그다음엔 어떻게 할 건데? 본부가 해체될 수도 있어. 해체까진 아니어도 구성원이 교체될 수 있다고. 지금 상황에서 긴급체포는 무모한 짓이야."

"그럼요? 그냥 손 놓고 있어요? 정말 그 집 아들이 범인이면 어쩝니까? 이대로 남 순경만 바라보고 있어야 한다는 말씀이세요? 그러다 플랜 A가 무의로 돌아가면 그다음은요? 그땐 너무 늦는다고요."

"그러니까 그 전에 확실한 물증을 찾아야지. 나영석 경위가 용의자 차량을 찾았다고 하니 그곳부터 조사해 보자고. 주필상은 계속 주시하는 걸로 하고. 주필상 아들, 주명근? 일단 그자 소재부터 빨리 파악하자고."

"무슨 말씀인지 알겠는데요. 너무 돌아가시는 거 아닙니까? 직진 코스가 있는데……."

민 경정은 최 경위의 어깨에 손을 올리며 말했다.

"때론 빠른 길보다 안전하게 돌아가는 길을 선택해야 할 때도 있는 거야."

"무슨 말씀인지 알겠네요. 당장은 대책이 없다는 말씀으로 들리는데, 맞나요?"

"그렇게 들리셨어요? 검사님, 그건 아닙니다. 지금 상황에서는 한발 뒤로 물러나서 지켜봐야 할 것 같아서 그렇습니다. 계속 주시는 해야겠지만, 괜히 섣불리 들쑤셨다가 정말 연쇄 살인범이기라도 해서 꼭꼭 숨어 버리면 더 큰 일이 아니겠습니까?"

한 검사는 민 경정의 말에 수긍하듯 고개를 끄덕였다.

"그럴 수도 있겠네요."

"그럼 당분간 나 경사에게 주필상을 계속 지켜보라고 해야겠네요. 오늘이라도 클럽에 잠입 수사를 진행하고 말이죠."

최 경위도 군말 없이 자신을 따르자, 민 경정의 얼굴에 화색이 돌았다.

"그래야겠지? 잠입 수사는 상황실 들어가면 바로 준비해야 할 거야. 그런데……."

민 경정은 잠시 머뭇거리며 말을 잇지 못했다.

"왜 그러세요?"

"아니야. 일단 제일 먼저 해야 할 일은 주필상 아들 소재를 최대한 빨리 파악하는 거야."

한 검사는 어느 정도 정리가 됐다는 듯 고개를 끄덕이며 말했다.

"저도 같은 생각이에요. 팀장님 말씀대로 조심스럽게 알아봐야 할 것 같고요. 만약 주명근이 진범이라면 주필상이 미리 손을 쓸 수도 있을 테니까요."

"그럼, 이 건은 좀 더 예의주시하는 거로 하시죠. 나 형사가 계속 맡아서 진행하라고 최 형사가 전달하고."

"네, 팀장님."

"이 부분은 됐고……. 검사님, 다크킹덤에 대해 좀 알아보셨습니까?"

제13화

잠입 수사

"선배 검사들 만나서 사교 파티에 대해 운을 떼 봤는데 별 얘기가 없더라고요. 소문의 근원이 어디인지는 제각각이었고요. 3년 전 채 의원 사건 때 유출된 것 같기도 한데, 다른 곳에서 흘러나왔다는 얘기도 있었어요."

"그곳이 어딥니까?"

"5년 전 떠들썩했던 사건 기억나세요?"

"5년 전……."

최 경위는 미간을 찡그리며 고개를 갸우뚱거렸다. 민 경정은 허탈하게 웃으며 한 검사를 바라봤다.

"그렇게 말씀하시면 모르죠. 그걸 어찌 다 기억합니까?"

"그럼 유재룡 성폭행 사건이라고 하면 기억하시겠어요?"

"유재룡……. 아! 기억나네요. 유명 기업 총수 아들 말이군요. 그때 현행범으로 체포돼서 크게 보도된 적이 있었죠."

"아아, 팀장님 말씀 들으니 저도 기억나네요. 현행범을 바로 귀가 조치하고 불기소 처리한 사건이었잖아요. 재벌 봐주기 수사라고 언론에 터져서 좀 시끄러웠죠. 게다가 담당 경찰과 검사까지 모두 연루된 사건 아니었나요?"

"맞아요. 그때 클럽 안에서 성폭행 사건이 일어났고, 최 경위님 말씀대로 경찰관과 검사까지 연루된 사건이었죠. 그때 당시에 경찰, 검찰 고위급 자식들도 함께 있었다고 소문이 돌았거든요."

"하지만 유재룡만 구속 처리된 걸로 아는데요."

"아니에요, 팀장님. 검경 고위급 자식들은 루머라고 기소조차되지 않았고요. 유재룡은 피해자와 합의했다는 이유로 집행 유예를 선고받아 결국엔 불구속 처리됐죠. 대법원 판결에서요."

민 경정은 살짝 눈썹을 구기며 말했다.

"뭔가 냄새가 나는데요."

"그렇죠? 그래서 말인데요. 다크킹덤 명단…… 아니, 명단인지는 아직 확실하지 않지만, 그 목록에 유명 기업 사람들은 없었나요? 유재룡이나 유지명 이름을……."

"그 리스트에는 기업명만 있었습니다. 정확히 기억나진 않지만 유명 기업은 없었던 걸로 기억합니다."

"모르죠? 팀장님이 보신 게 다가 아닐 수 있지 않습니까?"

"그렇지, 최 형사. 그럴 수도."

한 검사는 확신한 찬 눈빛으로 민 경정을 바라보며 말했다.

"그럼 유재룡이나 유명 기업 고위 간부들 대상으로 내사를 진행해 보는 건 어떨까요? 저도 제 선에서 당시 거론되었던 검사에 대해 알아볼게요."

"아……. 네, 검사님."

민 경정의 떨떠름한 표정에 한 검사가 되물었다.

"왜요? 걱정되세요?"

"아닙니다. 검사님이 위험하실까 봐 그게 걱정이죠."

"아닌 것 같은데요. 괜히 방해될까 그러신 건 아니고요?"

"그렇게 보셨습니까? 검사님 앞에선 거짓말도 못 하겠네요. 맞습니다, 잘 보셨어요."

민 경정이 호탕하게 웃다가 갑자기 진지한 표정을 짓자, 최 경위가 더 난처한 듯 어색하게 웃으며 말했다.

"팀장님도 참. 농담을 그렇게 진지한 표정으로 하시면 어쩝니까? 검사님이 놀라시지 않았습니까?"

최 경위는 민 경정이 농담을 한 줄 알고 웃었지만, 여전히 굳은 표정의 그를 보고 급정색하며 되물었다.

"하하……. 정말이세요?"

"검사님, 농담 아닙니다. 수사는 저희에게 맡기시죠."

"팀장님……."

"왜? 최 형사는 입수한 정보 없어?"

최 경위는 한 검사 눈치를 보다, 그녀가 괜찮다는 듯 고개를 끄덕이자 대답했다.

"아, 몇 가지 있긴 합니다. 빨대…… 그 취재원들 말로는 강남 클럽 몇 군데에서 물총이라는 마약이 유통되고 있다고 하더라고요. 그래서 강남 서부 마약 수사팀 동기한테 확인해 봤는데,

소문만 있지 실체는 없다고 하더라고요. 그리고 클럽에서 성폭행과 폭행 사건들도 있었다는데, 몇 명 연예인들 이름이 오르내렸답니다. 기획사 쪽에서 로비로 무마했다는 소문이고요."

"그럼 70퍼센트는 사실일 거야."

"그렇죠?"

"그래요? 70퍼센트나요?"

"네, 검사님. 지금까지 취재원들 첩보는 열에 일곱은 맞았습니다."

"최 경위님 동기는 실체가 없다고 했다면서요?"

"마약 수사팀의 그 친구가 모르고 있는 사실이거나 은폐하는 걸지도 모르죠."

"네? 팀장님, 그 동기는……."

"알아. 그냥 추측이야. 그리고 그 친구도 어쩔 수 없는 상황일 수 있잖아."

한 검사는 깊은숨을 내쉬며 민 경정에게 물었다.

"그럼 윗선에서 손을 쓴 거겠죠?"

"그렇지 않고서는 그냥 넘어갈 수 없는 일이잖습니까?"

민 경정은 손으로 입가를 훔치며 잠시 망설이다 입을 열었다.

"검사님, 다른 건에 대해 말씀드리기 전에 먼저 말씀드릴 것이 있습니다."

"네, 팀장님. 무슨 일인데 그러세요?"

"제가 지금부터 말씀드리는 건 2년간 공들여 알아낸 사실입니다. 재벌 자제들 모임이 따로 있다는 건 아실 겁니다. 학연,

지연별로 소모임 같은 것도 있고요. 사실, 그 무리에 정보원을 잠입시켜 정보를 받고 있었습니다."

긴 소파에 젊은 남녀들이 뒤엉켜 술잔을 기울이고 있다. 풀장도 술을 마시며 물놀이를 즐기는 사람들로 가득했다. 칵테일 바에 앉아 있는 이들의 손엔 술잔과 담배가 들려 있었고, 스피커에서 흘러나오는 흥겨운 노래에 춤을 추는 사람들도 보였다.

그때, 문이 열리고 두 남자가 안으로 들어왔다. 그중 한 남자가 소파 앞에 멈춰 서며 말했다.

"야, 잠깐."

시끄러운 음악과 대화 소리에 말이 파묻히자 그는 더 큰 목소리로 외쳤다.

"야! 음악 좀 꺼 봐! 끄라고!"

곧이어 음악이 꺼지고 넓은 공간엔 그 남자의 목소리만이 크게 울려 퍼졌다.

"뭐야! 누가 시끄럽게 소리를 질러?"

소파에서 여자와 얼굴을 맞대고 얘기하던 남자가 짜증이 묻은 얼굴로 그를 째려보았다.

"뭐야? 지금 너, 나한테 그런 거야?"

"야아, 이게 누구야? 미안, 누가 술주정하는 줄 알고. 언제 온 거야?"

"조금 전에. 시끄럽고, 그냥 앉아 있어. 소개해 줄 사람이 있으니까."

뽀얀 피부에 붉은색 바지와 흰 셔츠를 입은 남자는 갸름한 턱 선과 높은 콧대 그리고 깊은 눈을 품은 한 남자를 소개했다. 그 남자는 날렵한 몸매에 캐주얼한 차림의 반팔 티셔츠와 청바지를 입고 있었다. 반팔 사이로 불룩 튀어나온 근육은 물론, 가려지지 않는 가슴 근육이 티셔츠 너머로 선명하게 비쳤다.

"오빠! 저 사람은 누구야?"

"어머, 저 근육 봐! 키도 내 스타일이야."

"다들 조용히 좀 해! 안 되겠다. 동민아, 네가 나와서 직접 소개해라. 아이씨."

뽀얀 피부를 가진 남자의 말에 동민이 한 발짝 앞으로 나와 손을 흔들자, 시끄럽게 호들갑 떨던 아가씨들이 순간 조용해졌다.

"안녕, 나는 차동민이라고 해. 케임브리지 유니벌시리 엠비에이 과정을 마치고, 지금은 작은 벤처 기업 하나 운영하고 있어. 여기 브라더 소개로 왔는데…… 잘 부탁해."

"야아, 영국식이야? 말이 많이 짧네. 좋아, 뭐. 좋다."

소파에 앉아 있던 남자가 얼굴을 찌푸리며 말하다, 피식 실소를 터트리더니 한바탕 크게 웃어 젖혔다.

"이해해. 영국에서 오래 생활하다 보니……."

차동민의 브라더는 앞으로 나와, 그에게 어깨동무를 하며 말했다.

"그렇다고 하니까 이해들 하고. 내가 아끼는 후배니까 잘 좀 챙겨 줘."

"야, 정민우. 넌 한국대 출신이잖아? 근데 무슨 후배야?"

"야! 죽고 잡냐! 저 자식이 정말. 대학만 선후배 있냐? 인생 선후배다, 새끼야. 우리 아빠가 요즘 관심 갖고 있는 종목에 선발 주자 벤처 오너라고. 졸라 아무것도 모르면서 씨발. 알았으면 니들도 잘 모셔. 나중에 후회들 말고. 알았냐?"

정민우는 차동민의 어깨를 힘껏 끌어당기며 크게 웃었다.

"그 정도는 아니야. 이제 좀 숨이 트인 정도지."

"어이쿠, 겸손도 해라. 얼굴은 기생 오라…… 아니, 연예인 뺨 치게 생긴 얼굴이라고."

소파에 앉아 있던 남자는 얍삽한 표정으로 말하며 얄밉게 미소 지었다.

"까분다, 새끼. 조심해라, 너……."

"야야! 칭찬이야, 칭찬. 아이, 자식. 까칠하기는."

"그냐? 칭찬이야? 그래, 내 아우가 엄친아이기는 하지."

정민우은 험상궂은 인상에서 금세 환한 표정을 지으며 요란스럽게 웃었다.

"그만해, 브라더."

"알았어. 자! 모두 술잔 들어! 뉴 프렌드를 위해! 치얼스!"

"치얼스!"

소파에 앉아 있던 민우의 친구는 술을 한 모금 들이키고는 앞으로 몸을 내밀며 말했다.

"야, 민우야! 소식 없냐?"

"무슨 소식?"

"무슨 소식이겠냐? 좋은 소식이지. 알면서 왜 그래? 언제 모인다는 말 없었어?"

그 친구는 그렇게 말하며 능글맞은 표정으로 실실 쪼갰다.

"야, 신경 끄라고 했지. 내가 말했잖아. 넌 끼지도 못한다고. 네가 아무리 내 불알친구라도 안 되는 건 안 되는 거야. 그러니까 이런 곳에서나 마음껏 즐기라고. 아니면 네가 기업을 잽싸게 키우든지."

정민우는 경멸스런 눈빛으로 소파에 앉아 있는 남자를 바라보며 말하다, 이내 기괴한 웃음소리를 내며 크게 웃음을 터뜨렸다.

"씨발, 뭐……."

"씨발? 너 지금 나한테 한 소리야?"

"브라더, 왜 그래? 그러지 마."

"그래, 욕 좀 했다. 난 씨발, 욕도 못 하냐? 다이아몬드 할아버지 아버지 들고 태어나서 참 좋겠다, 씨발. 잘도 나셨네요!"

"뭐? 씨발, 취했으면 곱게 쳐들어가서 잠이나 잘 것이지. 이 새끼가!"

정민우가 깐죽대는 친구에게 달려들려 하자, 차동민이 다급히 그의 두 팔을 잡아 말렸다.

"브라더, 참아. 분위기 망치지 말고. 봐, 우리만 쳐다보고 있다고."

"아니, 저 새끼가 먼저……. 아, 알았어. 네 얼굴 봐서라도 참아야지. 내가 이런다, 손님 모셔다 놓고. 미안해."

정민우는 차동민의 어깨를 양손으로 토닥이며 화를 삭였다. 차동민이 주먹 쥔 손을 정민우 앞으로 뻗자, 그도 이내 히죽거리며 주먹을 맞대어 부딪쳤다.

"좋아. 더 마실까?"

"좋지."

"오케이! 따라와. 야! 음악 좀 신나는 걸로 바꾸고, 볼륨 업!"

정민우는 금세 기분이 좋아진 듯 상기된 얼굴로 말했다.

"동민아, 캔디 먹어 봤어?"

"왓?"

"고기는?"

"고기? 피쉬 좋아해. 왜? 브라더는 뭐 좋아하는데?"

"왓? 뭐야? 정말 몰라?"

"무슨 말이야? 내가 뭘 모른다는 거야?"

"자식, 완전 순둥이네. 소위 모범생인 건가? 카하하하. 아무튼 좋다, 좋아. 내가 하나씩 가르치는 재미도 있겠어."

차동민은 고개를 갸웃거리며 물었다.

"무슨 소린지 이해할 수 있게 말하면 안 되겠어?"

"차차 알게 될 거야. 그건 그렇고 이곳 생활은 어때?"

"브라더 덕에 편하지. 신경 써 줘서 고마워."

"뭘 그 정도 가지고. 그럼 여기는? 즐긴 만해?"

"음……. 런던하고 분위기가 달라서 말이야. 시끄럽고 냄새도 좀……."

"아이, 새…… 자식. 모범생 티 팍팍 내네. 재미없게."

"그거 봐. 재미없을 거라 했잖아. 브라더가……."

"농담이야, 농담. 사실 이런 곳은 수준이 좀 떨어져. 봤지? 저런 새끼가 물 다 흐려 놓는다고. 그래서 저런 미꾸라지 없는 곳이 있지. 꽤 오래전부터 내려오는 건데 너도 거기 가 보면 깜짝 놀랄 거야. 기대해?"

"됐어, 기대 안 해. 나랑 안 맞아, 이런 곳."

"자식, 너 지금 한 말 내가 후회하게 해 준다. 카하하하."

민 경정이 그간에 있었던 잠입 수사 진행 상황을 얘기하는 동안 최 경위와 한 검사는 자세 한 번 고쳐 앉지 않고 주의 깊게 들었다.

민 경정은 이미 채이돈 의원 사건을 수사하면서 민도 그룹과 연루된 비리 사실을 알게 되었고, 지난 2년 동안 민도 그룹과 관련된 정보를 수집해 온 상태였다. 3년 전 증거물을 검찰로 송치할 때 별도로 사본을 챙겨 놓지 못한 것을 민 경정은 못내 아쉬워했다.

하지만 민도 그룹을 지켜보면서 총수의 아들 정민우가 속한 그룹 멤버들 정보를 입수하는 데 성공했고, 그 정보를 바탕으로 훈련된 특수 비밀 요원을 그룹 멤버로 잠입시켰던 것이다.

그 요원이 바로 차우석 경위였다. 차동민이라는 이름으로 접근해 사교 파티 모임까지 참석하게 되면서 그에게서 뜻밖의 정보를 얻게 된 것이다.

"팀장님, 정민우라면 민도 그룹 총수 장남 아닙니까?"

"맞아. 재벌 3세 망나니. 채이돈 의원 뇌물수수 사건 때 뇌물 공여죄로 논란도 있었지. 이제 겨우 신임을 얻었는데, 정민우 본부장이 의심이 많은 편이라 1년간 그자 눈에 띄려고 별 고생을 다…… 아! 쓸데없는 소리니 스킵하고. 곧 고급 정보가 손에 들어올 겁니다, 검사님. 그러니 조금만 기다려 주시죠."

"네, 그러죠."

"최 형사, 이제 조 검사에 관련해서 말해 봐. 현장 주변 CCTV는 다 확인해 본 거야? 뭐라도 나온 거 없어?"

"택시 승객 행방을 뒤쫓다 놓치고 말았습니다. 갑자기 CCTV에서 사라져 버려서요. 아니, CCTV가 없는 곳으로 잘도 빠져나갔다고 봐야죠. 현재 마지막 동선에서 탐문 수사를 진행 중입니다. 그래도 택시 기사는 찾았습니다."

"정말? 살아 있지? 근데 왜 그걸 지금 애……."

"그게…… 택시 주인, 아니, 전 주인이 맞겠네요. 사고가 있기 일주일 전쯤에 한 노인이 개인택시를 양도해 갔답니다. 웃돈까지 붙여서 말이죠. 얼마에 팔았는지 제대로 알려 주지도 않더라고요."

"그래? 그 노인 인상착의는 물어봤어?"

"조선족이었다고 하더라고요. 우리말이 서툴러서 중국어를 섞어 얘기하기도 했답니다. 중국에서 온 지 얼마 안 된 것 같다던데……. 서울에서 영업용 택시를 모는 아들에게 선물로 줄 거라고 했다나 봐요. 그래서 처음엔 낌새가 이상해서 거절했답니다. 근데 그 이후로도 현금을 들고 여러 번 찾아왔다고 하더라고요. 웃돈도 두둑이 챙겨 줬다고 하고요."

"정말 수상하네요."

"그렇죠? 그래서 계약서를 확인했는데, 역시나 개인 정보가 다 허위였습니다."

"뭐야? 사기당한 거야?"

"그건 또…… 아니던데요. 돈은 다 받았대요. 그래서 자긴 손해 본 게 없다고."

한 검사는 의아하다는 듯 고개를 갸웃거리며 말했다.

"그 용의자가 돈을 다 줬다고요?"

"네. 그것도 다 현금으로 말이죠. 중절모자를 쓰고 있었고 안경에 콧수염까지 있었다고 하니 아무래도 변장을 한 것 같아…… 인상착의로는 찾기가 어려울 것 같습니다. 계약서 쓴 곳 주변 CCTV도 다 뒤져 봤지만 찾을 수 없었어요. 귀신같이 그곳만 피해 다닌 듯합니다."

"계속 행방을 쫓아 봐. 그 노인이 범인일지도…… 아니, 그때 택시에서 내린 승객일지도 모르잖아. 우선은 두 명 다 찾아보자고."

"네, 팀장님."

"검사님, 오늘은 이 정도로 하실까요?"

"네, 그러시죠. 다크킹덤 관련해서는 수시로 공유해 주시고요."

"알겠습니다. 저기…… 노파심에 말씀드리지만, 다크킹덤은 외부에 노출되지 않도록 신경 써 주십시오. 그리고 별도로 수사팀은 움직이지 말아 주시고요. 부탁드립니다."

"그러죠. 유의할게요."

"최 형사도 어디 가서 함부로 말하고 다니지 말라고. 알았지?"

"네, 걱정 마세요."

"여기까지입니다, 경감님. 어떠세요?"

"뭐가 말이에요?"

"예측한 장소들이 범행 예상 장소로 적합한가 해서요."

"그건 걱정 안 해도 됩니다, 남 순경. 얘기 못 들었어요? 범행 예상 지점은 일차적으로 강력계에서 픽스했지만, 과학 수사대에서 추가로 검증한 겁니다. 그리고 수시로 피드백을 하고 있었고요."

도 경감의 말에 박 순경은 자리에서 일어나 안절부절못하며 말했다.

"경감님, 죄송해요. 제가 아직 전달을 못 했어요. 남 순경님, 죄송해요. 알고 계신 줄 알고……."

박 순경이 난처해하는 모습에 남 순경이 서둘러 입을 열었다.

"아, 아니에요. 팀장님이 크로스 체크하라고 지시하셨다는 말씀은 안민호 형사에게 들었습니다. 그래도 최종 장소들 중 추가된 장소도 있어서 여쭤본 거예요. 이미 확인을 다 하신 줄은 몰랐습니다."

남 순경은 머쓱하게 머리를 긁적이며 자리로 돌아와 앉았다.

"그래요. 그래도 요일별 예상 장소들이 달라질 수 있다는 포인트를 잘 잡아 줬어요. 고마워요, 남 순경."

나 경위는 도 경감 말에 덧붙여 말했다.

"맞아요. 앞으로도 계속 의견 전달해 줘요. 그래야 놓치는 걸 줄일 수 있으니까요."

"나 경위 말이 맞아요. 모든 게 완벽할 수는 없죠. 서로 부족한 점을 채워 가며 해결하는 게 가장 나은 방법이에요. 미국 속담에도 'Two heads are better than one.' 두 사람의 지혜가 한 사람의 지혜보다 낫다는 말이 있죠. 혼자 모든 걸 다 해결하려 하지 말아요. 남 순경 옆에는 우리가 있다는 걸 잊지 말고요. 그렇죠, 여러분?"

"물론입니다. 힘내, 남 순경! 우리가 있잖아!"

나 경사가 주먹을 불끈 쥐어 보이며 말했다.

"맞아요, 남 순경님. 힘내세요!"

뒤이어 박 순경도 두 주먹을 들며 싱긋 웃어 보였다.

"모두들 감사해요. 경감님, 명심하겠습니다."

남 순경은 빙그레 미소 지으며 대답했다.

그때, 상황실 문이 열리고 민 경정이 들어왔다.

"다들 오래 기다렸나?"

뒤따라 들어온 최 경위는 휴대폰 액정을 민 경정 얼굴 가까이 들이밀며 말했다.

"그럼요, 팀장님. 지금 시간이 얼마나 지났는데요."

"오, 미안해요. 서로 의견 좀 나누고 있었나?"

"네, 팀장님. 경감님이 좋은 말씀도 많이 해 주셨어요."

"그래? 좋네. 난 매번 잔소리나 하는데. 나보다 낫지?"

"뭐, 조금 더 나으신 것 같기도 하지만 그래도 팀장님이 최고인 거 아시죠?."

살짝 당황한 듯 과장되게 웃어 보이는 남 순경을 보며 민 경정도 피식 웃음을 터뜨렸다.

"팀장님, 옥스퍼드 클럽 잠입 수사는 어떻게 하실 겁니까?"

"어, 안 형사. 그건 최 형사가 맡아서 지휘할 거야. 나 형사, 박 형사, 그리고 과학 수사대에서 나영석 경위가 같이 나가 줘."

"네, 팀장님."

"그리고 오늘은 A지점 현장에 안 형사와 도 경감이 나가 줘야겠어."

안 경위는 남 순경을 힐끔 쳐다보고 말했다.

"저 혼자 말입니까?"

"그래. 안 형사가 도 경감 잘 서포터해 주라고. 도 경감, 오늘은 남 순경이 나랑 할 일이 따로 좀 있어서 그래. 부탁 좀 할게."

"무슨 일인지 물어봐도 되겠습니까?"

"미안. 때가 되면 알게 될 거야. 그때까지 기다려 줘."

"네, 그러죠."

"안 형사는 도 경감 잘 모시고, 나가기 전에 잠깐 나 좀 보지."

"네, 팀장님."

민 경정은 걸어오는 안 경위에게 어깨동무하는 척하다 헤드록을 걸었다. 그리고 장난스럽게 그 상태로 탕비실까지 갔다.

"아! 팀장님, 아으……."

"민호야, 알지?"

"네?"

"도 경감하고 나가서 괜히 쓸데없는 소리하지 말라고. 특히 버거킹의 킹 자도 꺼내지 마. 알았지? 혹시나 해서 입단속하는 거다."

민 경정은 손바닥으로 안 경위 입을 툭툭 두드렸다.

"아이, 알겠습니다. 걱정 마세요."

"알지?"

"네. 킹 자도 안 꺼내도록 조심하겠습니다, 팀장님."

안 경위는 장난이라고 생각해 피식 웃음을 터뜨리며 대답했다.

"웃어, 지금?"

민 경정은 힘을 주어 안 경위의 목을 더 안쪽으로 끌어당겼다.

"아읔! 아! 아픕니다, 팀장님."

"남 순경이랑 어디 가는지…… 알지? 그것도 입단속 잘하라고."

"네네, 입단속 잘하겠습니다. 이제 됐죠?"

그제야 민 경정은 안 경위에게 걸고 있던 헤드록을 풀었다.

"그래. 이제 좀 웃어. 누가 보면 내가 혼낸 줄 알겠다. 웃으라니까?"

민 경정은 탕비실을 나오며 안 경위에게 미소 지어 보였다.

"아하하. 이렇게 말입니까?"

안 경위는 억지웃음을 지으며 헝클어진 머리를 매만졌다. 탕비실을 나온 민 경정은 최 경위에게 손들어 보이며 불렀다.

"최 형사, 그쪽은 준비됐어?"

"네, 저희는 이제 나갑니다."

"그래. 수고들 하고 문제 생기면 바로 보고해. 남 순경은 잠깐 나 좀 봐."

"그럼 전 경감님에게 가 보겠습니다."

안 경위가 꾸벅 인사하고 걸음을 옮기자 민 경정이 다시금 안 경위를 불러 세웠다.

"안 형사!"

"왜 또 부르십니까?"

"웃으라고, 이렇게. 히이."

민 경정은 안 경위에게 입꼬리를 치켜올리며 웃어 보였다.

"네. 히이. 됐죠?"

안 경위는 민 경정에게 양손으로 입술을 치켜올려 보이며, 도 경감이 앉아 있는 회의 테이블로 갔다.

"왜 그래요? 팀장님이 한 소리 하셨어요?"

"아, 아닙니다. 좀 웃으라고 하시네요."

"하하. 이제야 말하는 거지만 가끔 보면 안 경위 얼굴이 로봇 같아 보여요. 표정이 없어. 포커페이스라고 해야 하나?"

"로봇…… 포커페이스요?"

"그래요. 웃을 일이 없어서 그런가? 한창 연애할 나이 아니에요? 이번 사건 종결되면 연애도 하고 그래요."

도 경감은 팔꿈치로 안 경위의 팔을 툭 치며 한쪽 눈을 실룩거리더니 웃었다. 안 경위도 마지못해 어색하게 웃으며 말했다.

"네, 연애 좋죠."

늦은 저녁 시간. 아직 옥스퍼드 클럽 정문 앞은 한산했다. 지하 입구로 통하는 길 앞에는 짧은 머리를 한 건장한 남자 두 명이 검정 정장 차림으로 서 있었다. 스팽글 장식의 짧은 치마를 입은 여자들이 드문드문 들어가는 것 외엔, 특별히 클럽을 들락거리는 사람은 보이지 않았다. 그 여자들은 들어갈 때 통로를 지키는 남자들에게 어떠한 제지도 받지 않았다.

특수본 팀원들은 차 안에서 클럽 입구 쪽 동태를 주시하고 있었다. 팀을 둘로 나눠 클럽 안으로 잠입하기로 했다. 나 경사와 박 순경은 손님으로 위장해 클럽 내부 상황을 파악하기로 하고, 최 경위와 나 경위는 지하 주차장으로 잠입해 용의 차량을 수색하기로 했다.

밤 9시가 되자 젊은 남녀들이 하나둘 나이트클럽으로 모여들더니, 입구 앞을 지키고 있는 남자들에게 확인을 받고 줄지어 입장하기 시작했다.

"이제 움직여 볼까?"

"최 형사님, 나상남 형사 정말 괜찮을까요?"

박 순경이 걱정스러운 내색을 비추자, 최 경위는 콧잔등을 만지며 나 경사를 위아래로 훑어봤다.

"뭐, 살짝 걱정되긴 한데……."

"뭐야? 아닙니다, 최 형사님. 저도 나이트클럽 많이 다녀 봤습니다. 한 번도 앞에서 퇴짜 맞아 본 적이 없었습니다. 정말이야, 박 형사."

"그래. 얼굴이 조금 그렇지만 그래도 큰 키에…… 아니, 그러니까 괜찮을 거라고. 박 형사, 나 형사 한번 믿어 보자."

"그래도 될…… 아, 넵! 믿겠습니다. 나 형사님."

가늘게 뜬 나 경사의 눈 사이로 이글거리는 눈빛을 본 박 순경은 곧바로 고개를 끄덕이며 수긍했다.

"나보다 박 형사는 괜찮겠어? 종아리 상처 말이야."

"아, 괜찮아요. 뛰는 데 무리 없어요. 그래서 일부러 긴 원피스로 입었고요. 걱정해 주셔서 감사해요."

"별걸 다 감사한다. 괜찮으면 됐고."

최 경위는 박 순경과 나 경사를 흐뭇한 얼굴로 번갈아 보며 말했다.

"이야, 둘이 그러니까 분위기 좋네. 옷도 그렇고 정말 한 쌍의 연인 같은데?"

"아휴. 최 형사님, 제발 그런 말씀 좀 하지 마세요."

"맞습니다. 그러지 좀 마십시오. 매번 그러시네, 짓궂게."

박 순경과 나 경사는 정색하며 최 경위를 흘겨봤다. 그 모습을 지켜보던 나 경위가 차분한 어조로 말했다.

"두 사람 잠시 잊은 거 같은데, 지금 연인 사이로 잠입하는 거야. 알고 있지?"

"그래도…… 에이, 몰라요. 이건 위장 수사잖아요, 위장 수사. 그러니까 그런 말씀은 삼가세요."

"아니, 박 형사. 뭘 그렇게까지……."

나 경사는 유난스럽게 정색하며 화내는 박 순경이 왠지 서운하게 느껴졌다.

"알았어, 알았으니까 장비들이나 잘 챙겨. 이어 마이크는 들어가서 착용하고, 바로바로 상황 보고해. 둘 다 시끄러우니까 어서 준비해서 나가기나 해. 거참."

"두 분도 조심하십시오. 나 경위님은 최 형사님 옆에 딱 붙어 계시면 괜찮으실 겁니다. 하하하."

"그래, 걱정해 줘서 고마워."

"무슨 소리야? 나 형사는 나 경위 프로필 못 본 거야?"

박 순경은 어리둥절해하는 나 경사의 어깨를 살짝 치며 핀잔을 줬다.

"으유, 나 형사님은 쓸데없는 소리를 왜 하세요?"

"왜? 뭐가?"

최 경위가 나 경사에게 핀잔을 주듯 언성을 높이며 말했다.

"팀장님이 현장에 괜히 나 경위를 투입한 줄 알아? 여기 길 안내나 하러 온 줄 아냐고?"

"나 형사님, 나 경위님 태권도 4단에 검도 3단이세요. 정말 모르셨어요?"

"에? 정말입니까, 나 경위님? 죄송합니다…… 그것도 모르고."

"그러니 너무 걱정하지 마."

나 경위는 환히 웃으며 대답했다.

"알았으면 나 형사나 잘하라고. 박 형사는 잠입 수사가 처음이라 긴장될 거야. 그러니 나 형사가 옆에서 잘 챙겨 줘."

"아니에요, 최 형사님. 서류를 많이 만지기는 했지만 잠입 수사 경험도 몇 번 있답니다."

"그래? 그럼 뭐, 걱정 안 해도 되겠네. 나 형사만 잘하면 되겠어?"

"아이, 모양 빠지게 왜 그러십니까? 걱정 마십시오. 박 형사가 경험해 봤으면 얼마나 했겠습니까? 제가 옆에서 잘 챙기겠습니다."

"그래. 그럼 먼저 들어가. 우리는 들어가는 거 보고 이동할게. 조심들 해."

"네, 다녀오겠습니다."

나 경사와 박 순경은 차에서 내려 클럽 입구 쪽을 향해 갔다. 한껏 머리에 힘을 준 나 경사는 남청색 바지에 하얀 반팔 셔츠를 입고 있었고, 블루 계열의 슈트 상의를 한 손에 쥐고 있었다. 박 순경은 분홍색 작은 손가방을 들고, 옅은 분홍빛 꽃무늬 롱 원피스에 연두색과 분홍색이 체크 패턴으로 되어 있는 긴 발목 양말을 신고 있었다.

"야아, 이렇게 보니까 박 형사 몰라보겠는데! 와아."

"아이, 그러지 마세요. 아! 그리고 지금부터 이름으로 부르세요, 상남 오빠."

"오빠? 하하. 그래, 오빠. 난 민희 씨라고 부를까?"

"씨가 뭐예요? 그냥 민희라고 부르세요."

"어어, 그래. 민희야."

나 경사는 박 순경을 보며 괜스레 실실 웃어 보였다.

"자주 안 입는 옷이라 불편해요. 그러니까 힐끔힐끔 보지 마세요. 웃지도 마시고요. 아셨죠?"

"내가 언제 힐끔힐끔 봤다고 그래? 근데 나 경위님은 뭐야? 공부만 한 모범생인 줄만 알았는데…….."

"그러니까 페이퍼 좀 보시라고 몇 번을 말씀드렸어요. 나 경위님 프로필 보면 다 나와 있었는데…….."

"박 형…… 아니, 민희 너까지 이럴 거야?"

나 경사는 작은 눈을 부릅뜨며 박 순경을 내려다봤다.

"죄송해요. 아니, 프로필에 경찰 대학 수석 입학이라고 나와 있더라고요. 근데 법의학에 관심이 더 있으셨는지 중퇴하신 것 같아요. 현재는 법의학 박사 과정에 있나 봐요. 거기에 심리학 학위도 있으시더라고요. 대단하죠? 보통 분이 아니셨어요."

"정말? 오호, 무서운 사람이네. 생긴 건 운동 못하는 샌님처럼 보이던데…….."

"아니에요. 마르셔서 그렇지, 잔 근육이 장난…….."

"뭐냐, 너? 딱 걸렸어. 저런 타입 좋아하나 보네? 샌님 스타일."

"아니, 누가 좋아…… 아니지. 지금 그게 중요해요? 작전 중이거든요. 어서 앞장이나 서세요."

박 순경은 발그레한 얼굴로 나 경사의 팔을 잡아끌며 등을 떠밀었다.

"에이, 참. 알았어. 밀지 마."

둘은 나란히 걸으며 연인 행세를 했다. 그리고 클럽 입구부터 줄지어 서 있는 사람들 뒤로 줄을 섰다.

"바운서 앞에서 괜히 쫄지 마시고요."

"바운서?"

"죽돌이었다면서요? 이그, 문지기나 기도를 바운서라고 해요. 정말."

"바운서……. 그냥 기도라고 하지. 알았어, 가기나 해."

드디어 둘의 차례가 왔다. 나 경사가 먼저 바운서 시선을 피해 머리를 매만지며 앞으로 걸어갔다. 두 사람 모두 무사히 그들을 지나쳐 제지 없이 클럽 안으로 들어서려던 그때였다.

"저기! 잠깐만!"

박 순경은 멈칫하며 천천히 뒤돌아보았다.

"아니, 아가씨 말고, 남자분!"

나 경사는 그제야 뒤돌아보며 손으로 자신을 가리키며 말했다.

"나?"

"그래요. 잠시만 이리 좀 와 봐요."

"무…… 무슨 일이죠?"

나 경사는 바운서의 눈을 제대로 쳐다보지 못하고, 부산스럽게 자신의 머리와 옷을 매만지며 다가갔다.

"신분증 좀 볼 수 있을까요?"

"신분증이요? 왜요?"

"아니요. 신분증 좀 꺼내 보세요."

뒤에서 지켜보던 박 순경은 심상치 않은 분위기를 감지하고 급히 끼어들며 말했다.

"오빠! 무슨 일이야?"

"오빠? 남자 친구?"

"네, 그런데요. 오빠한테 왜 그러시죠?"

"아, 그러세요. 죄송합니다. 그럼 저기……."

바운서는 갑자기 박 순경의 귀 가까이 다가가 속삭였다.

"네, 네. 그럴게요."

박 순경은 끼득거리더니 나 경사의 다리를 힐끗 쳐다봤다. 바운서는 옅은 미소를 띠며 제자리로 돌아갔다.

"뭐야? 왜 웃어? 저놈이 뭐라 그래?"

"나 형…… 아, 오빠. 귀 좀."

나 경사는 고개를 숙여 박 순경 얼굴에 귀를 가져가 댔다.

"뭐? 정말이야?"

이야기를 전해 들은 나 경사는 머리를 긁적이며 멋쩍게 웃었다.

"그러니까 빨리요."

"여기서?"

"네, 그래야 안 창피해요. 어서요."

"알았어. 아이참."

나 경사는 멋쩍게 구두를 벗고 신고 있던 양말을 벗었다. 바운서는 나 경사가 신고 있는 하얀색 발목 양말을 보고 나이를 의심했는데, 여자 친구와 동행했다는 사실을 알고는 양말을 벗고 입장하라고, 들어가기 전에 팁을 준 것이었다. 맨발에 구두를 신은 나 경사는 헛웃음을 지으며 클럽 안으로 들어갔다.

나 경사와 박 순경이 무사히 옥스퍼드 클럽에 들어가는 것을 차에서 지켜보던 최 경위와 나 경위는 서로를 바라보며 한숨을 내쉬었다.

"뭐야? 놀랐어?"

"최 경위님도 걱정되신 거 아닙니까?"

"에이, 잠입 수사 한두 번 하는 것도 아니고. 그것보다 나 경위는 괜찮겠어?"

"걱정 마세요. 걸리적거리는 일은 없을 겁니다."

"아니, 유단자라는 건 나도 알고 있었어. 그래도…… 강력계 형사는 아니니까. 현장은 좀 다르거든. 현장에서 직접 부딪쳐 본 경험은 없을 거 아니야. 위험할 수도 있고. 괜히 몸이라도 상할까 봐 그러지. 각자 맡은 일에서만 충실하면 되는 거잖아. 안 그래? 그리고 싫은데 떠밀려 왔나 해서 말이야."

"아닙니다. 강력계 형사들만큼 경험은 없지만, 그래도 현장을 모르는 건 아니니 걱정 마십시오. 그리고 떠밀려 온 건 더더욱 아니고요. 제가 도 경감님께 현장에 나가겠다고 자원한 겁니다. 그래서 팀장님이 선뜻 허락해 주신 거고요."

"그래? 그렇다면 다행이네. 그럼 출발해 볼까?"

"네. 그런데 어떻게 들어가실 겁니까?"

"어, 그게⋯⋯."

남 순경과 안 경위는 현장 순회 일지를 보며, A지점 범행 예상 장소들을 짚어보고 있었다. 도 경감도 자료들을 훑어보며 노트에 뭔가를 끼적이다, 영어로 혼잣말을 하며 생각을 정리했다.

"도 경감, 잠시만 나 좀 보지."

"Yeah! ⋯⋯어! 네, 팀장님."

도 경감은 노트를 가방에 넣고 민 경정이 있는 자리로 갔다.

"다른 게 아니고 이번에 압수수색하려던 그 집 말이야."

"네. 주필상 씨 자택 말씀이시죠?"

"그래. 주필상이라는 사람은 어때? 그자가 연쇄 살인범일 가능성은 없을까?"

"아닙니다. 주필상 씨는 사건 당일 알리바이가 있었습니다. CCTV에 정확히 찍혔습니다. 세 번째 살인사건이 발생한 당일 시간에 현재 거주하는 집 앞에서요. 다른 두 사건은 당일 녹화 영상이 남아 있지 않아 확인을 못 했지만 말이죠."

"그래? CCTV는 언제 확인했대. 역시 일 처리 하나는 알아줘야겠어."

"아닙니다. 주필상 씨 아들이 용의자이기는 하지만, 꺼림칙

한 건 확실히 체크하고 넘어가는 게 좋을 것 같아서 조사해 봤습니다. 그런데 알리바이가 확실해서 별도로 보고드리진 않은 겁니다."

"그래, 그렇지. 나도 혹시나 하고 물어본 거야. 그리고 그 미친놈이 말이야. 갑자기 마음이 바뀌거나 돌발 행동을 하지는 않겠지? 그러니까 예상한 날이 아닌, 일찍 범행을 저지를 가능성은 없냐는 거야. 갑자기 마음이 바뀌어서 내일이라도 당장 범행을 저지르면 어쩌나…… 그게 계속 마음에 걸려."

"그런 일은 절대 없다고 단정을 지어 말씀드릴 수는 없습니다. 하지만 예측한 기간 내에서 약간의 변동은 있을지 모르겠지만, 그 시간을 벗어나 살인을 저지르지는 않을 겁니다. 하나의 의식처럼 행하는 살인이니까요."

"그렇지? 사이코패스라도 말이지?"

"미친놈이기는 해도 사이코패스는 아니라 판단하고 있습니다. 심리적 불안과 여성에 대한 분노를 가지고는 있지만, 무언가에서 벗어나려는 행위나 방어하려는 의식을 자기 행위로 인지한 상태에서 스스로 판단해 결정하고 실행한다고 봐야 합니다. 또한, 선천적인 사이코패스와 달리 후천적으로 환경 영향을 받았다고 봐야 해서 소시오패스에 더 가깝다고 할 수 있을 겁니다."

"소시오패스? 그럼 묻지 마 살인은 아닌 건가? 의식처럼 살인을 행한다고 하니."

"그렇죠. 묻지 마 살인은 아닙니다. 목적이 있는 살인으로, 그것을 달성하게 되면 살인을 멈출 겁니다. 하지만 그 목적이 악령으로부터 자신을 보호하려는 것인지, 누군가의 학대에서 벗어나려고 하는 것인지는 직접 살인범과 대면해 보지 않는 이상 판단하기 어렵습니다."

"그래, 그렇겠지."

"만약에 목표했던 살인을 다 저지르고도 악령으로부터 보호받지 못하거나, 목표했던 것을 성취하지 못할 경우, 그때는 묻지 마 살인으로 각성할 위험성이 높다고 봅니다."

"각성?"

"아! 의식이 명료하게 깨어 있는 상태를 의미하는데, 쉽게 설명하자면 게임에서 캐릭터의 능력치를 끌어올린다는 뜻으로 사용하기도 합니다. …… 비유가 좀 그런가요?"

"아니야. 각성이라……. 소름 돋는데. 묻지 마 살인으로 각성이라……."

"그러니 그 전에 반드시 잡아야 합니다, 팀장님."

민 경정은 뭔가를 말하려다 망설이듯 입을 꾹 다물었다.

"더 궁금한 게 있으신 것 같은데 말씀해 보시죠."

"어, 그렇게 보였나? 하하. 그래, 하나 더 물어볼 게 있어. 이런 건 어떤가? 직접 경고를 하지 않고 돌려 경고하는……. 그러니까 가령, 잘못하거나 실수한 걸 직접 당사자에게 처벌하면 되는데, 그자에게 직접 하지 않고 다른 사람을 죽이거나 주변 사람에게 겁을 주는 식으로 경고한다면 말이야. 이런 건 무슨 심리라 볼 수 있지?"

"혹시 지금 수사하시는 사건입니까? 검사님과 별도로……."

"어? 아니, 아니야. 예전 미제 사건이 하나 생각나서 물어본 거야. 도 경감하고 얘기하다 보니 생각나서 말이지. 혹시나 사건에 도움이 될까 해서."

"아하, 네. 음……. 우선은 자기 과시라 할 수 있을 겁니다. 자신의 우월성을 보여 주는 거죠. 직접적으로 고통을 가하는 것보다 자신의 우월함을 더 극대화할 수 있는 방식이거든요. 이를 테면 '넌 언제든 손쉽게 처리할 수 있다.' 그런 거죠. 또는 공포심을 심화시키는 겁니다. 주변인들부터 하나씩 제거해 나가거나 벌하면서 그 당사자의 공포심을 극대치로 끌어올린 다음, 스스로 자살을 하게 하거나 직접 찾아와 용서를 빌게 하는 거죠. 단순한 이유라면 '이번에는 이걸로 넘어가지만 다음엔 봐주지 않겠다.' 정도의 협박일 거고요. 어떤 사건인지 알려 주시면 제가 좀 더 살펴보겠습니다, 팀장님."

"어? 아니야, 괜찮아. 미제 사건이라 지금 당장 들어갈 수도 없어. 만약에 수사하게 되면 그때 부탁할게."

"네, 그러시죠."

민 경정은 생각이 많은 듯 잠시 아무런 말이 없었다. 도 경감이 자리에서 일어나야 할지 고민하던 찰나, 그는 낮게 가라앉은 목소리로 입을 열었다.

"도 경감, 썩은 나무는 미리 뽑아내야 할까? 아니면 곪아 터질 때까지 기다렸다가 썩은 부분만 도려내야 할까?"

"그게 무슨 말씀이세요?"

"땅속 깊은 곳에 악의 뿌리들이 자생하고 있어. 근데 아직 주변의 선량한 나무들에게 직접적으로 피해를 주거나 파괴하지는 않았어. 땅 밖으로 나오지도 않았지만 악의 뿌리가 있음은 분명해. 이럴 땐 어떻게 해야 할까? 밖으로 나올 때까지 기다려야 할까?"

"더 모를 소리만 하시네요. 뭐, 저라면 땅을 파서 잔뿌리까지 걷어 낼 겁니다. 모르는 것도 아니고, 결과가 예측되는 상황인데 자라지 말아야 할 나무가 자라는 것을 그냥 방치하는 건 아니라고 봅니다. 뿌리를 뽑고, 그곳에 살충제를 쳐서 다시는 자생하지 못하도록 할 겁니다. 특히 악의 뿌리는 생명력이 강해서 제거할 수 있을 때 확실히 해 둬야 하거든요. 제 생각은 그렇습니다. 팀장님은 어떠십니까? 왜 그런 질문을 하시는 거죠?"

"요즘 워낙 사건 사고들이 많고 끔직한 살인사건을 수사하다 보니, 악한 존재란 무엇일까? 그들을 어떻게 해야 하는 걸까? 그런 것들로 괜히 생각이 좀 많아져서 말이야."

민 경정은 머쓱하게 웃으며 머리를 쓸어 올렸다.

"도 경감도 내 생각과 별반 다르지 않은 것 같네. 그래. 이번 연쇄 살인사건 마무리되면, 좀 더 깊은 얘기 나눠 보자고."

"네, 그러시죠. 저도 팀장님을 좀 더 알아보고 싶어졌습니다."

"그래? 오호, 그렇다면 내가 영광이지. 술 좀 하나?"

"술이라면 좀 하죠. 팀장님은 어떠십니까?"

"나? 에이, 좀이 뭐야? 약하지. 하하. 나이를 먹으니까 점점 몸이 안 받아 줘. 며칠 전엔 필름이 끊긴 것 같더라고. 나이는 못 속이나 봐. 도 경감도 너무 무리하지 말고."

민 경정이 고개를 절레절레 흔들며 너스레를 떨며 웃자, 도 경감도 환하게 웃으며 대답했다.

"네. 명심하죠."

주황색 LED 조명이 빛나는 출입구 차단기 옆에서, 정장 차림의 남자가 리시버와 연결된 무전기를 들고 누군가와 교신을 하고 있었다. 그리고 이내 검정색 광택이 빛나는 세단 한 대가 차단기 앞에서 멈춰 섰다. 차단기가 열리자 세단은 익숙한 듯 지하 주차장으로 내려갔다. 옆에 서 있던 남자는 허리를 깊숙이 숙여 인사를 건넸다.

그리고 뒤이어 먼지 낀 회색 SUV 차량이 차단기 앞에 멈춰 섰다. 하지만 한참을 기다려도 차단기는 올라갈 기미를 보이지 않았다. 그때 정장 차림의 남자가 SUV 운전석 쪽으로 다가와 창문을 두드렸다.

"저기, 실례하겠습니다."

운전석에 타고 있던 남자는 창문을 내리고 답답하다는 듯 물었다.

"왜 차단기가 안 올라가지? 무인 주차장 아닌가?"

"무슨 일로 오셨습니까?"

"무슨 일로 오긴? 여기 옥스퍼드 나이트클럽 왔지."

"그러십니까? 그럼 이쪽이 아니라 저쪽으로 가시면 공영 주차장이 있을 겁니다. 그곳을 이용해 주시죠."

"무슨 소리야? 이 건물 클럽에 간다는데 주차장을 왜 못 들어가? 만차도 아닌 것 같은데?"

"죄송합니다. 이곳은 옥스퍼드 클럽 전용 주차장이 아닙니다. 그러니 저쪽으로……"

"그럼 여긴 무슨 전용인데? 난 여기 갈 거니까, 차단기나 올려."

"죄송하지만 여기는 회원 전용 주차장입니다. 그러니까 돌아가 주세요."

"회원 전용이면 내가 오늘부터 회원할 테니까 들어갑시다. 회원 신청 어떻게 하는 거야? 인터넷으로 하는 건가?"

"무슨 일이야?"

이야기가 길어지자 또 다른 정장 차림의 남자가 무전기를 들고 걸어왔다.

"아, 주임님."

"무슨 일이십니까? 다른 분들이 들어갈 수 있도록 차 좀 빼 주시죠."

실랑이를 하는 사이에 SUV 차 뒤로 여러 대의 세단들이 줄을 잇고 있었다.

"여기 지배인이야? 아니, 내가 회원 하겠다는데 왜 그러는 거야? 뒤에 차들도 많으니 들어가서 얘기하지."

"죄송합니다. 여기는 회원 전용 주차장이라, 회원증 없으시면 못 들어갑니다. 회원들만 자동으로 차단기가 열리게 되어 있어서요."

"아니, 그러니까 나도 회원 하겠다고. 옥스퍼드 클럽 회원증 하나 만들자고. 들어가서 만들 테니까 차단기 올려. 나 오늘 기분 좋은 날이라 그래! 어?"

"저…… 연회비가 좀 센데, 괜찮으시겠습니까?"

"연회비도 있어? 얼마야? 얼마면 되는데?"

"1억입니다. 1억 내실 수 있으시면 열어드리겠습니다. 단, 들어가서서 1억을 못 내시면 그쪽 팔 하나는 내놓으셔야 할 겁니다."

"뭐? 1억? 팔을 내놓…… 무슨 클럽이 이, 이리 살벌해?"

"그건 알 거 없고, 알아 처먹었으면 당장 차 좀 빼지."

"아……."

"빼라고, 새끼야!"

주임은 갑자기 매서운 얼굴로 버럭 소리를 질러 댔다.

"아, 알았어. 알았다고. 씨……."

그는 어쩔 수 없이 공영 주차장 방향으로 차를 돌렸다.

회색 SUV 차량이 공영 주차장으로 들어와 차를 세우자, 나 경위가 황급히 뛰어와 차에 올라탔다.

"수고하셨습니다, 최 경위님. 어디서 연기라도 배우신 겁니까?"

"배웠지, 그럼."

최 경위는 너털웃음을 터뜨리며 나 경위를 힐끔 쳐다봤다. 반면 나 경위는 생각지 못한 답이 돌아왔는지 놀란 눈으로 최 경위를 바라보며 물었다.

"어디서 연기를……."

"어디긴 어디야? 현장에서지."

"아! 현장이요. 하하."

"그래. 현장에서 선임들 하는 것 보면서 배운 거라고. 나라고 처음부터 잘했겠어? 그건 그렇고, 다 들었지?"

"네, 녹음도 해 뒀습니다. 단서가 될 만한 내용이 있을지도 몰라서요."

"잘했어. 나 경위는 어떻게 생각해? 뭐 하는 곳 같아?"

"그러게 말이죠. 연회비가 1억이라……. 그냥 겁주려고 한 말은 아닐까요? 팔도 내놔야 한다고 했잖습니까? 1억인 것도 이상한데 설마 팔까지……."

"그렇지? 설마 팔을……. 1억이라고 하는 거 보면 혹시 불법 카지노 사업장이나 불법 게임장 같은 곳은 아닐까?"

"그럴 수 있겠네요. 회원만 들어갈 수 있다고 했으니까요. 회원제로 불법 도박장을 운영하는 곳일 수도 있겠습니다."

"차들은 사진 찍어 놨지?"

"네. 들어가는 차들 다 찍었습니다. 차량 조회 요청도 한 상태고요."

"오호, 역시! 빨라서 좋아."

"클럽을 통해 들어갈 수 있는지 확인해 봐야겠습니다. 주차장으로 진입하는 건 무리가 있을 것 같아요."

"그렇지? 지키는 놈들 세어 봤는데 족히 아홉 명은 넘는 것 같았어. 차단기 옆에 한 명 있었고, 건물 1층 경비실 같은 곳에 세 명 있는 걸 봤고. 거기서 주임이라는 놈이 나왔으니까."

"주차장 안쪽에도 두 명이 경비 서고 있는 걸 봤습니다. 그 외에 또 있는 겁니까? 아홉 명이라고 하셨잖아요."

"어. 건물 위층에서 내려다보는 놈들이 있더라고. 세 명 있었어. 3층 정도인 것 같았는데, 거기서 무전기 들고 쌍안경으로 보고 있더라고."

"와……. 그걸 보셨어요? 전 못 봤는데."

"그 정도는 봐 줘야 강력계 형사지. 안 그래? 현장에서 산 세월이 얼만데."

"세월이 그렇게 많이 되진…… 어, 그러니까 그만큼 젊어 보인다는 의미입니다. 아하하."

최 경위는 가는눈으로 나 경위는 째려보다 말을 이었다.

"내가 없는 동안 별다른 교신은 없었고?"

"아, 네. 여기 올 때까지도 없었습니다. 다시 교신해 볼까요?"

"그래, 연결해 봐."

나 경위는 주파수를 맞춘 뒤 최 경위에게 무전기를 건넸다.

"여기는 하바나. 이디엠 들리나?"

"여기는 이디엠. 잘 들린다."

"디제이 잘 들리나? 찌지익."

"여기는 디제이, 잘 들린다."

"다들 상황이 어떤가?"

"이디엠. 특별히 수상한 곳을 발견하지 못했다."

"여기는 디제이, 아직 지하 주차장으로 연결되는 통로를 찾지 못했다."

"그래, 알았다. 여기도 지하 주차장으로 진입하는 데 실패했다. 클럽에서 주차장으로 연결되는 통로를 찾아야 한다."

"알겠다. 찌지익. 어! 찾은 것 같다. 그쪽으로 이동하겠다. 찌직, 찌지익."

"이디엠…… 조심히 접근해라."

"앞에 엘리베이터…… 찌지익, 찌직."

그때 갑자기 나 경사와 교신이 끊어졌다.

"여기는 하바나, 무슨 일인가? 이디엠, 응답하라."

"여기는 디제이, 찌지익. 이디엠에게 가 보겠다. 찌직."

"디제이, 들리면 응답하라. 가지 말고 멀리서 확인해라."

이번엔 박 순경마저 교신이 끊어지고 말았다.

잠시 정적이 흐르고 나 경위가 조심스럽게 물었다.

"끊긴 겁니까?"

"응, 끊겼어. 무슨 일이지?"

"휴대폰으로 전화해 볼까요?"

"아니야. 무슨 일이 생긴 거면 전화도 못 받을 거야. 오히려 신원이 발각될 수 있어."

"그럼 클럽으로 가서……."

"아니, 잠깐만. 우선은 기다려 보자고."

나상남 경사는 최우철 경위와 교신하다, 엘리베이터를 발견하고 곧장 그곳으로 이동했다. 그 순간 갑자기 잡음이 생기며 교신이 끊어졌다.

"엘리베이터…… 찌지익."

"죄송합니다. 여기는 출입 통제 구역입니다."

엘리베이터로 향하는 통로 앞에서 한 남자가 팔을 뻗으며 제지했다.

"뭐야? 화장실 좀 갑시다!"

"죄송합니다! 이곳은 출입하실 수 없습니다."

클럽에 울려 퍼지는 음악 소리에 나 경사는 무슨 말인지 알아듣지 못했다.

"화장실 간다고, 화장실!"

"여기는 화장실 없습니다! 저쪽으로 가십시오, 저쪽!"

"아하, 쏘리 쏘리."

나 경사는 두 손을 들어 보이며 그가 가리키는 방향으로 걸어갔다. 그때 갑자기 그가 나 경사를 불러 세웠다.

"저기! 저기, 잠깐만!"

하지만 나 경사는 이번에도 듣지 못한 채 계속해서 앞으로 걸어 나갔다.

"아니, 저기! 흰색 셔츠 손님!"

그가 다급히 나 경사의 어깨를 잡는 순간, 나 경사는 본능적으로 그의 팔을 치며 뒤돌아섰다.

"뭐야? 지금 뭐 하는 거야?"

"죄송합니다. 불러도 대답이 없으셔서."

"무슨 일인데 그래?"

"귀에 끼고 있는 게 뭡니까? 잠깐 봅시다."

"에? 뭐라고?"

"아니, 그 귀에 끼고 있는 게 뭐냐고?"

그는 나 경사의 행동이 의심스럽자 조금씩 말이 짧아졌고 반대로 언성은 높아졌다. 그가 나 경사의 귀에 있는 것을 빼내려고 하는 순간, 나 경사는 잽싸게 그의 손을 잡아 비틀어 꺾었다.

"아악! 뭐야? 이거 안 놔?"

나 경사는 화들짝 놀라며 그의 팔을 놓았다.

"오우! 미안. 그러니까 왜 남의 몸을 함부로 만지려고 그래?"

"아으, 아파. 뭐 하는 놈인데 이리 힘이 세."

그는 꺾였던 팔을 털며 중얼거렸다.

"놈이라니? 손님한테!"

"뭐? 이건 들리나 보지?"

"그래, 들린다. 손님한테 이게 뭐 하는 짓이야?"

"잔말 말고, 그 귀에 있는 것 좀 봅시다."

그는 앞으로 내민 손을 까딱거렸다.

"귀에? 아아, 이거? 왜? 이어폰인데."

"이어폰 맞아? 한번 봅시다. 이리 줘 봐요."

그는 다시 한번 손을 뻗어 이어폰을 뺏으려 했다. 나 경사는 마치 그의 움직임을 읽은 듯, 순식간에 한 발짝 뒤로 물러나며 손을 뿌리쳤다.

"이럴수록 수상하다는 거 모릅니까? 당신 잠깐만……."

그가 무전기를 꺼내 들려 할 때, 어디선가 박 순경이 뛰어와 나 경사에게 팔짱을 끼며 찰싹 달라붙었다.

"오빠, 무슨 일이야?"

"어? 민희야, 왔어? 어디 있어서? 찾았잖아."

박 순경은 미소 띤 얼굴로 나 경사의 가슴을 살짝 두드렸다.

"잠깐 화장실 좀 다녀왔지. 근데 무슨 일이야?"

"여자 친구분이세요?"

"네, 그런데요? 아까 보니까 오빠 얼굴을 때리려고 하는 것 같던데. 맞죠?"

"아니, 아닙니다. 때리려고 한 게 아니라 뭐 좀 확인하려고……."

"다 봤는데 아니라고요? 안 되겠네. 여기 지배인 좀 오라고 하세요. 제가 직접 따져야겠으니까."

"그래, 맞아. 지배인! 지배인 오라고 해!"

박 순경이 지배인까지 찾으며 강하게 나가자, 나 경사도 옆에서 덩달아 큰소리쳤다.

"그런 의도는 없었습니다. 사과드립니다. 제가 오해를 좀 했나 봅니다. 죄송합니다."

그는 연신 고개 숙이며 사과했다.

"흥! 기분 나빠. 우리 오빠한테 손을 대고. 다음부터 조심하세요!"

"네, 감사합니다. 그럼."

"오빠, 가자."

"그래."

박 순경은 팔짱 끼고 있던 나 경사의 팔을 끌어당기며 서둘러 자리를 떴다. 고개 숙여 사과를 건넨 그는 머리를 긁적이며 엘리베이터 통로로 돌아갔다.

"박 형…… 아니, 민희야. 고마워. 휴우, 하마터면 걸릴 뻔했다."

"무슨 일이에요? 거기엔 왜 가신 거고요?"

"저쪽에 엘리베이터가 있더라고. 왠지 주차장으로 연결돼 있을 것 같아서 가 보려 했는데, 아까 그놈이 앞을 딱 지키고 있지 뭐야."

나 경사는 긴장이 풀렸는지 헛웃음을 터뜨렸다.

"지금 웃음이 나오세요? 정말 큰일 날 뻔했어요."

"에이, 이젠 웃어도 되잖아. 덕분에 잘 넘어갔다, 고마워."

"자꾸 웃지 마세요, 좀. 최 형사님께도 연락해야 하지 않을까요?"

"아, 맞다. 무전이 끊겼어. 휴대폰으로 해야 할 거야."

"네. 제가 연락할게요."

박 순경이 휴대폰을 꺼내 들려 할 때, 한 남자가 나 경사와 박 순경 사이를 지나갔다.

"잠깐 지나가겠습니다."

갑작스럽게 앞으로 지나간 남자 때문에 박 순경은 휴대폰을 순간 놓치고 말았다. 다행히 손에서 놓친 휴대폰을 바닥에 떨어지기 전에 다시 잡아챌 수 있었다.

"뭐야? 말하고 지나가야지. 지나가면서 말을 해? 아이, 싸가지 없는 놈."

"그러게요. 휴우, 휴대폰 깨질 뻔…… 어! 나 형…… 아니, 오빠. 저기, 저기요. 보셨어요?"

박 순경은 뭔가에 놀란 듯 다급히 나 경사를 부르며, 방금 전 지나간 남자를 손으로 가리켰다.

"왜? 박 형…… 아니, 왜? 저기 뭐가 있는데?"

"그놈이에요. 맞아요. 잠깐 눈이 마주쳤는데 분명 그때 그놈이라고요."

"그놈? 그놈…… 설마 대포 차 차주?"

"네, 나 형사, 아니, 오빠…… 죄송해요."

"아니, 지금 그게 중요해? 확실해? 그놈 맞아?"

"네, 맞아요. 휴대폰 잡으면서 잠깐 봤는데 저 사람도 날 쳐다봤거든요. 맞아요. 그때 봤던 그 눈빛이었어요."

"그럼 뭐 해? 쫓아가지 않고. 어디로 갔어?"

"저쪽이요."

"어떻게 생겼는지 난 모르니까, 박 형…… 아니, 에이. 박 형사가 알려 줘. 그 자식 무슨 옷 입고 있었어? 기억해 봐, 빨리. 지금은 안 보여?"

"잠시만요."

박 순경은 주위를 두리번거리며 그를 찾았다.

"아, 저기요! 저기 가네요."

"어디?"

"짧은 스포츠머리에 남색 티…… 밑엔 청바지네요. 청바지를 입고 있어요."

박 순경이 손가락으로 가리키는 곳을 보며 나 경사는 두리번 두리번 그자를 찾았다.

"남색 티…… 청바지……. 어! 저기 있다. 박 형사는 우선 최 형사님께 연락드리고 바로 뒤따라와."

"네? 아니, 같이……."

"아니야. 위험할 수 있으니까 보고하고 뒤따라오라고. 알았지? 난 먼저 간다. 시간 없어. 어서!"

"아, 네!"

나 경사는 음악에 심취해 춤추고 있는 사람들 틈을 비집고 들어가, 남색 티에 청바지를 입고 있는 대포 차 차주를 쫓았다. 그사이 박 순경은 최 경위에게 전화를 걸었다.

전동 드라이버 돌아가는 소리가 요란하게 들려왔다. 문을 열고 들어서자 페인트와 휘발유가 뒤섞인 매캐한 냄새가 코를 찔렀다. 한 귀퉁이에는 타이어가 쌓여 있었고, 벽면에는 다양한 공구들이 걸려 있었다.

좀 더 안쪽엔 컨테이너 박스가 하나 있었는데, 그 입구에는 불투명 비닐 가림막이 내려져 있었다. 먼지와 부유물로 가득한 컨테이너 박스 실내는 뿌연 안개가 낀 것처럼 공기가 탁했다. 그곳에는 번호판 없는 BMW 차 한 대가 도색이 덜 된 채로 놓여 있었고, 주변에는 공구들이 널브러져 있었다. 차 앞에는 골무 모자와 고글, 마스크를 쓴 남자가 쪼그려 앉아 무언가를 조립하고 있었다.

잠시 후 전동 드라이버 소리가 멈추는가 싶더니, 남자가 자리에서 벌떡 일어났다. 그러고는 옆에 있던 붉은색 스프레이를 들어 차에 뿌리기 시작했다. 하얀색 차량을 빨간색으로 도색하려는 듯 보였다. 차 옆으로는 여러 개의 번호판들이 일렬로 세워져 있었다.

그는 한쪽 면 도색을 마무리한 듯 반대쪽으로 돌아서다 자신을 보고 서 있는 남자를 보고 깜짝 놀라, 한 발짝 뒤로 물러나며 급히 고글을 머리 위로 올렸다. 그리고 이내 한숨을 내쉬며, 눈앞에 떠다니는 부유물들을 양손으로 휘저으며 그에게 다가갔다.

"아이, 놀랐잖아. 여기 들어오지 말라니까!"

"죄송합니다. 전화를 안 받으셔서요."

"아, 그랬어?"

그는 몰랐다는 듯 머쓱하게 웃으며 고개를 끄덕였다.

"사장님이 찾으십니다."

"아빠가? 왜? 또 무슨 일로?"

"아마도 경찰 쪽 움직임이 심상치 않아 그런 것이 아닌가 싶습니다."

"그게 무슨 말이야? 가루 때문에?"

"이사님 자택을 압수수색하려고 했답니다. 사장님이 급히 제동을 거셨지만, 경찰 쪽 움직임이 여기서 그냥 물러날 기세가 아닌 듯합니다."

"그거야 이제 문제없잖아? 제모도 하고 일본 가서 몸 세탁도 했고, 깔끔히 처리했는데 왜? 이 정도면 압수수색해도 나올 게 없는데, 안 그래? 뭐가 문제야, 형?"

"그건 그렇죠. 집도 깨끗하게 정리된 상태고요. 그런데 마약 때문이 아닌 것 같습니다."

"뭐? 그게 아니면…… 뭐…… 뭐? 뭔데? 응?"

그는 형이라는 자를 제대로 쳐다보지도 못하고 더듬거리며 물었다.

"아직 뭔지는 모르고 계십니다. 하지만 곧 아시게 될 겁니다, 이사님."

"뭘? 뭘 아신다는 거야? 누가?"

"아시지 않습니까? 이제 그만 두십시오. 더는 위험합니다."

"씨발, 형이라고 불러 줬더니. 네가 뭘 안다고 지랄이야!"

그는 매서운 눈으로 형을 노려보며 소리쳤다.

"이사님……."

"입 닥쳐. 넌 봐도 못 본 척, 알아도 모른 척, 있어도 없는 척하라고 했잖아! 제발 입 닥쳐라. 너까지 잃기 싫다고. 응? 아이 씨. 형, 형까지 이러지 마. 응? 제발."

그는 형을 잡아먹을 듯 쏘아보며 말하더니, 한순간 미소 띤 얼굴로 바뀌어 사정하듯 말했다.

"네, 알겠습니다. 그럼 앞으로 어떻게 하실 생각이십니까?"

"뭘 어떻게 해? 아빠가 다 알아서 하실 거야. 그리고 형만 입 다물면 아무도 몰라. 짭새 새끼들도 모른다고. 이 세상에 아는 건 형하고 나…… 그리고 그 나쁜 새끼뿐이야. 그러니까 형만 입 다물면 돼. 함부로 나불거렸다가는 형이라도 가만두지 않을 거니까 알아서 해."

"이사님, 이번은…… 제가 처리해드리면 어떻겠습니까?"

"형이? 정말? 아! 아니야. 형은 그냥 있어. 그러다…… 됐어.
아무것도 하지 마. 내가 해."

"사장님께서 알게 되시면 그때는 정말 큰일입니다."

"씨…… 아이, 형. 피해 안 가게 할게. 형은 몰랐다고 잡아떼.
만약에 걸리면 내가 혼자 알아서 한 거라고 하라고. 이리 죽으
나 저리 죽으나 죽기는 매한가지니까. 응?"

"굳이 하셔야 하겠습니까? 무슨 이유로……."

"아니, 씨발! 그건 알 거 없고. 형이라고 꼬박꼬박 불러 주니
까 진짜 형 같아? 적당히 간섭하라고. 그냥 아빠 때문에 형, 형
부르는 거잖아! 형이 내 친형이라도 되는 것처럼 제발 그러지
좀 마! 신경 끄고 모른 척하라고. 응?"

그는 형에게 버럭 화를 냈다가 살살 달래기를 반복하며 오락
가락한 감정을 보였다.

"우선 알겠습니다. 사장님께서 기다리고 계시니 준비하시고
가시죠."

"어디 계시는데?"

"이곳 17층에 계십니다."

"아, 거기. 오늘 무슨 날이야?"

"그건 저도 잘 모릅니다."

"씨……. 내가 모를 것 같아? 알아도 모르는 척하라는 건 이
럴 때 쓰라고 한 말이 아니야. 그래, 하긴 알아도 말할 형이 아

니지. 형이 내 사람도 아니고……."

그는 형의 표정을 살피며 떠보듯 계속해서 질문을 던졌다.

"아아, 뭐야? 짭새 때문이 아니네, 좋은 일로 부르시는 거야?"

"……."

"몰라? 알잖아. 말해 봐, 칠성이 형."

"정말 모릅니다. 전 지시대로 모시러 왔을 뿐입니다."

"씨……. 그래, 알았어. 그리고 다음부턴 여기 올 때 연락하고
와. 아니면 밖에서 인기척이라도 내든지. 오늘처럼 그냥 막 들
어오지 말라고. 알았어?"

"알겠습니다."

"먼저 가 있어. 곧 간다고 아빠한테 말씀드리고."

"네. 그럼 준비하고 올라오십시오."

청바지에 남색 티를 입은 그는 비닐 가림막을 헤치고 밖으로
나갔다. 먼지를 뒤집어쓴 남자는 마스크와 고글을 벗고, 얼굴
에 묻은 먼지를 손으로 몇 번 떨어냈다. 그리고 앞치마를 벗어
벽걸이에 건 뒤 옷에 묻은 먼지를 털며 밖으로 나갔다.

"박 형사, 무슨 일 있었어? 왜 무전이 끊긴 거야?"

"그건 나중에 말씀드릴게요. 그것보다, 방금 논현로 주택에
주차돼 있던 대포 차 차주로 보이는 남자를 여기서 목격했습니
다. 나상남 형사가 그자를 쫓는 중이고요."

"뭐? 그 살벌했다는 눈빛 맞지? 그럼 우리도 그쪽으로 갈게. 박 형사는 대기해."

"대기라고요? 저도 쫓아……."

"박 형사, 괜찮겠어?"

"큰 상처가 아니라 괜찮습니다. 걱정 마세요."

"아니, 종아리 상처 말고 멘탈이 괜찮냐고. 똑같은 상황에서 또 그러면 말이야."

"죄송합니다. 하지만……."

"박 형사, 내가 죄송하다는 말 들으려고 한 말이 아니잖아."

"아……. 네. 죄송…… 아니……."

"야! 박 형사, 정신 차려! 현재 네 마음 상태가 어떤지를 묻는 거야. 한 번 그랬다고 지금 기죽은 거야? 무섭다고 도망치거나 힘들다고 물러서면 그때는 정말 나락으로 떨어지는 거야. 알았 어? 박민희, 너 형사야. 지금은 강력계 형사라고."

"예, 최 형사님."

"목소리 봐라! 지금이라도 못 할 것 같으면 당장 거기서 튀어 나와! 그게 아니면 현장에서 제대로 뛰어 보라고. 무슨 이유인 진 몰라도, 그거 누가 도와줄 수는 있는 게 아니라고. 스스로 극 복해야 한다고 알겠어?"

"예! 알겠습니다!"

"그래. 그래도 다치지 않게 조심하고. 우리도 바로 그쪽으로 간다."

"박 형사, 현장으로 뛰어갑니다!"

"그래, 좋았어!"

최 경위는 옅은 미소를 지으며 전화를 끊었다.

"나 경위, 논현로 그 집 알지? 거기 주차되어 있던 차 주인을 봤다네."

"네. 살벌한 눈빛 보고 알았습니다. 근데 박 순경한텐 왜 그러세요? 저번에 다친 거 때문입니까?"

"그 얘긴 나중에 하지. 그것보다 클럽으로 빨리 가야겠어."

"아! 네, 그러죠. 그 차도 대포 차였나요?"

"맞아. 조회해 보니까 대포 차였거든. 차량 번호가 뭐였지? 차량 번호가 뭐였지? ……아! 4862였다. 아무튼 그 차주가 클럽에 있는 게……."

"번호가 뭐라고요?"

"4862. 왜?"

"4862요? 224다 4862 BMW 차량인가요?"

"뭐? 잠깐만, 내가 어디에 적어 놨는데."

최 경위는 휴대폰을 꺼내 메모장을 확인했다.

"맞나요?"

"어! 맞아. 아직 공유 안 한 건데 어떻게 알았어?"

"그렇군요……. 세 번째 살인사건이 있었던 그날, 현장 CCTV에 찍힌 차량입니다."

"현장에서? 그런 얘기 없었잖아?"

"그게, 살인사건 현장 500미터 떨어진 곳에서 뒤늦게 확인된 거라서요. 팀장님께 보고드리고 메일로 급하게 관련 자료들 공유했는데 못 보셨습니까?"

"메일로 보내면 그걸 언제 확인하나? 그래, 아무튼. 우리가 클럽 주차장에서 확인하려는 차는 그랜저라고 하지 않았어?"

"네. 차 번호도 다릅니다."

"그럼 이곳이 연쇄 살인범 아지트일 가능성이 높겠는데."

"그럴까요?"

"그렇지 않을까? 살인사건 현장에 있었던 그랜저가 여기에 주차되어 있고. 논현로 집 담벼락에 주차돼 있던 차도 살인사건 현장에 있었던 차라는 거잖아. 그럼 두 차량 주인이 동일인일 수도 있다는 말이고. 그자가 건물주와 연관이 있거나, 어쩌면 건물주일 수도 있지."

"그럼 건물주 이건성 씨가 살인범이라고 생각하시는 겁니까?"

"아니, 이건성은 바지 사장이고, 실제 건물주겠지. 뭐, 아지트는 제대로 찾은 것 같은데? 연쇄 살인범 냄새가 난다고."

"네. 저도 최 경위님 예측이 맞았으면 좋겠습니다."

"근데 주차장으로 진입하기는 쉽지 않을 것 같아. 우선 클럽에 있는 나 형사, 박 형사 지원하면서 좀 더 지켜보자고. 또 다른 출입구가 있는지 확인해 보고, 다른 방법이 없으면 상황 봐서 정문을 뚫고 들어갈 수밖에."

"그러시죠. 그런데 아까 박 순경은 왜……."

나 경위는 말끝을 흐리며 조심스럽게 운을 뗐다.

"아, 별거 아니야. 강력계 형사로서 겪는 일련의 과정이라고나 할까? 누구나 다 겪는 과정은 아니지만 간혹 힘들어하는 경우가 있거든. 그 과정에 있는 거야, 박 형사는."

"그 과정이라는 게 뭡니까?"

"자기와의 싸움."

"네?"

나 경위는 어리둥절한 표정으로 최 경위를 쳐다봤다.

"각성이라는 말 알지? 쉽게 말하면, 일선 경찰에서 강력계 형사로 변모해 가는 과정이라고 할 수 있지. 저번처럼 범죄자를 상대할 땐 불가피하게 범인에게 총을 쏴야 하는 경우가 생기게 돼. 사건 현장에서 피해자가 살해당하는 걸 직접 목격하는 일도 있을 거고. 반대로 자신이 범죄자에게 해를 입는 경우도 있어. 저번에 박 형사가 가볍게 다쳐서 다행이었지만, 만약 치명상을 입었다면 트라우마가 훨씬 더 심했을 거야."

"현장에서 그런 일들은 비일비재하게 일어나는 거 아닙니까?"

"맞아. 강력계 형사가 되면 언젠가는 그런 일들을 겪게 되니까. 박 형사는 지금 그 일련의 과정을 극복하느냐 못 하느냐, 그 첫 갈림길에 들어선 거지. 도망치고 싶고 죄책감에 미칠 것만 같을 그때, 강력계 형사라는 자신에 대한 믿음과 신뢰가 있어야만 그 상황을 극복할 수 있게 되거든. 그게 생길 때 각성했다고 할 수 있지."

"그런 각성이라면…… 박 순경이 꼭 해냈으면 좋겠네요."

"물론이지. 동료들이 옆에서 함께할 테니."

제14화

탐색

"오셨어요, 의원님."

"네."

"이번 본 회의에서 의원님이 발의한 법안이 통과가 될까요?"

"힘들 것 같아요. 선거법, 공수처법, 검경 수사권 조정법, 걸린 게 너무 많아요. 패스트 트랙으로 밀고 나갈 생각인 것 같던데. 추경 때문에 다른 건 말도 못 꺼내고 있어요. 아마 추경도 임시 회의로 넘어갈 것 같고요. 그러니 제가 발의한 법안에 눈이나 가겠어요?"

"어렵게 법사위를 통과했는데…… 속상하네요."

"그렇죠? 고생해서 준비했는데 미안해요. 그래도 초선 비례 의원이 발의한 법안이 본 회의까지는 올라온 게 어디예요? 그걸로 위안 삼아야죠."

"그러니 다음 선거에 출마를……."

"보좌관님, 마음 굳혔다고 말씀드렸잖아요."

"아직 당에 정식으로……."

"보좌관님께 먼저 말씀드린 이유 아시잖아요. 한번 마음먹은 건 끝까지 가는 거 아시죠? 제 성격 아시면서, 그만 포기하시죠."

"아쉬워서 그러죠. 알겠으니까 그렇게 보지 마세요."

서 의원은 시무룩한 보좌관의 모습에 미소를 띠우며 말했다.

"저녁 식사 아직 못 했죠?"

"네. 의원님도 못 하셨잖아요. 뭐라도 시킬까요?"

"저는 짬뽕하고 깐풍기 작은 걸로 부탁해요. 드시고 싶은 것 있으면 마음껏 시키시고요. 여기 카드요."

"감사합니다, 의원님."

"넉넉히 시키세요, 푸짐하게. 아셨죠?"

"네에!"

보좌관은 수첩에 메뉴를 적으며 의원 방을 나섰다.

똑똑똑!

"네, 들어오세요."

"의원님, 손님 오셨습니다."

"손님이요? 아!"

"민우직 님이라고 하면 아실 거라고 하시는데요. 안으로 모실까요?"

"어서 안으로 모시세요. 손님들 마실 차 좀 준비해 주시고요."

"네, 의원님."

김 비서관이 나간 후, 민우직 경정과 남시보 순경이 안으로 들어왔다.

"또 보네요. 서 의원."

"어서 오세요, 민 팀장님. 이렇게 또 뵈니 반갑네요."

"안녕하십니까, 처음 뵙겠습니다. 남시보 순경이라고 합니다."

"네, 반가워요. 죄송해요. 제가 오신다고 한 걸 깜빡하고 있었네요."

"하하. 그래요? 다른 약속 있는 건 아니죠?"

"그건 아니에요. 다행히 시간이 맞았네요. 아! 저녁 드셨어요?"

"그럼요. 왜요? 아직 식사 전이에요?"

"네. 방금 전에야 본회의가 정회됐거든요."

"그래요? 그럼 식사라도……."

똑똑!

"네, 들어오세요."

김 비서관이 들어와 민 경정과 남 순경 자리에 찻잔을 내려 놓고 나갔다.

"차 드세요."

"잘 마시겠습니다. 근데 나가서 식사라도 하시는 게……."

"아니에요. 음식 시켰어요. 먹으면서 얘기해도 괜찮겠죠?"

"그럼요. 상관없죠."

서 의원은 민 경정을 바라보다 남 순경에게 고개를 돌렸다.

"아! 네. 저도 상관없습니다, 의원님."

"이거 초면에 실례가 많네요. 요즘 정신이 없어서요. 발의한 법안 때문에 발품을 많이 팔아야 하거든요."

"저야 의원님 덕에 국회도 와 보고 영광입니다. 하하."

"에이, 국회는 항상 시민들에게 열려 있는 공간인데요. 자주 들러 주세요. 다음엔 제가 식사 제대로 대접할게요. 그런데 무슨 일로 보자고 하신 거예요? 채 의원…… 아! 말해도…….'

서 의원은 민 경정을 바라보며 말하다, 남 순경을 힐끗 쳐다보고는 급히 말을 끊었다.

"괜찮아요. 근데 오늘은 그 일로 온 건 아닙니다."

"그럼요?"

"서 의원, 주변에 자주 눈에 띄는 사람이나 따라다니는 차는 없었나요? 최근에 말이에요."

"왜 그러시죠? 누가 절 미행이라도 하는 건가요?"

"그런 것 같아서요."

"정말요? 우철 씨도 그런 말을 했었는데……. 왜요? 혹시 연쇄 살인범이 저를……."

"아니, 아닙니다. 연쇄 살인사건하고는 상관없어요. 최 형사가 뭐라고 하던가요?"

"팀장님이 하신 말씀 그대로 물어보던데요. 그리고 강남이 살인사건으로 흉흉하니 조심하라고요. 누가 절 미행하나요? 아니, 왜 절 미행하는 거죠?"

"아직 추측이지만 채 의원 쪽 사람이 아닐까 싶어요. 최 형사와 채 의원을 조사하고 있었다면서요? 그 사건 이후에 지금까지도 계속 주시하고 있다고 들었는데요."

서 의원은 난처한 표정을 지으며 말했다.

"아……. 우철 씨가 다 얘기했나요?"

민 경정은 말없이 고개만 끄덕였다.

"팀장님도 알고 계시잖아요. 채 의원 개인 뇌물수수 사건으로 끝날 일이 아니라는 걸요. 그리고 우철 씨 형님도……."

"서 의원, 이해합니다. 그걸 탓하자고 온 게 아니에요. 좋아요. 무슨 이유인지는 중요하지 않아요. 단지 방법이 틀렸을 뿐이에요. 당분간은 채 의원을 조사하거나 관련 인물들을 추적하는 일은 하지 말아요."

"네? 그건……."

"채 의원과 연관된 의원, 검사, 뭐…… 정재계 관련된 누구든, 그 사람들의 개인 정보나 금융 정보 같은 걸 수집하는 행위는 당장 그만둬요! 특히 따로 사람을 붙이는 일은 더더욱 하지 말고요. 그렇게 해 줄 수 있겠죠? 서 의원!"

민 경정은 다소 격앙되었는지 말이 끝날 때쯤엔 서 의원을 다그치듯 했다.

"팀장님, 경찰 신분으로 국회의원 의정 활동에 관여하는 건 월권 아닌가요? 그리고 제가 민간인을 사찰하는 것도 아니고, 국민과 공익을 위해 법을 어기고 불법을 저지르는 국회의원을 감시하고자 하는 건데 왜 그걸 막으시는 거죠? 무슨 권리로요?"

"아니, 그건……."

"경찰이나 검찰이 제대로 했다면 제가 이런 수고스런 일을 할 필요도 없었겠죠. 국민을 위해 법안을 만들어야 할 의원이 이런 일을 하고 있는 게 누구 때문인데요?"

굳은 표정으로 서 의원을 바라보던 민 경정은 갑자기 호탕하게 웃음을 터뜨렸다.

"역시. 듣던 대로 강단 하나는 알아주네요. 멋집니다, 서 의원."

서 의원은 어리둥절한 표정으로 민 경정을 바라봤다.

"팀장님, 왜 그러세요? 뭐하시는 거예요?"

남 순경도 얼떨떨한 표정으로 민 경정을 바라보며 안절부절 못했다.

"아, 미안해요. 저도 모르게 흥분을 했네요. 맞아요. 경찰 신분에 이러면 안 되는 거죠. 제가 좀 과했네요."

똑똑똑!

"네, 들어오세요."

"의원님, 음식 왔는데요. 어떻게 할까요?"

"여기로 가져다 주세요. 좀 드시겠어요?"

서 의원은 민 경정과 남 순경을 번갈아보며 물었다.

"아니에요. 우리는 괜찮아요."

"그래도 같이 드시죠. 여기 계신 분들 젓가락도 챙겨 주세요."

"네. 카드 여기 있습니다, 의원님. 맛있게 드십시오."

김 비서관은 카드를 서 의원에게 건네고 인사한 뒤 방을 나섰다.

"여기 깐풍기 맛있어요. 맛이라도 좀 보세요."

서 의원은 짬뽕 그릇 비닐을 뜯어, 한 젓가락 크게 집어 입에 넣으며 말했다.

"죄송해요. 배가 너무 고파서요. 그런데 아까 하신 말씀 진심이세요? 일부러 목소리를 높이신 것처럼 느껴져서요. 후루룹."

"그래요. 먹으면서 편하게 들어요. 아까 내가 한 말들은 모두 진심이에요. 지금까지 조사하고 있던 모든 것을 멈춰 줘요. 그리고…… 맞아요. 소리친 건 일부러 그랬어요."

남 순경은 화들짝 놀라며 민 경정에게 물었다.

"네에? 팀장님, 그게 무슨 말씀이세요?"

반면 서 의원은 담담하게 말했다.

"그러신 것 같았어요. 절 떠보신 건가요? 왜요?"

"서 의원, 기분 나빴다면 사과할게요. 서 의원에게 직접 확인해 보고 싶었어요. 그만큼 의지가 있는지 궁금했거든요. 미안합니다."

"그게 왜 궁금하셨죠?"

"그건 식사 다 하고 말할게요. 우선 식사나 맛있게 해요."

"왜요? 들으면 체할 얘긴가요?"

민 경정은 웃으며 손을 내저었다.

"아닙니다. 체할 정도는 아니에요. 그래도 식사하면서 할 얘기는 아닌 것 같아서요. 그것보다, 흥분해서 한 말들은 정말 하고 싶었던 말이었어요. 우선 식사 먼저 하죠."

"그러죠. 요즘은 제 시간에 식사하기도 쉽지 않네요. 금강산도 식후경이니까요."

서 의원은 빙그레 웃으며 깐풍기 한 점을 입에 넣었다.

"그래요. 내가 하고 싶은 말이 그 말이에요. 금강산도 식후경."

남 순경은 고개를 절레절레 흔들다, 웃고 있는 민 경정과 눈이 마주쳤다.

"뭐 해? 먹기나 해."

"네."

⁙

남색 티 남자를 뒤쫓아 가던 나상남 경사는 막다른 길에 접어들었다. 그곳엔 비상계단으로 연결되는 문이 하나 있었다. 문을 열고 들어간 나 경사는 위로 올라가려다, 아래에서 들리는 문 닫히는 소리에 급히 방향을 돌려 뛰어 내려갔다.

하지만 어디에도 출입구는 보이지 않았다. 난간에서 내려다보니 문이 하나 보여 한 층을 더 내려갔지만 카드 키가 있어야 들어갈 수 있는 곳이었다. 이곳으로 들어간 것인지 더 아래로 내려간 것인지 알 수 없어 한 층 더 내려가 봤지만, 역시 카드 키가 있어야 들어갈 수 있는 문뿐이었다. 나 경사는 머리를 헝클어트리며 어쩔 수 없이 클럽이 있는 층으로 다시 올라갔다.

"여기서 뭐 하시는 겁니까?"

비상계단 문을 열고 나가자 검은색 정장을 차려입은 한 남자가 문 앞을 지키고 서 있었다.

"여기 화장실이 어디죠? 좀 급한데……."

"화장실? 잠시 따라오시죠."

"아니, 방향만 알려 줘요. 알아서 갈 테니."

"잔말 말고 따라오세요."

"뭐? 지금 뭐라고 했어?"

"행동이 수상해서 CCTV로 계속 지켜보고 있었습니다. 저희랑 잠시 사무실로 가시죠."

"지켜보고 있었다고? 여긴 손님을 감시까지 해? 그런 거야?"

"감시가 아니고 수상한 행동을……."

"그러니까, 그게 그 소리 아니야?"

"이렇게 비협조적으로 나오신다?"

남자는 그렇게 말하며 들고 있던 무전기를 입에 가져다 댔다.

"이쪽으로 애들 보내."

"이봐, 이거 실수하는 거야. 손님한테 이러면 안 되지."

무전기를 든 남자는 아무 말 없이 뒷짐을 지고 나 경사를 위아래로 훑어보았다. 그때 남자의 뒤로 박 순경이 뛰어오는 모습이 보였다.

"오빠! 여기서 뭐 해?"

"어! 민희야, 나 찾으러 여기까지 온 거야? 아이, 화장실이 어딘지 몰라서 헤맸지 뭐야."

나 경사는 남자를 힐끗 쳐다보며 어색하게 웃었다.

"아이, 정말! 재밌게 놀다가 이게 뭐야? 어서 가자."

박 순경이 나 경사의 팔짱을 끼며 가려 하자, 무전기를 든 남자가 앞을 가로막았다.

"좀 비켜 주실래요?"

"죄송합니다. 잠시만 기다려 주셔야겠습니다."

"왜요? 우리 오빠가 무슨 잘못이라도 했나요?"

"기다려 보시면 압니다."

"그게 무슨⋯⋯."

박 순경이 남자에게 따지고 들려 할 때, 뒤쪽으로 검은 정장 차림의 남자 서넛이 뛰어오는 것이 눈에 들어왔다. 나 경사는 최대한 티 나지 않게 박 순경 귀쪽으로 다가가 작은 목소리로 속삭였다.

"여차하면 뛰는 거야. 내가 신호 줄게."

박 순경은 아무 말 없이 고개를 끄덕였다.

"소란 피운 것도 없는데 참 너무하시네. 알겠어요. 그냥 나갈 테니까 비켜 줘요. 여자 친구도 보고 있는데 남자 존심 좀 지켜 주시죠, 형님들."

"지금 그 존심 지켜드리는 겁니다. 그러니 얌전히 따라오시죠."

"아이, 정말. 말로 안 되겠네."

박 순경은 나 경사를 곁눈질로 쳐다보다, 이때다 싶어 뛰쳐나가려 했다. 하지만 나 경사는 급히 박 순경의 어깨를 감싸 안으며 큰 소리로 웃었다.

"그래요. 그럼 가서 오해를 풀어 보죠. 하하하."

박 순경은 입술 한쪽을 삐죽 올리며 옅은 미소를 지었다.

"그러죠, 그럼."

앞을 가로막고 서 있던 남자는 아무 말 없이 코웃음을 짓더니, 옆으로 살짝 비켜서며 갈 방향을 가리켰다. 그 모습을 본 박 순경이 나 경사에게 조용히 속삭였다.

"저 사람 정말 재수 없네요. 생긴 것도 밥맛없게 생겨서는."

나 경사는 피식 입꼬리를 올리며 그 남자가 가리키는 방향으로 걸어갔다.

"어떻게 하실 거예요?"

"신호 줄게. 기다려."

박 순경은 고개를 살짝 끄덕였다.

검은색 정장을 입은 남자 둘이 앞장섰고, 나 경사와 박 순경 뒤로 나머지 두 명이 바짝 붙어 걸었다. 막다른 통로에서 나와 클럽 중앙을 지나가야 했지만, 음악에 몸을 맡겨 과격하게 춤추고 있는 젊은이들을 뚫고 지나가기란 쉬운 일이 아니었다. 어쩔 수 없이 사람들이 적은 바깥쪽으로 돌아서 가야 했다.

화려한 특수 조명이 리듬에 맞춰 꺼졌다 켜지기를 반복하며 클럽을 휘젓고 있었다. 조명 불빛이 눈을 매료시켰다면, 반복되는 전자음의 빠른 템포는 귀를 압도하고 가슴을 쿵쿵 뛰게 만들었다. 그 중간에 흥겨운 클럽 분위기를 바꾸는 순간이 있었다. 전체 조명이 잠깐 꺼지는 2~3초간의 아주 짧은 암흑 순간이었다.

바로 그때였다. 나 경사는 갑자기 옆에 있던 박 순경의 어깨를 툭 치며 크게 소리쳤다.

"지금이야!"

그와 동시에 나 경사는 사람들이 모여 있는 무대 중앙으로 뛰어 들어갔다. 박 순경도 나 경사의 신호에 옆으로 뛰쳐나갔지만, 같은 방향이 아닌 반대 방향으로 몸을 틀어 버린 것이다.

뛰어가던 나 경사는 옆에 박 순경이 없다는 사실을 뒤늦게 알아차렸지만, 바로 뒤에서 따라오는 그들을 피해 일단 도망부터 칠 수밖에 없었다.

클럽 밖으로 빠져나가려 했지만 출입구는 바운서들이 막고 있었고, 또 클럽 안에 박 순경만 혼자 두고 나갈 수는 없는 노릇이었다.

그 시각 박 순경은 사람들 사이로 몸을 숨겨 가며 주위를 살피고 있었다. 그때, 한 웨이터가 갑자기 박 순경의 손을 붙잡고 무작정 룸이 있는 복도로 끌고 갔다. 부킹일 것이라 생각한 박 순경은 잠시 숨어 있기 위해 순순히 웨이터를 따라갔다.

그것도 모르고 나 경사는 박 순경을 찾기 위해 무대를 헤집고 다니다, 겨우 피한 그들과 다시 맞닥뜨리고 말았다. 네 명의 건장한 사내들이 나 경사의 주위를 에워싸며 걸어왔다. 나 경사는 춤추고 있던 한 남자의 뒤통수를 갑자기 세게 내리쳤다. 그 남자는 앞으로 튕겨 나갔다가, 욕을 내뱉으며 부리부리한 눈으로 뒤를 돌아보았다. 그러고는 나 경사가 아닌 다른 사람 어깨를 잡아채 시비를 걸었고, 그새 그들은 몸싸움을 벌였다.

그들의 싸움은 같이 온 동료들 싸움으로까지 번져, 클럽 안은 순식간에 난장판이 되었다. 나 경사는 그 틈을 타 비상계단이 있던 곳으로 뛰어갔고, 뒤를 쫓던 그들은 아수라장이 된 무대를 빠져나오지 못하고 싸움에 휘말려 버렸다.

비상계단으로 뛰어가던 나 경사는 바로 앞에서 걸어오는 한 남자와 눈이 마주쳤다. 여태껏 찾아 다녔던 남색 티의 그자였다. 나 경사는 급히 뛰는 것을 멈추려다 속도를 이기지 못해 하마터면 뒤로 자빠질 뻔했다. 간신히 몸을 가눈 나 경사는 곧바로 그에게 다가가 어깨를 붙잡았다.

"어! 으윽!"

그는 자신의 어깨에 닿은 나 경사의 손을 재빨리 비틀어 꺾으며 등에 바짝 붙인 채로 말했다.

"뭐야, 너!"

"아악! 이거 놔. 놓고 얘기해."

"뭐냐고 물었잖아!"

나 경사는 고통스러워하며 자신의 팔을 빠르게 툭툭 쳤다. 그리고 신음 소리를 내며 힘겹게 대답했다.

"아니, 아는 사람인 줄 알고. 미안합니다. 으흑! 그러니까 이것 좀 놔요."

"함부로 남의 어깨에 손대지 마라. 알았어?"

"알았으니까 빨리 놔요. 어깨 빠지겠어."

"덩치는 산만 한 게……. 치."

그가 손을 놓으며 앞으로 밀치는 바람에, 나 경사는 그대로 꼬꾸라져 버리고 말았다.

"다음부터 조심해."

그는 그렇게 말하며 뒤돌아섰다. 넘어졌던 나 경사는 바지를 툴툴 털며 몸을 일으켰다.

"야! 잠깐만!"

음식 그릇이 말끔히 치워진 테이블 위에, 김 비서관이 새로 준비한 따뜻한 찻잔들을 들여놓았다.

"이제 금강산 구경 좀 해 볼까요? 팀장님, 말씀해 보시죠."

"하하. 그럴까요? 서 의원도 최우철 형사에게 어느 정도 들었을 겁니다. 조 검사 살인사건…… 기사도 낸다고요?"

"네. 들으셨어요?"

"좋습니다. 기사는 내도 됩니다. 하지만 그다음은 우리에게 맡기고 모든 것에서 손을 떼요."

"저기, 팀장님. 아까도 말씀……."

"당분간만입니다. 서 의원, 일주일 정도만 기다려 줘요. 아니, 3~4일 정도만 아무것도 안 하는 걸로 해 줘요. 그 정도는 가능하죠?"

"이유를 알 수 있을까요?"

"뉴스로 접했겠지만, 조 검사 사망 원인을 교통사고로 결론지을 생각인가 봅니다. 이대우 판사, 그 전에 이필석 의원까지 자살로 사건을 종결한 것처럼 말이죠."

"그럼…… 그 사건들도 모두 자살이 아니라는 말씀인가요?"

"네. 추측일 뿐이지만 말이죠."

"근거 있는 추측이시겠죠?"

"그건 추후에 상세히 설명하죠. 우선은 우릴 믿고 모든 것에서 손을 떼요. 부탁해요."

"팀장님이 괜히 그러실 것 같지는 않으니…… 알겠어요. 대신 3일만이에요."

민 경정은 가볍게 웃으며 대답했다.

"네, 그래요. 3일. 고마워요, 서 의원."

"그땐 이유도 설명해 주셔야 합니다. 아셨죠?"

"물론이죠. 그땐 듣기 싫어도 들어야 할 겁니다."

남 순경은 눈치를 보고 있다, 어느 정도 대화가 끝났을 때쯤 입을 열었다.

"의원님, 죄송한데 종이 봉투 하나 얻을 수 있을까요?"

"종이 봉투요? 잠깐만요."

서 의원은 인터폰을 눌렀다.

삑!

"비서관님, 여기 종이 봉투…… 남 순경님, 큰 봉투 말하는 거죠?"

"네, 맞아요."

"여기 서류 봉투로 몇 장 가져다줘요."

"네, 알겠습니다."

"감사합니다. 의원님."

"아니에요. 더 필요한 거 있으면 말하세요."

똑똑!

얼마 지나지 않아 김 비서관이 봉투를 서 의원 앞에 내려놓았다.

"의원님, 봉투 여기 있습니다."

"고마워요. 남 순경님, 이거면 될까요?"

"예, 이거면 됩니다."

남 순경은 종이 봉투를 건네받은 뒤 민 경정을 바라보며 고개를 가로저었다.

"의원님, 혹시 황색 봉투는 안 쓰시나요?"

"황색 봉투가 필요한 거였어요? 어쩌죠? 저희 당에서 나오는 것밖에 없는데."

"서 의원, 그럼 최근에 황색 봉투로 온 우편물은 없었어요? 꼭 우편물이 아니더라도 황색 봉투를 받은 적 없었나요?"

"스무고개도 아니고 이유를 말씀해 보시죠. 저 눈치 백 단입니다. 정치권에 들어온 것도 다 눈치가 좋아서예요."

민 경정은 난감해 보였지만 오히려 더 큰 소리로 웃으며 말했다.

"그런 것 같습니다, 서 의원. 하하."

"그러니 말씀해 보시죠."

"사실, 황색 봉투로 협박성 편지를 보낸다는 첩보가 있었어요."

"협박성 편지요? 누가요?"

"그건 파악 중이에요."

"꼭 그런 내용이 아니더라도 황색으로 된 봉투를 받아 보신 적은 없으신가요?"

남 순경이 묻자, 서 의원은 잠시 생각해 보더니 고개를 가로저으며 대답했다.

"글쎄요. 없었어요. 혹시 이것도 채이돈 의원 짓일까요?"

"누가 그런 짓을 했는지는 모르지만 채 의원은 아니에요. 혹시나 해서 말하는 건데 조덕삼, 이대우, 이필석 이 사람들의 죽음과 채이돈 의원은 무관해요. 그래서 잠깐 멈추라고 말한 겁니다."

채 의원이 아니라는 말에 서 의원은 순간 당혹스러웠다.

"채 의원이 아니라고요? 그럼 누구죠? 분명 그자라고 생각했는데 아니라니요? 정말 아닌가요?"

"일단은 그렇게만 알고 있어요. 당분간 이 얘기는 우리만 아는 비밀로 해 줬으면 좋겠어요. 그리고 앞으로 황색 봉투로 오는 우편이 있으면 개봉하지 말고 나한테 바로 연락 줘요. 우편물이 아니라도 말이죠. 부탁할게요, 서 의원."

"그럴게요, 민 팀장님."

"시간 내줘서 고마워요. 우리는 이만 돌아가 볼게요."

"아니에요. 고생하시는데 제가 도와야죠. 앞으로 도울 일 있으면 언제든 말씀하세요."

"그 말 후회할지도 모릅니다. 나중에 딴소리하기 없어요?"

"네. 걱정 마세요, 민 팀장님."

서 의원은 그렇게 말하며 활짝 웃어 보였다.

서민주 의원실을 나온 민 경정과 남 순경은 엘리베이터 앞으로 갔다.

"형님, 너무 구라…… 아니, 거짓말을 많이 하신 거 아니세요? 나중에 서민주 의원이 알면 많이 서운해할 것 같은데요."

"그럼 어째? 네가 말을 그렇게 불쑥해 버렸잖아. 수습도 못할 거면서."

"결국 제 잘못이라는 거군요."

남 순경은 소심하게 입을 한 번 삐죽이고는 말을 이었다.

"근데 하실 말씀 있으셨던 거 아니에요?"

"있었지. 근데 너도 봤잖아."

"뭘요?"

"서 의원 당찬 모습. 그 정도면 됐어. 나중에 얘기해도 되겠다 싶어."

남 순경은 고개를 갸웃거리며 물었다.

"그게 무슨 말씀이세요?"

"그런 게 있어. 모르면 잠자코 있고. 너도 때가 되면 알게 될 거야. 지금은 그냥 모르고 있는 게 나아."

"이런 식이면 저……."

"저 뭐?"

인상을 쓰고 있던 남 순경은 헤실헤실 웃으며 말을 이었다.

"열심히 하겠습니다. 열심히 할 테니 저한테도 꼭 알려 주셔야 해요, 형님. 하하."

"웃긴 놈. 참. 하하하."

민 경정과 남 순경이 웃고 있을 때, 기다리던 엘리베이터 문이 열렸다. 서 의원 보좌관이 내리면서 인사하자, 민 경정과 남 순경도 목례로 답하며 올라탔다. 보좌관은 그들이 탄 엘리베이터 문이 닫히는 것까지 본 후에 의원실로 갔다.

"의원님, 무슨 일로 형사들이 찾아온 겁니까?"

"별일 아니에요. 친분 있는 분들이라 잠깐 들르신 거예요."

"네. 저, 의원님. 의원님이 내년 선거에 출마하시는 줄 알고 고향 유지분들이 계속 연락해 오십니다. 벌써부터 민원을 부탁하시는 분들도 있고요."

"당분간은 듣기만 하세요. 괜히 언론에 먼저 보도되면 안 되니까 출마 안 하다는 말은 하지 마시고요. 피곤해도 보좌관님이 잘 대처해 주세요. 아셨죠?"

"그러지 마시고 출마를……."

서 의원의 얼굴이 굳어지며 단호한 목소리로 말했다.

"보좌관님."

"네, 알겠습니다. 그리고 저번에 말씀드렸던…… 기억하실지 모르겠네요. 여남구 씨라고."

"여남구 씨? 여남구…… 아! 어머님이요?"

"네, 맞습니다. 여남구 씨 어머님이 의원님을 직접 뵙고 전해 드릴 것이 있다고 하셔서요. 제가 대신 받아 전달하겠다고 해도 극구 안 된다고, 직접 댁으로 보내신다고 하시기에 그렇게 하시라고 했습니다."

"제 집으로요? 음, 알겠어요. 받아 보면 알겠죠."

"받으시면 연락을 꼭 해 달라고 하셨습니다."

"그래요? 그건 무슨 내용인지 확인해 보고 결정하죠."

"네, 알겠습니다. 이제 본회의 들어갈 시간입니다, 의원님."

"벌써 시간이 그렇게 됐네요. 알겠어요."

"오랜만에 봅니다, 주 회장."

"안녕하십니까, 강 회장님. 그렇게 부르지 마십시오. 회장이라니요? 아닙니다. 조그만 클럽 몇 개 운영하는 사장인 걸요. 사장으로 불러 주십시오, 회장님."

강 회장이라는 사람은 기름을 잔뜩 발라 머리카락을 뒤로 넘긴 탓에, 훤한 앞머리가 반짝거릴 정도였다.

강 회장은 능글맞게 웃으며 말했다.

"아이고, 겸손도 하셔라. 이제는 번듯한 호텔도 하나 가지고 있는데 회장으로 불러야지. 안 그래요?"

"아이, 아닙니다. 호텔은 세 채가 있습니다만. 아하하하. 그래도 회장님처럼 그룹 하나는 굴려야 회장님 소리도 어울리지 않겠습니까? 안 그렇습니까, 회장님."

주 사장이 굽실거리며 비위를 맞추자, 강 회장은 큰 소리로 경망스럽게 웃었다.

"그래요, 그래. 그런데 오늘은 여기서……."

"죄송합니다, 회장님. 오늘은 여기서 조촐하게 모시게 됐습니다. 다음에는 스카이에서 제대로 모시겠습니다."

주 사장은 손가락으로 천장을 가리키며 희번덕거리는 눈을 하고 웃었다.

"그래요. 기대하겠습니다, 주 사장. 오호호."

"네네, 어서 들어가시죠."

강 회장은 유럽풍 고전 스타일의 큰 문이 달린 방 안으로 들어갔다. 그때 누군가 계단으로 황급히 뛰어 올라와 숨을 가다

듣지도 못한 채 말했다.

"사장님, 어르신 올라오십니다."

"어, 그래. 알았다. 들어가서 오신 분들께 말씀드리고 준비해."

"네, 사장님."

뒤이어 엘리베이터 문이 열리고, 선글라스를 쓴 백발의 노인이 코트를 어깨에 걸친 채 검정색 큰 옥구슬이 박힌 지팡이를 짚고 내렸다.

"어르신, 오셨습니까? 누추한 곳까지 오시게 해 송구스럽습니다."

"주 사장, 잘 지냈나?"

"네, 어르신. 어르신은 뵐 때마다 회춘하십니다."

주 사장의 아부에 백발의 노인은 너털웃음을 터뜨리며 말했다.

"여전하구먼, 주 사장. 그래, 다들 모이셨는가?"

"네. 지금 눈이 빠지게 어르신만 기다리고 있습니다."

"그래 그래. 허허허."

"어르신, 들어가시죠."

"같이 들어가지 왜?"

주 사장은 고개를 연신 숙이며 손사래를 쳤다.

"아……. 아닙니다. 감히 어느 자리라고 제가 끼겠습니까."

백발의 노인은 고개 숙인 주 사장을 힐끗 내려다보며 피식 웃었다.

"나는 자네의 겸손함이 차암 마음에 들어. 이러니 자네를 안 찾을 수가 있나? 허허허."

"아닙니다. 이렇게 모실 수 있어 영광입니다."

"그래. 자리 마련해 줘서 고맙네. 나중에 따로 자리를 마련해 봄세."

"감사합니다. 저야 영광이지요, 어르신."

"그래그래."

어르신이라고 불리는 백발의 노인은 고개를 쳐들고 큰 소리로 웃으며 안으로 들어갔다. 주 사장은 어르신이 들어가고 문이 닫힐 때까지 허리를 90도로 숙이고 있었다.

그때 정장 차림의 한 남자가 주 사장에게 다가와, 귀에다 대고 속삭이듯 말했다.

"모두 모인 겁니까?"

"어우, 깜짝이야!"

"나예요, 나. 하하."

"놀라지 않았습니까? 영감님, 언제 오셨습니까?"

"방금 왔지요. 오늘은 무슨 일로 모인 답니까?"

"저야 모르죠. 영감님도 모르십니까?"

"에이, 모르니까 주 사장에게 묻지?"

"묻지?"

주 사장은 기분이 상한 듯 헛기침하며 고개를 돌렸다.

"묻지요. 주 사장, 왜 그래요? 우리 사이에."

"영감님, 우리 사이니까 지킬 건 지켜 주셔야죠."

"뭐?"

영감이라는 자는 순간 매서운 눈으로 주 사장을 노려봤지만, 바로 눈에 힘을 풀고 웃는 얼굴로 말했다.

"그래요, 그래. 미안합니다. 어떻게, 이번에는 저도 모임에 참석할 수 있겠습니까?"

"제 코가 석 자입니다, 영감님."

"에에, 또 이런다. 자리 마련해 주기로 했잖습니까?"

"기다려 보시죠, 영감님. 성급하게 굴었다가 영영 발도 못 부칠 수 있습니다. 제가 먼저 길을 잘 닦아 놓을 테니 조금만 기다리시죠."

"그래요? 그럼 비포장도로 말고 매끈하게 포장된 아스팔트로 부탁합니다."

영감은 음흉한 눈빛으로 능글맞게 웃어 댔다.

"그러시죠. 영감님들 자리는 10층에 마련해 뒀습니다. 거기서 즐거운 시간 보내시고 들어가십시오."

영감은 주 사장에게 한 발짝 더 다가가 나지막한 목소리 말했다.

"주 사장, 내가 1번입니다. 이번에 잘 보여야 검사장 자리로 올라갈 수 있단 말입니다. 알죠? 잘 부탁합니다."

"네네, 걱정 마시라니까요. 검사장으로 끝내실 겁니까? 총장까지 하셔야죠. 안 그렇습니까?"

총장이라는 말에 영감은 음흉스레 주 사장을 바라봤다.

"총장? 으하하. 그렇죠, 총장. 아니지. 법무부 장관까지 해 봐야죠. 그렇지 않습니까? 으하하하."

"그러다 탈 나십니다. 하하하. 여하튼 기다려 주시면 조만간 자리 마련하겠습니다."

"그래요, 그래. 우리가 어떤 사인데. 안 그래요?"

"네, 그럼요. 이제 마련한 룸으로 가시죠. 영감님 안내해드려."

"네, 사장님."

엘리베이터 앞에서 대기하고 있던 남자가 주 사장의 말에 곧바로 달려와 영감을 안내했다.

"잠깐만!"

남색 티의 남자는 미간을 찌푸리며 나 경사를 노려보았다.

"야! 인상 좀 펴."

"하아."

그는 헛웃음을 지었다.

"너 대체 뭐 하는 놈이냐?"

"시끄러우니까 조용히 갈 길 가라. 아, 그리고 그쪽은 막혔어. 이리로 가야 돼."

그는 엄지로 뒤를 가리키며 말했다.

"야아, 고맙네. 길도 친절하게 알려 주고. 그래서 뭐 하는 놈이냐고?"

그는 아무 대답 없이 코웃음을 치며 뒤돌아 걸어갔다.

"야! 어디 가?"

나 경사는 그를 뒤따라가 이번에도 오른쪽 어깨를 붙잡았다. 그는 어깨에 올려진 손을 잡아채려 했지만, 나 경사가 먼저 손을 뒤로 빼는 바람에 그러지 못했다. 나 경사는 그의 왼쪽 팔을 잡아 자신이 당한 대로 팔을 꺾으려는 생각이었다. 그러나 그역시 먼저 팔을 피했고, 나 경사는 명치를 가격하려는 그의 팔꿈치를 나 경사는 가까스로 막으며 뒤로 물러났다.

"오호, 제법 하는데?"

나 경사가 재빠르게 달려들어 그의 멱살을 잡고 업어치기로 넘겨 버리자, 그는 땅바닥에 그대로 나가떨어졌다. 뒤이어 넘어져 있는 그를 덮치려 할 때, 그가 나 경사의 배를 발로 걷어찼다. 나 경사는 뒤로 벌러덩 넘어졌지만, 텀블링하듯 벌떡 일어서 엉덩이에 묻은 먼지를 떨며 천천히 그에게 다가갔다. 큰 체구와 어울리지 않는 재빠른 동작이었다.

"자식, 제법 하네. 어디서 온 놈인진 몰라도…… 어때? 우리쪽으로 넘어오는 건? 괜찮은 물건이네. 섭섭지 않게 해 줄게."

"그래? 야아, 인정해 주니 기분은 나쁘진 않네."

나 경사는 다시 한번 그의 멱살을 잡으려 했지만, 손끝에 살짝 잡힌 옷을 놓치고 말았다. 그때 그의 오른쪽 어깨 일부분이 드러났고, 숨겨져 있던 왕관 모양의 문신이 보였다.

"어! 그 문신……."

"왜? 멋있어? 이리 와 봐. 내가 너도 예쁘게 하나 박아 줄게."

"뭐?"

서로 팽팽하게 대치하던 중, 갑자기 그가 나 경사의 뒤쪽으로 시선을 돌리며 물었다.

"야! 너 뒤에 아는 애들이냐?"

"뒤에?"

나 경사가 슬쩍 고개를 돌리자 검은색 정장 차림의 남자들이 여럿 몰려오고 있는 것이 보였다.

"네가 부른 똘마니들이겠지."

"똘마니? 난 아닌데?"

"뭐야. 너도 모르는 놈들이야? 잘됐네. 그럼 부탁 좀 한다."

나 경사는 말을 끝맺기가 무섭게 비상계단으로 달려갔다. 정장 차림의 남자들은 나 경사의 뒤를 쫓았고, 그중 한 명은 남색 티의 그에게 다가가 예의를 차려 물었다.

"괜찮으십니까?"

"나 알아?"

"네? ……아, 죄송합니다."

"꺼져."

"예!"

남자는 머리를 긁적이며 비상계단 연결 통로로 뛰어갔다.

비상계단을 통해 지상으로 올라온 나 경사는 1층 로비로 나왔지만, 그곳에도 여러 명의 경호원들이 지키고 있었다. 조심스럽게 주위를 살피며 출구를 찾던 그때, 뒤따라 올라온 그들 중 한 명이 나 경사를 보고 소리쳤다.

"야! 저 놈 잡아!"

"아이씨."

이렇게 된 이상 중앙 로비를 통해 정문으로 나가는 것밖엔 방법이 없었다. 로비에는 여섯 명의 경호원이 정문을 지키고 서 있었다. 나 경사는 덩치를 무기로 그들을 향해 몸을 잔뜩 움츠려 숙인 채 돌진했다. 황소처럼 돌진하는 나 경사를 보고 놀란 경호원 몇 명은 간신히 옆으로 몸을 피했지만, 경호원 두 명은 그대로 정면으로 부딪치고 말았다.

"아악!"

'쿵쾅!' 하는 묵직한 소리와 함께 경호원 두 명은 뒤로 벌러덩 넘어졌고, 나 경사도 앞으로 한 바퀴 굴러 넘어졌다.

"뭐 해? 저놈 잡지 않고!"

"예!"

옆으로 피했던 경호원들이 일제히 나 경사에게 덤벼들었다. 나 경사는 본능적으로 잔뜩 몸을 움츠렸다. 그런데 무슨 일인지, 자신을 덮쳤던 경호원들이 하나둘 떨어져 나가는 것이 느껴졌다. 나 경사는 조심스럽게 고개를 들어 주위를 살폈고, 최 경위가 경호원들과 맞서고 있는 것이 눈에 들어왔다.

최 경위는 덤벼드는 경호원 두 명에게 좌우로 번갈아 빠르게 주먹을 날렸다. 그 주먹은 그들 얼굴을 정확히 타격했다. 그리고 뒤에서 달려드는 경호원까지 돌려차기 한 방으로 단박에 쓰러뜨렸다.

"뭐 해? 어서 밖으로 나가. 나가면 차……."

"어? 형님! 조심……."

나 경사를 클럽에서부터 뒤쫓아 온 이들 중 한 명이 최 경위의 어깨를 잡아당기며 주먹을 날렸다. 얼굴을 맞은 최 경위는 고개가 돌아갈 정도의 충격을 받았지만, 바로 그의 복부와 얼굴을 주먹으로 연달아 가격했다.

그사이 나 경사도 자신에게 덤벼드는 나머지 경호원들을 하나둘 잡아 내던졌다. 최 경위와 나 경사는 서로 등을 맞대고, 경호원들과 클럽에서 쫓아 올라온 이들 사이에 대치하고 섰다.

"형님, 제가 뚫겠습니다. 따라 나오세요."

"그래. 알았어."

나 경사는 출입문으로 돌진하며, 경호원들의 주먹을 피하는 와중에도 그들의 얼굴에 타격을 가했다. 나 경사의 주먹에 얼굴을 맞은 경호원들은 그 자리에 그대로 쓰러져 일어나지 못했다. 최 경위도 나 경사를 따라 뒷걸음치며, 덤벼드는 그들을 하나둘 쓰러뜨렸다.

"형님! 이제 뛰어요!"

"그래!"

두 사람은 정문을 지키던 경호원들을 모두 쓰러뜨린 후 서둘러 정문 밖으로 뛰쳐나갔다. 그때 빌딩 앞에 차 한 대가 급정거하며 멈춰 섰다. 나 경사와 최 경위는 멈춰 선 차에 몸을 던지듯 올라탔고, 차는 문이 닫히기도 전에 재빨리 빌딩을 벗어났다.

"나 경사, 괜찮아?"

"나 경위님! 오우, 이렇게 보니 반갑습니다. 아휴!"

나 경사는 안도의 한숨을 내쉬며 크게 웃었다.

"나 형사, 지금 웃음이 나와? 왜 일을 이렇게 크게 벌였어?"

"아니, 최 형사님 그게…… 어! 박민희 형사는 어디 있습니까?"

"뭐? 그건 내가 할 소리지? 박 형사는 어디에 두고 혼자 나온 거야?"

"네? 그럼 어떻게 알고 정문에 계셨어요?"

"알고 온 게 아니라, 어떻게든 들어가 보려고 다른 출입구를 찾고 있었지. 그래서 빌딩 정문을 살펴보고 있던 중이었어. 그때 나 형사가 갑자기 황소처럼 달려 나와서는 거기 애들을 날려 버리는데…… 와아, 나 경위도 봤지?"

"역시 덩칫값을 하던데요. 멋졌어, 나 경사."

"별거 아닙니다."

나 경사는 앞머리를 쓸어 넘기며 머쓱하게 웃고는 말을 덧붙였다.

"그럼 박 형사는 아직 클럽에 있는 겁니까? 아…… 이거. 잡힌 건 아니겠죠?"

"뭐? 잡히다니? 안에서 무슨 일 있었어?"

"그게……."

나 경위의 물음에 나 경사는 클럽 안에서 있었던 일들을 하나하나 짚어 가며 모두 얘기해 주었다. 최 경위는 나 경사의 얘기를 들은 뒤 심각한 표정으로 말했다.

"그럼 아직 클럽 안에 있는 건가?"

"최 형사님, 연락은 해 보셨죠?"

"그렇지. 무전도 안 되고 휴대폰도 안 받아."

"정말 잡힌 거면 어쩌죠?"

"그럴 수도 있겠지."

"제가 들어가 볼까요?"

"나 경위가? 안 돼. 나 경위 혼자 들어가는 건 위험해."

"그럼 제가 다시 들어가겠습니다."

"그건 더 안 돼. CCTV로 지켜보고 있었다며? 들어가면 무조건 바로 잡힐 거야."

그때 무전기에서 신호음이 들려왔다.

"최 경위님, 무전이요."

"나 경위, 어서 받아 봐."

"네."

찌지익. 찌지익.

탁자 옆에 놓인 대형 멀티스크린에는 빌딩 곳곳의 CCTV 영상이 실시간으로 재생되고 있었다. 주필상은 탁자 위에 발을 올리고 앉아 스크린을 보고 있었다. 그 앞에서 땀을 닦으며 서 있는 중년 남성도 보였다.

"정문이 왜 이렇게 소란스러워?"

"아……. 클럽에서 웬 젊은 놈 하나가 행패를 부렸나 봅니다. 쫓아내려고 했더니 비상계단으로 도망을 쳐…… 로비에서 좀 소란이 있었다고 합니다."

"그래. 가끔 술 잘 마시고 지랄하는 것들이 있을 수 있지. 한데, 오늘 같은 날에는 지랄하는 것들 좀 안 봤으면 좋겠는데. 어떻게 생각하나?"

"죄송합니다, 사장님. 앞으로 시정하겠습니다."

"시정으로 되겠나? 오늘이 어떤 날이지 몰라서 그래? 귀하신 분들이 와 계신데……."

주 사장은 순간 치밀어 오르는 화를 겨우 참고, 크게 한숨을 내쉬며 말을 이었다.

"휴우……. 앞으로 조심해야겠지?"

"네. 앞으로 좀 더 신경 쓰겠습니다. 죄송합니다."

똑똑!

"들어와."

문이 열리고, 남색 티에 청바지를 입은 남자가 들어왔다. 그는 허리를 90도로 굽혀 주 사장에게 깍듯이 인사했다.

"이리 와라, 칠성아."

"네, 사장님."

"그래. 그놈 뭐 하고 있더냐?"

칠성은 옆에 서 있는 중년 남성을 힐끗 쳐다봤다.

"어이! 뭐 해? 안 나가고?"

"아, 예."

눈치를 보며 서 있던 남자는 서둘러 걸음을 옮겼다.

"무슨 일이 있었습니까?"

"정문에서 젊은 놈 하나가 소란을 피웠다네."

"아, 네……."

"뭐야? 알고 있었어?"

"아닙니다. 클럽에서도 잠깐 소란이 있었는데 그놈인 듯해서……."

"그놈?"

"네. 생긴 것이 조폭 같았는데, 유도를 했는지 힘도 꽤 센 놈이었습니다."

"어디 쪽 애들인데?"

"한 명이었습니다. 처음 보는 얼굴이라 어디 쪽 아이인지는 모르겠습니다."

"그래? 음……. 조폭은 확실하고?"

"아뇨, 그것도 확실하지는……."

"됐다. 그것보다 오늘이 어떤 날인지 알지?"

"네, 알고 있습니다."

"이런 날은 쥐 죽은 듯 조용해야 한다."

"주의하겠습니다."

주 사장은 코로 숨을 살짝 내쉰 뒤 조용히 입을 열었다.

"그래, 주 이사는 뭐 하고 있더냐?"

"네. 도련님은……."

"칠성아."

"예, 사장님."

"도련님이라고 부르지 말라고 했지? 회사에서는 특히."

"시정하겠습니다. 이사님은 금방 올라오실 겁니다."

"또 차랑 놀고 있더냐?"

"네, 사장님."

주 사장은 착잡한 듯 고개를 끄덕이며 말했다.

"그래. 네가 잘 좀 지켜봐라. 칠성아, 내가 몇 번 얘기했었지? 동생이다 생각하고, 잘 타이르면서 혼낼 일이 있으면 따끔하게 혼도 내라고. 응?"

"명심하겠습니다."

"그런데…… 이사가 가루만 하는 거 맞아?"

"네. 이제는 안 하십니다. 조치도 다 한 상태라 걱정하실 것 없습니다."

"그래? 근데 경찰들이 왜 저 모양이지?"

"경찰이 말입니까?"

"논현로 집을 압수수색하려고 벼르고 있는데, 그걸 몰라?"

"그건 알고 있었습니다, 사장님."

"내가 좀 알아보니까 가루 때문이 아니라는데."

"그럼……."

"너도 몰라? 살인범을 찾고 있다던데."

"살인범이요?"

"그래, 살인범. 그것도 연쇄 살인범."

주필상은 그렇게 말하며 갑자기 자지러지게 웃었다.

"넌 안 웃겨?"

"그게 무슨 말씀이신지……."

"야, 주 이사가 무슨 살인을 하겠어. 안 그래? 겁도 많고. 봐라. 힘이나 쓰겠어? 몸은 삐쩍 말라서는……."

주 사장은 모니터에 비친 자신의 아들을 손으로 가리키며 헛웃음을 지었다.

"네, 그럼요. 그리고 이사님이 왜 살인을……."

"그러니까 말이야. 웃기지 않아? 하하하. 참. 얼빠진 경찰 놈의 새끼들. 아, 그리고 요즘 내 뒤를 졸졸 미행하는 놈이 있는 것 같아. 조사해 봐. 경찰이든 조폭이든 확인해서 보고하고."

"네, 사장님."

"클럽에서 봤다던 그놈도 확인해 보고. 뭐 하는 놈인지."

"알겠습니다."

모니터 속의 아들을 가만히 바라보던 주 사장은 칠성에게 나지막이 물었다.

"칠성아, 아니지?"

"뭐가 말씀입니까?"

"아니겠지? 저놈이 살인범이라니."

주필상은 헛웃음을 지으며 말하다, 끝내 크게 웃음을 터뜨렸다.

"그럼요."

똑! 똑똑!

"들어와라."

문이 열리고, 짧은 머리카락을 한 머리통이 삐쭉 보였다. 그리고 뒤따라 마른 체격의 상체가 안으로 들어왔다. 주 사장의 아들은 얼굴도 제대로 들지 못한 채, 들어오자마자 90도로 허리 숙여 인사했다.

"안녕하십니까, 아버…… 아! 사장님. 저 왔습니다. 부르셨다고요."

"그래. 들어와서 앉아라."

그는 조심스럽게 문을 닫고, 탁자 앞 의자에 앉았다.

"당분간 거처를 옮겨야겠다. 룸은 정리했지?"

"예. 그날 바로 했습니다, 사장님."

"그래, 잘했다. 칠성아, 호텔에 방 하나 마련해라."

"네, 알겠습니다."

"그건 그렇고, 가루는 다 정리했다지?"

"예, 사장님."

"그래. 믿어도 되겠지?"

"네. 믿어 주세요."

아들을 바라보던 주 사장은 고개를 돌려 칠성을 쳐다보았다.

"깔끔하게 정리했습니다, 사장님."

"그런데…… 다른 쓸데없는 짓은 안 하고 다니지?"

주 사장은 터져 나오는 헛웃음을 겨우 참으며 말했다.

"네? 무슨 말씀이신지……"

"하도 어처구니가 없고 기가 차서 말이다. 말하려는 나도 한심하다는 생각이 들어서, 크하하하."

주 사장은 아무리 생각해도 어이가 없는지, 웃음을 참지 못하고 결국 큰 소리로 웃고 말았다. 아들은 그런 주 사장을 어리둥절한 표정으로 바라봤다.

"널 연쇄 살인범으로 보고 있던데……. 어때? 네 생각은?"

"제······제 생각이요?"

"그래. 얼빠진 경찰 놈들이 널 살인범이라고 지목하는데 기분이 어떻냐고?"

"무슨 말씀이세요? 아버지····· 아, 사장님. 살인범이라니요? 제, 제가요? 아, 아닙니다."

"칠성아, 뭐가 있니?"

주 사장은 눈을 크게 부릅뜨고 칠성을 쳐다봤다. 칠성은 어깨를 움찔거리며 대답했다.

"그게 무슨······."

"있구나?"

"아버지, 아닙니다. 아니에요. 제가 무슨······. 경찰들은 마약 때문에 그러는 거겠죠. 그렇죠, 칠성 형님?"

"네. 맞습니다, 사장님. 이사님이 살인범이라니요? 말도 안 된다고 사장님도 말씀하시지 않으셨습니까?"

"내가 뭐라고 했니? 그냥 '있구나?'라고 했을 뿐인데."

칠성은 주 사장을 제대로 쳐다보지 못했다.

"그러니까, 그거 말고 다른 뭔가 더 있는 거 같은데. 뭐냐?"

"아······ 아니에요, 사장님. 다른 거라니요? 그날 이후로 다 정리했고 약도 처방받아서 잘 먹고 있는 걸요. 그렇죠, 형님?"

그 역시 주 사장을 제대로 쳐다보지 못하고 칠성에게 도움을 구하는 눈빛을 보냈다.

"주 이사 말이 맞습니다, 사장님."

"그래? 알았다. 믿어 보마. 그건 그렇고, 오늘 스페셜 룸에 누가 와 계신지 알지?"

"어…… 그게……. 모릅니다, 사장님."

"이런 멍청하기는…… 휴우. 어찌 넌 아직 그 모양이야? 지금까지 그런 것도 모르고 뭐 한 거냐? 매번 떠먹여 줘야 하는 거야? 그 자리에 있으면서 언제까지 그걸 일일이 알려 줘야 하는 거냐? 이사라는 놈이……. 쯧쯧."

"죄송합니다, 사장님. 시정하겠습니다."

"사장님, 제가 챙기지 못했습니다. 죄송합니다. 앞으로는 더 신경 쓰겠습니다."

"칠성아."

"예, 사장님."

"내가 주 이사를 홀대하고 무시한다고 해서 칠성이 너까지 이사를 그렇게 보면 안 되는 거다. 알지?"

"알고 있습니다, 사장님."

"넌 친형처럼 옆에서 주 이사를 케어해 줘야 하는 거야. 모자란 구석이 있으면 채워 주고. 잘못한 일이 있으면 네가 나서서 수습도 해 줘야 한다. 동생한테 책임감 있는 모습을 보여야 하지 않겠어? 형이지 않니, 안 그래?"

"명심하겠습니다."

"그래. 앞으로 잘 부탁한다, 칠성아."

"예, 사장님."

고개 숙이고 있던 주 이사는 씨익 미소를 지었다.

"오늘 모인 사람들은 정재계를 좌지우지하는 분들이다. 이분들이 왜 모였는지 아느냐? 지 자식들에게 모든 권력을 대물림하려고 모인 자리란 말이다."

"대물림이요?"

"그래. 곧 그런 자리가 마련될 거다. 그 자리에 나도 참석할 예정이고."

"그럼⋯⋯."

"너도 참석해야지."

"저도요? 아버⋯⋯ 아니, 사장님. 그럼 절⋯⋯."

"그래. 너도 그곳에 데리고 갈 생각이니 앞으로는 어떤 문제도 일어나선 안 되겠지, 칠성아?"

못마땅한 얼굴로 화만 내던 주 사장은, 웬일인지 인자한 아버지가 되어 아들을 대했다.

"제가 잘 보필하겠습니다, 사장님."

"주 이사는 미리 사교 파티 예절 좀 배워 둬라. 그 자리에서 지켜야 할 예법도 있으니 숙지하고 참석할 수 있도록 해. 알겠어?"

"예, 아버⋯⋯ 지."

"그럼 주 이사는 먼저 나가 봐. 칠성이는 잠시 남고."

"아버⋯⋯ 사장님, 감사합니다. 잘할게요, 아버지. 정말 감사합니다."

자리에서 일어선 그는 회심의 미소를 지으며 연신 고개 숙여 인사했다.

남 순경과 민 경정은 골목길 오르막 계단에 앉아 있었다. 가로등 불빛이 환하게 밝히고 있음에도 적막하고 을씨년스러운 분위기였다. 민 경정은 미간을 잔뜩 찌푸린 채 뚫어져라 노트를 보고 있었다. 그곳엔 남 순경이 이틀 전 초자연 현상에서 겪었던 일들이 상세히 기록되어 있었다.

"팀장님, 또 보시는 거예요? 이제 시간 됐어요."

"그래, 알았어. 혹시 몰라서 다시 한번 봤다. 우선 서 의원이 집에서 나오기 전에 그놈 얼굴만 확인하고 바로 빠져나와야 해. 알았지?"

"아유, 몇 번을 말씀하세요? 얼굴만 확인하고 바로 빠져나올게요. 걱정 마세요. 마스크를 내려 범인 얼굴만 확인하면 되는데…… 서 의원의 몸을 잠깐 스쳤을 때 아무것도 느끼지 못했다는 게 문제예요. 차는 분명 느껴졌는데 말이죠. 그래서 범인의 마스크를 벗기지 못할 수도 있을 것 같아요."

"그래, 알아."

"그게 안 되면 어쩔 수 없이 범인 앞에 제 존재를 드러내서 범인의 마스크를 벗기는 방법밖에 없어요. 그때 형님이 적절한 타이밍에 절 흔들어 깨워 주셔야 해요. 그런데 형님이 그 타이밍이 언제인지 알 수 있겠냐는 거죠."

"내가 하고 싶은 말이 그 말이야. 그 당시엔 네 얼굴이 완전히 일그러지길래 놀라서 깨웠던 건데……. 아! 그럼 이번에도 네가 얼굴을 일그러뜨리는 건 어떨까?"

"일부러요? 음, 알겠어요. 되는지 안 되는지는 해 보면 알겠죠, 뭐."

두 사람은 꼼꼼히 계획은 세운 뒤, 서 의원 시체가 보였던 현장으로 이동했다. 그곳에서 남 순경은 다시 눈을 감고 초자연 현상을 떠올렸다.

"형님, 제 목소리 들리세요?"

"그래, 잘 들린다. 내 말도 잘 들려?"

"네, 잘 들려요. 그럼 테스트합니다. 이제 휴대폰 시계를 볼 거예요. 그리고 인상을 찌푸려 볼게요. 찌푸리면 절 흔들어 깨우세요. 아셨죠?"

"그래. 시작이라고 말하고 해. 알았지?"

"네, 형님. 시작합니다. 시이작."

민 경정은 남 순경의 얼굴을 뚫어져라 쳐다봤다. 하지만 얼굴 표정엔 어떠한 미동도 없었다.

"시보야, 시작한 거야? 시보야! 내 말 안 들려?"

민 경정이 소리쳐 불렀지만 남 순경에게선 대답이 돌아오지 않았다.

"분명 시작한 것 같은데……."

5분 정도 시간이 흐른 뒤에도 남 순경은 아무런 움직임 없이 그대로 굳어 있었다. 민 경정은 뭔가 의도했던 대로 되지 않는 듯한 불길한 느낌에 서둘러 남 순경의 어깨를 흔들었다.

"어! 형님! 이제야 흔드시면 어떡해요?"

"뭐야? 안 된 거지?"

"그건 제가 물어보려 했는데……."

"그래, 안 되는 거네. 이제 어쩌지?"

"휴우……. 그럼 생각만으로는 안 되니까, 실제로 아프게 하면 되지 않을까요?"

"뭐? 그래서 어떻게 하겠다고?"

"송곳 같은 걸로 허벅지를 찌르는 거죠."

"무슨 송곳까지? 그냥 네 살을 꼬집어 봐."

"그건 방금 해 봤어요. 그래도 형님이 절 깨우지 않는 걸 보고, 이 정도로는 안 되는구나 싶더라고요."

"뭐야? 그것도 해 봤어?"

"네. 그뿐인 줄 아세요? 제 뺨도 세게 때려 봤다고요."

"정말? 아이고, 이거…… 골치 아프게 생겼네."

"그럼 어쩔 수 없죠. 그놈한테 한 대 맞을게요. 맞으면 아픔을 느낄 수 있을 거예요. 마스크를 벗기고 그놈 얼굴을 보면, 날 때리거나 팔을 꺾거나 하지 않을까요? 그때 형님이 곧바로 저를 깨우면 되잖아요. 그럼 됐죠?"

"야, 시보야. 네가 맞는 정도로 끝나면 다행인데…… 그놈이 칼을 들고 있었다며?"

"맞다. 칼……."

"그래, 그러다가 칼로…… 아! 그럼 숫자를 세자."

남 순경은 고개를 갸웃거리며 물었다.

"숫자요?"

"그래. 그 범인 바로 앞에서 시작을 외치고 휴대폰 시계를 봐. 그리고 너는 범인 마스크를 벗겨서 얼굴을 확인하는 거야. 나는 네가 시작을 외친 후부터 다섯을 센 다음, 널 흔들어 깨우는 거지. 그러면 되잖아. 어때?"

"오, 그렇게 하죠. 좋네요. 다섯 셀 때까지 범인 얼굴을 확인하면 되는 거잖아요?"

"그렇지. 그리고 휴대폰 보기 전에 마스크도 벗겨 보고. 혹시 모르잖아."

"아니요. 형님, 그건 안 돼요."

"왜?"

"그곳에서 확인해 봤어요. 지나가던 사람이 있어서 어깨를 쳐 봤는데…… 손이 허공을 가르듯 어깨를 그냥 지나가더라고요. 역시나 그 사람은 날 못 봤고요. 그냥 형님 말씀대로 하죠."

"그래, 그 방법밖에 없겠네. 그럼 네가 거기서 확인해야 할 건 총 3가지야. 범인 얼굴, 황색 봉투 속 내용물, 그리고 서 의원 사인. 알겠지?"

"네. 일단 범인이 차에 타기 전에 범인 얼굴부터 확인하고, 그 다음은 서 의원이 차에 타기 전에 봉투 속 내용물을 확인할게요. 그리고 마지막으로 서 의원이 차 안에서 어떻게 죽는지 지켜보고요. 만약 봉투를 확인 못 하고 범인에게 뺏기게 되면 그때는 무력으로……."

"아니야. 무모하게 나서서 상대할 건 없어. 네가 다치거나 해를 입는 일은 없어야 해. 가장 중요한 건 네 안전이야. 알았어? 그것만 명심해."

"알겠어요, 형님. 조심할게요. 제 얼굴이 조금이라도 일그러진다 싶으면 형님이 바로 흔들어 깨우면 되잖아요. 그러니까 너무 걱정 마세요."

"그래, 알았어. 지금까지 잘해 왔으니까 잘하겠지. 안 그래?"

"그럼요."

남 순경은 긴장된 얼굴을 감춰 보려 억지로 크게 웃어 보였다.

"브라더, 여긴 왜 온 거야?"

"동민아, 잘 봐. 여기는 물이 좋아. 인생은 하룻밤 재밌게 보내면 그만이거든. 유 브라더가 오늘 제대로 보여 줄게. 기대해."

"별반 다르지도 않은데. 좋다는 곳이 여기야?"

"아이, 자식. 아니야! 내가 말했던 곳은 여기가 아니고, 이 건물 꼭대기. 오늘은 좀 심플하게 즐기고 싶어서 온 거야. 거긴 아무 때나 갈 수 있는 곳이 아니니까 좀만 기다려. 일단 즐겨. 즐기라고, 브라더. 카하하하. 어서 마셔. 쭈욱 쭈욱."

"그래, 알았어."

"자식! 벌써 실망한 거야? 좋은 구경시켜 준대도! 풍선은 한번 마셔 봤어?"

"풍선? 아! 아니."

"그래? 요즘 유행인데……. 오늘 해 볼래?"

"싫어. 난 안 한다고 했잖아. 술이나 줘."

"아이, 재미없게. 너 이러면 꼭대기에 못 가. 거긴 사교 파티라고 하지만 환각 파티장이라고. 아주…… 카하하하!"

정민우는 뭔가 말을 하려다 말고 큰 소리로 웃다 말을 이어 갔다.

"아무튼 그런 곳이야. 이 브라더가 예행연습을 위해 여기부터 데리고 온 거라고. 안 그럼 너 거기서 오래 못 버틴다? 언더스탠드? 오케이?"

정민우는 히죽거리며 차동민의 어깨를 주먹으로 툭 쳤다.

"여기 애들이 곧 예쁜이들 데리고 올 거야. 다아 준비되어 있으니까 그냥 즐기기나 하라고!"

두 손으로 낯 뜨거운 동작을 해 보이며 기괴한 웃음을 내짓는 정민우에게, 차동민은 손바닥을 펴 보이며 말했다.

"브라더, 난 싫은데. 여자 친구 있다고 말했잖아."

"아이, 새끼. 또 기분 잡치는 소리나 하고……. 휴우, 알아. 너 여친 있는 거. 내가 그걸 몰라? 이상한 거 아니야. 여기 일하는 아가씨도 아니고 그냥 부킹! 같이 놀려고 부킹하는 거라고. 그러니까 들어오는 여자 중에 잘 고르기나 해. 물총으로 제대로 홀려 볼 테니까. 카하하하."

"뭐야? 그건 불법…… 그렇게까지 해야 하는 거야?"

"왜? 넌 여친 있으니까 밤이 외롭지 않다는 거야? 씨, 애인 없는 놈은 서러워 살겠나, 씨벌. 카하하하."

"아니, 그런 뜻이 아니라……. 알잖아, 브라더."

"알았어, 알아. 이 모범생을 어쩌지? 어쩌면 좋지? 승부욕이 불끈 나네."

"승부욕? 아하하, 참."

"차동민 너 인마, 좋은 곳 보고 싶다고 한 거 다 허풍이었어? 여기서 기본은 깔고 가야 그곳에서 무시를 안 당한다고. 거기는 아주 미쳐야 한다니까? 미친놈 아니면 감당 못 해. 날 봐."

정민우는 미친 사람처럼 흰자위만 보이도록 두 눈을 까 보이며, 또 괴기스런 웃음을 터뜨렸다.

그때 정장 차림의 한 남자가 검정 박스를 들고 안으로 들어왔다.

"형님들, 부탁하신 물건 가져왔습니다. 아시겠지만 외부로는 반출하시면 안 됩니다. 다 쓰신 뒤에는 그냥 여기에 두시면 됩니다. 그럼 즐거운 시간 보내십시오."

"그래, 나가 봐."

정장 차림의 남자는 정민우의 눈치를 힐끗 살피며 머뭇거렸다.

"아! 이리 와, 이리. 뭐, 이 정도면 되나?"

"아우, 감사합니다. 충성!"

팁을 받은 그는 그제야 경례를 하고 재빨리 룸을 나갔다.

"브라더, 팁을 그렇게 많이 주는 거야?"

"헤이, 브라더. 여기는 이 정도는 줘야 뒤탈이 없어. 이거나 한 번 열어 봐."

정민우는 검은 상자를 차동민 앞으로 툭 밀었다.

"브라더가 말한 그거야?"

"굿. 열어 봐."

차동민은 조심스럽게 상자 뚜껑을 열었다.

"그게 기본이야. 내가 말한 곳은 이런 건 아무것도 아니라고. 오늘은 그냥 하룻밤 즐기는 거야, 오픈 마인드로. 응? 예쁜 여성분들 들어오면 즐겁게 놀다, 원 나잇. 와이 낫?"

"오우, 브라더. 원 나잇? 오케이. 레츠 파리!"

차동민은 두 팔을 들어 올려 춤을 추듯 빙빙 돌렸다.

"오케이! 이제 좀 말이 통하네. 카하하하."

"브라더, 그곳은 도대체 어떤 곳이야? 자세히 좀 얘기해 봐."

"거긴 말이지……."

그때 갑자기 문이 열리고, 웨이터가 여자 둘을 질질 끌듯이 데리고 들어왔다.

"형님들 많이 기다리셨습니다. 예쁜 언니들 대령했습니다."

"어! 그래, 어서와. 한 명은 여기, 한 명은 저기 브라더 옆으로."

"예. 자, 예쁜 언니는 저쪽으로. 그리고 더 예쁜 언니는 이쪽으로. 아하하. 즐거운 시간 되십시오!"

"잠깐, 여기."

차동민은 지갑에서 노란 지폐 몇 장을 꺼내 웨이터에게 건넸다.

"야! 네가 무슨 돈이 있다고……."

"브라더, 이 정도는 있어. 숙녀들 앞에서……."

"카하하하. 그렇지. 쏘오리, 쏘리."

"감사합니다. 즐거운 시간 보내십시오."

팁을 받은 웨이터는 넙죽 인사하고 룸을 나갔다.

"우리 통성명 먼저 할까?"

웨이터에게 끌려 들어온 여성들은 선뜻 입을 열지 못했다.

"에이, 긴장 풀어. 이러는 거 처음 아니잖아? 선수끼리 왜 그래?"

"저기, 전 그냥 나가 볼게요."

정민우는 미간을 찡그리며, 나가려는 여자를 불러 세웠다.

"어이, 아가씨! 왜 그래? 오자마자 나가면 섭하지. 우리가 누군지 몰라서 그러는데, 나쁜 사람들 아니야. 나는 '민도 전자' 마케팅 본부장이고, 여기는 '모라클'이라는 벤처 회사 오너라고. 말하자면 잡스지, 코리아 잡스. 미래 한국의 스티브잡스가 될 거라고. 그냥 오늘은 술이나 마시면서 즐기려 온 거니까 긴장 풀라고. 그럼 술이나 한잔할까? 브라더, 뭐 해? 거기 숙녀분한테 술 한 잔 따라드려."

차동민은 서둘러 술을 따라 옆에 앉은 여자에게 건넸다.

"자, 레이디. 여기 술잔 받아. 괜찮아. 그렇게 싫으면 술이나 마시고 가든지."

"초면에 말을 너무 말아 드시네. 벌써 술에 취한 거예요?"

"오, 미안. 영국에서 오랫동안 생활하다 보니…… 말이 많이 짧지? 하하. 같이 말 놓자. 어때?"

"마음대로 해요. 난 나갈 테니까."

"저기 아가씨, 내 술도 한 잔 받아야지?"

나가려 일어섰던 그녀는 인상을 잔뜩 찌푸리며 정민우를 째려봤다.

"아이, 정말. 여기저기 자꾸 말을 말아 드시는지 모르겠네. 미

안한데 제 의지로 여기 들어온 게 아니라 서요. 저는 그만 나가

볼 테니 즐겁게 즐기다 가세요."

"야아, 벌써 이렇게 나오는 거야? 에이, 그러면 같이 온 이 아

가씨는 뭐가 돼?"

"그건…… 저랑 상관없잖아요. 그럼 이만."

정민우 옆에 앉아 있던 또 다른 여자는 술잔을 들어 올리며

말했다.

"나간다는데 그냥 놔둬요. 그러지 말고 나나 더 따라 줘요."

"그래도 그렇지. 그래! 좋다! 얼마면 돼? 1장? 2장? 말만 해."

"뭐요?"

나가려 했던 그녀는 정민우를 매섭게 째려본 반면, 정민우

옆에 앉아 있던 여자는 그의 팔짱을 끼며 활짝 웃었다.

"오빠, 정말이야?"

"브라더, 그건 아닌 것 같아. 레이디, 그러지 말고 술이나 한

잔하고 가. 난 그쪽이 마음에 드는데. 어때?"

차동민은 일어서서 그녀의 손목을 잡으며 나가려는 걸 말렸

다.

"뭐야, 벌써? 브라더, 야생마 체질이야?"

그녀는 차동민의 손을 뿌리치고 정민우를 노려보며 말했다.

"야생마? 지금 누구한테 한 말이야, 당신!"

"워어 워어. 쏘리 쏘리. 술이나 한잔하고 가라는 말이지. 여

기, 사과 의미로 내 술 받아."

"끝까지……. 좋아. 딱 한 잔이야."

"아쉽지만 어쩔 수 없지. 한 잔, 오케이. 대신 특별히 내가 제조한 폭탄주로 마시기야. 자! 여기 받아, 브라더. 아가씨도 같이 한잔해."

"빨리 주기나 해요."

정민우는 폭탄주를 그녀에게 건넨 뒤 즐겁다는 듯 웃으며 외쳤다.

"자! 그럼 처음이자 마지막인 우리의 인연을 위해! 치얼스!"

"치얼스!"

"치얼스!"

나가려 했던 그녀는 정민우를 힐끗 째려보며 술을 들이키고 혼잣말을 했다.

"인연? 웃기고 있네."

"오우, 쓰으……. 좋네. 톡 쏘는데, 브라더."

"그래? 한 잔 더 할래?"

"좋지, 나야."

"자, 아가씨들도 한 잔씩 더 하는 거 어때? 맛 좋지? 카하하."

"아니요. 이제 나갈게요."

"에이, 한 잔은 정이 없다고 했어. 딱 한 잔만 더 하고 가. 그때는 정말 안 잡을게. 응?"

"휴……. 알았어요, 그럼."

"오케이!"

정민우는 미리 만들어 놓은 폭탄주를 여자들 앞에 내려놓았다.

"자! 여기. 쭈욱 마셔."

"아우, 크흐. 됐죠? 이제 나가…… 어으, 왜 이러지? 뭐야? 눈 앞이 뿌…… 아으……."

철퍼덕!

그녀는 나가려고 몸을 일으키다가 갑자기 몸을 휘청거리더니, 그대로 소파에 털썩 주저앉아 눈을 감은 채 중얼거렸다. 정민우 옆에 앉아 있던 여자는 실실 웃으며 몸을 흐느적거렸다.

"오빠들! 뭐 해? 아이, 폭탄주 맛 좋네. 기분이 날아갈 듯 너무 좋다. 오빠들 뭐 하냐고? 술 한 잔, 더 줘!"

"오호, 좋아. 한 잔 더 주지, 까짓것. 카하하. 봤지? 브라더."

"뭐야? 뭐 탄 거야?"

"굿!"

"리얼리? 근데 이 레이디는 왜 이래?"

"몰라, 나도. 술이 약한가? 이런, 내가 좀 많이 넣었나?"

"저기, 정신 차려 봐. 자는 거야? 레이디."

그때 룸 문이 열리고 지코의 '아무 노래'가 들려왔다. 그리고 분홍색 롱 원피스를 입은 박 순경이 불쑥 뛰어 들어왔다. 뒤따라 웨이터가 들어와서는 박 순경을 잡아 끌어내려 했다.

"언니! 이 방 아니야!"

"잠깐만요. 실례 좀 하겠습니다. 금방 나갈게요. 들어와요, 빨리."

"여기가 아니라고, 언니. 죄송합니다, 형님들."

"또 데리고 왔어? 야아, 좋은데? 카하하하."

"아니, 그게 아니…… 뭐예요? 저 언니들 왜 저러죠?"

박 순경은 손사래를 치며 말하다, 정신을 놓고 이상 행동을 보이는 여자들을 보고 놀라며 물었다.

"언니, 이제 나가자. 다른 방이래도 그래. 형님들, 방해해서 죄송합니다."

웨이터가 박 순경 손을 잡아 끌어내려 하자, 박 순경은 그의 손을 뿌리치며 소리쳤다.

"놔 봐요! 당신들 지금 우리 언니들한테 무슨 짓을 한 거야!"

제15화

예행연습

"시이작!"

"하나, 둘, 셋, 넷, 다섯. 지금!"

민우직 팀장이 내 어깨를 세차게 흔들어 깨웠다.

"어, 형님."

"그래. 봤어?"

"아니요. 너무 빨라요. 휴대폰 꺼내고 시계를 보려는데 나왔잖아요."

"휴대폰을 왜 꺼내? 손에 들고 있어야지."

"그렇죠? 그걸 생각 못 했네요. 범인만 보고 있느라……. 죄송해요."

"죄송할 일은 아니고. 이번에는 잘해 보자."

"네. 그럼 다시 해 볼게요."

나는 다시 눈을 감고 초자연 현상 속으로 들어갔다. 범인은 차 앞에 서서 두리번거리며 주위를 살피고는, 차 문을 열기 위해 도구를 꺼내 들었다. 나는 서둘러 범인 옆으로 달려갔다. 이제…….

"시이작!"

휴대폰 시계를 확인한 뒤, 곧바로 범인의 마스크를 잡아 내리려 했다. 그런데…… 이런!

범인은 마스크를 벗기려는 내 손을 재빠르게 낚아채며 말했다.

"뭐야? 너? 어디서 나타난 거야?"

나는 너무 놀란 나머지 순간적으로 아무 말도 하지 못했다. 이놈은 뭔데 놀라지도 않지?

"너 뭐냐고? 뭐 하는 놈이야? 날 미행한 거야?"

"이 자식이! 어! 뭐야? 어디 갔어?"

그때 형님이 내 어깨를 흔들어, 난 다시 현실로 돌아왔다.

"시보야, 이번엔 봤어?"

"형님, 어쩌죠? 못 봤어요. 그놈 엄청 재빠른데요. 마스크를 잡기도 전에 제 손을 낚아챘어요. 그놈은 놀라지도 않더라고요."

"그래? 아……. 어쩌지?"

"다시 돌아가면 그대로 있을까요? 지금쯤이면 뒷좌석에 탔을 텐데."

"그래? 그럼 황색 봉투 안에 뭐가 들어 있는지부터 먼저 확인하자. 범인 얼굴은 그다음에 보는 걸로 하고."

"그래도 될까요?"

"어쩔 수 없잖아. 이번엔 10분이다. 10분 내에 확인해야 해. 그 전에 네 얼굴이 조금이라도 일그러지면 바로 흔들어 깨울 거야. 그렇게 알아."

"네, 10분. 그럼 다시 들어갑니다."

다시 눈을 감았다 천천히 눈을 떠 보니, 역시나 범인은 차 뒷좌석에 몸을 움츠리고 숨어 있었다.

나는 범인을 지나쳐 서 의원의 부모님 집으로 갔다. 서 의원이 대문으로 나올 때 황색 봉투를 낚아채 도망칠 계획이다. 그러면 범인에게서 잠시나마 멀어져, 봉투 속 내용물을 확인할 시간을 확보할 수 있다.

어! 대문이 열린다.

"형님, 제 말 들리시죠?"

"어, 그래."

"이제 서민주 의원 나옵니다. 10분이에요."

"그래, 알았어. 조심해."

서 의원이 대문 밖으로 나오는 모습을 보고 휴대폰 시계를 확인했다. 그리고 바로 서 의원이 들고 있던 황색 봉투를 낚아챘다.

"어! 뭐예요?"

황색 봉투를 들고 온힘을 다해 뛰려는 순간이었다.

"남시보 순경님?"

난 온몸이 굳어 버린 듯 그 자리에 멈춰 서고 말았다.

"맞죠? 남시보 순경님."

"저를 아시…… 아니, 알아보…… 아니…… 그러니까 저를……."

"여기서 지금 뭐 하시는 거죠? 그리고 그 봉투는 왜요? 얼마나 놀랐는지 아세요?"

"아……. 죄송합니다. 그런데 바로 알아보시네요?"

"그럼요. 3일 전인가요? 민 팀장님과 함께 제 의원실에 오셨잖아요. 남시보 순경님 아니세요? 맞는데……."

"아, 아하하하. 맞습니다. 많이 놀라셨죠? 죄송합니다."

초자연 현상 안에서 처음 서민주 의원을 만났을 때 그녀는 나를 알아보지 못했다. 그런데 이번엔 곧바로 알아보았다. 그렇다면 초자연 현상에서도 과거 일들이 현재…… 아니, 미래에 영향을 미친다는 건가?

"아휴, 얼마나 놀랐는지 몰라요. 어쨌든 그 봉투는 돌려 주시죠?"

"그게…… 말하자면 좀 길어서요. 우선 저쪽으로 가서 얘기 좀 나누실까요?"

"이상하네요. 그 봉투 때문에 온 건가요? 혹시 그동안 날 감시하고 있었어요?"

"아니, 아닙니다. 우연히……."

"우연히요? 그게 더 이상한데요. 그렇지 않아도 팀장님께 연락드리고 가려던 참 이었어요. 그 봉투 때문에요."

"아, 그러셨어요? 봉투 안에 뭐가 들어 있었나요?"

"모르세요? 협박 편지라고 하지 않았나요?"

"아하, 그랬…… 죠. 혹시 뭐 다른 게 들어 있나 해서요. 하하하."

아직 봉투 안을 확인하지 않은 건가?

"그럼 우선 차에 타세요. 차 안에서 같이 열어 봐요."

"아니, 아닙니다. 잠깐 걸으면서 얘기하시는 게……."

"걸어요? 그리고 무슨 얘길 해요? 들고 있는 그 봉투 때문에 온 거 아닌가요?"

어떻게든 차에서 멀리 벗어나야 한다는 생각에 말이 헛나오고 말았다. 어색하게 웃고 있자 서 의원이 고개를 갸우뚱거리며 물었다.

"남 순경님, 민 팀장님 지시로 온 건 맞으세요? 혹시……."

"그럼요. 팀장님이 보내셨어요."

"그래요. 그럼 그 봉투 저한테 주시겠어요, 이제?"

"아니요. 제가 좀 먼저 보겠습니다. 혹시 이상한 게 들어 있을 수도 있으니까요."

"그러지 말고 이리 주세요!"

서 의원은 갑자기 내 팔을 잡아당기며, 손에 들고 있던 봉투를 재빨리 낚아채 갔다.

"어! 의원님!"

"미안하지만 그쪽을 믿을 수가 없네요."

"의원님, 정말 아닙니다. 팀장님 지시로 온 거 맞습니다. 오해 마시고……. 좋습니다. 의원님이 먼저 보시고 무슨 내용인지만 알려 주세요."

"그럼 여기서 기다려요. 차에 가서……."

나는 나도 모르게 서 의원 팔을 덥석 잡으며 말을 잘랐다.

"안 됩니다, 의원님. 차에……."

"지금 뭐 하는 거죠? 이 팔 당장 놓지 않으면 소리 지를 거예요!"

높아진 서 의원의 언성에 황급히 손을 놓으며 말했다.

"아! 죄송합니다. 그게 아니라……. 차에 가지 마시고 여기서 보시죠."

"아니요. 차에 가서 저 먼저 확인할 테니 여기 있으세요."

"안 됩니다. 차에…… 그러니까, 차에 의원님을 노리는 수상한 자가 숨어 있어서 그래요."

"뭐라고요? 지금 그걸 저보고 믿으라는 건가요?"

"의원님, 정말입니다. 믿어 주세요. 저는 단지…… 그러니까, 그 봉투 속 내용이 궁금해서……."

서 의원은 내 말을 다 듣지도 않고 곧장 차로 걸어갔다.

"의원님! 가시면 안 됩……."

"다가오지 말아요. 거기서 잠깐 기다려요."

"안 됩니다, 의원님. 제 말을 믿으세요."

서 의원은 내 말을 믿지 못하고 끝내 차가 있는 곳으로 갔다. 붙잡아야 했지만, 나는 그저 지켜볼 수밖에 없었다.

그때, 뒷좌석 문이 열리고 차 안에서 범인이 뛰쳐나왔다.

"의원님! 위험해요!"

범인은 순식간에 서 의원의 목을 팔로 감싸 안고 칼을 들이밀었다.

"천천히 봉투 들어 올려!"

서 의원은 아무 말도 못 한 채 질끈 눈을 감고 있었다.

"어서! 뭐 해? 죽고 싶어?"

그제야 눈을 뜬 서 의원은 떨리는 눈빛으로 나를 바라봤다.

"의원님, 그 봉투 저한테 던지세요. 빨리요."

"뭐라고요? 당신도 한패였어? 설마 팀장……."

서 의원에게 다가가려 하자 그가 소리치며 말했다.

"가만히 있어! 다가오지 마. 한 발짝만 더 움직이면 이 여자 죽어!"

"의원님, 죄송해요. 지금은 일단 그 봉투를 뺏기면 안 돼서요. 죄송합니다."

나는 그의 말을 무시하고 서 의원에게 빠르게 다가갔다.

"남 순경님, 미쳤어요? 오지 말아요!"

범인은 봉투를 강제로 잡아챈 뒤 서 의원의 목을 칼로 그었다.

"아악! 아으……. 아하……."

"의원님!"

서 의원은 목을 부여잡고 그대로 그 자리에 쓰러졌다. 서 의원은 지금이 아니어도 살릴 수 있다. 지금은 범인 얼굴을 반드시 봐야 한다. 그리고 봉투 속 내용물도 확인해야 했다.

나는 재빨리 달려가, 달아나려는 그의 등을 덮쳤다. 그는 앞으로 꼬꾸라지며 들고 있던 봉투를 손에서 놓쳤다. 동시에 그의 주머니에서 주사기와 약병이 떨어지며 약병이 깨졌다.

아! 이 냄새다. 차에서 맡았던 그 냄새였다.

나는 곧바로 일어나 범인 얼굴을 확인하기 위해 다시 달려들었다. 얼굴을 가리고 있던 마스크를 손으로 움켜쥐고 잡아당기는 순간, 복부에 묵직한 무언가가 깊숙이 들어왔다.

"으윽! 이런……."

"씨발, 너 뭐야?"

그는 내 복부에 꽂았던 칼을 빼내며 욕설을 내뱉었다. 그리고 발로 내 복부를 걷어찼다.

"어억! 우으……."

나는 그 자리에 머리를 박고 쓰러졌다. 그 순간, 땅에 떨어져 있던 황색 봉투가 눈에 띄었다. 바닥에 떨어지며 안에 들어 있던 내용물이 3분의 1 정도 밖으로 흘러나와 있었다. 서류 상단엔 왕관모양의 표식과 영문이 있었고, 민성 대학교 마크가 찍힌 USB도 옆에 떨어져 있었다.

"다크…… 킹덤……."

점점 눈앞이 흐려진다. 왜 형님은 나를 깨우지 않는 거지……. 아, 배가 뜨끈하다. 통증이 그대로 느껴진다. 피도 흘러내리고 있다. 버텨 보려 해도 눈이 스르르 감겨 왔다. 이곳에서 이렇게 죽는 건가?

여자들의 상태가 이상하다고 여긴 박 순경은 그녀들을 빨리 룸 밖으로 안전하게 데리고 나가야 한다고 판단했다. 박 순경은 더 큰 소리로 되물었다.

"무슨 짓을 했냐고 묻잖아?"

정민우는 박 순경에게 손가락질하며 소리쳤다.

"아가씨, 당신 뭐야? 여기가 어디라고 행패야! 웨이터, 뭐 해? 빨리 데리고 나가!"

"아, 네! 죄송합니다. 죄송합니다. 어서 나가요, 언니. 어서!"

웨이터는 박 순경 앞을 가로막으며 룸 밖으로 데리고 나가려 했지만, 박 순경은 웨이터를 옆으로 밀쳐냈다.

"저리 좀 비키라고! 너희들 언니들한테 물총 먹였어?"

"뭐? 물총? 그게 뭐야? 시끄럽고 어서 나가. 아이, 한창 즐겁게 놀고 있었는데 별 미친……."

"당신들 가만히 있어. 경찰 부를 거야. 저 언니들 옷깃 하나라도 건들기만 해. 가만 안 둬!"

웨이터는 어찌해야 할지 안절부절못하며 말했다.

"언니야, 무슨 경찰을 불러? 소란 피지 말고 어서 나가자니까! 아이씨. 일내네, 정말."

"당신도 공범이야! 알아?"

"뭐요? 무슨 공범? 이 언니가 정말 큰일 날 소리하네. 우선 나가서 얘기해요. 어서 나가요!"

"건들지 마. 나 건들면 진짜 경찰에 신고한다. 좋은 말할 때 언니들 보내 줘."

"뭐야? 너 이 아가씨들이랑 아는 사이야?"

"그래, 아는 언니들이다, 왜? 자! 휴대폰 들었다!"

박 순경은 휴대폰을 꺼내 들었다. 보다 못한 차동민이 나서

서 말했다.

"브라더, 보내 주자. 이거 뭐, 시끄럽네. 홍도 다 깨졌고."

"뭐? 아이씨. 완전 좋았는데……."

박 순경은 옅은 미소를 띠우며 말했다.

"브라더, 그 동생 말 들어. 아니면 정말 경찰에 신고한다."

"악! 씨발, 알았어. 그래, 그렇게 원하면 네가 데리고 가. 네가
알아서 데리고 가라고. 씨발, 기분 잡치게. 어서 꺼져!"

"어휴, 입 더럽게 거치네. 비켜 봐요."

박 순경은 앉아 있는 정민우와 테이블 사이로 걸어가 흐느적
거리는 여자를 붙잡았다. 그때 차동민은 테이블에 머리를 기댄
채 엎드려 있던 여자를 흔들어 깨웠다.

"야! 너 뭐 해?"

"브라더, 내가 데리고 나갈게. 잠깐만 여기서 기다려."

"네가? 아악! 미치겠네. 알아서 해, 씨발."

약에 취한 듯 흐느적거리는 여자를 부축하던 박 순경이 차동
민을 힐끔 쳐다보며 말했다.

"그래도 형보단 낫네. 고마워요."

"번잡스러워서 빨리 치우려는 것뿐이야."

차동민은 깨워도 일어나지 않는 여자를 힘겹게 일으켜 세웠다.

"으흐, 꽤 무겁네."

"언니, 여기 있다가 큰일 나요. 이 사람들 무서운 사람들이에
요. 뭐 해요? 조셉, 도와줘요."

조셉 명찰을 차고 있던 웨이터는 쪼르르 달려와, 박 순경이

부축하고 나오는 여자를 함께 데리고 밖으로 나갔다. 차동민도 옆에 잠들어 있던 여자를 부축해 박 순경의 뒤를 따라 나서며 물었다.

"차 가지고 왔어?"

"근데 왜 자꾸 반말이지? 으윽……. 힘들어 죽겠는데……."

"나보다 어려 보이는데 뭐? 차 가지고 왔냐고?"

"차가 어디 있어? 밖에 나가서 택시나 잡아 줘."

"그래, 그럼."

박 순경과 웨이터 조셉이 양쪽에서 부축하고 있는 여자는 혼자 뭐라고 중얼거리며, 잘 걷다가도 쓰러질 듯 휘청거렸다. 그런 그녀를 겨우 부축해 클럽 출입구 계단에 올라섰다. 차동민은 부축하던 여자를 번쩍 들어 안고 그들 뒤를 따랐다.

"무슨 일입니까?"

바운서가 정문 앞에서 길을 가로막고 묻자, 조셉이 급히 앞으로 나와 상황을 설명했다.

"어! 아닙니다, 형님. 손님이 많이 취하셨어요. 택시 좀 잡아 주세요."

바운서는 고개를 끄덕이며 무전기를 꺼냈다.

"정문, 정문 나와라."

"정문입니다."

"택시 좀 잡아. 손님 나가신다. 지금 바로."

"네, 형님."

"고맙습니다."

박 순경이 살짝 고개를 숙인 채 인사를 건네며 지나가려는데 바운서가 불러 세웠다.

"저기 아가씨, 잠깐만."

바운서가 박 순경의 얼굴을 자세히 보려 할 때, 차동민이 뒤에서 크게 소리치며 박 순경과 바운서 사이를 가로질러 나왔다.

"아으, 무거워. 빨리 나가지. 저기 아저씨, 비켜!"

박 순경도 부축하고 있던 여자 팔을 목에 걸고, 얼굴을 그녀 몸에 더 깊숙이 파묻은 채 차동민 뒤에 바짝 붙어 나갔다.

"아, 네. 지나가시죠."

바운서는 인상 쓰며 쳐다보는 차동민의 모습에 재빨리 옆으로 비켜섰다. 차동민 덕분에 박 순경도 무사히 클럽 정문을 빠져나올 수 있었다. 클럽 앞에 정차 중인 택시 뒷좌석에 여자들을 태운 뒤 박 순경은 조수석에 올라탔다.

"아가씨들, 잘 가. 어! 이거 택시비."

"아니요, 됐어요. 괜찮아요."

"그래? 그럼 잘 들어가. 굿바이."

차동민은 조수석 문을 닫고, 손을 흔들며 인사했다.

"뭐 하는 사람이지, 나 참. 기사님, 가까운 파출소로 가 주세요."

"파출소요?"

"네, 경찰이에요. 부탁드려요."

"아! 네, 그러죠."

택시를 태워 보내고 다시 클럽으로 들어가는 차동민의 눈에, 땅바닥에 떨어져 있는 이어 마이크가 들어왔다.

"되는 건가?"

차동민은 이어 마이크를 귀에 꽂아 보았다.

찌지익. 찌지익.

"디제이! 어디야?"

"디제이? 조셉 건가?"

"디제이? 찌지직."

"여기 클럽 앞인데."

박 순경이 아닌 정체 모를 남자의 목소리에 나 경위는 순간 말문이 막혔다.

"클럽 앞에서 주웠으니 나와서 받아 가지. 아니면 여기 입구에 맡길 테니까 받아 가."

"어! 저기, 금방 갑니다. 잠시만 기다려요."

"그래, 알았어. 빨리 나와."

눈을 떴다. 이런……. 배에서 아직도 피가 흘러내린다. 아직 현실로 나가지 못한 건가? 여기는 대체 어디지?

슈우웅, 펑! 쾅!

울창한 숲속에 폭탄이 날아와 터지고, 희뿌연 연기가 곳곳에서 피어올랐다.

슈우웅, 펑! 콰쾅! 푸우욱!

설마 전쟁턴가? 아니면 영화 세트장? 그런데 낯설지가 않다.

그래, 맞다. 꿈에서 본 곳이다. 그럼 지금도 꿈을 꾸고 있는 거야? 설마…… 죽은 건 아니겠지?

"괜찮아요? 총에 맞은 것 같은데……."

"총이요?"

피가 나는 곳을 확인하니 총탄이 뚫고 들어간 상흔이 보였다. 왜? 분명 칼에 찔렸는데…….

"이럴 시간이 없어요. 어서 일어나요."

"근데 누구세요? 그리고 왜 이런 모습으로……. 뭐예요, 당신?"

내 앞에 서 있는 남자는 알몸인 상태였다. 보는 내가 다 민망해 제대로 볼 수가 없었다. 그런데 어딘가 낯익은 얼굴이다. 꿈에서 봤던 얼굴인가?

"이런 모습으로 앞에 나타나서 미안해요. 말해 줄 게 있어서 어쩔 수 없었어요. 이해해 줘요. 나중에 이유를 알게 될 거예요. 그것보다 조심해요. 함부로 나서지 말아요. 아직은 괜찮을지 모르지만, 이 일이 반복될수록 위험할 수 있어요."

"그게 무슨 말씀이시죠?"

"이 말만 명심해요. 그곳에서도 자신을 지켜야 해요. 당신 생명도 위험할 수 있다는 걸……."

"무슨…… 어! 피해요! 아악!"

그때, 날아오는 폭탄이 슬로 모션의 한 장면처럼 내가 있는 곳으로 떨어졌다.

슈우웅, 팡! 콰쾅!

"으아악!"

엄청난 굉음과 뿌연 흙먼지들로 주변은 암흑천지가 되었다. 눈앞에 있던 알몸의 남자는 어디론가 사라지고 없었다. 으윽! 온몸에 폭탄 파편들이 박혀 그 틈으로 피가 새어 나오고 있었다.

"시보야! 괜찮아? 눈 좀 떠 봐!"

"아악!"

눈이 떠지고, 눈앞엔 근심 어린 형님의 얼굴이 보였다. 뭐지? 현실로 돌아온 건가?

"어! 시보야! 눈 떴다, 떴어. 이제 돌아온 거야?"

"형님? 여기가 어디죠?"

"뭐? 여기 서 의원 부모님 댁 앞이야. 갑자기 네가 쓰러져서 얼마나 놀랐는지 알아?"

"제가 쓰러져요? 아, 맞다. 내 배……."

"배는 왜?"

방금 전 흐르던 피는 온데간데없고, 몸은 상처 하나 없이 깨끗했다.

"으윽! 아…… 으흑."

"왜 그래? 배가 아파?"

"아니, 아니에요."

하지만 배에선 여전히 통증이 느껴졌다.

"왜 그래? 시보야."

바로 상의를 들춰 봤지만 흉기에 찔린 상처는 보이지 않았다. 그럼 이 통증은 뭐지? 초자연 현상에서 칼에 찔렸던 그 통증이 고스란히 느껴지고 있었다.

"배에는 또 웬 멍이야? 퍼런 멍이 들어 있는데."

"어디요? 어! 이런……."

형님 말대로 배에는 멍이 들어 있었다. 그런데 칼에 찔린 곳이 아니라, 어제 범인의 발에 맞았던 자리였다. 그럼…… 상처는 나지 않지만 충격의 흔적은 몸에 남는 건가? 그래서 칼에 찔린 것도 통증이 아직 느껴지는 것일까? 혹시 내장에 손상이…… 있다면 이렇게 멀쩡히 있을 수가 없겠지.

"남시보! 지금 어떻게 된 거냐고? 그곳에서 무슨 일이 있었던 거야? 시간이 얼마나 지났나 잠깐 시계를 보는 사이에 네가 갑자기 얼굴을 찡그리며 쓰러졌다고. 얼마나 식겁했는지 알아?"

"정말요? 기절했다고요?"

"그래, 한 3분 정도인가? 기절해 있었어. 응급차 부르려다 말았다."

"잘하셨어요. 기절을 하다니…… 오래간만이네."

"그러니까 왜 또 기절을 하냐고? 걱정스레……."

"걱정하셨어요? 아하하……. 으흑."

오만상을 찌푸리고 있는 형님을 보니 나도 모르게 웃음이 나와 배가 찌릿했다.

"웃기는? 참, 내가 걱정 안 하게 생겼어? 이제 그만하자. 그리고 어서 말해 봐. 무슨 일이 있었던 거야?"

"그게…… 어디서부터 말씀드려야 할지……."

형님에게 초자연 현상 안에서 서민주 의원이 날 알아본 사실과 범인에게 달려들어 봉투를 뺏으려다 칼에 찔린 일들을 모두 이야기해 주었다.

"범인 얼굴은 끝내 보지 못했지만, 그래도 칼에 찔린 순간에도 임무에 충실하려고 노력했어요. 황색 봉투에 들어 있던 건 USB하고 무슨 서류처럼 보였는데……. 맨 위에 왕관 문양이 있었고요. 그 옆으로 '다크킹덤' 영문이 크게 쓰여 있었어요."

"뭐? 다크킹덤? 확실히 다크킹덤이야?"

형님은 갑자기 두리번거리며 주위를 살폈다.

"형님, 왜 그러세요?"

형님은 또 나지막이 말했다.

"아니야. 확실하게 다크킹덤이라는 거지?"

"왜 또 그렇게 작게 말씀하시는 건데요, 왜요? 다크킹덤이 뭔데요?"

나도 모르게 형님을 따라 소곤거렸다.

"아니, 잠시만. USB도 있었다고 했지? 확실해? 다른 건 더 없었고?"

"그것 외에는 못 봤어요. 대신 USB는 확실해요. 아! 맞아요. USB에 대학 마크가 있었는데, 민성 유니버시티? 예, 맞아요. 민성 대학교 영문자가 적혀 있었어요."

"민성 대학교? 민성…… 아! 그 민성 대학교?"

이번에는 형님이 갑자기 언성을 높이며 물었다.

"아이, 깜짝이야. 왜 그러세요? 또 아시는 거예요?"

"그래, 잠깐……."

"그리고 그 범인 어깨에도 왕관 문양 문신이 있었어요. 서류에 있는 그 문양과 비슷했어요. 그럼 범인이 다크킹덤? 그것과 무슨 관련이 있는 건 아닐까요?"

"뭐라고? 범인 어깨에 문신이 있었다고?"

"네. 그것도 알고 계셨어요? 다 알고 계셨던 거예요?"

"……."

형님은 넋이 나간 얼굴로 날 쳐다보기만 했다.

"말 좀 해 보세요, 형님."

"어? 어, 그래. 잠깐…… 정리 좀 하고."

10개월 전

여남구를 만나고 나오는 길이었다. 최 형사는 잠복 중이던 팀원들에게 갔고, 난 경찰청으로 복귀하기 위해 차를 주차해 놓았던 곳으로 가고 있었다.

그때 수상한 놈이 내 뒤를 밟고 있는 게 느껴졌다. 왠지 나를 미행하는 것 같았다. 차가 주차되어 있는 곳으로 가지 않고, 일부러 골목골목을 돌며 그가 계속 뒤따라오는지 살폈다. 검정색 재킷을 입고 모자를 눌러쓰고 있어 얼굴 생김새를 온전히 볼 수 없었다. 그가 날 놓치지는 않을까, 걷는 속도를 적절히 유지하며 걸었다. 그리고 그를 잡기 위해 골목길 귀퉁이에 숨어 그를 기다렸다.

내 모습이 갑자기 보이지 않자 서둘렀는지, 달려오는 구둣발 소리가 점점 크게 들려왔다. 그가 귀퉁이를 돌아 들어설 때, 발을 걸어 넘어뜨렸다.

"너 뭐야? 왜 날 미행하는데?"

넘어진 그는 바로 일어나지 않고, 앉은 자세로 날 노려봤다. 그리고 아주 천천히 자리에서 일어섰다.

"야아, 뭐지? 도망 안 가네?"

"……."

"말 안 할 거야? 그래, 그럼 좀 맞자."

나는 재빠르게 달려가 그의 얼굴에 주먹을 날렸다. 그는 순간 고개를 숙이며 피했다.

"어라, 피해? 근데 왜 넌 공격 안 하냐? 미행하는 게 목적이었어? 날 해하는 건 아니고?"

"……."

"아이, 자식. 끝까지 말을 안 하네."

그때 휴대폰 벨소리가 울렸다.

"잠깐. 너 인마, 딱 기다려."

최 형사 전화였다. 그는 여전히 아무 말 없이 나를 쳐다보고만 있었다.

"어, 왜?"

"어디 계세요? 차가 그대로 있어서요. 가신 거 아니에요?"

"어, 아니야. 나 좀 바쁜데, 손님이 오셔서 말이야."

"손님이요? 여기서 누구 만나기로 하셨습니까?"

"그런 게 있어. 궁금하면 여기로 오든가. 근방에 있으니까. 여기 98번지 앞이다. 끊어."

전화를 끊을 때까지 그는 그 자리에서 날 보고만 있었다.

"야아, 뭐지? 이래도 도망을 안 가네. 너 정체가 뭐야?"

그에게 천천히 걸어가다, 재빠르게 오른쪽 주먹을 날렸다. 내 주먹에 얼굴을 맞은 그는 주머니에서 칼을 꺼내 휘둘렀다. 다행히 그의 칼을 피했지만 겉옷이 찢겨졌다.

"오우, 그냥 미행만 하려는 건 아니었네. 칼까지 가지고 다니는 걸 봐서는."

"……."

"그래, 덤벼. 덤벼 봐."

그는 손가락으로 칼을 현란하게 돌리며 다가왔다. 그리고 칼로 찌르는 척하다, 발로 내 다리를 가격했다. 칼에 시선을 빼앗겨 그만 그자의 발을 미처 피하지 못했다. 나는 그 타격에 그놈 앞에 무릎을 꿇고 말았다. 아이, 모양 빠지게.

그는 뒤이어 바로 내 얼굴에 니킥을 날렸다. 다행히 양팔로 니킥을 막았지만, 그 충격에 뒤로 벌러덩 넘어지고 말았다. 아이, 또 모양 빠지게.

"이건 아닌데."

나는 바로 일어나 옷에 묻은 흙을 털어냈다. 그리고 그에게 달려가 이단 옆차기를 날렸다. 내 공격을 두 팔로 막은 그도 충격에 뒤로 몇 발자국 물러났다. 그때 발을 높이 들어 올려 그대로 그놈의 머리를 내리찍었다. 머리를 맞은 그는 고개가 옆으로 꺾인 채 무릎을 꿇었다.

"자식, 어때? 내 실력이. 이제 좀 모양이 사네. 하하하."

그는 고개를 좌우로 돌리며 피식 웃어 보였다.

"야아, 좋아. 이제 제대로 붙어 보자고."

그는 다시 칼자루를 손가락으로 돌리며 자리에서 일어섰다. 그러고는 칼을 재빠르게 앞으로 들이밀며 달려들었다. 나는 옆으로 살짝 몸을 비틀어 피하며, 칼을 들고 있던 그놈 손목을 오른손으로 잡아 꺾었다. 그리고 그놈 옆구리를 왼손 주먹으로 정확하게 가격했다.

"우욱!"

그는 칼을 떨어뜨리며 신음과 함께 풀썩 주저앉았다. 그때 잡고 있던 그놈의 오른쪽 소매가 당겨져 어깨가 드러났고, 남 시보가 봤다던 왕관 문양과 같은 문신이 보였다. 하지만 그것이 무엇인지…… 아니, 이때는 전혀 연관 짓지 못했고 신경도 쓰지 않았다.

그놈 손목에 수갑을 채우기 위해 뒷주머니에 있던 수갑을 꺼내려 할 때, 그놈이 주머니에서 무언가를 꺼내 내 얼굴에 뿌렸다. 순간 눈앞이 뿌옇게 변했고, 다시 눈앞이 선명해졌다 싶을 때 땅이 흔들리고 건물이 휘청거리며 세상이 핑핑 돌아가고 있었다.

그때 멀리서 누군가가 나를 불렀다.

"민 계장님! 어디에 계십니까?"

"나…… 여기…….."

철퍼덕!

이내 땅바닥에 털썩 주저앉고 말았다. 그사이 그는 떨어뜨린 칼을 집어 나에게 다가오다, 최 형사를 보고는 재빨리 도망쳤다.

"어! 계장님! 야! 너 뭐야?"

급히 달려온 최 형사는 나를 자신의 무릎에 눕히고 흔들어 깨웠다. 그리고 몇 번이고 내 이름을 소리쳐 불렀다.

"그래서요? 그게 뭐였나요? 독가스? 아니지. 그럼……."

"모르겠어. 마취제였던 것 같아. 순간 정신을 흐리게 하는……. 아무튼 다행히 그놈한테 당하지는 않았지. 적절할 때 최 형사가 와 줘서 말이야."

"그럼 그놈이 제가 본 그 범인과 동일범일까요? 서 의원님을 죽이는."

"모르지, 그럴 수도. 그놈 몽타주를 만들어 찾아봤는데, 범죄 이력이 없는지 찾지 못했어. 분명 그놈도 다크킹덤과 관련 있는 자일 것 같다."

"그럼 여남구 씨 죽음과도 연관이 있는 걸까요?"

"그 문양이 다크킹덤과 연관이 있다면 그렇겠지. 그뿐만 아니라 이민지 사건과도 연관이 있다는 거지."

"아, 형님. 근데 다크킹덤이 뭔가요?"

"그게 말이야……."

"저기요! 여기 좀 나와 주세요."

"무슨 일입니까?"

"나와 보시면 알아요."

박 순경은 파출소 안으로 뛰어 들어가 경찰관에게 도움을 요청했다. 경찰관은 다급하게 뛰어나와 택시에 잠들어 있는 여자를 들쳐 업었다.

"무슨 일이야, 오 순경?"

"경장님, 술에 취한 아가씨들입니다. 저기 저분이 데리고 오셨습니다."

"왜 여기로 데리고 오신 겁니까?"

몸을 제대로 가누지 못하는 여자를 부축하며 들어온 박 순경이 힘겹게 말했다.

"우선 좀 도와주시겠어요?"

"아, 그래요. 어우! 저기 소파에 앉혀요."

이 경장은 박 순경이 부축하고 있던 여자를 옆에서 같이 부축해 주었다.

"고맙습니다."

"그런데 무슨 일입니까?"

박 순경은 숨을 가다듬고 이 경장을 바라봤다.

"휴우, 이제 좀 살 것 같네. 충성, 안녕하십니까? 광역 수사대 소속 순경 박민희라고 합니다."

"광수대? 광수대가 여기는 무슨 일로? 이 아가씨들은 또 뭐고?"

"이분들 급히 혈액 채취를 해야 할 것 같아서요. 물총 탄 술을 마신 것 같습니다."

"물총? 마약 말이야?"

"네. 이분들이 자발적으로 마신 건 아닌 것 같습니다. 함께 있던 남자들이 먹인 듯해요. 우선 빨리 혈액을 채취해야 할 것 같은데 도와주시겠어요."

이 경장은 박 순경의 앞을 가로막듯 물었다.

"지금 어디서 오는 길이지?"

"옥스퍼드 나이트클럽입니다. 지금이라도 가서 그놈들을 체포하고 싶지만, 빨리 혈액을 확보하는 게 우선일 것 같아 가까운 이곳으로 모셔 왔어요."

"그래, 잠시만. 마약 사건이니……."

이 경장은 갑자기 주머니를 뒤적거리다, 휴대폰을 꺼내 들고 사무실 방향으로 걸어갔다.

"저기, 어디 가세요? 경장님!"

이 경장은 박 순경의 부름에도 뒤돌아보지 않고 곧장 사무실로 들어갔다. 박 순경은 어쩔 수 없이 도움을 요청하기 위해 다른 경찰관에게 말을 걸었다.

"오 순경님이라고 하셨나요?"

"아, 네."

"오 순경님, 혈액 채취 좀 도와주시겠어요?"

"네? 아……. 자, 잠시만요. 이 경장님께 여, 여쭤보고요."

오 순경은 말을 더듬으며 뒷걸음치다, 이 경장이 들어간 사무실로 뛰어 들어갔다.

그때, 잠들어 있던 한 여자가 잠에서 깨어나 박 순경에게 말을 걸었다.

"여기가 어디예요? 뭐죠? 왜 내가 여기에?"

"괜찮으세요? 이제 좀 정신이 돌아오셨어요?"

"어! 이 여자는……."

"네. 룸에 같이 계셨던 그 여성분이에요. 택시에 있을 때까지는 괜찮았는데, 여기 들어오자마자 잠들었어요. 자고 있는 거니까 걱정 마세요."

"택시요?"

그녀는 아무 생각이 나지 않는다는 듯 말했다.

"머리는 괜찮으세요? 아플 텐데."

"조금 띵하기는 해요. 술을 많이 마셨나? 아닌데……."

"원래 술이 좀 약하세요?"

"아니요. 폭탄주가 좀 독했는지……. 그건 그렇고, 제가 여기에 왜 있는 거죠?"

"혈액 채취를 하셔야 할 것 같아요."

"네? 왜요?"

"클럽 룸에 있던 남자들이 장난을 친 것 같아요. 수면제인지 물총인지는 확인해 봐야 알 것 같고요."

"물총이요? 그게 뭔데요?"

"신종 마약인데요. 요즘 클럽에서……."

"마약이요? 아, 그러고 보니 누구…… 시죠?"

그녀는 마약이라는 말에 놀라면서도 박 순경을 위아래로 훑어보며 물었다.

"아, 저는 형사입니다. 잠입 수사 중에 우연히 현장을 목격해서 여기로 모셨어요."

"그랬던 거군요……. 고맙습니다. 정말 감사해요."

"아니에요. 해야 할 일을 한 건데요. 일단 혈액 채취하는 것 좀 협조해 주세요."

"네, 그럴게요."

박 순경은 주머니에 있어야 할 이어 마이크를 찾지 못하고, 손가방을 열어 휴대폰을 꺼냈다. 휴대폰으로도 이미 여러 통의 부재중 전화가 와 있었다. 무음으로 해 놓은 걸 잊고 있었던 것이다. 마지막으로 걸려 온 번호로 전화를 걸었다.

"야! 박 형사, 지금 어디야?"

"어우! 나 형사님, 고막 나가겠어요. 죄송해요. 무음으로 해 놓고 깜박했어요. 사정도 있었고요."

"무슨 사정? 지금 어디야? 아직 클럽 안이야?"

"아니요. 여기 파출소예요. 일이 있어서요. 여기로 좀 와 주세요."

"파출소? 왜? 클럽 바우…… 아이씨, 그놈들하고 싸운 거야?"

"아니에요. 클럽 안에서 일이 좀 있었어요. 그건 오시면 말씀 드릴게요. 지금 바로 와 주세요. 아셨죠?"

"아이, 걱정했잖아. 좀 일찍 일찍 전화해, 자식아. 어디 파출소야?"

"여기가 클럽에서 멀지 않았는데…… 아! 삼정1 파출소네요."

"그래. 조금만 기다려. 금방 갈게."

"넵."

전화를 끊은 박 순경은 사무실 쪽을 바라보다 앞으로 걸어가 큰 소리로 외쳤다.

"서기요, 오 순경님! 경장님! 뭐 하세요? 빨리 해야 합니다. 시간이 지나면 혈액 채취해도 검출되지 않을 거예요. 나와 보세요!"

박 순경이 재촉을 하고 나서야, 이 경장은 사무실에서 모습을 드러냈다.

"어, 저기."

"네, 경장님. 혈액 채취는……."

"저기 말이야. 지금 소장님이 현장에 계신다네. 마약 건이다 보니까, 소장님이 직접 오셔서 확인해 보신다고 하셔서."

"아니, 그럼……."

"이런 경우는 처음이라 말이야. 클럽에서 지금까지 문제 일으킨 적이 한 번도 없었거든. 그 흔한 폭력 사건도 없었다고. 마약이 아니라 그냥 술에 취한 거 아닐까? 여자들이 원래 술이 좀 약하잖아."

"아니요. 술에 취한 것 같지는 않았어요. 저기 주무시고 계신 여성분 보이시죠? 저분은 클럽에서 여기 올 때까지만 해도 이상 행동을 보이셨다고요. 그건 혈액 채취해서 정확하게 확인해 보시죠. 그러면 될……."

"그래, 알아. 아는데, 소장님이 직접 오셔서 보고 결정하신다고 하시잖아. 바쁘면 가 봐, 우리가 처리할 테니."

"언제 오시는데요? 바로 오시는 건가요?"

"어? 어. 금방 오실 거야."

이 경장은 머쓱하게 웃으며 박 순경의 시선을 피했다.

"그럼 기다릴게요. 제 선임도 이곳으로 온다고 하셨거든요."

"선임? 아……. 바쁜 것 같은데 먼저 가 보지 그래. 소장님 오시면 빨리 처리할 테니."

"아니에요, 괜찮아요. 선임 올 때까지만 기다려 볼게요. 바쁠 것 없으니 신경 안 쓰셔도 돼요."

"그래? 그럼, 뭐. 저기 앉아서 기다려."

이 경장은 그렇게 말하며 서둘러 파출소를 나갔다.

　　남 순경은 강남 경찰서 야외 주차장에서 본 시체 환영의 사인을 확인하기 위해, 민 경정과 함께 차를 타고 이동했다.

"형님, 그럼 서민주 의원의 죽음도 이필석 의원부터 시작한 연이은 죽음과 연관이 있다고 보시는 건가요?"

"그렇지. 다크킹덤이 무엇인지 정확히 알 수는 없지만, 내가 추측하기론 정재계 인사와 고위 공직자들이 만든 사조직일 거라 보고 있어. 시보, 네가 본 서류 상단에 다크킹덤 글자와 왕관 문양이 있었다면, 그 서류가 사조직 명부일 수도 있지. 아니면 소문만 무성했던 실제 사교 파티 참석자 명부일 수도 있고."

"그럼 제가 본 그 문서가 다크킹덤 인명부라고 생각하세요?"

"내가 봤던 문서에도 상단에 다크킹덤 글자가 있었지만 인명부는 아니었어. 만약 네가 본 그 서류가 인명부라면…… 다크킹덤이라는 명칭의 사조직이 실제 있다는 거겠지. 그럼 다크킹덤이라는 사조직이 사교 모임이라는 명목 하에 마약, 성매매 등으로 향락과 퇴폐 행위를 일삼는 파티를 열고 있었다는 거고, 그 사실을 은폐하기 위해 서 의원까지 죽이려 하는 걸지도 몰라. 분명, 다른 살인사건과도 연관성이 있을 거야. 인명부만 확보할 수 있다면 다크킹덤 실체를 밝히는 데 큰 도움이 될 거다."

"그럼 어깨에 왕관 문신이 있던 그자도 사조직의 일원일 수 있겠네요?"

"그렇지. 문신과 서류에 있던 문양이 동일했다니 다크킹덤 일원일 가능성 높겠지. 다시 얘기하는데, 절대 외부에 알려져서는 안 돼. 조심해야 한다, 알았지? 특히 '다크킹덤' 명칭은 외부 누구에게도 발설해서는 안 되는 거야. 명심해라, 시보야."

"명심할게요. 그럼 황색 봉투 안에 있던 문서와 USB가 결정적인 단서가 될 수 있겠네요. 그렇죠?"

"확인해 봐야겠지만, 그럴 것 같아. USB에 민성 대학교 마크가 찍혀 있는 걸 봐서는…… 이민지 양 사건과도 연관이 있을 거고. 그럼 여남구 학생이 말했던 동영상이 그 안에 있는 거 아닐까? 그게 아니라면 다크킹덤과 관련된 것일 수도 있고."

"쓰레기 같은 놈들……. 무슨 일이 있어도 그 황색 봉투만은 확보해야겠네요. 물론 서민주 의원도 구해야 하고요."

"그래, 꼭 그래야지. 시보야, 고맙다. 네 덕에 어렵지 않게 해결될 것 같다."

"아니에요. 그런 말씀 마세요. 해야 할 일을 한 건데요. 아무튼 아무 변수 없이 계획대로 됐으면 좋겠네요. 형님, 아시겠지만 다시 한번 당부드려요. 절대 나서지 않으시겠다고 약속해 주세요. 아셨죠?"

"무슨 소리야? 뭘 나서?"

"서민주 의원 죽음을 최우철 형사가 알면 안 되듯이…… 사실 그렇게 보면 형님도 아시면 안 되는 거였어요. 제 생각이 짧았어요. 말씀드리고 나서 좀…… 후회했어요."

"걱정 마. 네가 생각하는 그런 짓은 안 할 거니까. 무슨 걱정하는지도 알고. 그 정도로 무모하지 않아. 아, 그렇다고 너를……."

"알아요. 말씀 안 하셔도 얼마나 위하고 계시는지. 그보다 이제 시간이 얼마 남지 않았어요. 촉박하겠는데요?"

"거의 다 왔어. 시보야, 괜찮겠니? 오늘 너무 무리하는 건 아닌지 모르겠다. 배는 아직도 아픈 거지?"

남 순경은 배를 톡톡 치며 대답했다.

"괜찮아요. 아까보다는 많이 좋아졌어요."

"그러지 마. 매번 괜찮은 척 좀 하지 말라고. 괜찮아, 아프면 아프다고 하고 힘들면 힘들다고 해. 그래도 돼, 최소한 나한테는. 알았어?"

"네, 그럴게요. 아악! 으윽!"

갑자기 배를 움켜쥐고 아파하는 남 순경의 머리를 민 경정이 콩 하고 쥐어박으며 말했다.

"장난치면 못쓴다, 이 녀석아."

"아이, 장난도 안 받아 주시고. 역시 연기력이 형편없죠?"

"그래, 이놈아. 어디서 그런 몹쓸 연기를……. 그런 어설픈 장난은 하지 마라. 그때는 진짜 혼난다. 알았어? 참, 고놈."

민 경정은 남 순경의 머리를 한 번 더 쥐어박으려는 시늉을 하며 크게 웃었다.

"드디어 도착했네요. 형님, 가시죠."

"그래. 서둘러야겠다."

남 순경은 재빠르게 차에서 내려 시체 환영이 보였던 현장으로 배를 움켜쥐며 달려갔다. 뒤이어 내린 민 경정은 그런 남 순경을 바라보며 흐뭇한 미소를 지었다.

"누굽니까? 나 경위님."

나 경사는 무전기를 내려놓는 나 경위에게 다급히 물었다.

"모르겠어. 행인이 주운 듯한데……. 최 경위님, 어쩌죠?"

"뭘 어째? 빨리 클럽 입구로 가 보자고."

"네."

나 경사는 앞좌석 사이로 머리를 내밀고, 인상을 잔뜩 찌푸리며 말했다.

"혹시 클럽 애들한테 잡힌 건 아닐까요? 함정이면……."

"함정? 모르지. 근데 들어 보니까 그건 아닌 것 같던데, 안 그래?"

최 경위의 말에 나 경위가 골목 옆쪽으로 차를 세우며 덧붙여 말했다.

"네, 맞아요. 최 형사님 말씀대로 클럽 앞에서 주웠다고 한 거 보면 그냥 일반인일 거야."

"다 왔네요. 여기예요."

"그래, 얼른 나가 보자고. 나 경위는 여기서 지켜보고 있다가 혹시 문제 생기면 지원 요청해."

"또요? 저도 현장에……."

"자기 역할에 충실했으면 좋겠는데. 아무리 유단자라도 이건 강력계 형사한테 맡기는 게 좋지 않을까?"

"그러세요, 나 경위님. 현장이 또 보는 거랑 많이 다르거든요. 위험합니다. 만약에 일이 커지면 지원 요청이나 잘 부탁드려요."

"뭐? 나 경사까지……. 알겠습니다. 그럼 어서 다녀오십시오. 여기서 지켜보고 있겠습니다."

"서운해 마세요. 또 기회가 있지 않겠습니까? 하하."

최 경위와 나 경사는 차에서 내려, 클럽 앞에서 이어 마이크를 빙글빙글 돌리고 있는 남자에게 갔다.

"저 사람이네요."

그때, 나 경사는 주머니에서 진동이 느껴져 휴대폰을 꺼내 확인했다.

"최 형사님, 박 형사 전화입니다."

"그래? 어서 받아."

"네, 그럼 잠시……. 야, 박 형사. 지금 어디야?"

나 경사가 박 순경의 전화를 받는 동안 최 경위는 이어 마이크를 돌리고 있는 그에게 다가갔다. 나 경사는 앞서 가는 최 경위에게 손을 내저으며 만류해 보지만 아무 소용 없었다.

"저기, 안녕하십니까?"

"무슨 일…… 아, 이거? 당신 거야?"

"어디서 주웠습니까?"

"저 앞에서. 근데 당신 거 맞아?"

최 경위는 반말하는 그를 한 번 노려본 뒤 겨우 화를 삼키며 말했다.

"으음……. 네, 맞습니다. 이리 주시죠."

"이상하네. 클럽에서 일하는 사람 같지 않은데…… 경찰이야?"

"아니, 그러는 당…… 잠깐, 근데 우리 어디서 본 적 있지 않습니까?"

"나를? 당신이 봤다고?"

"아이, 진짜. 듣자 듣자 하니까 말끝마다 반말이네."

"그쪽도 반말해, 그럼. 이제 들어가야 하니까 이거나 받아."

그는 이어 마이크를 최 경위에게 툭 던지고는 말을 이어 갔다.

"경찰이 이런 거나 흘리고 다니고. 참, 찾아 줬으면 먼저 고맙다고 해야 하는 거 아닌가?"

최 경위는 어이가 없어 나오는 헛웃음을 참으며 말했다.

"하아, 고맙기는 한데…… 그래, 고맙다. 찾아 줘서."

"아, 혹시 그 아가씨가 경찰이었나?"

"아가씨? 누구?"

그때 나 경사가 최 경위에게 다가와 물었다.

"형님, 뭡니까?"

"이 덩치는 또 뭐야? 경찰이 아니라 조폭이었어?"

"뭐? 조폭? 이 자식이……."

"나 경사, 됐어. 물건 찾았으니 가자."

"굿바이."

그는 비웃듯 피식 웃으며 손을 흔들고는 클럽 입구로 향했다.

"뭐야! 저 자식이……."

나 경사는 그런 그를 붙잡으려 했지만, 최 경위가 팔을 벌려 가로막았다.

"됐다니까. 그건 그렇고 박 형사는?"

"지금 삼정1 파출소에 있답니다. 무슨 일이 있었나 봅니다. 자세한 건 가서 확인해 보시죠."

"그래, 어서 가 보자."

차로 향하던 최 경위는 고개를 갸웃거리며 클럽 입구 쪽을 뒤돌아봤다.

"어디서 봤더라……. 낯이 익은데……."

"누구 말입니까? 저 자식 말입니까?"

"어? 어. 아까 그놈 말이야."

"혹시 수배범 아닙니까?"

"에이, 수배범이 경찰인 걸 알면서 저렇게 나와? 그건 아니지."

"저희가 경찰인 줄 알았단 말입니까? 나보고 조폭이라고 하더니…… 아우씨."

나 경사는 성질을 내며 클럽 입구 쪽을 노려봤다.

"나 형사는 본 적 없는 얼굴이야?"

"저요? 저는 예쁘장하게 생긴 놈들하고는 어울리지 않아서 말이죠."

"그래? 예쁘장하게 생긴 건 인정하나 봐?"

"아……. 말이 또 그렇게 되나?"

나 경사는 머리를 긁적이며 멋쩍게 웃었다. 최 경위는 차에 올라타면서 말했다.

"나 경위, 삼정1 파출소 검색해. 거기로 가자고."

"거기는 왜요?"

"박 형사가 거기에 있습니다."

"그래? 그 파출소 어딘지 압니다. 바로 출발할게요. 근데 왜 거기에 있는 거야?"

"그건 저도 모르겠습니다. 가 봐야 알 것 같아요."

화려한 조명과 흥겨운 음악이 눈과 귀를 압도하는 클럽 무대 중앙에서 차동민은 춤추는 사람들 사이를 겨우 빠져나왔다. 룸

이 있는 복도로 접어들어 무대 쪽을 뒤돌아보다, 앞에서 걸어
나오는 사람과 팔을 부딪치고 말았다.

"아으! 어, 미안."

"……."

"그쪽도 사람을 쳤으면 사과하는 척이라도 해야 하는 거 아
닌가? 어?"

팔을 치고 지나간 사람은 골무 모자를 쓰고 있었다. 그는 차
동민의 말을 무시하고 그대로 앞으로 걸어갔다. 음악 때문에
못 들은 건지, 아니면 진짜 무시한 건지는 알 수 없었다.

차동민은 부딪친 팔을 손으로 한 번 툭 털며 룸으로 향했다.
하지만 다시 돌아온 룸에는 아무도 없었다. 깨끗하게 정리된
룸을 본 차동민은 잘못 들어온 것이 아닌가 싶어 문 밖을 확인
한 뒤 다시 안으로 들어왔다. 차동민은 휴대폰을 꺼내 정민우
에게 전화를 걸었다. 신호음이 끊길 때까지 전화를 받지 않자,
클럽 밖으로 나가려 다시 무대 중앙 쪽으로 발걸음을 옮겼다.

그때였다. 앞에서 정민우와 골무 모자를 쓴 남자가 나란히
걸어오고 있었다.

"어, 브라더! 간 거 아니었어?"

"야! 여기 시끄럽다. 들어가서 얘기하자."

정민우는 차동민에게 어깨동무를 하며 룸이 있는 곳으로 갔
다. 그들 뒤로 골무 모자를 쓴 남자가 뒤따랐다. 세 남자는 룸
안으로 들어갔다.

"너 뭐야? 난 또 그 아가씨들이랑 재미 보고 있는 줄 알았잖

아?"

자기가 말하고도 웃겼는지 정민우는 괴상한 웃음소리를 내
며 크게 웃었다.

"아니야. 그게 무슨 소리야?"

"농담이야, 농담. 그럼 왜 이제 온 거야?"

"주운 물건이 있어서 주인 찾아 주다가 좀 늦었어."

"하여튼 자식, 쓸데없이 친절하다니까. 그럼 그 여자들은? 그
냥 보낸 거야?"

"어. 바로 택시타고 가던데."

"그래? 아이, 완전 좋았는데……. 간만에 재미 좀 보나 했더
니, 씨발. 그 기지배는 뭐야? 지가 뭔데? 씨발. 생각할수록 기분
더럽네. 씨…… 아! 카하하. 동민아, 미안. 아이, 씨발…… 욕이
나도 모르게 입에 착착 붙네. 카하하하하."

"근데 옆에 계신 분은 누구야? 소개 안 시켜 줘?"

"아! 그렇지. 내가 이렇다. 이쪽은 여기 클럽 사장 아들이야.
대학 후배이기도 하고. 전공이 뭐라고 했더라? 의과대? 아니,
심리학? 야! 말 좀 해, 씨…… 아, 그래. 소개 좀 해 봐."

"아……. 네. 저는 서양사 전공…… 선배님은 아버지…… 아
니, 클럽에서……."

"괜찮아, 우리끼리. 동민아, 우리 아빠가 여기 단골이야. 아
니, 여기가 아니고 저기 위."

정민우는 검지로 하늘을 가리키고, 눈을 뒤집어 흰자위를 보
이며 기이하게 웃었다.

"반가워. 난 차동민이야. 그쪽은 이름이 뭐야?"

"이름? 그러네. 이름이 뭐지? 하하. 이해해라, 내가 기억을 잘 못해. 카하하하."

"주명근이라고 해요."

"주명근? 명근아, 반갑다. 그런데 안 더워? 털모자 쓰고 다닐 계절은 아닌데?"

"아……. 그게……."

"자식, 그런 걸 왜 물어봐? 다 사정이 있어서 그런 건데. 카하하하."

"오우, 그런 거야? 미안. 얼굴 봐서는 젊어 보여서……."

"아……. 네. 스물여덟이에요."

"그래? 세임 에이지?"

"갑이네, 갑. 야, 둘이 친구 먹어."

"그래, 친구하자. 말 편하게 하고 좋네."

"네. 아, 알았어."

정민우는 주명근을 풀린 눈으로 초점 없이 바라보며 물었다.

"명근아, 네 아버지 말이야. 요즘도 너 죽도록 때려?"

"뭐? 아버지가?"

차동민이 놀란 듯 쳐다보자, 주명근은 급히 손을 내저으며 말했다.

"아, 아니에요. 이제 안 그러세요. 아빠가 저기에 데리고 간다고…… 아시죠? 며칠 후에 스카이에서……."

주명근이 천장을 힐끔 보며 스카이라고 하자, 정민우는 깜짝 놀라 위를 손가락으로 가리키며 말을 잘랐다.

"뭐? 스카이? 거기를 왜? 설마……."

주명근은 수줍게 웃으며 조심스럽게 말했다.

"네. 아빠가 참석하신다고, 같이 가자고 하셨어요."

"정말이야? 네가? 아니, 그러니까…… 아이, 알잖아? 거기가 어떤 자리인지."

"브라더, 무슨 얘기하는 거야?"

"야, 내가 좋은 데 데리고 간다고 했잖아. 거기서 며칠 후에…… 아니, 근데 네가 왜 거기에? 아이, 존…… 아, 미안. 물이…… 씨발, 욕을 안 하니까 말이 안 나오네. 씨발. 편하게 한다, 이해해. 물 존나 흐려 놓겠네, 씨발. 야! 네가 거길 왜 와? 네 아빠가 씨발, 얼마나 뒤를 존나 닦아 줬으면…… 씨발, 아무리 그래도……."

차동민은 놀란 눈으로 정민우를 말리며 끼어들었다.

"브라더! 왜 그래? 좀 심하잖아. 아무리 그래도…… 부모님까지 욕하는 건 아니지."

"씨발, 네가 몰라서 그래. 얘 아빠가 어떤 놈…… 아니, 어떤 사람인지 몰라서 그런다니까? 아이, 젠장. 네가 말해 봐. 안 그래? 네가 생각해도 어울린다고 생각해? 그 멤버들이 어떤 사람들인데. 네가…… 아니, 네 아빠가 어떻게 거기에 껴? 거기가 어디라고! 생각할수록 열받네. 와아, 술 완전 깨네. 씨발!"

주명근은 아무 말도 못 한 채 고개를 푹 숙이고만 있다.

"브라더, 그만해! 친구, 내가 대신 사과할게. 기분 풀어. 여기

내 술 받아. 브라더가 술이 좀 과해서 그래."

"야, 그 자식 술 못 해. 술도 못 해, 담배도 못 해. 제대로 하는 게 하나도 없어. 그런 자식이라고. 아! 하나 잘하는 거 있다. 약 하나는 잘 빨지. 요즘도 약 하냐?"

차동민은 화를 참지 못하고 언성을 높이며 말했다.

"왜 그래? 거기가 뭐 하는 곳인데 사람을 이렇게 무시하는 거야?"

"야, 너 뭐야? 무시할 만하니까 하는 거야. 씨발. 너도 브라더, 브라더 받아 주니까 정말 가족이라고 생각하는 거야? 네가 있는 위치랑 내가 있는 위치는 엄연히 달라. 씨발, 알아? 더럽고 치사하면 네 아빠한테 가서 지랄해, 새끼야."

"브라더?"

점점 목소리가 커지던 정민우는, 인상을 잔뜩 찌푸린 채 눈을 부라리며 더 크게 소리쳤다.

"조용해! 씨발. 그리고 한 번만 더 내 앞에서 해라 마라 지껄이면 너도 씨발, 가만 안 둬. 알았어? 씨발. 오냐오냐해 줬더니. 아이, 씨발. 이래서 내가 잘해 줄 수가 없어. 조금만 잘해 주면 지가 나랑 똑같은 줄 알아, 씨발. 계속 기어오르려고 한단 말이지. 씨발! 정말 돌겠네. 아오, 씨! 술 맛 떨어지게."

정민우는 들고 있던 술잔을 집어 던지고 자리에서 일어섰다.

"브라더! 왜 그래? 가는 거야? 미안해. 내가 좀 오버했어."

"야! 됐다. 술 맛 떨어졌으니까, 잘 어울리는 니들끼리 술 처먹고 들어가. 그래, 술값은 내가 내 줄게. 씨발. 존나 얻어먹는 거 좋아하는 새끼들아. 그러니까 너희들이 평생 그렇게 사는 거야, 새끼들아!"

정민우는 지갑에서 지폐 다발을 꺼내 허공에 뿌리며 말을 이어 갔다.

"내가 하나 충고하는데, 니들 부모를 원망해. 나 같은 순진한 사람 욕하고 원망하지 말고, 새끼야! 아니면 뭐, 존나 파 보라고. 어디 금은보화 없는지, 씨발. 카악! 더러운 새끼들."

그는 땅바닥에 침을 내뱉으며 문을 세차게 열고 나갔다.

"시보야, 여기야? 어! 이 흰색 차……."

"왜요? 아시는 분 차예요?"

"그럼, 잘 알지. 서장님 차니까."

"서장님이요? 이 차가 서장님 관용차예요?"

"아니, 개인 소유 차야. 공무가 아닌 사적인 일로 이동할 때는 이 차를 이용하시지. 시간 없다고 했지? 일단 빨리 확인해 보자."

"네, 그럼."

나는 곧바로 눈을 감고 집중한 뒤 천천히 눈을 떴다.

흰색 차량 위에 시체는 보이지 않았다. 역시 아직 시간이 되지 않아서일까? 그럼 대체 어디서 떨어진 걸까? 저 위…… 아마도 옥상에서 떨어졌을 것으로 보인다. 그렇다면 지금 옥상에서 무슨 일이 일어나고 있는 건 아닐까? 확인해 봐야겠다.

"시보야, 내 말 들리니?"

"네, 들려요."

"그래. 뭐가 보여?"

"아직 사건 발생 시간이 아닌가 봐요. 아무것도 보이지 않네요. 옥상에서 떨어진 것 같아서 그곳으로 가 봐야겠어요. 형님, 지금이 몇 시죠?"

"지금? 잠깐만. 어, 02시 38분이다."

"그래요? 몇 분 안 남았네요. 잠시만 기다려 주세요."

경찰서 본관 정문으로 뛰어 들어가 엘리베이터가 있는 곳으로 갔다. 올라가는 버튼을 눌렀지만, 무슨 일인지 엘리베이터는 내려올 생각을 않는다. 사건 발생까지 시간이 별로 남지 않았기에 기다릴 시간이 없었다. 나는 지체없이 계단으로 달려갔다.

여기서 8층까지 뛰어 올라가야 했다. 원래는 3층 정도 오르면 숨이 차야 했지만, 무슨 영문인지 전혀 숨이 가쁘지 않았다. 초자연 현상이라 숨 쉬는 데 문제가 없는 것일까? 덕분에 쉼 없이 5층으로 뛰어올라갔다.

그런데 계단을 오르다 보니 어딘가 이상하다는 생각이 들었다. 다른 층 벽면에는 층수가 적혀 있었는데 5층에는 왜 그저 하얀 벽만……

퍽!

"아악! 으윽……."

"시보야, 왜 그래? 괜찮아? 내 목소리 들려?"

"아……. 형님."

"어? 눈 떴네? 무슨 일이야? 비명을 지르던데 괜찮은 거야?"

"아니, 갑자기…… 뭐지?"

"뭐가? 누가 나타났어?"

"아니요. 갑자기 하얀 벽 같은 게 나타나서 거기에 부딪쳤어요."

민 경정은 의아하다는 듯 되물었다.

"벽? 벽이 나타났다고?"

"아니, 벽인지 뭔지 모르겠는데…… 길이 막혔다고 해야 할까요? 네, 그랬어요. 벽 같은 거에 막혔어요."

"그게 무슨 소리야, 또."

"아휴, 그러니까요. 저도 잘 모르겠지만 계단으로 올라가는데 5층에서 길이 막혀 버린 거예요. 이것도 무슨 규칙이 있는 건가……. 휴우, 어렵네요. 이거 뭐, 매번 뭐가 있으니."

이런 일이 계속 반복되니 어이도 없고 허탈해 나도 모르게 웃음이 나왔다.

"지금 웃음이 나와?"

"하하……. 아, 지금이 몇 시죠?"

"02시 43분이다."

"그래요? 이쯤이었는데……. 다시 들어가 볼게요."

나는 작게 심호흡을 한 뒤 눈을 감았다. 그런데 그때.

쾅!

"으윽!"

제16화

고귀한 선택

어두운 밤거리에 남순할매 해장국집 간판이 깜박거리며 켜졌다. 그리고 이내 가게 안 전등들도 잇따라 모두 켜졌다. 이른 새벽부터 장사를 준비하는 듯했다.

그때, 해장국집 밖에서 정적을 깨는 소리가 들렸다. 거친 숨소리와 울음소리가 뒤섞인 여자 목소리였다. 언덕 위에서부터 울먹이며 뛰어 내려오는 여자는, 얼마나 다급했는지 신발도 신지 못한 채였다. 그러고는 곧바로 해장국집 안으로 뛰어 들어갔다.

"아직, 장사 시간 아니…… 어머! 새댁, 이게 뭐야?"

남순 할매 며느리인 롤리는 눈물범벅이 된 채로 춘천댁에게 안겼다.

"춘천댁, 엄마 어디써? 으흑. 으흐흐……."

"아직 안 오셨는데. 새벽 시장 들렸다 오신다고 했어. 무슨 일이야? 옷은 왜 이래? 신발은 또 어쩌고 맨발이래. 무슨 일 있었어?"

롤리는 두려움에 찬 얼굴로 문 쪽을 손가락으로 가리키며 울기만 했다.

"울지만 말고 말해 봐. 무슨……."

그때 갑자기 누군가 문을 세차게 밀며 뛰쳐 들어왔다.

끼이익, 깡!

"아이고! 깜짝이야."

"이년아, 어딜 도망가? 도망가면 내가 못 잡을 줄 알았어?"

"어머! 뭐야? 큰 사장 아니야? 아이고, 어떻게 된 거야? 왜 그래?"

"춘천댁, 살려 줘. 무섭다. 으흐흐……."

"큰 사장, 말로 해. 이러면 안 돼, 큰 사장."

"아줌마, 비켜! 당신도 그러다 다치는 수가 있어. 남의 가정사에 끼지 말고 비키라고! 저년을 내가 오늘……."

큰아들은 앞에 있던 의자와 식탁을 발로 걷어찼다. 큰아들의 행패에 춘천댁과 롤리는 고개를 숙이고 두 손으로 머리를 감쌌다.

"아악!"

우당탕탕! 틱! 팅! 팅!

의자와 식탁 위에 있던 집기들은 사방으로 튀었다.

"이러지 마, 큰 사장. 이러다가 큰일 내겠어."

"이래도 안 비켜?"

큰아들은 잡히는대로 모든 집기들을 내던지기 시작했다.

"아줌마, 좋은 말할 때 비켜! 정말 돌겠네. 아악! 씨발, 비키라고!"

분을 이기지 못한 큰아들의 행패에 해장국집은 난장판이 되어 가고 있었다.

순찰을 돌고 파출소에 도착한 경찰관은 취객을 데리고 안으로 들어왔다. 그 뒤로 청년들이 싸움을 했는지, 경찰관을 가운데 두고 욕 배틀을 하며 들어오고 있었다. 한산했던 파출소가 한순간에 시끌벅적 소란스러워졌다.

"오 순경님, 서장님은 언제 오시는 거예요?"

"어……. 잠시만요. 저희 사수가……."

"오 순경, 뭐 해? 순마 청소 안 하고. 지금 안에다가…… 우욱. 아우, 장난 아니다. 어서 가서 치워!"

"아! 네, 서 경사님. 박 순경님, 잠시만요."

오 순경은 서둘러 밖으로 나갔다.

"여기서 이러시면 안 됩니다, 선생님. 잠시만요."

"우, 우욱. 우욱."

서 경사가 취객을 소파에 앉히고 물을 가지러 간 사이, 조용히 앉아 있던 취객까지 구토를 해 대기 시작했다.

"아우, 이런. 김 순경, 여기! 여기도."

"네, 금방 갑니다."

취객이 이미 파출소 앞에 쏟아 놓았던 토사물을 처리하던 김 순경은 소파에 퍼져 있는 토사물을 치우러 뛰어 들어왔다. 그 뒤로 같이 들어온 또 다른 경찰관이 박 순경에게 다가와 물었다.

"무슨 일로 오셨습니까?"

"충성! 광역 수사대 소속 박민희 순경이라고 합니다."

"그래요. 임기성 경위라고 해요. 여긴 무슨 일로?"

"옥스퍼드 클럽에서 남성들이 저기 계신 여성분들에게 술에 물총을 타 마시게 한 것 같아서요. 혈액 채취를 하려고 이곳으로 왔는데…… 소장님이 오셔야 한다고 해서 기다리는 중입니다."

"옥스퍼드 클럽? 마약이라…… 확실해요?"

"아……. 확실한 건 검사를 해 봐야……."

"물총이면 혈액에서도 검출이 잘 안 될 수 있는데. 물증은 확보했어요?"

"물증이요? 아니, 급하게 나오느라……."

"에이, 그러면 입증 못 할 것 같은데. 물총 먹은 지 얼마나 됐어요?"

"정확하지는 않지만 클럽에서 나온 게…… 그러니까, 한 40분 정도 된 것 같은데요."

"그래요? 그런데 왜 혈액 채취를 하려는 거예요?"

"그게 무슨 말씀이세요? 혈액을 채취해 빨리 검사하면……."

"물총은 체내에 흡수돼 혈액에서 30분 이내 최고 농도에 도달했다가 몸 밖으로 배설되기 때문에, 지금은 혈액 채취해도 소용없을 거예요. 차라리 잠을 깨워 소변을 채취해 검사받는 게 나을지도 몰라요."

박 순경은 당황한 얼굴로 대답했다.

"아······. 그런가요?"

"그럼 그것도 모르고 지금 무작정 혈액 채취를 하자고 한 겁니까? 뭐예요? 마약 수사 중인 거 아니었어요?"

"아니요. 다른 사건 수사 중에 피해자를 발견해서요. 저도 물총이 체내에서 빨리 빠져나간다고 알고 있어, 가능한 한 서둘러 혈액을 채취하려 했죠."

그때, 수군대던 청년 둘이 갑자기 다시 욕 배틀을 시전하며 소란을 피우기 시작했다.

"그래요? 저기! 학생들 조용히 좀 해!"

임 경위는 손을 뻗으며 청년들에게 다가갔다.

"학생들, 부모님 금방 오실 거니까 얌전히 좀 있어. 이 새벽까지 술 마시고 어디 와서 싸움질이야! 아이고, 참. 여기가 아직도 술집인 줄 알아? 조용히 좀 해. 어!"

그사이, 파출소 밖에 있던 이 경장이 들어와 박 순경에게 말했다.

"박 순경, 어쩌지? 소장님이 갑자기 일이 생기셔서 바로 못 들어오신다네. 강남 경찰서 마약 수사팀으로 보내라 하시더라고. 내가 전화했으니까 금방 이쪽으로 올 거야. 그러니 이제 그만 가 봐도 돼."

임 경위도 박 순경에게 다가와 덧붙여 말했다.

"그래요, 박 순경. 마약 수사팀에서 처리하면 되니까 우리에게 맡기고 가 봐요. 내가 좀 일찍 왔으면 바로 처리했을 텐데. 이 경장이 업무 처리가 좀 서툴렀네. 마약 사건은 잘 다뤄 보지 못한 일이라 그런 거니까. 좀 이해해 줘요. 이 경장 일 처리를 어떻게 이렇게 해? 아니면 나한테라도 연락을 했어야지."

"죄송합니다, 경위님."

"아니에요. 저도 뭐 잘한 거 없는데요. 이럴 줄 알았으면 바로 경찰서로 갈걸 그랬어요. 괜히 저 때문에 일만 번거롭게 했네요."

"에이, 아니지. 우리가 잘못했어요. 그래도 마약 수사팀에서 온다고 하니 그쪽에서 잘 처리할 거예요. 걱정 말고 가 봐요. 뭐 해? 이 경장."

"아, 네. 박 순경, 이리 와서 경위서 작성하는 것 좀 도와줘."

"그래요. 그것만 작성하고 가요."

그때 파출소 문이 활짝 열리고 나상남 경사가 들어왔다.

"실례 좀 하겠습니다. 여기…… 어! 박 형사."

"오셨어요?"

"무슨 일로 파출소에 온 거야?"

"나 형사님, 그건 제가 나중에 설명드릴게요. 이 경장님 여기는 서울 경찰청 형사과 소속 나상남 경사님이세요."

"충성. 이……."

이 경장이 경례하며 자신을 소개하려 했지만, 나 경사는 쳐다보지도 않고 박 순경에게 이어서 말했다.

"됐고, 사고 친 건 아니지?"

"사고라니요? 아니에요."

"그래? 그럼 가자, 이제."

"잠깐만요. 경위서 작성 좀 도와드리고 갈게요."

"경위서? 무슨 일이야? 차에서 최 형사님이랑 나 경위님 기다리고 계시는데⋯⋯."

머쓱하게 서 있던 이 경장이 끼어들어 말했다.

"에이, 아니야. 박 순경, 들어가. 저기 여성분들한테 받으면 돼. 그렇죠? 임 경위님."

"어, 그래. 그래도 되지. 어차피 마약 수사팀에서 연락이 갈 거예요. 연락처나 하나 남기고 가요. 그렇게 처리해."

"그럼 인계 좀 잘 부탁드릴게요."

박 순경은 이 경장이 건넨 서류에 연락처를 남겼다.

"그래. 걱정 말고, 가 봐."

"잠깐만요."

박 순경은 보호자 대기실에 있던 여자에게 다가가 말했다.

"많이 불편하시죠? 경찰서에서 마약 수사팀이 온다고 하니까요. 거기서 처리해 줄 거예요. 힘드셔도 협조 잘 부탁드려요. 저는 가 봐야 해서요."

"네, 그럴게요. 고맙습니다."

"나 형사님, 이제 가시죠."

박 순경과 나 경사가 파출소를 나가자, 이 경장은 휴대폰을 꺼내 어딘가로 전화를 걸었다. 이들을 지켜보던 임 경위도 수화기를 들어 조용히 통화 버튼을 눌렀다.

남순 할매 해장국집은 조용했다. 천장 형광등 몇 개가 깨진 탓에 실내는 어두웠다. 바닥에는 의자들이 쓰러져 있고, 식탁들도 뒤집혀 있거나 옆으로 넘어져 있었다. 수저와 컵 등 집기는 사방에 널브러져 있었다. 식당 안으로 들어서던 남순 할머니는 순간 멈칫했다.

"뭐여? 불은 왜 안 킨겨? 얼레! 이게 뭐여? 어찌된 일이여? 춘천댁! 춘천댁, 없는 겨?"

"어……. 으윽, 어르신. 여기요."

"아이고메나! 여기서 뭐여? 이게 다 뭔 겨?"

춘천댁은 쓰러져 있는 탁자 뒤에 허리를 붙잡고 앉아 있었다.

"어르신, 어쩌면 좋아요. 으윽……. 큰아드님이 왔었어요."

"뭐여? 큰아가? 어찌 온 겨? 춘천댁은 괜찮은 겨? 어디 다치지는 않은 겨?"

"허리를 좀 삐끗했는데…… 그것보다 새댁이 위험해요, 어르신."

"그게 뭔 소리여? 며느라가 왜?"

"큰아드님이 끌고 나갔어요. 이것도 다 큰아드님이 한 짓이고요."

"뭐라고요? 형수님을 끌고 나갔다고요?"

언제 들어왔는지 모르게, 작은아들이 어둠 아래에서 두 사람의 대화를 듣고 있었다.

"아이고, 놀라라! 니는 또 언제 온 겨?"

"아주머니, 형이 언제 왔는데요? 형수랑 어디로 갔는지 모르세요?"

"그건 나도 모르지. 나간 지 얼마 안 됐으니 빨리 나가 봐요. 새댁이 위험해."

할머니는 손사래를 치며 말했다.

"야야! 니도 위험혀. 지금 니 성 제정신이 아닐 거. 차라리 경찰을 부르는 건 어뗘?"

"경찰 올 때까지 기다리다 정말 무슨 큰일이라도 나면 어쩌고요? 우선 제가 나가서 찾아볼게요. 경찰에 전화 좀 해 주세요."

작은아들은 사색이 되어 허겁지겁 밖으로 뛰쳐나갔다.

"병원엔 안 가 봐도 되는 겨? 아이고, 이게 무슨 일이여? 춘천댁, 미안혀네. 괜시리 이게 뭐여. 아이고, 어쩐댜. 아이고. 흐으으……."

할머니는 주저앉아 땅바닥을 손으로 내리치며 울기 시작했다.

"어르신, 저는 괜찮으니까 울지 마시고 얼른 경찰에 신고부터 하세요."

"흐으으, 으흐……. 그려, 경찰에 싸게 즌나 혀야지. 전화기가……."

남순 할머니는 소매로 눈물을 닦아 내며, 자리에서 일어나 카운터로 갔다.

　　　　　　　　•

차 한 대가 대방 지구대를 지나 포장마차가 있는 골목으로 들어섰다. 포장마차를 조금 지나쳐, 외진 곳에서 민우직 경정과 남시보 순경이 차에서 내렸다.

"형님, 여기서부터 저 혼자 갈게요. 들어가세요."

"시보야, 괜찮다니까. 같이 가 줄게. 그나저나 몸도 성치 않아 보이는데 무리하는 건 아닌지 모르겠다. 문제없을 것 같다며? 이렇게까지 확인해야 하는 거야?"

"그래도 직접 와서 봐야 안심이 돼서요. 왠지 께름칙하기도 하고요."

"몸은 정말 괜찮아? 배에 멍이 제대로 들었던데…… 칼에 찔린…… 아니, 아니지. 아무튼 거기도 피멍이 들어 있었잖아. 걷는 건 괜찮아?"

"괜찮아요. 조금 욱신거리기는 한데 걷는 데는 무리 없어요. 어차피 제가 혼자 가겠다고 해도 따라오실 듯하니 제 보디가드나 해 주세요. 하하."

"어쭈, 보디가드? 맨입에?"

"에이, 베테랑 형사가 보디가드 해 주는데 맨입에 되나요. 제가 제일 싸고 맛있는 맛집으로 모시겠습니다."

"뭐, 싼 집? 야야, 됐다. 보디가드 안 하고 그냥 형님 할란다."

민 경정이 손을 내저으며 웃자 남 순경도 짓궂게 따라 웃었다.

"헤헤. 형님도 좋고요. 여기서 금방이에요. 가서 주변을 좀 살펴봐야겠어요."

"그래, 가자."

남 순경이 앞장서 가고, 민 경정이 그 뒤를 따랐다. 롤리의 시체 환영이 보였던 좁은 골목길로 들어서 두 사람은 걸음을 멈춰 세웠다.

"여기야? 아무도 없는데."

"그러네요."

남 순경은 휴대폰을 꺼내 시간을 확인했다. 시체 환영이 보였던 시간대였지만 이곳에 롤리는 보이지 않았다.

"사건 발생 시각이 지금 맞아?"

"네. 지금 시간대에 시체를 봤었어요. 잠시만요."

남 순경은 눈을 감고 초자연 현상을 떠올렸다. 하지만 환영 조차도 전혀 나타나지 않았다.

"환영 자체가 안 보여요. 아니, 초자연 현상 자체가 나타나질 않네요."

"그래? 그럼 정말 사는 거 아니야?"

"그런 걸까요? 근데 왜 이렇게 찜찜한지……."

"왜 그래? 기분 탓일 거야. 오늘 하루 동안 이게 몇 번째야? 힘들어서 그런 거니 이제 좀 들어가서 쉬어. 그러면 기분도 괜찮아질 거야. 자고 일어나서 직접 그 부인을 찾아가 보면 되잖아. 서둘지 말고 들어가자."

남 순경은 알겠다는 듯 고개를 끄덕이며 말했다.

"그럴게요. 대신 해장국 한 그릇 먹고 가죠."

"해장국? 그래. 뭐, 배도 좀 고프네."

"그럼 가시죠. 제가 운전할게요."

"괜찮겠어? 어디로 가게?"

"남순 할매 해장국집이요."

"이야……. 그래. 가자, 가. 쓸데없이 피곤하게 사네. 철두철
미한 자식."

민 경정은 투덜거리면서도 남 순경을 보며 흐뭇한 미소를 지
었다.

"이게 다 형님 때문이잖아요."

"나 때문에? 왜?"

"쓸데없이 피곤하게 사시는 형님 옆에서 제가 뭘 배웠겠어
요? 하하."

"뭐라고? 아이고, 그래. 다아 나 때문이다. 미안하다, 미안해.
됐냐?"

민 경정은 웃는 얼굴로 남 순경 머리에 꿀밤을 때리려 했다.
꿀밤을 피해 웃으며 차로 뛰어가던 남 순경은, 갑자기 배를 움
켜쥐며 고개를 숙였다. 배가 움찔 아파 왔다. 남 순경은 민 경정
이 걱정할까 봐 바로 고개를 돌려 "아하하." 하고 웃음을 지어
보였다.

해장국집 앞에 도착하자마자 나는 서둘러 차에서 내렸다. 형
님은 차를 주차한 뒤 뒤따라 들어오기로 했다. 해장국집 실내
가 어두워, 아직 영업 전이라는 생각에 조심조심 안으로 들어
섰다.

"할머니, 오늘은 장사…… 어! 뭐야? 할머니? 할머니 계세요?"

"저기…….."

"어! 아주머니! 괜찮으세요?"

난장판이 되어 있는 식당 안쪽에 쓰러져 있는 춘천댁을 발견하고 뛰어 들어갔다. 그때 격앙된 내 목소리를 듣고, 형님이 급히 안으로 뛰어 들어왔다.

"남시보, 뭐야? 괜찮아? 어디 있어?"

"형님, 저 여기요. 여기 사람이 쓰러져 있어요."

"경찰 총각이여?"

"할머니!"

주방에서 나온 할머니는 흐느껴 울며 나에게 매달렸다.

"아이고, 경찰 총각. 흐으……. 어쩐데? 우리 며느라…… 으흐흑……. 아이고, 어쩐데?"

"할머니, 진정하시고 무슨 일인지 말씀 좀 해 주세요."

"내가 얘기할게요. 여기 사장님 큰아들 알죠? 여기 와서 이 난리를 치고, 싫다는 새댁을 억지로 끌고 나갔어요. 큰일 낼 것 같던데 어쩌면 좋아요? 그리고 좀 전에 작은 사장도 찾으러 나갔고요."

"작은아드님이요? 어디로 갔는지 모르시죠?"

"네, 몰라요. 집으로 갔을지도 모르니까 빨리 좀 가서 말려 줘요. 정말 새댁한테 큰일이라도 날까 무섭네. 어서요."

"제가 찾아볼게요. 그러니 할머니, 너무 걱정 마세요. 형님, 빨리 나가서 찾아보죠."

"그래, 나가자."

우리는 서둘러 해장국집 밖으로 뛰어나갔다. 밖으로 나오니 하늘에서 빗물이 한두 방울씩 떨어지기 시작했다.

예감이 좋지 않다. 분명 롤리의 시체 환영을 처음 봤을 때 옷이나 머리카락은 젖어 있지 않았다. 그날은 비가 오지 않았는데…… 확실히 일이 꼬인 듯했다.

"시보야, 또 무슨 생각해? 어디로 가야 하는 거야? 일단 시체가 보였던 곳으로 다시 가야 하는 거 아니야?"

"아니에요. 그랬으면 그곳에서 보였을 거예요. 같은 장소가 아닐 거예요. 혹시 모르니까 집을 먼저 들렀다 가죠. 분명 폭행당하고 도망치다 사망한 것처럼 보였거든요."

"그래, 그럼 빨리 가자. 빗줄기가 점점 세지는 걸 봐서는 금방 그칠 것 같지 않다."

"네. 집이 이 근처라서 뛰어가는 게 낫겠어요."

내리는 비를 맞으며 할머니 집으로 달려갔다. 가는 길이 가파른 언덕이라 쉬지 않고 달렸더니 점점 숨이 거칠게 가빠 왔다. 그사이 형님은 점점 뒤처져 나와 거리가 멀어지고 있었다.

숨을 헐떡이며 할머니 집에 도착했을 때, 빗소리 외엔 들리는 것 하나 없이 주변이 고요했다. 집에 없는 걸까? 아니면 벌써 일이 벌어지고 집 밖으로 나간 걸까?

살짝 열린 대문 안으로 들어서서 1층 현관으로 가려는 그때, 현관문이 열리고 큰아들이 터벅터벅 걸어 나왔다. 그런데…… 큰아들의 얼굴과 상의 그리고 손에 붉은 피가 잔뜩 묻어 있었다. 설마 이미 일이 터진 걸까?

큰아들은 걸어 나오며 나를 바라봤다. 하지만 날 보고 있는 것 같지 않았다. 눈빛은 흐렸고, 정신이 나간 사람처럼 허공만 응시하고 있을 뿐이었다. 그리고 실실 웃는, 아니, 우는…… 웃는 것인지 우는 것인지 모를 표정으로 오고 있었다.

"저기, 큰아드님. 무슨 일이에요? 이게!"

"……."

"큰아드님, 잠시만요."

큰아들은 내 말에 아무 대답 없이 옆을 지나쳐 대문 밖으로 나가려 했다. 나는 큰아들을 다시 부르며 그의 팔을 붙잡았다.

"큰아드님!"

"내가 죽는다고 했잖아? 안 그래? 내가 죽는 게 맞아? 맞느냐고? 으아악, 아악! 으아악! 아으흐흐……."

큰아들은 날 멍하니 바라보며 악을 쓰다, 땅바닥에 주저앉아 괴성을 지르며 울음을 터뜨렸다. 그때 형님이 대문을 열고 들어왔다.

"뭐야? 남시보, 괜찮아? 무슨 일이야? 이 사람 왜 이래?"

"큰아드님이에요."

"그럼…… 늦은 거야?"

"아마도……. 형님, 큰아드님 좀 부탁해요."

"왜? 혼자 들어가게?"

"큰아드님이 걱정돼서요. 극단적인 선택을 하실지 몰라서 그래요."

"아니야, 내가 들어갈게. 네가 여기에 있어."

"아니에요, 형님. 제가 들어가서 확인하고 싶어요."

"괜찮겠어?"

"네."

"그래, 알았다. 어서 들어가 봐. 내가 구급차 부를게."

나는 조심스레 걸어가 현관문을 열었다. 집 안은 거실에서부터 현관 입구까지 큰아들의 족적이 붉은색 피로 이어져 있었다. 그리고 안에서 누군가의 울음소리가 들려왔다. 나는 곧바로 거실로 뛰어 들어갔다.

"어…… 이게 어떻게 된 거야!"

30분 전

쾅!

대문을 발로 걷어차며 큰아들이 들어섰다. 그의 한 손에는 롤리의 손목이 잡혀 있었다. 양 볼이 붉게 달아오르고 코 주변에 피가 묻은 롤리는 몸을 잔뜩 움츠린 채 남편 눈치를 살폈다.

"조용히 하고 따라오라고 했지. 그랬으면 얻어터지지 않았을 거 아니야! 빌어먹을 여편네야! 내가 없으니까 좋았어? 어! 좋았냐고? 남기 이 자식 어디 있어? 어? 형수랑 놀아나니까 형도 안 보이지. 지금 어디에 있냐고?"

"몰라. 이러지 마. 프리즈 돈 힛 미. 헬프 미 플리즈. 헬프 미 플리즈."

"빌어먹을…… 내가 영어로 씨부리지 말라고 했지! 씨발, 으아악!"

퍽!

"아악! 흐으으, 플리즈."

"그래도 이년이!"

찰싹!

"아으! 으으, 미안. 서방아, 미안. 다시 안 한다. 용서해. 응? 미안……미안."

"이 자식 지금 어디에 있냐고? 빌어먹을 놈. 형을 골방에 묶어 두고 지 형수랑 바람을 피워? 내가 오늘 이 자식을…… 아니, 이 두 연놈 다 죽이고 나도 죽는다!"

큰아들은 롤리의 머리채를 움켜쥐고 거실로 끌고 들어갔다. 롤리는 아무런 저항도 하지 못한 채 비명을 지르며 질질 끌려 갔다.

"시끄러워, 이년아! 또 소리 지르면 진짜 죽여! 알았어?"

롤리는 흐느끼며 고개만 연신 끄덕였다. 거실 소파에 앉은 큰아들은 갑자기 벌떡 일어나, 롤리 머리채를 다시 움켜쥐고 부엌으로 갔다. 롤리는 깜짝 놀라 비명을 질렀지만, 이내 손으로 자신의 입을 틀어막았다.

큰아들은 냉장고 문을 열어 뭔가를 찾기 시작했다.

"아이, 씨발. 뭐야? 왜 술이 하나도 없어? 지랄, 매일 술이나 처마시고 좋았겠어? 아주 천국이지? 지 남편은 쓰레기 같은 밥에 한 끼 겨우 먹고 있는데 술이 잘도 넘어갔지? 왜? 술 처마시고 하니까 좋았냐? 어? 씨발…… 아악! 아악! 열받아!"

쨍그랑!

큰아들은 술이 없자 괴성을 지르며 들고 있던 컵을 집어 던졌다. 그리고 자신이 즐겨 마셨던 양주를 읊으며 주방 서랍을 뒤졌다.

"발렌타인…… 발렌타인……! 씨발, 어디다 치운 거야? 야! 내 발렌타인 30년산 어디에 숨겼어? 어디에 있냐고? 당장 안 가져와!"

큰아들은 그렇게 말하며 롤리의 머리통을 사정없이 손바닥으로 내리쳤다. 퍽!

"아악!"

"어서 안 가져와? 어디 있냐고? 귓구멍이 막혔어? 쌍!"

"알았다. 알았다, 잠깐……."

롤리는 눈물을 삼키며 자리에서 일어나, 주방 아래 서랍을 뒤져 발렌타인 30년산 케이스를 꺼내 놓았다.

"아이, 씨발. 있었네. 그래도 양심은 있네, 이건 남겨 놓고. 아이씨."

큰아들은 발렌타인 양주병을 따 맥주잔에 들이부었다. 그리고 잔에 가득 담긴 술을 단번에 들이키는가 싶더니 다시 술을 가득 따라 마셨다. 그 모습을 지켜보던 롤리는 냉장고에서 육포를 꺼내 큰아들 앞에 내려놓았다.

"씨발, 내가 이런다고 용서해 줄 것 같아? 씨…… 하아, 이 얼마 만의 양주 냄샌가! 으하하하하, 하하. 육포! 역시 이 맛이야. 역시 발렌타인엔 육포지. 너도 한잔할래? 혼자 마시려니까 재미가 없네. 자! 받아.”

“나 못 한다. 술 못 한다.”

“씨발, 나하고는 술도 마시기 싫다는 거야? 남기 그 자식하고
는 잘도 처마시면서. 어? 아이씨, 말아. 나 혼자 다아 마실 거다!”

큰아들은 개걸스럽게 웃으며 또 맥주잔 가득 술을 따라 단숨
에 들이켰다. 취기가 도는지 큰아들의 눈이 살짝 풀릴 때쯤, 갑
자기 롤리에게 다가가 가슴을 움켜쥐었다.

“마누라, 외로웠지? 나도 엄청 외로웠다. 으흐흐, 좋네. 마누
라 품도 오랜만이고. 잘 있었어? 아이고, 예뻐라.”

롤리는 흐느껴 울면서도 큰아들을 보듬어 안아 주었다. 큰아
들은 롤리 품에 안겨 가슴을 어루만졌다. 그때, 현관문이 열리
는 소리와 함께 작은아들이 신발을 신은 채 급히 뛰어 들어왔
다. 누군가 집 안으로 들어오는 소리에 놀란 롤리는 큰아들을
살짝 밀쳐 냈다. 롤리 품에서 떨어진 큰아들의 눈빛은 순식간
에 살기로 가득해졌다.

“형! 형수님, 괜찮으세요?”

“어라, 그래. 그런 사이구나. 으하하하. 설마 설마 했는데……
이 연놈들이 날…….”

“형, 형이 왜 여기 있는 거야? 식당에서 왜 행패를 부린 거고?”

“씨발, 그걸 몰라서 물어!”

큰아들은 앞에 놓여 있던 양주를 병째 들이마셨다.

“형, 그거 독해. 천천히 마셔. 응?”

“조용해, 새끼야! 내가 내 술 먹겠다는데 네가 무슨 상관이

야? 지랄하지 말고 닥치고 있어!"

"형, 이러지 말자. 갑자기 왜……."

"지랄하네. 야! 너 때문이잖아. 매일 온다면서? 근데 왜 안 왔어? 어? 너 그동안 내 여편네랑 무슨 짓을 한 거야? 좋았냐? 이년은 나랑은 술도 안 처먹는다네. 너랑은 매일 술 처먹고 하니, 좋았어? 씨발아! 그러고도 네가 내 동생이야!"

"형, 무슨…… 형수님 술 못 하시잖아. 알면서 왜 그래? 그리고 미안해. 늦지 않게 면회 시간에 갔어야 했는데 갑자기 일이 생겨서 못 갔어. 응? 정말이야, 형."

큰아들은 실성한 듯 크게 웃으면서도 동생에게 눈을 흘겼다.

"나보고 그걸 믿으라고? 씨발, 지나가는 개한테 물어봐라. 네 두 연놈을 믿어도 되는지. 내가 아주 호구로 보였지? 이 빌어먹을 연놈들."

"형, 미안해. 못 간 건 정말 미안한데 정말이야. 조금 늦었는데 면회 시간이 지나 안 된다는 거야. 그래도 과일 넣어 줬잖아. 형 좋아하는 참외 말이야."

"참외? 으하하하. 그걸로 날 안심시키고 무슨 짓거리를 하려고? 다 필요 없어, 이것들아! 그리고 그 순경이라는 놈! 네가 돈 주고 시켰냐? 뭐, 내가 죽는다고? 봐라! 내가 죽었냐? 어디서 구라를 쳐! 얼마나 주고 시켰냐? 연기 잘하더라. 연극하는 놈이냐? 씨발! 그걸 믿은 내가 미친놈이지. 으아악!"

큰아들은 광분해 소리를 내질렀다.

"형, 아니야. 그 사람 정말 순경이야. 남시보 순경이라고. 못 믿겠으면 직접 경찰서에 가서 확인해 보자, 응?"

"뭐? 경찰서? 이게 또 날 바보 취급하네. 그래서 경찰서로 데려가서 또 정신 병원에 처넣으려고? 야! 새끼야! 너 죽여 버린다."

퍽!

큰아들은 들고 있던 맥주잔을 작은아들에게 집어던졌다. 빗나간 잔은 벽을 맞고 떨어졌지만 깨지진 않았다.

"야아, 피해? 하하하."

큰아들은 양주를 또 병째로 벌컥거리며 마셨다.

"형, 그렇게 마시다가 정말 큰일 나. 술 때문에 죽는다고 했단 말이야."

"빌어먹을. 이 새끼야! 날 아주…… 내가 그걸 지금도 믿을 거라 생각하는 거야? 너 이 새끼, 이리 와. 내가 너 가만 안 둬."

작은아들에게 달려들던 큰아들은 술에 취했는지, 휘청거리다 앞으로 넘어졌다. 작은아들은 넘어진 큰아들에게 달려가 부축해 일으켜 앉혔다.

"형! 이러다 정말 큰일 나겠어. 진정하고, 우선 자고 내일 다시 얘기해. 응? 술 좀 깨고 얘기하자고."

"이 새끼가 술주정뱅이 취급을 하네. 야! 나 하나도 안 취했어, 새끼야!"

큰아들은 술 꼭지를 입에 물고 콸콸 소리가 나도록 술을 마셨다. 그리고 어느새 다 마신 양주 병을 땅바닥에 내동댕이쳤다.

"야! 술 더 가지고 와. 어? 육포 어디 있어? 당장 안 가져와?"

롤리는 남편 불호령에 움찔하며 서둘러 육포를 집어 남편 앞에 놓았다.

"형, 집에 술은 내가 다 치웠어. 그 술은 어디서…… 형수님, 형수님이 숨겨 놓으신 거예요?"

"미안, 도련님. 서방 좋아해. 미안."

"지랄들 한다. 커억! 으흐…… 어서 술이나 가져와, 이년아!"

"형수님, 안 돼요!"

롤리는 발렌타인을 꺼냈던 서랍에서 또 다른 술병을 꺼내고 있었다.

"야! 너 조용 안 해? 이리 가져와!"

롤리는 술병을 들고 큰아들에게 갔다. 순간, 큰아들이 롤리의 손목을 잡아당기며 자신의 무릎 위에 앉혔다. 그리고 뒤에서 끌어안으며 가슴을 만지기 시작했다.

"이러지 마, 서방. 이러지 마. 부끄럽다."

"형, 그러지 마. 알았어. 내가…… 아니, 술 마시고 그러지 마! 제발, 형!"

작은아들은 고개를 돌린 채 만류해 보지만, 더 자극적으로 행동하는 형에게 더는 참지 못하고 소리를 지르고 말았다.

"이럴 줄 알았어. 씨발, 네가 드디어 본색을 드러내는구나. 그래, 너 가져. 너 가지라고. 이리 와. 이리 와서 만져 봐? 응? 나 없을 때처럼 해 보라고, 이 새끼야!"

"형, 아니야. 소리친 건 미안해. 그런데 술에 취해서 형수한테 그러지 마. 형수도 그런 건 싫을 거야. 술 깨고 맨정신에…… 응? 형."

"아하, 이제 연애 코치도 해 주는 거냐? 니들은 그랬냐? 아하, 니들은 술도 안 처먹고 이랬구나. 좋았냐?"

"그런 거 정말 아니야. 믿어 줘. 내가 어떻게 하면 형이 믿겠어? 그럼 그렇게 할게. 응?"

"그래? 그럼 두 눈 뜨고 여기를 봐."

큰아들은 롤리의 가슴을 움켜쥐고 있던 손으로 그녀의 상의 단추를 풀기 시작했다.

"잘 봐. 이거 보고도 괜찮으면, 내가 인정!"

"서방, 이러지 마. 도련님 앞에서 이러지 마. 시러, 시러."

롤리는 큰아들 손을 움켜잡았다. 그때 큰아들은 롤리의 얼굴을 손으로 내리쳤다.

퍽!

"아악!"

퍽!

"가만히 있으라고 이 빌어먹을 년아."

"형! 말이 심하잖아! 제발 이러지 마! 때리지 말고 말로 해!"

작은아들은 롤리에게 달려가 그녀를 자신의 등 뒤로 숨겼다.

"이거 봐라? 이럴 줄 알았어. 그래, 나 죽이고 둘이 잘 살아 봐! 어? 어디 있어?"

큰아들은 자리에서 일어나 휘청거리며 부엌으로 갔다. 그러고는 서랍에서 식칼을 꺼내들고, 넘어질 듯 뒤뚱뒤뚱 작은아들에게 다가왔다. 큰아들은 작은아들 앞에 무릎 꿇고 앉더니, 들고 있던 식칼을 바닥에 꽂았다.

"자! 지금이 기회야. 나 죽이고 둘이 도망가서 살아. 응? 어때? 마누라, 좋아? 너든 네 년이든 누구든 좋아. 자! 어서 찔러!"

큰아들은 두 팔을 벌리고 가슴을 앞으로 내밀었다.

"형, 술 깨고 내일 얘기해. 응? 다 오해야. 내가 말했잖아, 아니라니까."

롤리는 슬며시 작은아들 등 뒤에서 얼굴을 내밀고 말했다.

"서방……. 그래, 아니다. 우리 아니다."

"시끄러워! 지금이 기회라니까. 아니면 너희가 죽어. 자! 열까지 센다. 하나, 둘."

"형, 제발. 이러지 마!"

"셋, 넷, 다섯……."

작은아들은 꽂혀 있던 식칼을 빼들었다.

"그래, 좋아. 어서!"

"형, 형이 원하는 대로 해 줄게. 사실 나도 너무 지치고 힘들다. 미안해."

"씨발, 본색을 드러내는구나. 내가 이럴 줄 알았어. 그래! 씨발, 그 순경 놈의 새끼가 한 말이 맞나 보네. 그래! 죽을 거 동생한테 죽어도 괜찮겠지. 너 새끼야! 평생 살인범으로 사는 거야. 도망자 신세라고 새끼야!"

큰아들은 광기 어린 눈으로 작은아들을 노려보며 말하다, 눈을 감고 큰 소리로 웃었다.

"그래, 형. 미안해. 어머니 잘 부탁하고, 형수한테 이제 그만 응석 부려. 형수가 형을 얼마나 사랑하고 있는데…… 형……

우욱! 미안해……. 으윽!"

"도련님!"

"뭐야! 야! 이 새끼야! 왜? 왜 그래? 날 죽이라고! 날! 으아악!"

"도련…… 도련님…… 아아, 아악! 아악! 안 된다. 이러면 안 된다!"

작은아들의 배 한가운데 식칼이 박혀 있었다. 작은아들은 자신의 배를 찔렀던 것이다. 깊숙이 박힌 칼을 두 손으로 꼭 감싸고 있는 모습에, 큰아들은 다급히 동생에게 다가가 쓰러지는 동생을 팔로 안았다.

"남기야! 야아, 이 새끼야! 네가 이러면 난 어쩌라는 거야? 아악!"

"형…… 형…… 미안해. 진심이야. 형은 나한테…… 아빠……였고, 친구……였어. 형을 존경해, 진심으로……. 그러니 제발…… 행복하게 살아…… 으윽…….'

"남기야! 남기야! 남기야……. 흐으으, 미안하다. 내가 미쳤나 보다. 이건 아니야. 용서…… 아악! 아아악!"

"서방……. 아으흐흐, 도려…… 으아아…….'

형과 형수는 동생을 부둥켜안고 목 놓아 울었다.

응급 구조대는 실신해 있던 롤리를 응급차에 실어 병원으로 이송했다. 큰아들은 뒤늦게 도착한 경찰에 의해 연행되었고,

보존된 사건 현장은 감식팀이 도착해 감식을 시작했다.

민 경정은 반지하 계단에 앉아 울고 있는 남 순경을 위로했다.

"시보야, 괜찮아."

"형님, 다 제 잘못이에요."

"네 잘못 아니야. 어쩔 수 없었던 거였어."

"형님, 할머니 얼굴을 어떻게 보죠. 제가 이 가족을 다 망쳐 놨어요. 으으……."

남 순경은 힘없이 고개를 떨구며 흐느껴 울었다.

"아니야. 네 잘못이 아니라니까. 이건 사고고, 어쩔 수 없는 일이라고. 넌 잘못 없어. 알았지? 자책하지 마. 작은아들은 스스로 죽음을 선택한 거야. 형과 형수를 위해서 말이야. 그러니…… 네가 잘못한 건 하나도 없어. 네가 아무리 특별한 능력이 있다고 해도 모든 상황을 다 막을 수는 없는 거잖아. 이번처럼 고귀한 죽음도 있는 거야. 그렇게 생각해, 시보야."

"형님……. 흐으으……."

"안 되겠다. 일어나. 그만 집으로 가자. 벌써 날이 밝았어. 여기 물부터 좀 마시고. 이러다 탈진하겠다. 널 어쩌면 좋냐? 아이, 걱정이네."

남 순경은 고개를 숙인 채 하염없이 울기만 했다.

"시보야, 매번 좋을 수만은 없잖아. 너 이렇게 힘들어 하는 거 못 보겠다. 한숨 자고 일어나면 좀 나아질 거야. 응? 이제 정말 그 능력 그만 써라. 다른 사람 돕는다고 하다가 네가 사달이 나겠어. 이러지 말고 일어나, 집에 가게."

민 경정은 계단에 앉아 있는 남 순경의 어깨에 팔을 넣어 일으켜 세우려 했다. 하지만 남 순경은 온몸에 힘이 풀렸는지 제대로 일어서지 못했다. 민 경정은 겨우 남 순경을 부축해 대문 밖으로 나왔다.

대문 앞에는 남순 할머니가 입을 손으로 가린 채 흐느껴 울고 있었다. 남 순경은 할머니를 보자마자, 겨우 참고 있던 울음이 터져 나오고 말았다. 그리고 할머니 앞으로 다가가 허리 숙여 용서를 빌었다.

"어…… 할머니……. 아으, <u>으으흐으</u>……. 죄송해요, 할머니……."

할머니는 아무 말 없이 손수건으로 눈물을 닦으며 가슴을 부여잡았다. 할머니의 눈에서는 하염없이 눈물이 흘러내렸지만, 꽉 깨문 입술 사이로 울음소리는 흘러나오지 않았다.

•●

일요일 오전 예배를 마치고 사람들이 교회에서 나오고 있었다. 교회 입구에서 목사가 신도들에게 인사를 건넸다.

"아멘."

"형제자매님들 조심히 들어가세요. 하나님이 축복해 주신 주일 즐겁게 보내시고요."

"목사님, 감사합니다. 아멘."

"아멘."

"어! 뭐야, 너."

"브라더."

차동민은 교회 앞마당에서 정민우를 기다리고 있었다.

"너도 교회 다녀? 영국은 가톨릭 아닌가?"

"브라더, 나 종교 없어."

"그럼 왜…… 설마, 나?"

"그래. 어제 그렇게 보내고 마음이 편해야 말이지."

"내가 이 교회 다니는지 어떻게 알았어? 너, 내 뒷조사까지
했냐?"

"아하하. 기억 안 나? 그래, 그때도 좀 취한 것 같았어."

"무슨 소리야?"

"여기서 얘기해도 되나?"

"무슨…… 잠깐! 저리 가서 얘기하자."

그때 지나가던 한 교인이 정민우에게 말을 걸었다.

"안녕하세요, 정 본부장님. 벌써 가시게요?"

"아, 네. 수고하세요."

정민우는 그 교인과 눈도 마주치지 않고, 서둘러 차동민을
구석으로 끌고 갔다.

"브라더, '수고하세요'가 뭐야?"

교회 야외 주차장 구석으로 온 뒤에야 정민우는 주변을 살피
며 말했다.

"시끄럽고. 아무도 없는 것 같으니까, 이제 말해 봐."

"저번 파티에서 술에 취해 한 말인데……."

"씨…… 그러니까 무슨 말이냐고?"

"어, 교인들 욕을 엄청 했는데. 여기 소성 교회 다니는 사람들 돈 엄청 밝힌다고. 여기는 하나님 믿어서 오는 게 아니라 영업하러 온다고 말이야. 욕을 엄청 해서 그대로 말하기 그런데…… 흠흠. 씨발, 거지 같은 새끼들이 돈 몇 푼 내면서 이거 사 달라 저거 사 달라 아주 지랄을 해요. 미친 새끼들. 씨발, 능력이 안 되니까 이 신성한 곳까지 와서 영업질을 하지. 씨발, 십일조는 제대로 내는지 모르겠어. 그 푼돈 내고 지들은 엄청 떼돈을 벌고 싶은 거잖아? 아주 거지 근성이 몸에 밴 새끼들이야, 씨발. 내가 아빠 때문에 참지. 씨바……."

"야! 됐어 됐어. 그만해. 아이, 새끼. 졸라 리얼하네. 카하하하. 뭘 그렇게 욕을 잘해? 입에 착착 붙는다? 너 인마, 지금까지 나한테 구라 친 거야?"

"아니야. 1년 가까이 브라더랑 다니면서 배운 욕이 한 트럭은 될 거야. 어제 미안해서 그래. 앞으로 안 그럴게. 내가 좀 오버했지?"

"씨발, 야. 그러니까 내가 미안하잖아. 그날…… 내가 좀 심했지? 아이, 술이 웬수야. 알지? 술 먹고 지랄한 거. 이해해라, 브라더. 아! 교회 얘기도 술 취해 한 소리야. 잊어. 응?"

"그런 거야? 아이, 씨발. 괜히 쫄았네. 하하하."

"뭐? 씨발? 쫄아? 카하하하. 좋네, 좋아. 아이, 이제 좀 진짜 브라더 같네. 기분도 좋은데 오늘 좋은 곳이나 가자. 응?"

정민우는 기이한 웃음소리를 내며 차동민에게 어깨동무했다.

"오늘도?"

"야! 어제 못 푼 회포 제대로 풀어야지. 따라와, 아주 죽여."

"못 말린다, 정말."

"시끄러워, 새끼야. 잔말 말고 따라와. 카하하하."

깜깜한 어둠 속에서 눈을 떴다. 아직도 밤인가? 얼마나 잠을 잔 거지? 어떻게 이리 아무것도 보이지 않는 걸까? 옆쪽을 더듬거리다 손에 휴대폰이 잡혔다. 휴대폰 시계를 확인…… 뭐야? 시계가 왜 또 이러지? 시간이 빨리 흘러가고 있었다. 초자연 현상에서 봤던 시간……. 그럼 지금 여기는…… 아니, 아닌데. 꿈인가?

쿵! 쿵!

"당장 문 열어!"

어? 누구지?

"남시보 순경! 여기 있는 거 다 알아! 당장 문 열어. 부수고 들어간다!"

이 목소리는 해장국집 큰아들인데? 여기가 대체…….

"잠시만요! 전등 스위치가 어디에 있지?"

콰와앙! 팍!

갑자기 현관문이 내 앞으로 쓰러지며 섬광이 비쳤다. 눈이 부셔 눈을 제대로 뜰 수가 없다. 겨우 눈을 떠 보니, 눈앞엔 피범벅인 작은아들과 큰아들이 서 있었다.

"어윽! 뭐예요?"

"너 때문에 우리 가정은 파탄이 났는데, 넌 속 편하게 발 뻗고 잠이나 자고 있었던 거야!"

"아니, 그게······."

"남 순경님, 이게 어떻게 된 겁니까? 형이 아니라 내가 죽는 거였습니까?"

"아니요, 작은아드님. 아닙니다. 그게······."

나에게 다가오던 작은아들 뒤에서 갑자기 군복 입은 남자가 뛰쳐나왔다.

"어! 태섭 씨······."

"야! 너 때문에 우리 엄마가 죽었어! 어떻게 할 거야? 네가 뭔데 엄마를 죽인 거야! 네가 무슨 자격으로?"

"아니에요. 미안해요. 그런 게 아니에요."

어디선가 태섭 씨 어머님이 불쑥 나타나 내 팔을 잡으며 애원했다.

"총각, 살 수 있다고 했잖아. 아들만 살리지 말고 나도 살려줘. 나 죽기 싫어, 총각."

"아주머니······ 어······ 이러지 마세요. 죄송해요. 어쩔 도리가 없었어요. 죄송해요. 미안해요. 모두들······."

큰아들이 달려들며 소리쳤다.

"넌 내 손에 죽었어! 나 대신 네가 죽어라, 이놈아!"

"제발 살려 주세요. 살려 줄 수 있죠?"

작은아들은 내 다리를 붙잡으며 애원했고, 태섭 씨는 내 멱살을 잡았다.

"당장 엄마 살려 내라고. 이 개자식아!"

"총각, 나 좀 살려 줘. 우리 아들이 좀 있으면 제대라고. 공무원 되는 것만 보고 갈게. 응? 제발 살려 줘."

"이러지 마세요. 네? 죄송해요. 이러지 마시라고요."

나는 손을 휘저으며 뿌리치고 뒤로 물러났다. 그때 그들의 온몸에서 피가 솟구쳐 나오기 시작했다. 그들은 두 팔을 앞으로 뻗어 나에게 다가오더니 순간 덮치듯이 달려들었다.

나는 그들을 피해 황급히 뒤돌아 뛰었다. 깜깜한 어둠 속에서 빛이 나는 길을 따라 무작정 달려갔다. 하얀 빛을 내뿜고 있는 곳으로 내달리며, 이게 꿈이라면 빨리 꿈에서 깨어나길 바랐다.

빛이 나는 곳에 다다르자, 푸르른 숲 사이로 흐르는 개천이 눈앞에 나타났다. 주위를 두리번거리던 그때, 뭔가에 걸려 넘어지고 말았다.

"아흑! 뭐야?"

바닥엔 군복 입은 사람들이 쓰러져 있었다. 총탄에 얼굴이…… 으으! 총상을 입고 전사한 군인들로 보였다.

속이 메슥거렸다. 여기는 어디지? 군복도 요즘 군복이 아니었다. 영화에서 본 듯한…… 어! 맞다. 월남전에 참전한 한국군이 입었던, 사진 속 할아버지가 입고 있던 그 군복이었다. 그런데 내가 여기에 왜? 산 사람은 아무도 없는 건가?

아, 그래. 모두 꿈이지. 이제 좀 잠에서 깼으면 좋겠다고 생각하는 그때, 갑자기 주변이 어두워졌다. 밤이 된 건가?

"여기 있으면 안 됩니다. 어서 따라오세요."

"무슨 소리지? 어디서 나는 소리……."

한 군인이 어느새 내 뒤로 와 말을 걸어 왔다.

"여기예요. 곧 베트콩이 이곳으로 올 겁니다. 여기서 피해야 해요. 어서요."

"저요? 제가 보이세요?"

"무슨 소립니까? 여기에 당신 말고 또 누가 있습니까? 우리 둘밖에 살아남지 않았단 말입니다. 빨리 피하지 않으면 베트콩 포로로 잡힐 겁니다. 빨리요."

"그런데…… 저기……."

"시간이 없어요. 조금 있으면 들이닥칠 겁니다."

"……할아버지?"

"뭐요?"

"할아버지 아니세요? 저 남시보예요. 아! 남종식이라고 아시죠?"

"남종식? 내 아들 이름인데?"

"맞아요. 남종식 아들 남시보. 그게 저예요, 할아버지."

"동명이인인 것 같네요. 내 아들은 이제 9살인데 무슨 아들이 있다는 겁니까? 이럴 시간 없으니 움직이면서 얘기하죠. 어서요. 이렇게 걷다가는 잡히고 말 겁니다."

"지금 계속 뛰고……."

어, 이상하다. 마음과 달리 두 다리는 뛰지 못하고 있었다. 할아버지는 계속 뛰고 있는데…… 나는 혼자 제자리걸음이다.

"그런데 어떻게 혼자 여기 계신 거예요?"

"나만 살고 모두 전사했어요. 내가 어떻게든 살려 보려고 했는데…… 아니, 살릴 수 있다고 생각했는데……."

"그건 어쩔 수 없는 일이잖아요. 너무 자책 마세요."

"그게 아니에요. 내가 전우들이 죽는다는 걸 알고 있었단 말입니다. 내가 그렇게 이곳에 오면 안 된다고 말했는데도……."

"무슨 말씀이세요? 미리 알고 있었다고요?"

"그래요. 못 믿겠죠? 난 여기서 전우들이 죽는 걸 내 눈으로 봤어요. 아니, 시체들을 봤다고 해야 맞을 겁니다. 미친 사람이라 생각하겠지만요."

"아니요, 그렇지 않아요. 계속 말씀해 보세요."

"……내 말을 듣고 웃지 않는 사람은 당신이 처음이에요. 그래요. 난 대략 보름 후에 죽게 되는 시체를 미리 볼 수 있어요. 그래서 보름 전에 이곳에서 전우들의 시체를 봤거든요. 시체들 눈에서 베트콩들을 봤고요. 시체들 눈에 그 사람이 왜 죽는지 알 수 있는 실마리…… 그래요. 단서 같은 걸 볼 수 있어요. 이걸 믿을 수 있겠어요?"

"네, 믿어요. 저도 그렇거든요."

"뭐요? 당신도 시체를 본단 말이에요? 그럼 당신도 미국으로 소환될 예정인가요?"

"그게 무슨 말씀이세요?"

"어, 아니에요? 난 한 달 전에 뇌파 검진을 받았어요. 내 뇌 구조가 다른 사람들이랑 다르다는 걸 그제야 알았죠. 미국 의사들이 내 능력을 알고, 미국으로 데리고 가 연구한다고 했어요. 돈도 많이 준다고 하니 전쟁터에 있는 것보다 낫지 않겠어요?"

"그게 무슨 말⋯⋯."

"숨어요! 벌써 베트콩이⋯⋯ 어, 아니네. 미군이네요. 다행히 아군이 먼저 왔나 보네요. 헤이! 컴 온. 플리즈 헬프 미."

미군 여러 명이 우리가 있는 곳으로 달려왔다. 알아듣지 못하는 영어로 몇 마디 뭐라고 말하더니, 갑자기 할아버지 팔을 양쪽에서 잡고 끌고 갔다. 난 미군에게 달려들어 막아 보려 했지만, 허공을 휘저을 뿐 아무것도 손에 잡히는 것이 없었다.

"왜 이래요? 아니, 저기 저 사람도 데리고 가야지. 헤이! 히어!"

할아버지는 날 손가락으로 가리키며 말하고 있었지만, 미군들은 내 쪽을 한 번 쳐다보기만 할 뿐 아무런 반응을 보이지 않았다. 미군은 아군을 보호하기 위해 데리고 가는 것처럼 보이지 않았다. 마치, 포로를 잡아가듯 할아버지를 강제로 끌고 갔다.

"할아버지! 할아버지!"

나는 힘껏 할아버지를 소리쳐 불렀지만, 그럴수록 할아버지와의 거리는 점점 멀어져 가고 있었다. 할아버지를 붙잡기 위해 온 힘을 다해 앞으로 뛰었다. 하지만 여전히 한 발짝도 나아가지 못했고, 제자리 뜀을 하다 앞으로 꼬꾸라져 개천에 빠지고 말았다.

딩동! 딩동!

"남시보! 나다. 아직도 자냐?"

딩동! 딩동!

"형이야, 우직이. 팀장이라고 자식아! 어서 문 열어!"

번쩍 눈이 떠졌다. 온몸이 땀으로 축축하게 젖어 있었다. 역시 꿈이었구나.

딩동! 딩동!

"남시보, 문 열라고!"

"아, 형님! 지금 나가요!"

서 의원 사망 D-1, 연쇄 살인사건 D-11

"민주야, 이제 나와?"

"뭐야? 왜 여기 있어?"

"너 기다렸지."

"나를? 연락도 없이 무슨 일로? 언제 나올 줄 알고 기다렸어, 연락을 하지."

"매일 이 시간에 나오잖아. 여전하네. 차에 타서 얘기하자."

"자기 차는 안 가지고 왔어? 그럼 국회로 가는 길에 지하철역에서 내려 줄까?"

"아니야. 얼마나 된다고. 국회로 바로 가."

"그래, 알았어. 무슨 일인데 그래?"

삐빅!

"일단 타."

서 의원은 최 경위가 조수석에 타자마자 물었다.

"이제 말해 봐. 뭐야?"

"오늘도 부모님 댁에 가니?"

"갑자기 그건 왜? 연쇄 살인사건 때문에 그래?"

"그건 아니고 오늘도 가나 해서."

"아니, 자주는 힘들지. 잠깐 들르긴 할 거야. 나한테 우편물이 하나 왔다고 해서. 왜? 무슨 일 있어?"

"언제 갈 건데?"

"왜? 데이트 신청하려고? 하하. 글쎄, 시간 나면 갈 거라……. 갈 때 연락할까? 그럼 나 보러 올 거야?"

"그래, 보러 갈 테니까 갈 때 꼭 연락해. 알았지? 아니, 아니다. 같이 부모님 댁에 가자. 출발하기 전에 연락해. 알았지?"

서 의원은 고개를 갸웃거리며 물었다.

"뭐야, 농담을 해도 웃지도 않고?……. 무슨 일인지 말 안 해줄 거야? 누가 진짜 미행이라도 하는 거야? 민 팀장님도 그렇고 자기도 그렇고, 수상하네."

"팀장님도 그런 말씀을 하셨어?"

"어. 의원실에 찾아오셔서…… 뭐야! 정말 채 의원이야? 그런 거야?"

"아니야. 정확히 누군지는 몰라. 그냥 걱정…… 민주야! 앞보고 운전해. 앞에! 정지 신호!"

최 경위를 보고 얘기하다, 횡단보도 앞 신호등이 정지 신호로 바뀌는 걸 뒤늦게 본 서 의원은 급히 브레이크를 밟아 차를 세웠다.

"야, 서민주! 교통사고가 더 위험하겠다!"

최 경위는 인상을 잔뜩 찌푸리며 언성을 높였지만, 서 의원은 기분이 나쁘지 않은지 웃으며 말했다.

"그러네, 미안. 아무튼 고마워. 걱정해 주고 신경 써 줘서. 야아, 형사가 친구니까 이런 게 좋네."

천진난만하게 웃는 서 의원을 보고 최 경위도 함께 웃을 수밖에 없었다.

"그래, 좋은 줄 알아. 형사 친구 둔 덕이라고 생각해."

"알았어. 어! 최우철. 저기 저 전광판 좀 봐."

"어디?"

"저 앞, 빌딩 전광판에 나오는 뉴스 말이야."

전광판 뉴스를 본 최 경위가 다급하게 말했다.

"민주야, 미안해. 저기 갓길에 차 좀 세워 줘."

"잠시만. 신호 바뀌면……."

"아니다, 미안."

최 경위는 지나가는 차가 없는지 사이드미러를 확인하더니 바로 차에서 내렸다.

"어? 우철 씨!"

"민주야, 나 갈게. 꼭 전화해, 알았지?"

"어어, 알았어. 차 조심해."

서 의원은 멀어져 가는 최 경위를 바라보다 중얼거렸다.

"왜 저렇게 놀라는 거지?"

따르릉. 따르릉. 따르릉.

"특별 수사본 나……."

"나 형사?"

"예, 최 형사님. 왜요? 늦으십니까?"

"아니, 팀장님 안 계셔?"

"팀장님이요? 아직 안 나오셨습니다."

"나 형사, 아직 모르는 거야?"

"뭐가요?"

"뭐가 뭐야? 범인이 잡혔다고 뉴스에 나왔잖아!"

"무슨 범인이요? 아, 조 검사 살인범이요?"

"그건 무슨 소리야? 조 검사가 타살이라고 누가 그래?"

"아……. 그게 아니에요?"

"아니, 연쇄 살인범이 잡혔다고 지금 뉴스에 떴잖아. 인터넷 검색해 봐, 당장."

"예? 연쇄 살인범이요?"

"그래, 팀장님한테 연락 없었던 거지?"

"네, 없었습니다. 혹시 남 순경이……."

"일단 알았으니까 끊어."

뚜 뚜.

"끊겼네. 뭐지? 살인범이 잡혔다고?"

나 경사는 급히 휴대폰으로 뉴스를 검색해 보았다. 그때 또 전화벨 소리가 울렸다. 그리고 또 다른 전화기에서도 벨 소리가 울리기 시작했다. 순식간에 정신없이 여기저기에서 벨 소리가 울렸다.

"뭐야? 뭐가 이렇게 난리야."

나 경사는 가장 가까운 곳에 있는 수화기를 들었다.

"네, 특별 수사……."

"저 한서율 검사예요."

"안녕하세요, 검사님. 나상남 경삽니다."

"네, 혹시 팀장님……."

"전화 안 받으시죠?"

"아, 거기에도 안 계시는군요. 나 경사님도 보셨어요?"

"방금 최 형사님한테 들었습니다. 최 형사님도 팀장님을 찾으셨거든요. 검사님, 대체 무슨 일입니까?"

"안녕하십니까, 나 형……."

상황실에 들어오던 박 순경은 나 경사에게 인사하려다, 통화 중인 것을 보고 멈췄다. 나 경사는 울리는 전화기 쪽을 손가락으로 가리키며 박 순경에게 받으라고 손짓했다. 박 순경은 고개를 끄덕이며 전화기로 달려갔다.

"연쇄 살인범이 지금 그곳에 있어요."

"여기요? 누가 잡은 겁니까? 남 순경이 잡은 겁니까? 아, 그래서 팀장…….”

“아니요. 강남 경찰서 강력 1팀에서 잡았다고 하네요. 현재 취조 중이라고 하는데……. 우선 알겠어요, 끊을게요.”

뚜뚜뚜.

“아이, 또…….”

나 경사는 수화기를 내려놓고 박 순경을 바라봤다.

“네. 네. 오시면 바로 연락드리라고 말씀드리겠습니다. 네, 알 겠습니다. 충성.”

“누구야?”

“본부장님 전화요. 팀장님 연락되면 바로 경찰청으로 들어오 라고 전해 달라 하셨어요.”

“그래? 갑자기 이게 무슨…….”

“무슨 일인지 아시는 거예요?”

“놀라지 말고 들어. 연쇄 살인범이 잡혔대. 그것도 여기 강력 1팀에서 잡았다는데.”

“네에? 정말이요?”

“그래. 아이, 이 새 된 기분은 뭐지?”

“어떻게 된 일이에요? 왜죠? 그럼 예측한 게 다 틀린 거…… 아니지, 어떻게 잡혔대요?”

“그건 모르겠어. 그걸 물어봤어야 했나? 이거 뭐, 정신이 없어 서…….”

“팀장님은 지금 연락이 안 되시는 거죠?”

“그러게 말이야. 어디서 뭐 하시는지…….”

강남 경찰서 형사과 취조실 앞에서 강력 1팀 장 경위와 민 경정이 실랑이를 벌이고 있었다.

"여기서 이러시면 안 되십니다, 민 계장님."

"왜? 이 사건, 우리가 맡고 있었던 사건이야. 살인범 인도해 가겠다는데 왜 안 돼?"

"지금 저희 팀장님이 취조하고 계시니까, 상황실에 가셔서 기다리고 계십시오."

"뭐라고? 누구 마음대로 취조야? 그럼 들어가서 보기나 할 수 있게 해 줘."

"안 됩니다, 계장님. 팀장님이 아무도 들이지 말라고 하셨습니다. 아무리 그려서도 남의 영업장에 오셔서 이러시는 건 아니지 않습니까?"

"뭐? 상도를 지키라고? 야, 장 경위…… 누가 먼저 상도를 어겼는데! 그래, 좋아. 좀 있으면 전문가가 올 거야. 전문가는 들여보내라. 응?"

"민 계장님. 왜 그러십니까? 안 된다고 말씀드렸지 않습니까? 그리고 사실 서장님이 직접 지휘하신다고 하셨습니다. 곧 여기로 오실 겁니다. 그러니 이제 그만 가 보시죠. 서장님 오시면 서로 불편합니다. 네? 계장님."

"서장님이 직접…… 아이, 뭐 이런…… 씨."

민 경정은 신경질을 내며, 한 발을 들어 세차게 바닥을 내리쳤다. 그때, 형사과 사무실로 도민 경감이 들어와 주위를 살폈다.

"무슨 일로?"

"아, 민우직 팀장님 연락받고……."

민 경정은 손을 들어 도 경감을 불렀다.

"어! 도 경감. 여기야, 여기."

"네, 팀장님. 지금 어디 있습니까?"

"저기 취조실에 있는데……."

"그럼 들어가 보겠습니다."

도 경감이 취조실로 들어가려는 것을 장 경위가 가로막으며 말했다.

"죄송한데…… 들어가시면 안 됩니다."

"왜 안 됩니까? 저는 과학 수사대 범죄행동분석 팀장입니다. 이 사건 담당하고 있는 프로파일러고요. 제가 들어가……."

"아니요, 안 됩니다. 지금 프로파일러와 함께 취조 중에 계시니 들어가지 않으셔도 됩니다."

"뭐요?"

도 경감은 어리둥절한 표정으로 민 경정을 쳐다봤고, 민 경정도 놀란 듯 장 경위에게 물었다.

"프로파일러가 있다고? 누군데?"

"민 계장님, 말씀드릴 수가 없다니까요. 우선 본부에 가셔서 기다려 주십시오. 결과 나오면 공유하겠습니다."

"그게 말이 돼? 장 경위 같으면 그러겠냐고? 안 되겠네. 나와! 내가 직접 들어가야겠어."

"이러시면 안 됩니다. 야! 뭐 해? 막아!"

민 경정은 말리는 장 경위를 밀치고 취조실로 들어가려 했다. 그 순간, 모든 강력계 팀원들이 달려들어 민 경정을 가로막았다.

"야! 정말 이러기야? 비켜! 비키라고!"

소란스러워진 형사과에 홍두기 서장이 들어와, 주먹으로 책상을 내리치며 소리쳤다.

쾅!

"지금 뭣들 하는 짓이야?"

순간, 소리가 나는 곳으로 시선이 모두 집중됐고, 홍 서장을 본 장 경위는 급히 경례했다.

"충성! 서장님 오셨습니까?"

민 경정은 그제야 뒤돌아서서 홍 서장을 봤다.

"민 계장 아닌가? 여기는 무슨 일…… 어허, 민 계장. 이러면 쓰나? 아무리 담당 사건이라고 해도 우리 강력계 형사가 어렵게 잡은 범인을 그렇게 막무가내로 떼를 써서 데려가려고 하는 건 아니지. 안 그런가?"

"서장님, 알겠습니다. 그럼 취조실에 들어가게만 해 주십시오. 제가 안 되면 여기 도민 경감이라도 들어가서, 진짜 연쇄 살인범인지 확인만 하게 해 주시면……."

홍 서장은 소리를 버럭 지르며 민 경정의 말을 끊었다.

"민 계장! 그게 무슨 말이야? 진짜 연쇄 살인범이라니? 그럼 지금 가짜를 잡아 왔다는 말인가? 아침 뉴스에 대문짝만하게 다 나갔는데 가짜라니? 이 사람, 정말……. 민 계장! 범인을 잡아 줘서 고맙다고 해도 모자랄 판에, 힘들게 일하고 있는 동료들에게 피해를 줘서야 쓰겠나? 그게 선임 경찰로서 할 짓인가? 그렇게 안 봤는데…… 실망이구먼."

이번엔 도 경감이 앞으로 나서서 말했다.

"그게 아닙니다, 서장님. 저희가 예측한 것과 전혀……."

"자네는 누군가?"

"아! 죄송합니다. 과학 수사대 범죄행동분석 팀장 도민 경감이라고 합니다."

"그래, 알았네. 우선 민 계장 데리고 본부로 돌아가 있게나."

"그 말씀이 아닙니다, 서장님. 저라도 들어……."

그때, 민 경정은 도 경감 팔을 잡으며 만류했다.

"네. 죄송합니다, 서장님. 제가 생각이 짧았습니다. 도 경감, 그만 가지."

"팀장님?"

"그래, 가 있어. 동료들 믿고. 결과 나오면 그때 다시 얘기하자고."

민 경정은 도 경감을 바라보며 눈을 살짝 감은 채 고개를 가로저었다.

"아……. 네."

커튼 사이로 들어온 빛이 어두운 방을 가로질러 길게 뻗어 있었다. 빛이 내려앉은 하얀 침대 시트 위에 이불과 베개가 놓여 있었고, 이불 속에는 한 남자와 여자가 누워 있었다. 헝클어진 머리카락 사이사이에 흰 머리카락이 보이는 중년의 남자는 가슴을 내놓고 있었고, 여자는 긴 머리카락을 가지런히 흘러내린 채로 뽀얀 어깨와 등을 보인 채 누워 있었다.

밖에서 나는 인기척에 남자는 침대에서 일어나 앉았다. 옆에 누워 있는 여자를 한 번 힐끔 보더니, 자리에서 일어나 옷걸이에 걸려 있던 가운을 몸에 걸쳤다. 문밖에 대기 중이던 집사가 인기척을 느끼고 문을 가볍게 두드리며 말했다.

"일어나셨습니까, 사장님."

"어, 그래."

"목욕물 준비해 뒀습니다. 그리고 오 실장이 와 있습니다. 지금 거실에서 기다리고 있습니다."

"그래. 씻고 나갈 테니 차 준비해 둬. 오 실장 것도."

"네, 알겠습니다."

침대에 누워 있던 여자는 기지개를 켜며 말했다.

"아흐. 자기야, 몇 시야?"

"일어났어? 더 자지 그래? 탁자 위에 카드 놔 뒀으니까 가지고 가고. 다음 주에 보자."

"뭐야, 그냥 가려고? 으응, 그러지 말고 이리 와 봐요. 우리 자기, 이리 오세요오."

"허허허. 오늘따라 왜 그래? 아침 먹고 가. 내가 연락할게, 알았지?"

그는 뒤도 돌아보지 않고 그대로 욕실로 들어갔다.

"흥! 몰라!"

그녀는 짜증을 내며 이불을 뒤집어썼다. 목욕을 마치고 나온 그는 샤워가운을 입은 채로 거실로 나갔다.

"안녕히 주무셨습니까, 사장님."

"그래, 칠성아. 아니다, 앉아라. 마시던 차 마저 마셔."

"네."

주 사장은 소파 앞 테이블에 놓인 신문을 펼치며 소파에 앉았다.

"그래, 오늘 조간신문은 뭐가 메인인가?"

"……."

"오호. 빠르네, 빨라. 하하. 오우, 이런. 오늘 주가가 또 떨어졌네. 이거 나라 경제가 어떻게 되려고…… 쯧쯧. 그래도 좋은 소식이 있어 다행이야. 연쇄 살인범이 잡혔다는구나."

주 사장은 신문을 내려놓으며 허공에 침이 튈 정도로 크게 웃었다.

"그렇습니다, 사장님."

"그래, 잘됐다. 칠성이가 고생 좀 했겠어."

"아닙니다. 별일도 아닌 걸요."

"그렇지. 역시 우리 칠성이야. 하하하."

"사장님, 감사합니다. 잘할게요, 아버지. 정말 감사합니다."

주 사장의 아들은 연신 고개를 숙이며 밝게 웃음 지었다. 그러나 뒤돌아 나가는 그의 얼굴은 금세 무표정하게 바뀌어 있었다.

"칠성아, 무슨 일인지 말해 봐."

"무슨 말씀이신지……."

"두 번 말하게 하지 말고, 어서 말해. 내가 모를 것 같아? 저 어리숙한 아들놈 얼굴을 보고도 내가 모를 줄 알았던 거야?"

"사장님……. 그게……."

"그래, 말해 봐라. 무슨 일이냐? 그렇게 말 못 할 일……."

"……."

"설마…… 으하하하! 하하하! 정말? 그거냐? 저 어리숙한 놈이 사람을?"

"……."

칠성은 아무 대답도 하지 못한 채 고개를 숙이고 있었다.

"몇 명이나?"

"세 명입니다, 사장님."

"왜? 이유가 뭐야?"

"정확한 이유는 저도…… 아마 여성에 대한 혐오로 그런 것 같습니다."

"여성 혐오? 아아, 지 엄마 때문이구나. 맞아?"

"자세히는 모르겠지만 그런 것 같습니다. 우연히 알게 됐습니다만, 돌아가신 사모님에 대한 분노심이 큰 것 같았습니다."

"그래? 으하하, 으하하하!"

주 사장이 불같이 화를 낼 것으로 예상했던 오 실장은 큰 소리로 웃고만 있는 그를 어리둥절한 표정으로 바라봤다.

"칠성아, 그놈이 약하고 겁 많은 놈인 줄만 알았는데…… 의외의 면도 있었구나? 삐쩍 말라 힘도 못 쓸 줄 알았더니. 잘됐다, 잘됐어."

얼떨떨한 칠성의 얼굴과는 비교되게 주 사장의 얼굴에는 웃음이 쉬이 가시지 않았다.

"다행이다, 차라리 다행이야. 흐리멍덩한 놈은 아니어서. 하하하."

"아…… 네, 사장님."

"그래도 알지? 큰일 앞두고 사소한 것 하나하나 조심해야 한다."

"알겠습니다. 제가 잘 설득해 보겠습니다."

"설득? 그건 다음 문제고. 안 그러냐, 칠성아."

"아! 네. 알겠습니다, 사장님."

"그래, 뒤탈 없이 처리하고. 알았지?"

"염려 마십시오."

최 경위는 민 경정을 부르며 다급하게 상황실로 뛰어 들어왔다.

"팀장님, 팀장님! 어! 검사님?"

"오셨어요? 팀장님은 아래 형사과에 계세요."

최 경위는 급히 상황실을 나가려 했다. 그때 안 경위가 최 경위를 불러 세웠다.

"최 형사님! 가지 마십시오. 분위기가 안 좋습니다."

"뭐? 안 형사가 그걸 어떻게 알아?"

"A지점 현장 돌고, 경감님이랑 아침 식사하다 전해 들었습니다. 팀장님이 경감님께 전화하셨거든요."

"그래? 그럼 도 경감님도 같이 계신 거야?"

"네. 그래서 검사님도 여기서 기다리고 계신 겁니다."

"하유, 이게 뭐 어떻게 돌아가는 건지……."

"자세한 건 팀장님이 오셔야 알 수 있을 것 같아요. 오늘 새벽 야간 순찰조가 우연히 범행 현장을 목격했나 봐요. 피해 여성은 다행히 안전하고요. 그런데 그곳에서 놓쳐서 도주하는 범인을 강남서 강력계 형사들이 체포한 거죠."

한 검사의 말에 최 경위는 눈에 힘을 주며 말했다.

"뭐라고요? 아니, 근데 왜 우리한테는 아무 연락이 없었던 겁니까?……."

"그러니까요. 그게 좀 석연치 않아요."

"맞습니다. 도민 경감님도 의아해하셨어요. 게다가 예상했던 장소도 아니었고, 범행도 너무 일찍 일어나서 말이죠."

최 경위는 안 경위의 말에 고개를 끄덕이며 물었다.

"그런데 나 형사는 왜 안 보여?"

"아, 사건 현장에 박민희 형사랑 나갔습니다. 현장 검증하고 피해 여성도 만나 보라고 검사님이 보내셨어요."

"현장이 훼손되기 전에 확인해 둬야 할 것 같아서요. 만약에…… 혹시나 해서요."

"근데 왜 이렇게 빨리 언론에 터진 걸까요? 기사 보니까 연쇄 살인범이라고 확신을 하던데요. 아직 조사 중인 거 아닙니까?"

"그것도 팀장님이 오셔야 알 수 있을 것 같아요. 비정상적으로 돌아가는 것 같아 걱정이에요."

그때 상황실 문이 열리고, 민 경정이 열변을 토하며 안으로 들어왔다.

"안 그래, 도 경감? 이게 말이 돼? 어, 검사님……."

"이제 오세요, 팀장님? 두 분 모두 쉬지도 못하시고 고생하셨어요."

최 경위는 바로 민 경정에게 다가가 물었다.

"팀장님, 뭐가 어떻게 돌아가는 거예요?"

"나도 모르겠다. 뭐가 어떻게 돌아가는지. 아이!"

도 경감은 최 경위의 어깨에 손을 올리며 말했다.

"최 경위, 좀 있다 얘기해요. 지금 팀장님 컨디션이 많이 다운 되셨어요."

"아…… . 알겠습니다."

상황실 안엔 잠시 정적이 흘렀다. 모두 눈을 감고 생각에 잠긴 민 경정의 눈치만 살피고 있었다. 인터넷 기사를 보고 있던 안 경위는 아주 작은 목소리로 최 경위를 불렀다.

"왜?"

"이 뉴스 좀 보세요. 여기 이어폰이요."

"여기는 강남 경찰서 본관 앞입니다. 오늘 새벽 5시쯤 강남 일대에서 발생했던 세 건의 살인사건 범인으로 추정되는 용의자가 체포됐다는 소식을 전해드린 바 있습니다. 현재 형사과 강력 1팀에서 용의자를 취조 중에 있다고 하는데요. 조사 결과가 나오는 대로 강남 경찰서 브리핑실에서 사건 경위와 용의자 조사 결과에 대해 브리핑이 있을 예정이라고 합니다. 이번 연쇄 살인사건은 강남 일대에서 한 달 간격으로 20대 여성만을 골라 살해한 흉악 범죄 사건입니다. 살해 방법이 잔인하고, 여성 혐오 범죄라는 점에서 심각한 사회 문제로 주목받았는데요. 지금까지 경찰청 소속 특별 수사본부에서 사건을 맡아 진두지휘해 왔던 가운데, 지지부진한 수사 속도로 여론에 질타를 받던 중이었습니다. 게다가 일부 형사의 일탈로 민간인을 불법 사찰해 물의를 일으키기도 했었죠. 검경 수사권 조정 문제로 민감한 시국에 다시 여론의 도마 위에 오르기도 했습니다."

"이게 지금 무슨 개소리야? 와아, 이딴 식으로 보도해도 되는 거야? 언제 지들이 이 사건에 관심이라도 가졌어? 선거법 개정이다, 검경 수사권 조정이다, 맨 정치 기사로만 도배했지 정작 이번 사건에 대해 뉴스 한 번 제대로 낸 적 있냐고?"

"진정하십시오. 언론들이 이러는 거 한두 번도 아니잖습니까? 그리고 수사 내용을 공개할 수도 없었지 않습니까."

"그러니까 내 말이. 아이⋯⋯. 이 언론사 너무하네, 정말."

"저기, 최 형사님. 이것도 보세요."

"방금 들어온 소식입니다. 강남 연쇄 살인사건 용의자에 대한 조사를 끝내고 브리핑실에서 수사 결과를 발표한다고 합니다. 곧바로 브리핑실로 연결해 보겠습니다. 브리핑실 나와 주세요."

"팀장님, 검사님. 곧 수사 결과 브리핑을 한답니다."

"뭐? 벌써?"

"뭐라고요?"

"안 형사, TV 좀 켜 봐."

"예."

안 경위는 리모컨을 찾아, 창가에 있는 TV 모니터를 켰다.

"지금부터 강남 경찰서 서장이 직접 강남에서 발생했던 그동안의 연쇄 살인사건에 대해 브리핑하도록 하겠습니다."

"뭐야? 서장이 직접 브리핑하는 거야?"

"최 형사, 조용히 좀 해 봐."

"안녕하십니까, 존경하는 국민 여러분. 강남 경찰서 홍두기 서장입니다. 이번 연쇄 살인사건으로 심려를 끼친 점 송구스럽게 생각합니다. 그동안 경찰청 소속 특별 수사본부에서 이번 사건을 맡아 수사를 진행해 왔습니다. 우려하시는 것만큼 수사가 진척되지 않아, 긴시간 국민 여러분께 불안감과 공포감을 안겨드려 질타를 많이 받기도 하였습니다. 진심으로 사과의 말씀을 드리는 바입니다. 또한, 며칠 전 보도되었던 민간인 불법 사찰과 관련해, 일부 형사의 과잉 수사로 인한 일탈인 점을 다시 한번 말씀드립니다. 앞으로 더 철저히 내부 단속을 강화하여 다시는 국민을 불법 사찰하는 일이 없도록 주의하겠다는 말씀도 함께 드립니다. 다시 한번 사과드립니다. 이번 연쇄 살인사건은……."

"저…… 저 대체 뭐하자는 겁니까?"

안 경위는 황당해하며 모니터를 가리켰고, 최 경위는 주먹으로 책상을 내리치며 말했다.

"젠장! 너무한 거 아니야? 아무리 그래도 같은 동료 경찰을 저렇게 매도해 버리면……. 하, 가만히 있다가는 제대로 물먹게 생겼습니다. 이거, 사건 종결로만 끝나지 않을 것 같은데요!"

아무 말 없이 방송을 보고 있던 민 경정도 최 경위 말에 말문을 열었다.

"그게 문제가 아니야, 최 형사."

"네? 그럼……."

"무슨 속셈일까요? 팀장님."

"도 경감, 이럴 때가 아닌 것 같아. 지금이라도 용의자를 직접 조사해 봐야겠어. 안 그러면……."

"용의자 A씨를 피의자로 전환하기로 했습니다. 피의자 A씨는 자신의 범행 일체를 자백하여 진술하였고, 관련 증거물 또한 확보된 상태입니다. 추가적인 조사 없이 금일 서울 중앙지검으로 송치할 예정입니다. 이상입니다. 감사합니다."

"뭐? 벌써 검찰에 송치한다고? 팀장님!"

최 경위는 벌떡 일어나 민 경정을 쳐다봤다. 민 경정은 한 검사를 바라보며 말했다.

"검사님, 이야기 들으신 거라도 있으십니까?"

"아니요. 당황스럽네요. 이렇게 빨리 검찰로 송치를 하다니…… 이런 경우도 처음이네요. 일사천리로 진행하는 걸 보니 뭔가 구린내가 나는데요."

"그런 것 같습니다. 검찰로 송치되기 전에 용의자를 반드시 인계받아야 합니다. 검찰로 넘어가면 우리 손을 완전히 떠나 어떻게 할 방법이 없어요. 검사님 혼자서는 힘들 겁니다."

"그렇죠. 어쩌면 좋죠? 지금이라도……."

그때, 상황실 문이 세차게 열리고 누군가 굵고 날카로운 목소리로 민 경정을 불렀다.

"야! 민 계장!"

상황실 문을 박차고 들어온 사람은 특수본 본부장 서도경 총경이었다. 어깨가 딱 벌어진 것과 달리 키는 아담해, 부리부리한 눈을 한 각진 얼굴이 비율적으로 커 보였다. 서 총경은 들어서자마자 언성을 높이며 민 경정을 찾았다.

팀원들은 일제히 일어나 서 총경에게 거수경례했다.

"충성!"

"너, 이 자식."

서 총경은 곧바로 민 경정에게 다가갔다. 민 경정 옆에 있던 한 검사는 서 총경에게 가볍게 목례하며 인사했다.

"안녕하세요, 과장님."

"어! 오래간만이에요, 한 검사. 근데 이거 어쩝니까? 오늘은 반갑게 웃으며 안부 인사 나누기는 좀 어렵겠네요."

잔뜩 주눅이 들어 있을 것만 같았던 민 경정은 오히려 당당하게 서 총경에게 푸념하듯 소리를 높였다.

"과장님, 이제 오시면 어쩝니까?"

"뭐? 야, 민우직. 전달 못 받았어? 당장 튀어 오라고 했을 텐데."

"보고받았습니다."

"보고받았습니다? 너 뭐야? 뭐 하는 자식인데 상관 명령을 무시해!"

"과장님, 현장이 위급한 상황인데 팀장인 제가 어떻게 현장을 비웁니까? 안 그렇습니까? 그것보다 이거 어쩌실 거예요?"

"어쩔 거냐고? 지금 그걸 나한테 물으면 어떡해?"

"과장님, 소리만 지르지 마시고 대책을 내놓으셔야죠."

서 총경은 민 경정에게 삿대질하며 고성을 내질렀다.

"야, 민우직! 지금 소리 안 지르게 생겼어? 아니, 너희는 뭐 하는 자식들이야! 도대체! 믿으라며? 다음 주면 해결된다고 기다려 달라고 해서 기다려 줬더니, 이게 뭐야? 어? 고생은 고생 대로 다 하고 손가락만 빨게 생겼잖아!"

"손가락만 빨면 되는 겁니까?"

"야! 민우직! 지금 농담이 나와?"

"농담이라도 해야지 어떡합니까? 돌아가는 꼴이 코미디인 데요."

"뭐? 코미디?"

"모르고 오신 겁니까? 다 아시잖아요."

"뭘 알아, 내가!"

"모른다고 하시면 직무 유기십니다. 그것도 아니면 무능한 거고요."

"이 자식이 정말, 말 다 했어? 어? 야! 상황실 문 닫아! 다들 여기로 집합해! 지금 상황이 어떻게 돌아가는 줄 몰라! 당장 문 닫아! 뭐 해? 문 닫으라고!"

"예! 과장님."

긴장된 상태로 눈치 보며 서 있던 안 경위는 재빨리 뛰어가 문을 닫았다. 언성을 높여 말하던 서도경 총경은 문 쪽을 바라보다, 문이 닫히는 걸 보고서야 자리에 앉았다.

"그래, 맞아. 민 계장 말이."

멤버들은 서 총경의 말이 무슨 뜻인지 바로 알아듣지 못하고 어리둥절한 표정을 지었다.

"민 계장 말대로 다 알고 왔다고."

"그럼 일부러 그러신 거예요?"

"그래. 아니, 민 계장은 어떻게 한 번을 기가 안 죽어? 이번엔 제대로 걸렸다 싶었는데……."

서 총경이 허탈한 웃음을 짓자, 한 검사는 고개를 갸우뚱하며 물었다.

"과장님, 무슨 말씀이세요? 지금 그러실 때가 아니에요."

"그런가요? 하하."

서 총경은 한 검사를 흐뭇한 표정으로 바라보다 말을 이었다.

"다아 이유가 있어요, 한 검사."

"그럴 줄 알았습니다, 과장님. 얼굴에 티가 너무 나더라니. 연기가 예전만 못 하십니다? 책상 앞에만 앉아 계시니 그런 거 아닙니까? 앞으로는 현장에 좀 자주 나오세요. 아니면 연기를 자제하시든가."

"뭐야? 눈치챘어? 아이, 어쩐지. 세게 나온다 했다. 하하, 참."

이리저리 눈치를 살피던 안 경위가 민 경정에게 물었다.

"저기, 팀장님. 어디서부터가 연기입니까?"

"뭐가 어디서부터야?"

"안 형사, 처음 들어오실 때부터."

"정말입니까? 최 형사님은 알고 계셨습니까?"

최 경위는 말없이 고개를 끄덕였다. 서 총경은 한 검사와 도 경감을 번갈아 보며 말했다.

"한 검사, 도 경감, 많이 놀랐죠? 미안해요. 밖에 눈과 귀가 많아서 어쩔 수 없었어요."

"그래서 문을 활짝 열고 들어오셨군요?"

"맞아요, 한 검사. 그렇게 서 있지들 말고 모두 여기 앉아요. 앉아서 얘기합시다."

서 총경의 집합하라는 불호령에 모두들 바짝 긴장해 차렷 자세로 서 있었는데, 한순간에 분위기가 반전되었다.

민 경정과 최 경위를 제외하고는 모두 얼떨떨한 얼굴로 자리에 앉았다.

한 검사는 자리에 앉으며 말했다.

"이제 말씀해 보시죠, 과장님."

"그래요. 갑작스럽게 돌발 변수가 발생했네요. 의심하는 대로예요. 잡힌 용의자는 연쇄 살인범이 아닐 가능성이 높아요. 홍 서장이 직접 민 계장을 찾아왔다는 얘기를 듣고 홍 서장을 주시하고 있었어요. 민간인 사찰 건도 그렇고."

최 경위가 불쑥 끼어들어 물었다.

"홍두기 서장이 꾸민 일이라는 겁니까?"

"그것까지는 확실히 답해 줄 수가 없네."

서 총경의 대답에 민 경정이 재차 확인했다.

"그럼 홍 서장이 아니라는 말씀이세요?"

"아니, 그건 모르겠어. 제보가 들어온 거야, 홍 서장에게 직접. 연쇄 살인범 제보가 말이야."

"제보요?"

"그래, 제보."

하루 전

새벽 내내 내리던 폭우는 해가 떠오르자 서서히 잦아들다, 해가 뜨고서야 완전히 그쳤다. 하늘은 구름 한 점 없이 청명했고, 비가 온 뒤라 조금은 쌀쌀한 편이었다.

이른 아침부터 한강에 나온 시민들이 여럿 보였고, 한강변을 따라 조깅하는 이들도 꽤 볼 수 있었다. 조깅하는 사람들 사이엔 차동민도 있었다. 한강변을 따라 뛰어오던 차동민은 다리 밑에 주차되어 있던 차에 다가가더니, 재빨리 뒷좌석에 올라탔다. 그리고 얼마 지나지 않아 계단으로 조심스레 내려오던 민우직 경정도 차가 있는 곳으로 걸어가 조수석에 앉았다.

"그래. 다 모였으니 이제 말해 봐."

서 총경은 그렇게 말하고는 곧바로 말을 덧붙였다.

"아니지. 우석아, 내가 먼저 말할게."

"아, 네."

차동민의 본명은 차우석이다. 잠입 수사를 위해 차동민이라는 가명을 쓰고 있다.

"우직아, 네 생각이 맞는 것 같다. 청장님은 전혀 모르고 계셨어. 모른 척하시는 건진 모르겠지만, 넌지시 떠봤는데 모르시는 눈치였다."

"그럼 누굴까요? 서장이 단독으로 그런 걸까요?"

"아니, 그건 아닌 것 같다. 경찰청 윗선과 연결되어 있거나 검찰 수뇌부와 연관이 있겠지. 좀 더 상황을 지켜봐야겠어."

"그럼 감나무 아래서 감 떨어지기를 바라만 보고 있으라는 말씀이세요?"

"현재로선 그래. 검찰에서 안 해 준다는 걸 어떡해? 우리가 영장 청구할 수도 없고. 그러니까 빨리 검경 수사권 조정안이 국회에서 통과돼야 한다고. 그래야 경찰이 영장 청구할 수 있는 날도 올 수 있지."

민 경정은 살짝 인상을 찌푸리며 말했다.

"여기서 그 말이 왜 또 나옵니까? 형님, 정치는 모르겠고…… 그럼 우리가 알아서 합니다. 영장 없이 하는 방법을 찾아야죠. 어쩔 수 없잖아요."

"어쩌려고?"

"저라고 뾰족한 수가 있나요. 지켜보세요, 그냥."

"야, 무섭게 왜 그래?"

"뭐가 무서워요? 수가 없다는데……. 우석아, 이제 네가 보고해."

"아, 이 자식이! 아휴……."

서 총경은 고개를 앞으로 돌리며 한숨을 내쉬었다. 뒷좌석에서 눈치를 살피던 차동민은 조심스럽게 말했다.

"보고드려도 될까요?"

"그래."

"어제 정민우 본부상과 클럽에 갔었습니다. 거기서 클럽 사장 아들을 만났는데……."

"클럽? 클럽 상호가 뭐였어?"

"옥스퍼드요."

"옥스퍼드? 강남에 있는?"

"네, 맞습니다."

　민 경정이 깜짝 놀라며 되묻자 서 총경이 의아한 표정으로 물었다.

"우직아, 무슨 일인데 그래?"

"그 클럽이 어제 잠입 수사한 곳입니다, 형님."

"뭐? 정말이야?"

"네. 그럼 클럽 사장 아들 이름도 알아?"

"이름이요? 주명근이라고 하던데요."

"뭐라고? 주명근? 확실해?"

　민 경정은 상기된 얼굴로 차 경위를 보며 재차 확인했다.

"네. 왜 그렇게 놀라세요?"

"뭐야? 주명근이면 주 사장 아들 아냐?"

"맞아요, 형님. 우석아, 확실한 거야?"

"네. 주명근이 맞습니다."

"역시, 이건성은 바지사장이었군. 미국에 있다던 아들이 서울에 있다?"

"주명근을 아십니까? 무슨 일인데 그러십니까?"

"우석아, 주명근은 연쇄 살인범 용의자 중 한 명이야. 소재 파악 중이었거든. 미국에 있다고만 알고 있었고."

"그래요? 근데 서울에 있다는 거네요."

"그렇지. 그럼 명분 하나는 생겼네. 우석아, 계속 말해 봐."

"네. 주명근하고 잠깐 얘기할 기회가 있었습니다."

"미안해. 내가 대신 사과할게. 브라더가 오늘 좀 술을 과하게 마셨나 봐."

"아니, 괜찮아요. 그런데 안 나가 봐요?"

"아니야, 잡으면 더 난리친다고. 그냥 가게 두는 게 나아."

"아……."

"그리고 동갑끼리 이제 말 편하게 하자."

"아……. 그래."

"그곳이 어떤 곳인데 브라더가 저리 난리를 치는 거야?"

"그게…… 아니야. 몰라도 돼."

차동민의 물음에 그는 잠시 망설이다 대답을 피했다.

"왜? 말하면 안 되는 곳이야? 괜찮아. 브라더랑 며칠 후에 거기 가기로 했거든. 스카이……."

"정말? 스카이 클럽에 간다고? 너도?"

"어. 왜? 왜 그렇게 놀라?"

"아니, 거기는…… 아무나 갈 수 있는 곳이 아니라서……."

"도대체 뭐 하는 곳인데 그래?"

"어떤 곳인지도 몰라? 근네 어떻게 그곳에 간다는 거야? 정 선배랑 무슨 관계야? 친동생? 아니, 아니지. 남동생은 없는데. 아! 사촌 동생이야?"

"어, 그게……."

"그래, 그렇구나."

"자, 술 한 잔 받아. 이렇게 만난 거도 인연인데."

"아니, 나 정말 술 못 마셔."

"그래? 그럼 난 한잔할게."

차동민은 술을 따르며 넌지시 그에게 물었다.

"스카이 클럽이라는 곳은 뭐 하는 곳이야?"

"음……."

그는 난처한 듯 차동민과 눈도 못 마주치며 머뭇거렸다.

"왜? 너도 몰라? 그래서 브라더가 너랑 나랑 같은 취급을 한 거구나. 괜찮아. 어차피 브라더한테 직접 들으면 되니까."

"그곳은…… 정재계에서 잘 나간다는 사람들만 모이는 곳이야. 검찰 총장, 경찰 청장도 쉽게 못 들어간다고 들었어. 국회의원이나 법무부 장관 정도는 해 줘야 들어갈 수 있다고."

"와, 정말?"

"그래. 아마 정 선배가 데리고 간다고 한 곳은 자제들만 모이는 파티일 거야. 나도 다음엔 갈 수 있어. 헤헤."

그는 차동민을 힐끔 쳐다보며 수줍게 웃음 지었다.

"왜 다음이야? 이번에 안 가고?"

"안 가는 게 아니고 못 가는 거야. 멤버들 승인을 받아야 하거든. 그래서 이번에 멤버들 모임에 날 데리고 가신다고 한 거야, 아빠가."

"멤버들?"

"그래. 선대로부터 이어져 내려온 멤버들이야. 그 멤버가 돼야 자제들 모임에도 낄 수 있거든. 이번에 아빠가 그 멤버에 들어가는 것 같아. 그래서 나도 그 모임에 데려간다고 했고."

"오우, 아버님이 국회의원이셔?"

"아니."

"음? 그럼 정부 요인이셨어? 총리나 장관 출신이냐고?"

"아니야. 아빠는…… 그래, 멤버 중에는 정치인만 있는 게 아니야. 재계에 알 만한 사람들도 있다고 들었어. 아빠는 사업가시거든."

"아하, 그래. 기업 오너?"

"어! 그렇지, 오너."

"음……. 그럼 그 모임은 저 위에서 열리는 거야?"

차동민은 손가락으로 천장을 가리켰다.

"응. 이곳에서 모임을 갖게 된 게 5년쯤 됐어. 아빠가 5년 동안 공을 많이 들였지. 호텔 모든 편의 시설을 무상으로 제공했거든. 그 공로로 멤버 인정을 받으시는 것 같기도 해."

"그렇구나. 멤버가 되는 조건이 따로 있는 건 아니고?"

"그건 나도 잘 몰라. 선대부터 멤버 간 혼인으로 관계를 이어 온 걸로 알고 있어."

"정략 결혼 같은 건가? 그럼 너도 그 멤버 자녀랑 결혼하는 거네?"

"그거야…… 모르지."

주명근은 이마를 긁적이며 수줍어했다.

"그 멤버들이 누군지는 알아?"

"그건 몰라. 정 선배가 워낙 잘난 체하는 성격이라 떠벌리고 다니지만 다른 멤버들은 드러내지 않거든. 그래서 멤버가 아니면 누구도 알지 못해. 그게 그 모임 규칙이라고 들었어."

차동민은 활짝 웃는 얼굴로 말했다.

"야아, 그래도 많이 알고 있네. 다음 모임에서 꼭 보자고."

"어, 그래."

"그런데 그 모임에 이름이 있어? 아니, 명칭 말이야. 그냥 모임이야? 하다못해 등산 모임도 명칭이 있는데……."

"그것도 비밀인가 봐. 몰라. 우연히 들었는데……."

"이사님!"

차 경위는 설명을 이어 갔다.

"그때 룸으로 주명근을 찾아온 사람이 있어서 끝까지 듣지 못했습니다."

"뭐야? 하필이면 거기서? 아이, 하아……."

민 경정은 아쉬워하며 크게 한숨을 내쉬었다.

"우리가 찾는 사교 파티 실체가 그 모임은 아닐까요?"

"그럴 수도 있겠지. 우선 정 본부장과 화해해. 단순해서 어렵지 않겠지만, 뒤끝이 오래가는 놈일 수 있으니 작전 잘 짜서 만나라고."

"네, 과장님."

민 경정은 아무 말 없이 콧등을 매만지며 생각에 잠겨 있었다.

"만약 그곳이 사교 파티 멤버들 모임 장소라면 주필상과 강남서장 모두 연관되어 있다고 봐야 하지 않겠습니까? 혹시 검찰 총장도……."

"스톱! 차 경위, 추측만 하지 말고 물증을 가져와. 그 전엔 아무것도 아닌 거야. 물증 없이 덮쳤다가 킬 당한다. 어디서 어떻게 갈 줄 몰라. 우직아, 알겠어?"

"네? 아, 네."

"무슨 생각을 그렇게 해?"

"아니요. 우석이 얘기를 좀 정리하느라……. 네."

"정말 주명근이 연쇄 살인범일까요? 제가 보기엔 작은 키에 체격도 왜소한 편이어서 아닌 것 같던데……. 말을 섞어 보니 내성적이고 소심한 친구였습니다."

"그래? 그럼 도 경감이 예상한 범인 외형과 성격이 비슷하네."

민 경정은 안주머니에서 노트를 꺼냈다.

"여기 이 그림 좀 보세요."

"왕관 그림이잖아?"

"디 페어리엇 케이? 이건 무슨 약자 같은데, 맞습니까?"

"맞아."

민 경정이 뜬금 없이 그림을 내밀고 설명을 하지 않자, 서 총경이 퉁명스럽게 말했다.

"근데 이건 갑자기 왜?"

"아직 확실하지 않지만 사교 모임 휘장 같습니다."

"휘장?"

서 총경은 눈을 휘둥그레 뜨며 노트와 민 경정을 번갈아 봤다.

"그럼 디랑 케이는……."

"다크킹덤(DarkKingdom)."

"다크킹덤? 그 모임 명칭을 다크킹덤이라 보시는 겁니까?"

"물증은?"

"아직 물증은 확보 못 했지만 제 눈으로 목격했습니다."

"정말? 확실한 거야?"

"네. 1년 전 이필석 의원 성폭행 사건 아시죠? 그때 증인이었던 피해자 남자 친구 기억나십니까? 그 친구를 만나고 나오는데, 누군가 저를 미행하더군요. 놓치기는 했지만 그놈 어깨에 있던 문신을 우연히 봤습니다."

"그 문신이 이 왕관이다?"

"네. 그리고 또…… 남시보 순경 아시죠?"

"알지. 남 순경은 왜?"

"남 순경도 이 문신한 자를 봤습니다."

"동일범이야?"

"그건 모르죠. 그자 어깨에도 이 문신이 있었다는 것밖에는."

"조직원들 어깨에 왕관 문신이 있을 거라고 생각하시는 겁니까?"

"맞아. 행동원들 어깨에만 표식이 있는 것일지도 모르겠지. 그래도 다크킹덤 멤버들도 문신이 있을지 모르니 확인해 볼 필요는 있겠어. 정민우 그 자식도 확인해 보라고."

"자세히 보지는 못했지만 어깨에는 없었던 것 같습니다. 다시 확인해 보겠습니다. 혹시 모르니, 기회가 되면 전신을 다 확인해 보겠습니다."

"그 모임에 참석하는 사람들도 살펴보라고."

"네."

서 총경은 민 경정을 석연치 않은 눈빛으로 바라보며 물었다.

"어깨에 문신이 있다고 그 모임과 관련된 사람이라고 볼 수 없잖아. 또 뭔가 있는 거지?"

"채이돈 의원 뇌물수수 사건 때 확보한 증거 자료 중에 '다크 킹덤' 글자가 쓰인 문서가 있었습니다."

"뭐야? 왜 그걸 이제야 말하는 건데?"

"그때는 저도 뭔지 정확히 몰랐습니다. 휘장도 없었고요. 뭔가 있다 눈치챘을 때는 외부에 알려지면 위험할 수 있다는 판단에 비밀로 한 겁니다."

서 총경은 눈을 가늘게 뜨며 민 경정을 쏘아봤다.

"결국은 우리를 못 믿은 거네. 그치?"

"에이, 말을 또 그렇게 하십니까? 못 믿은 게 아니라 보호한 거죠. 괜히 알고 있다 위험에 처할 수 있으니······."

"그럼 지금은?"

"이제는 실체가 어느 정도 드러났으니, 위험을 감수하더라도 정면 돌파를 시도해 봐야죠."

"정면 돌파? 좋아. 그럼 그 문서는 가지고 있는 거야?"

"그때 모두 검찰에 넘겼잖아요."

"그럼 없는 거잖아?"

"또 있습니다, 형님. 다른 사건 조사 중에 이번은 휘장과 함께 '다크킹덤' 글자가 있는 문서를 목격했어요."

"그 서류는 가지고 있는 거야?"

"아니요. 아직 확보는 못 했지만 곧 보실 수 있을 겁니다."

"뭐라고? 아직 손에 쥔 것도 아니야? 그럼 빠른 시일 안에 확보해."

"네, 형님."

"차 경위 말대로면 주필상이 곧 다크킹덤 멤버가 된다는 거고······. 이거 잘하면 한번에 모두 정리가 되겠는데. 아들은 연쇄 살인범에, 아빠는 사교 모임 사조직 멤버라?"

"우선은 연쇄 살인범이라는 증거를 찾아야죠. 주명근이 강남 한복판에 있을 줄 몰랐네요. 내일이라도 당장······."

민 경정은 서 총경을 힐끔 쳐다보며 말하다 머뭇거렸다.

"당장 뭐! 우직아, 사고 치고 수습해 달라고 하지 말고 미리 좀 알자. 뒤통수를 하도 맞아서 내 뒤통수가 남아나지 않는다. 응?"

"에이, 원래 뒤통수가 납작…… 아니, 그게…… 죄송합니다, 형님."

민 경정은 말실수를 무마해 보려다 포기하고, 재빨리 고개 숙여 사과했다. 서 총경은 민 경정을 흘겨본 뒤 주먹으로 자기 이마를 두드리며 한숨을 내쉬었다.

"아휴! 내가 너 때문에 명이 준다, 줄어! 아이고, 이런 놈을 내가 왜? 아휴……."

"그러니까 골치 아픈 사건만 매번 떠넘기지 좀 마시고……."

"뭐? 내가? 야! 입은 삐뚤어졌어도 말을 바로 하라고 그랬다. 매번 이상한 사건들만 들고 온 건 바로 너야."

인상을 찌푸리며 쏘아보는 서 총경에게 민 경정은 너스레를 떨며 말했다.

"아이, 난 또 그런 사건들만 좋아하시는 줄 알고…… 알겠습니다, 알겠어요."

"차 경위, 잘 봐둬. 이런 선임은 본받으면 안 돼, 알겠지?"

"정말입니까? 저는 두 분을 보니까 정감 있고 좋은데요. 딱 제 롤 모델이십니다."

"롤 모델? 차 경위, 너 미쳤어? 롤 모델 할 사람이 없어서 민 계장을?"

"그래, 나는 좀 그렇지. 과장님…… 도 아니지만."

"뭐야!"

서 총경이 손을 들어 때리려 했지만, 민 경정은 아랑곳하지 않고 크게 웃으며 말했다.

"웃자고 한 얘기예요, 형님. 저의 롤 모델이 형님 아닙니까? 아시면서. 하하"

"병 주고 약 준다. 아주…… 됐고, 차 경위는 정민우 그 자식 잘 포섭해서 반드시 모임에 참석해. 그곳에서 다크킹덤 왕관 문양을 찾아보라고. 연관돼 있는지 확인할 필요가 있어."

"네, 알겠습니다."

"민 계장은……."

"에이, 형님. 우직이요. 우직이라고 불러 주세요. 우석이도 정감 있다고 하잖아요. 예?"

"아휴, 더 말하면 내 입만 아프니……. 우직이 넌 잠입 수사 결과 빨리 정리해서 보고하고. 클럽에서 물증 비슷한 거라도 찾았으면 다시 영장 청구한다. 그것도 안 된다고 하면 쳐들어 가서 물증 확보해. 알았지?"

"정말이요? 형님이 허락한 겁니다?"

"그래. 그전까지 내가 청장님께 허락 받아 놓을 테니까…… 아니, 곧 물증 확보한다고 한 거 있지? 그거 가지고 와. 그럼 영장이고 뭐고 필요 없이 바로 쳐들어갈 수 있으니까. 그럼 이제 흩어지지."

"우석아, 먼저 가라. 난 과장님하고 할 얘기가 남았다."

"네, 그럼."

차 경위는 차에서 내려 조깅하는 사람들 사이로 달려갔다.

"도대체 누가 제보를 했다는 겁니까? 옥스퍼드 클럽과 연관이 있는 겁니까?"

"그것까지는 모르겠어."

한 검사가 민 경정을 보며 물었다.

"옥스퍼드 클럽은 무슨 말씀이세요, 팀장님?"

"그곳에서 주명근을 봤다고 해서요."

최 경위는 깜짝 놀라며 민 경정을 쳐다봤다.

"주명근을요? 나 형사나 박 형사한테 그런 보고받은 게 없는데요."

"어, 내 정보원한테 받은 거야."

"그럼 주명근이 지금 서울에 있는 겁니까? 강남 한복판에요?"

"팀장님, 주명근이 연쇄 살인범이라고 확신하시는 건가요?"

최 경위와 한 검사가 돌아가면서 물음을 던졌다.

"아닙니다, 검사님. 확신까지는 아니지만 가장 유력한 용의자로 보고 있습니다. 그런데 우리가 한발 늦은 것 같습니다."

"늦었다니요? 지금 잡힌 놈이 주명근 그놈입니까?"

"아니네, 최 경위."

"누군지 몰라도 주명근은 아니에요."

도 경감이 서 총경의 말에 덧붙여 말했다.

"과장님 말씀대로 아닐 겁니다. 주명근이 진범이라면 지금 형사과에 잡혀 온 사람은 아니겠죠."

"경감님도 알고 계셨습니까?"

"아니에요. 범행 패턴이 전혀 달라서요. 범행 장소도 예측했던 곳과 너무나 다른 곳이었어요. 주명근이 잡혀 와 있다면 주명근은 진범이 아닌 게 되겠죠."

"도 경감 말이 맞아요. 정보원에게 주명근 몽타주를 보내 달라고 했으니 비교해 봅시다. 문자로 보낸다고 했으니 금방 확인할 수 있을 겁니다."

서 총경은 주머니에서 휴대폰을 꺼내, 메시지가 왔는지 확인했다.

"벌써 와 있었네. 자, 이 사람이 주명근이에요."

휴대폰 속 몽타주를 본 도 경감은 놀란 표정으로 서 총경을 쳐다봤다.

"어! 이 사람이 주명근입니까?"

"왜 그러십니까, 경감님?"

안 경위는 도 경감에게 건네받은 휴대폰을 보더니, 놀란 얼굴로 상황판을 가리켰다.

"어어! 이거 저기……."

그가 가리킨 곳에는 연쇄 살인범 몽타주가 걸려 있었다.

"왜? 안 형사, 설마…… 저 몽타주랑 같은 거야?"

"아닙니다. 설마가 아니에요. 완전 똑같습니다."

"뭐? 정말이야? 어디 나도 좀 봐."

안 경위가 들고 있던 휴대폰을 최 경위가 서둘러 가져갔다. 최 경위는 몽타주를 보고 고개를 갸웃거리며 말했다.

"중·고등학교 졸업 사진하고는 완전히 딴판인데요. 정말 이 사람이 주명근이 맞는 겁니까?"

"최 형사, 정보원이 주명근을 직접 보고 만든 몽타주라고. 학생 때 사진하고는 다를 수 있겠지. 크면서 많이 달라질 수도 있으니까. 그래도 도 경감이 만든 몽타주와 비슷하다니 그자가 살인범이 아닐까 싶은데. 안 그래?"

"그럼 주명근이 진범이라고 봐도 되지 않을까요?"

"검사님, 몽타주는 살인범이라는 증거가 될 수 없습니다."

"도 경감의 말이 맞아. 증거는 될 수 없지. 그래도 확신은 섰으니 이제 실행할 수는 있겠어. 명분도 생겼고."

한 검사는 의미심장하게 말하는 민 경정을 바라보며 물었다.

"팀장님, 다른 계획이 있으신 거예요? 명분은 또 무슨 말씀이세요?"

"사건을 은폐하려는 자가 있다는 겁니다. 그들이 내부에 있다는 거고요. 아직은 추측이지만 말입니다. 안 그런가요? 과장님."

"그래, 민 계장 말이 맞아. 그래서 좀 빨리 움직일 필요가 생겼어."

어둠이 짙게 내려앉은 거실 테이블에 빈 맥주 캔 여러 개가 찌그러져 있고, 21년산 로얄살루트가 뚜껑이 열린 채 옆으로 놓여 술이 졸졸 흐르고 있었다. 바닥에도 맥주 캔 여러 개와 과일 조각들이 뒹굴었다.

소파에는 와이셔츠 단추 몇 개를 풀어헤친 남자가 누워 있었다. 술을 마시다 잠이 든 것인지, 아니면 잠을 못 이루는지 것인지 몸을 이리저리 뒤척이는 모습이었다.

똑! 똑! 똑!

"손님, 룸서비스 왔습니다."

"……."

똑똑! 똑똑!

"손님, 주문하신 룸서비스입니다."

호텔 직원은 아무런 대답이 없자 벨을 눌렀다.

삐이익! 삐이익!

"손님, 룸서비스입니다. 안 계십니까?"

소파에서 뒤척이던 남자가 벌떡 일어나 앉더니, 눈을 비비며 현관 앞으로 갔다.

"뭐야? 자는데 뭐가 이리 시끄러워!"

남자는 현관문 핍홀을 통해 밖을 확인하고 문을 열었다.

"손님, 룸서비스입니다."

"내가 시켰어?"

"네. 1102호실에서 주문하셨는데요."

"그래? 여기가 1102호인가? 뭐, 상관없지. 배고팠는데 잘됐네. 들어와."

"그럼 실례하겠습니다. 어디에 놓을까요?"

"저기 아무 데나 내려놓고 가."

서빙 카트를 밀고 들어온 호텔 직원은 더럽게 어지럽혀진 거실을 보고 조심스럽게 말했다.

"저기…… 룸메이드를 불러드릴까요, 손님?"

"어! 뭐야? 뭐가 이리 지저분한 거야. 됐어, 필요 없어. 음식이나 대충 내려놓고 가."

"그럼 잠시 여기 좀 치우고 세팅해드리겠습니다."

"그건 알아서 하고. 대충하고 빨리 가라고!"

그는 귀찮은 듯 직원에게 신경질적으로 소리쳤다.

"알겠습니다, 손님."

호텔 직원은 서둘러 테이블 위를 정리한 후 음식들을 내려놓았다.

"그럼 맛있게 드십시오."

직원이 나가자, 그는 테이블에 차려진 음식들을 허겁지겁 먹기 시작했다. 그때 샤워가운을 입은 한 남자가 짧은 머리카락을 털며 욕실에서 나왔다.

"야! 네가 그걸 먹으면 어떡해?"

"네가 시킨 거야?"

"그럼, 네가 안 시켰으면 그걸 누가 시켰겠어?"

"그러냐? 미안."

그는 히죽거리며 웃으면서도 먹는 걸 멈추지 않았다.

"야! 지금 웃음이 나와? 그만 먹으라고!"

"히히. 같이 먹자. 많이 시켰네. 여기 와서 앉아."

"아이, 싫어! 더러워, 새끼야! 새로 시킬 거야. 실컷 처먹어라.

아이씨."

"히히히."

"뭐가 그렇게 좋아?"

"좋지, 그럼. 드디어 아버지께서 날 처음으로 인정해 주셨는데. 여기 호텔 방도 내주시고."

"방을 내줘? 여기에 널 감금한 거야, 이 바보야. 그리고 인정? 인정 좋아하네. 넌 속고 있는 거야, 멍청아!"

"간만에 기분 좋은데 잡치지 마라!"

히죽거리며 웃던 그는 순식간에 인상을 쓰며 샤워가운 입은 남자를 쏘아봤다.

"야아, 오랜만에 본다, 그 눈빛. 그래, 그렇게 니네 아빠를 노려보란 말이야. 맨날 나한테만 그러지 말고."

"시끄러워!"

"에이, 난 먹을 것도 없고. 술이나 마셔야겠네."

"야! 술 좀 작작 마셔. 새벽부터 달고 있었잖아. 그만 마셔."

"놔둬. 약을 못 하면 술이라도 마셔야지. 안 그러면 미치겠어, 미치겠다고."

"또 도졌네. 어쩔 거야?"

"그러니까 자꾸 내 앞에서 실실 쪼개지 마. 나 지금 엄청 예민하다."

샤워를 마치고 나온 남자는 소파에 앉으며, 호텔 직원이 가지런히 정리해 놓은 술병을 들어 병째로 들이마셨다.

"야, 잔에 따라 마셔. 드럽게."

그는 술병을 들고 두 팔로 다리를 감싼 채 덜덜 떨기 시작했다. 눈꺼풀이 떨리고, 눈동자는 좌우로 흔들려 무척 불안해 보였다.

"괜찮겠어? 그냥 주사 한 대 맞지? 형한테 가져다 달라고 할까?"

"그게 네가 나한테 할 소리야! 언제는 끊으라며?"

"네 모습을 봐. 미쳐 가고 있다고. 이러다 또 정신 병원에 갇히는 신세가 될까 봐 그러지. 그러고 싶어?"

"정말? 에이, 아니지. 아닌가? 그럴까? 아이, 미치겠다. 안 되겠다. 나 좀 살려 줘라. 응? 네가 형한테 말 좀 잘해 줘. 아빠한테 지가 먼저 죽을까 봐 이제 내 말은 듣지도 않아. 정말 날 죽일 셈인가 봐. 어?"

"그래? 그럼 대신 아가씨들 죽이는 거 그만해. 이제 아버지께서 날 인정해 주셨다고. 스카이 클럽 모임에도 데리고 가신다고 했어."

"야! 내가 다시 말하지만, 너 속고 있는 거야. 네가 거기서 뭘 할 건데? 넌 그냥 꼭두각시야. 널 이용해 권력에 빌붙으려는 속셈이라고."

"그만해! 아니라니까. 너나 그만 둬. 아버지가 알게 되면 널 진짜 가만두지 않으실 거야."

"아니, 내가 왜? 아빠로부터 악령을 몰아내야 해. 그래야 아빠도 나도 살아. 악령은 너도 가만두지 않을 걸? 아빠는 악령에 사로잡혀 그들의 노예가 되고 있다고."

"아니야. 우리에게 기회를 주시려는 거야. 아버지가 이루지 못한 꿈을 우리가 이루기 바라셔. 정말이야."

"미친! 네가 제대로 미쳤구나. 아빠의 꿈이라고? 미친 자들의 노예가 되려는 게 꿈이야? 그게 꿈이라면 난 절대 멈출 수 없어. 아빠를 악령으로부터 구해 낼 거야. 그리고 나도."

"미친 건 너야! 매일 약에 절어서 정신이 완전히 나간 건 너라고. 그걸 모르겠어?"

"그래? 좋아. 누가 미친 건지 두고 보면 알겠지. 내가 반드시 악령으로부터 아빠를 구해 낼 거야. 그때는 날 인정해 주시겠지. 너보다 날 더 사랑해 주실 거라고."

"제발, 정신 차리고 살인을 멈춰!"

"싫어! 단순히 사람을 죽이는 게 아니야, 의식이라고. 그걸 아직도 몰라?"

"뭐? 의식? 웃기고 있네. 미치광이 살인마 새끼."

그는 눈을 치켜뜨며, 차가운 눈빛으로 노려봤다. 그러자 샤워 가운을 입은 남자는 버럭 소리를 질렀다.

"시끄러워! 너나 그만 내 앞에서 사라져. 힘들어 죽겠는데 너까지 날 건들고 지랄이야, 지랄은! 당장 꺼져!"

"네가 말 안 해도 가려고 했어. 나도 졸려. 잠 좀 자야겠다."

"재수 없는 새끼."

샤워가운을 입은 남자는 이를 바드득 바드득 갈며 그를 쏘아봤다. 반면, 소파에 앉아 있던 그는 와이셔츠 앞 단추를 채우며 자리에서 일어나 방으로 들어갔다. 그는 몸을 덜덜 떨며, 병째로 술을 연거푸 들이키며 방으로 들어가는 그를 계속 노려봤다.

그때, 누군가 문을 두드렸다.

똑! 똑! 똑!

"이사님, 칠성입니다."

제18화

선제적 조치

서쪽 지평선 위로 해가 걸쳐지며 붉은 노을빛 구름이 하늘을 수놓았다. 하지만 그것도 금세 사라지고 어느새 어둠이 드리워졌다. 인도를 걷고 있던 남 순경은 하늘을 바라보며 크게 한숨을 내쉬더니 갑자기 달리기 시작했다.

남 순경이 뛰어가는 길 뒤로 병원이 보였다. 한참을 달리던 남 순경은 멈춰 서서, 무릎을 짚고 고개 숙인 채 숨을 헐떡였다. 그리고 바지주머니에서 휴대폰을 꺼내 귀로 가져갔다.

"네, 형님."

"어디야? 아직 집이야?"

"아니요. 밖이에요. 조금 전에 장례식장에서 나왔어요."

"아, 그래. 어떠셔?"

"말도 제대로 못 하시네요. 그게……."

지하 1층 장례식장 빈소에 남 순경이 들어섰다. 상주 자리에는 할머니와 롤리가 앉아 있었다.

롤리는 연신 저고리로 눈물을 훔치며 울고 있었고, 할머니는 고개를 푹 숙인 채 미동도 없이 앉아 있었다. 남 순경은 빈소 향로에 향을 꽂고 자리로 돌아와 절을 했다. 그제야 남 순경이 온 것을 알아 본 롤리는 할머니 어깨를 살며시 흔들어, 손가락으로 남 순경을 가리켰다. 할머니는 남 순경을 보더니 흐느껴 울기 시작했다.

남 순경은 할머니와 롤리에게 절했다. 눈물을 흘리며 맞절을 하던 할머니는 그대로 주저앉아, 바닥에 얼굴을 묻은 채 흐느꼈다. 남 순경도 할머니 어깨를 감싸 안으며 울먹였다.

"할머니, 죄송해요. 저 때문에……."

"아이고, 아니여. 경찰 총각. 으흐흐흐……."

"뭐라 드릴 말씀이 없어요……."

"괜찮혀, 괜찮혀. 흐으……."

흐느껴 우는 할머니를 옆에서 지켜보던 롤리도 더는 참지 못하고 울음을 터뜨렸다. 그런 롤리와 할머니를 다독이던 남 순경은 다른 조문객이 들어와, 접객실로 자리를 옮겼다. 하지만 오래 머물지 못하고 바로 나왔다.

"내일이 발인인가?"

"네."

"그래, 어때? 마음 좀 추스른 거야? 빈소에 다녀와서 더 힘든 건 아니고?"

"아니에요. 잘 다녀온 것 같아요. 별일 없었죠?"

"별일? 별일 있었지. 그건 오면 얘기해 줄게. 지금 오는 길이야?"

"가는 길인데 조금만 바람 쐬고 갈게요."

"그래. 아니면 집에서 좀 더 쉬었다가 새벽에 나와도 돼. 어차피 모두 현장에 나갈 거라서."

"벌써요? 아직 시간이……."

"아니, 서 의원 때문이 아니고 연쇄 살인사건 용의자 때문에 그래."

"정말이요? 용의자 소재 파악이 된 거예요? 그럼 저도 가야 하는 거 아닌가요?"

"아니야. 너까지 갈 필요 없어. 자세한 건 나중에 만나서 얘기하고. 그것보다 힘들겠지만, 잘 부탁해. 가능한 나도 빨리 갈게. 안 형사한테 얘기해 뒀어."

"안민호 형사도 알고 있는 건가요?"

"아니야, 몰라. 그냥 너 도우라고만 얘기했어."

"네, 알겠어요. 걱정 마세요. 이번에는 절대 실수 같은 건 없을 거예요."

"시보야, 혼자 감당하려 하지 마. 네 곁에 우리가 있다. 알지?"

"알죠. 감사해요."

"그 소리 듣자고 한 말 아니야. 아무튼, 부탁한다."

"형님도 조심하세요."

"시보야, 파이팅! 너 인마 특별한 놈이다. 알지? 그러니까 힘내. 어?"

"네, 형님."

호텔 스위트룸 현관 앞에 오칠성 실장이 서 있었다.

"어! 형이야?"

"네. 문 좀 열어 주시죠."

문이 열리고, 오 실장이 안으로 들어갔다.

"여태 주무신 겁니까?"

그는 호텔에 들어올 때 입었던 옷 그대로였다.

"어? 아니…… 아니야. 다시 입은 거야. 근데 왜?"

"룸서비스는 받으셨죠? 어, 벌써 드셨네요."

"뭐야? 형이 시킨 거야?"

"그럼 누가 시킨 줄 아셨습니까?"

그는 고개를 살짝 돌려 중얼거렸다.

"개자식, 지가 시켰다면서……."

"네? 뭐라고 하셨습니까?"

"아, 아니야. 덕분에 잘 먹었어. 이것 때문에 온 거야?"

"아니요. 사장님이 지시한 내용이 있어서 말씀드리러 왔습니다."

"뭔데? 날짜 잡힌 거야? 언제야? 그 전에 사교 예절을 배워야 한다고 했지? 어디서 배워?"

그는 흥분을 감추지 못하고 질문을 던졌다.

"저기, 이사님."

"어? 어, 미안. 그래. 말해. 내가 약을 끊고 나서 이래. 아하하. 알지? 금단 현상. 아이, 미치겠어. 불안하고 조급해져. 몸도 떨리고 말이야. 일본에서 몸 세탁도 했는데도 이래. 어쩌지? 모임에서 이러면 실례일 텐데. 형, 그때까지만 약 하면 안 될까?"

"그건 안 됩니다. 그리고 걱정 마십시오. 그곳에 가시면 그건 해결되실 겁니다. 그것보다, 2주 후에 미국으로 잠깐 나가 계셔야겠습니다."

"뭐? 미국에? 왜? 아하, 이번엔 미국에서 하나?"

"아니요. 모임에 참석하시고, 바로 출국 준비하시면 됩니다. 그 전까지 비자와 여권 준비해 놓겠습니다. 그렇게 알고 계십시오. 그리고 모임은 5일 후 토요일에 있을 예정이니, 그 전에 사교 예절을 익히시면 될 듯합니다. 별도로 선생을 붙여드리겠습니다."

"여자야?"

"아닙니다. 여성분으로 할까요?"

"아니, 아니야. 여자로 하지 말라고. 남자로 부탁해. 알았지?"

"알겠습니다. 그럼."

오 실장이 뒤돌아 나가려 하자, 그가 급히 팔을 붙잡으며 말했다.

"아니, 근데 미국에 왜 가는지는 알려 줘야지? 왜? 미국은 왜 가야 하는데?"

"그건 미국에 도착하면 말씀드리겠습니다."

"잠깐 갔다 오는 거지?"

"가 봐야 알 것 같습니다."

"안 돼! 나 여기서 마저 할 일이 있단 말이야. 알잖아? 너……
아니, 형."

"알고 계십니다. 그러니 이제 그만하시죠."

"알고…… 계신다니? 누가?"

"……"

"설마…… 아빠가?"

"네."

그는 눈을 부릅뜨고 오 실장의 팔을 잡아 흔들며 물었다.

"정말? 뭐라고 하셔? 아니, 아니지. 미국에서 날 죽이려고?
죽이려고 그러는 거구나. 그렇지?"

"아닙니다. 이사님을 왜 죽입니까? 보호하시려는 겁니다."

"날 보호한다고? 지랄!"

그는 오 실장 팔을 내팽개치듯 놓으며 욕설을 내뱉었다.

"이사님."

"아, 몰라! 아빠가 날 보호한다는 게 말이 돼? 그런 사람이 매
번 그렇게 날 죽일 듯이 때렸어? 못 믿겠어. 날 죽이려는 거야.
그렇잖아? 살려 줘, 형. 응? 응?"

그는 다시 오 실장 팔을 부여잡고 애원했다.

"아닙니다. 사장님은 이사님을 지키시려는 겁니다. 그래서……."

옥스퍼드 클럽 앞에는 입장을 기다리는 사람들로 긴 줄이 이어져 있었다. 어디선가 사이렌 소리가 들려왔다. 그 소리가 점점 커지더니, 이내 경찰차 여러 대가 옥스퍼드 클럽 앞에 멈춰 섰다.

경찰관들은 옥스퍼드 클럽으로 입장하려던 사람들을 통제했고, 클럽 앞을 지키고 있던 바운서들을 일제히 제압했다. 뒤이어 경광등 불빛을 반짝이며 일반 차량들이 줄지어 들어왔다. 그리고 차에서 내린 특수본 형사들과 과학 수사대 복장의 감식 팀이 옥스퍼드 클럽 안으로 들어갔다.

그사이 경찰관들은 옥스퍼드 클럽 주위를 폴리스 라인으로 둘러쳤다. 클럽 정문으로 들어가는 통로에는 여러 명의 바운서들이 길을 막고 서 있었다. 바운서들 중 한 명이 앞으로 나섰다.

"무슨 일입니까?"

최우철 경위가 그에게 다가가 경찰증을 들어 보였다.

"서울 지방 경찰청 형사과에서 나왔습니다. 클럽에서 마약 유통과 투여가 있었다는 신고가 들어왔습니다."

"영장 가져오셨습니까?"

"신고로 현장 조사 나온 겁니다. 증거 인멸과 범죄자 도주 우려가 있어 영장 없이 급히 온 거니 비키세요."

"아니, 영장 없이는 안 됩니다. 야! 못 들어가게 막아!"

최우철 경위와 나상남 경사가 맨 앞에서 바운서들과 대치했다. 나 경사는 그들 사이를 비집고 들어가려 애를 썼고, 최 경위도 함께 그들을 밀치며 안으로 들어가려 시도했다. 상황을 지켜보던 나영석 경위와 일선 형사들도 일제히 가세했다.

그 시각, 논현로 용의자 집에도 연쇄 살인범 긴급체포라는 명목으로 급습해 들어갔다. 한서율 검사 지휘 아래 도민 경감과 박민희 순경이 함께 움직이고 있었다. 잠겨 있는 대문을 강제로 열고, 한 검사와 과학 수사대 대원들이 안으로 진입했다.

정원을 지나 주택 현관에 다다랐다. 일부는 남아 정원 주변을 수색했고, 나머지는 집 안으로 들어갔다. 집 안에는 아무도 없었고, 깔끔하게 정리 정돈되어 있었다. 도 경감과 과학 수사대 대원들은 각 방으로 흩어져, 감식 장비를 꺼내 증거물 수색과 감식을 시작했다.

집 안 곳곳을 수색해 봤지만, 피해자 혈흔이 묻은 옷가지나 물건 등 증거품이 될 만한 것을 찾지 못했다. 또한, 살인 흉기로 보이는 어떠한 것도 찾지 못했다.

한편, 옥스퍼드 클럽 안으로 진입한 특수본 형사들은 최 경위 지휘 아래 룸마다 마약물이 있는지 수색했다. 클럽 주방이나 사무실 등도 샅샅이 뒤졌지만, 별다른 증거물을 찾지 못하고 있었다.

　나상남 경사와 나영석 경위는 비상계단을 통해 지하 주차장으로 내려갔다. 나 경위는 카드 키를 꺼내 잠겨 있던 문을 단번에 열었다.

　"나 경위님, 그 키는 어디서 나셨습니까?"

　"이거 만능 키야. 카드 키 도어록으로 잠겨 있었다고 해서 가져왔지. 어서 들어가자."

　"네. 차량 번호가 124마 8852 그랜저라고 하셨죠?"

　"맞아."

　나 경사는 용의 차량을 찾기 위해 열린 문으로 뛰어 들어갔다. 그 뒤로 나 경위와 일선 형사들이 뒤따라 들어갔다. 들어선 곳은 주차장이었지만, 차는 한 대도 없었다. 대신 창고 같은 가건물이 하나 있을 뿐이었다. 나 경사와 나 경위는 천천히 그곳으로 다가가 가건물의 문손잡이를 살짝 돌렸다.

　"어! 열리네."

　"열려?"

　"네. 먼저 들어갑니다. 따라 들어오십시오."

　"그래, 조심해."

　나 경사는 호주머니에서 작은 손전등을 꺼내 앞을 비추며 조심스럽게 안으로 들어갔다. 가건물 안은 온통 암흑이었다.

　"나 경사, 스위치 찾아서 불 좀 켜 봐."

　"네. 지금 찾는 중입니다. 어, 여기다."

　순간, 가건물 안이 환하게 밝아졌다. 하지만 바닥에 펜치 하나가 덩그러니 떨어져 있었을 뿐 안엔 아무것도 없었다. 안에 들어선 나 경위는 한쪽 무릎을 꿇고 바닥을 유심히 살폈다.

"뭐 하십니까? 아무것도 없는데 그만 나가시죠."

"잠깐만. 여기에 뭔가 있었던 흔적이 있어."

"네? 뭐가 말입니까?"

"여기 봐 봐. 여기랑 여기 바닥 색깔이 다르잖아. 안쪽이 깨끗하지. 큰 박스 같은 것이 쌓여져 있었거나 컨테이너가 있었던 것 같아. 사이즈를 봐서는 말이지."

"컨테이너요? 여기에 말입니까? 컨테이너가 여기서 어떻게 나갔을까요? 그리고 여기까지 어떻게……."

아무 말 없이 벽면으로 가 벽면 아래 바닥을 유심히 보던 나 경위는 나 경사에게 손짓했다.

"이쪽을 봐 봐. 여기 끌린 흔적이 있어."

"어! 뭐야? 진짜네."

"그렇지? 대형 오버헤드 도어도 있네. 컨테이너 하나는 들어왔다 나갈 수 있는 크기야."

나 경위가 손으로 가리키는 곳에 대형 셔터가 보였다.

"오버헤드 도어요? 그러네요. 근데 컨테이너와 무슨 연관이 있을까요?"

"좀 더 보자고. 여기 벽면을 봐. 공구들을 걸어 놓는 걸이가 있었던 것 같아. 벽면에 음영 보여? 걸이가 걸려 있던 자리는 먼지가 붙지 않아 깨끗하잖아."

"그러네요."

"페인트, 락카 냄새도 나지 않아? 주위에 엔진 오일 자국도 있고. 빠져나간 지 얼마 안 된 것 같아. 급하게 정리한 듯 보이는데."

"그럼 우리가 올 줄 알고 급히 정리라도 했다는 말씀입니까?"

"그렇게 의심해 볼 수 있지."

"왜요? 아! 여기에 우리가 찾는 그 차가 있었을까요?"

"컨테이너에 있었다는 게 정확하지. 있었다면 말이야."

"그럼 이미 정리가 다 됐다는 거잖아요. 우리가 너무 늦게…… 근데 이곳에서 컨테이너가 나갔으면 눈에 띄었을 텐데요?"

"그렇지. 이곳 주차장을 계속 감시하고 있었지만 그런 보고를 받은 적은 없었어. 위장해 밖으로 빼돌린 것일 수도 있으니까 CCTV를 빨리 확보해 둬야겠어. 그런 다음 다른 층을 찾아보자고."

나 경사는 휴대폰을 꺼내 전화를 걸었다.

"여기 나 형사입니다, 최 형사님."

"어, 말해."

"이곳에서 수상한 흔적을 발견했습니다. 컨테이너가 있었던 것 같습니다."

"컨테이너? 그런데?"

"급히 옮긴 것 같아서요. 컨테이너가 건물 밖으로 나갔다는 보고는 없었지만 위장해 나갔을지도 몰라서 말입니다. CCTV 영상을 확인해 봐야 할 것 같습니다."

"그래. CCTV 영상 확보하라고 할게."

"클럽에서는 뭐라도 나온 게 있습니까?"

"없어, 깨끗해. 아주 깨끗이 정리해 놨어. 소독약 냄새가 코를 찌른다."

"정말입니까? 최 형사님, 뭔가 이상하지……."

"그래. 그건 수색 끝나고 얘기하자. 혹시 모르니까 다른 층도 모두 확인해 보고."

"네, 알겠습니다."

나 경사는 나 경위를 바라보며 말했다.

"들으셨죠? 이상하지 않습니까?"

"그러게. 여기도 그렇고. 뭐지?"

"혹시 내부에……."

"나 경사!"

"아니, 그렇지 않습니까? 우리가 쳐들어올 줄 알고 미리 선수 친 것 같잖습니까."

"나도 그런 것 같은데……. 그래도 내부에서 흘러나갔다고 단정 짓지 말자고."

그때 나 경위에게 도 경감으로부터 전화가 걸려 왔다.

"네, 경감님."

"거기는 어때요? 뭐 좀 나왔나요?"

"아니요. 아직 없습니다. 지하 주차장에 컨테이너가 있었던 흔적이 있어 좀 더 수색해 보려고 합니다."

"그래요? 컨테이너……. 뭔가 있기는 있었나 보군요."

"그러게 말입니다. 그쪽은 어떠십니까, 경감님?"

"여기도 별 소득이 없네요. 아주 깨끗해요. 청소를 깔끔하게 해 놓은 상태였어요."

"거기도 말입니까?"

"그래요. 여기는 철수할 예정이에요. 뭐라도 나오면 바로 연락 줘요."

"네, 알겠습니다."

나 경사가 불안한 눈빛으로 나 경위에게 물었다.

"뭡니까, 나 경위님? 설마……."

"응, 맞아. 논현로 용의자 집도 깨끗하다네."

"정말 우리가 올 거라는 걸 다 알고 그랬을까요?"

"일단 올라가서 CCTV 영상부터 확인해 보자고."

강남 경찰서 본관 출입문으로 핼쑥한 얼굴을 한 삐쩍 마른 남자가 들어왔다. 그는 이민지 아버지 이덕복이었다. 로비에서 경비 중이던 경찰관이 그에게 다가갔다.

"무슨 일로 오셨습니까, 어르신?"

"저기, 죄송합니다. 최우철 형사님을 만나러 왔는데요."

"최우철 형사라면…… 아, 특별 수사본부에 최우철 경위님 말씀하시는 거군요. 이거 어쩌죠? 지금 사건 현장에 나가셨는데요. 약속하고 오신 게 아니신가 봅니다."

"아……. 네, 오늘 중국 상해에서 막 왔거든요. 오자마자 짐 풀고 여기로 오는 길이라……."

"최 경위님 연락처 모르십니까?"

"아닙니다. 알아요. 그럼 제가 연락해 보죠. 그…… 사무실이 어딘지 알 수 있을까요?"

"그곳은 들어가실 수가 없어서요. 저쪽 로비에서 기다리셔야 합니다."

"아하, 그래요. 알겠어요. 고마워요."

이덕복은 폴더 폰을 꺼내 최 경위에게 연락했다. 하지만 연락을 받지 않는지, 폴더 폰을 덮고 다시 주머니 안에 넣었다.

그때 본관 출입문으로 남자 둘이 두리번거리며 들어왔다. 이 번에도 경찰관이 그들에게 다가가려 하자 이덕복이 서둘러 나서서 말했다.

"저기, 경찰 양반. 일행이에요."

이덕복은 손을 들어 중국어로 그들을 불렀다.

"꾸어라이(이리 와)! 꾸어라이(이리 와)!"

이덕복은 그들과 함께 엘리베이터가 있는 곳으로 갔다. 그때 지나가던 경찰관이 급히 이들을 불러 세웠다.

"어르신, 어디 가시려고 그러세요?"

"아, 담배 좀 피려고……."

"흡연실이요? 밖으로 나가셔서 뒤로 돌아가셔야 합니다. 아 님 민원실 건물로 가시면 거기 5층에 야외 테라스가 있습니다. 그곳에서 흡연 가능하세요."

"아아, 네. 아이고, 감사합니다. 민원실이 어디죠?"

"저쪽 통로로 이어져 있으니 그쪽으로 가시면 보이실 겁니다. 그런데 같이 계신 이분들은 누구십니까?"

"아이고, 이 사람들은 제 일행이에요. 중국인인데 이번에 여행차 함께 왔어요."

"아, 그래요. 알겠습니다. 그럼."

이덕복과 두 중국인은 민원실로 이어진 통로로 걸어갔다.

21시 05분, 민 경정과 안 경위는 과학 수사대 대원들과 주필상이 거주하는 집을 찾았다. 안 경위는 대문으로 걸어가 초인종을 눌렀다.

"누구십니까?"

"서울 지방 경찰청 광역 수사대에서 나왔습니다. 문 좀 열어주시죠?"

"무슨 일로 오셨습니까?"

"들어가서 말씀드리겠습니다."

"죄송합니다. 다음에 오시죠."

"열어 주지 않으시면 강제로 문을 열어야 합니다."

"네? 아니, 경찰 맞습니까?"

"맞습니다. 긴급체포 명령으로 강제로 진입하겠습니다."

"아, 아니에요. 잠시만요. 네, 잠시만."

잠시 후 대문이 열렸다.

"들어가시죠, 팀장님."

"들어갑시다."

민 경정을 따라 경찰관들이 일제히 문 안으로 들어갔다. 문 앞 정원에는 덩치 좋은 경호원들이 여럿 서 있었다. 그리고 현관에서 한 남자가 급히 달려 나왔다.

"무슨 일로 오셨습니까? 영장은 가져오셨습니까?"

"말씀드렸지만, 긴급체포 명령 건으로 영장은 필요 없습니다. 주명근 씨가 귀국한 걸로 알고 있습니다. 지금 어디에 있습니까?"

"그게 무슨 말입니까? 미국에 계신 도련님을 왜 여기서 찾으십니까?"

"그럼 집 안을 확인해 봐도 되겠습니까?"

"그건 안 됩니다. 무슨 일로 우리 도련님을 긴급체포한다는 말입니까?"

밖에서 나는 떠들썩한 소리에 현관문이 열리고 주필상이 모습을 드러냈다.

"박 집사, 무슨 일이야?"

"저기, 사장님……."

"주명근을 연쇄 살인사건 용의자로 긴급체포하겠습니다. 용의자가 증거를 인멸하고 도망갈 우려가 있어 긴급하게 공무 집행하겠습니다. 협조 부탁드립니다."

안 경위가 집으로 들어서려 하자, 박 집사가 앞으로 나서서 말리며 말했다.

"이러시면 안 되죠. 아무리 그래도 집에 무단으로 들어간다니요?"

"비켜 주시죠. 협조 안 하시면 공무 집행 방해죄로 현행범으로 체포하겠습니다."

안 경위 뒤에 서 있던 민 경정이 앞으로 나오며 주필상에게 말을 걸었다.

"주필상 씨 되십니까?"

"그렇소만."

"이렇게 막으셔도 강제로 집행할 수밖에 없습니다. 거기다 죄만 추가될 뿐이에요. 비켜 주시죠."

경찰관들이 현관으로 진입하려 하자 경호원들이 막아섰다.

"박 집사, 비켜드려."

"네? 사장님?"

"괜찮아. 공무에 바쁘신 분들인데 협조해야지. 어서 들어가서 찾아봐요."

"협조해 주셔서 감사합니다."

"그런데 좀 어처구니없군요. 우리 아들은 미국에 있는데 연쇄 살인범이라니……."

"모르고 계셨습니까? 주필상 씨가 운영하는 클럽에도 갔던 걸로 아는데요."

"하하하. 그래요? 아비인 나보다 더 잘 알고 계시는군요. 잘 들어요, 형사 양반. 만약 당신네 말이 틀렸을 때는 각오하는 게 좋을 거요. 나 꽤나 무서운 사람이거든. 뭐 해요? 어서 들어가서 찾아보지 않고."

주필상은 목이 뒤로 젖힐 정도로 크게 웃으면서도 민 경정을 힐끗 흘겨봤다.

"뭐 해? 들어가서 용의자 찾지 않고!"

"예! 팀장님."

안 경위와 경찰관들은 집 안으로 들어가 주명근을 찾았고, 과학 수사대 대원들은 살인 흉기나 피해자 혈흔이 묻은 옷들을 찾기 위해 감식을 진행했다.

"형사 양반 이름이 뭐라고 했죠? 내 이름을 알고 있던데, 나도 알아야 하지 않겠어요. 통성명이나 할까요?"

"통성명이요? 네, 민우직이라고 합니다."

"민우직? 팀장인 것 같은데. 기억해 두죠, 민우직 팀장."

"그러시죠. 한 번 볼 인연은 아닌 듯하니."

"인연? 흠, 이것도 인연이면 인연이겠죠. 으하하하."

⬤

"안녕하……."

상황실에 들어선 남 순경은 아무도 없다는 것을 확인하고 인사하다 말았다. 자리에 앉은 남 순경은 휴대폰을 꺼내 뉴스를 검색했다. 한참을 휴대폰을 만지작거리던 남 순경은 자리에서 일어나 서성이다 시계를 슬쩍 봤다. 22시 33분을 가리키고 있었다.

다시 자리에 앉은 남 순경은 누군가에게 전화를 걸었지만, 전화를 받지 않는지 휴대폰을 내려놓았다. 그때 상황실 문이 열리고 박 순경과 도 경감이 들어왔다.

"어! 남 순경님."

"이제 오세요, 박 형사님. 안녕하세요, 도 경감님."

도 경감은 남 순경에게 다가가 어깨를 두드리며 말했다.

"괜찮아요, 남 순경? 몸이 안 좋다면서요?"

"이제 괜찮습니다. 그런데 나갔던 일은 어떻게 되셨어요?"

박 순경은 몹시 아쉬워하며 말했다.

"허탕 쳤어요, 남 순경님. 연쇄 살인범을 잡지 못했거든요. 논현로 그 집 아시죠? 그 집 아들이 귀국해서 긴급체포 명령이 내려졌거든요."

"그럼 그 사람이 유력한 살인범인 거예요?"

"네, 그 용의자 얼굴이 경감님이 만든 몽타주와 동일했어요. 한번 보실래요?"

"정말이요?"

"여기요. 주필상 씨 아들 몽타주하고, 저기 경감님이 예측한 몽타주 비교해 보세요."

남 순경은 박 순경이 건네준 휴대폰 속 사진과 상황판에 붙어 있는 몽타주를 번갈아 봤다.

"와아, 정말 똑같네요. 대단하세요, 경감님."

"그것보다 용의자를 검거하지 못한 게 문제예요. 긴급체포라고 했지만 지금쯤 검찰 쪽도 알고 있을 거예요. 여기 서장님도 요."

"왜요? 이거 보면 빼도 박도 못 하게 살인범인데요. 뭐가 문제죠?"

"그게 말이죠, 남 순경님. 오늘 새벽에 연쇄 살인범이 잡혔어요."

"잡혔어요? 그런데 긴급체포는 뭐예요?"

"주필상 씨 아들이 잡혔다는 게 아니고……. 전혀 생각지도 못한 사람이 잡혔어요. 그런데 그 사람이 연쇄 살인범이라고 자수를 했다지 뭐예요."

"네? 경감님, 사실인가요? 진범이 맞나요? 그럼 왜……."

"아니에요. 진범이 아니니 주명근을 긴급체포하려 했겠죠. 아, 주필상 씨 아들 이름이 주명근이에요."

"주명근……. 근데 잡혀 온 그 사람은 왜 자신이 살인범이라고 하는 거죠?"

"모르겠어요. 직접 조사해 보지 못해서."

"여기 형사과 형사들이 검거했는데 우리 쪽으로 넘기지 않고, 자체 조사해 바로 검찰로 송치해 버렸어요. 서장님이 직접 언론에 브리핑까지 하셨고요."

"그래서 긴급체포 명령을 내려 진범인…… 아니, 아직 확실하지 않지만, 주명근를 체포해 진범임을 밝히려 한 거군요. 맞나요?"

"그런 셈이죠. 그런데……."

"긴급체포요? 과장님, 그러다 잘못되면 본부가 해체될 수도 있어요."

"검사님, 그 정도는 감수해야 할 것 같습니다."

한 검사는 어리둥절한 표정으로 민 경정을 바라보며 말했다.

"팀장님, 그게 무슨 말씀이세요? 팀장님도 동의하신 거예요?"

"동의라니요? 한 검사. 민 계장이 제안한 거예요."

"네, 검사님. 제가 제안드렸습니다. 검사님, 오늘 전격적으로 긴급체포 명령이 내려질 겁니다."

"오늘이요? 어쩌시려고요?"

"긴급체포 명령 명목으로 주명근이 거주하는 집을 압수수색하고, 증거물을 확보할 생각입니다. 물론 주명근도 검거하고요. 옥스퍼드 클럽도 동시에 진입할 예정입니다."

"전 동의합니다, 팀장님. 하루라도 빨리 진행하는 게 좋죠."

"최 경위님까지 왜 그러세요. 이러다 검거라도 못 하면 어쩌시려고요? 아니, 주명근이 맞는다 하더라도 물증을 찾지 못하면 본부 해체 정도로 끝날 일이 아니라고요. 너무 성급하게 진행하시는 거 아니세요? 팀장님, 재고해 보시죠."

"맞습니다, 검사님. 검거도 못 하고 증거물도 찾지 못하면 당연히 후폭풍이 만만치 않을 겁니다. 그래서 그것까지 고려해서 진행하는 거고요. 어차피 특수본은 해산될 테니까요."

"그래도 너무 무리한 작전이에요. 아직 범인이 검찰로 송치되지 않았으니, 범인을 인계받아 조사를 해 보면……."

"한 검사, 그건 어려울 것 같아요. 서장을 만나고 오는 길인데 완강했어요. 살인범이 조현병을 앓고 있어 안정을 취해야 한다 며 넘길 생각이 전혀 없어 보였어요. 정신 병원에 보호 감치될 수도 있다고 했고요."

"조현병이요?"

"그래요. 조현병 증세로 인한 여성 혐오 범죄로 벌써 결론 내린 듯했어요."

"정말요? 맙소사."

최 경위가 민 경정에게 물었다.

"분명 주필상이 개입한 거겠죠? 팀장님."

"그렇게 봐야겠지? 조력자는 강남서장이고."

"민 계장, 아직 강남서장이 조력자라고 할 수 없어. 알고 했는지 모르고 했는지는 좀 더 조사를 봐야 하는 거고. 그런 것도 있지만 또……."

"과장님."

서 총경이 뭔가를 말하려 하자 민 경정이 서둘러 막았다.

"왜? 아, 그래. 아니야. 내가 너무 앞서 나갔군. 우선 민 계장이 말한 대로 진행하자고."

"혹시 저 때문입니까, 팀장님?"

"아니야, 도 경감. 그게 무슨 소리야? 도 경감 때문이라니? 그런 게 아니고 아직 확정된 게 없어서 그래. 그렇죠? 과장님."

"그렇지. 미안하네, 도 경감. 내가 착각했어. 곧 알게 될 거야.

너무 섭섭해하지 말고."

눈치를 살피던 안 경위는 어색한 분위기를 바꿔 보려고 서둘러 끼어들었다.

"그럼 언제 출동하실 겁니까?"

"어, 안 경위. 그건……."

말하다 머뭇거리던 민 경정은 서 총경을 바라봤다. 민 경정과 눈이 마주친 서 총경은 한 검사를 쳐다보며 말했다.

"한 검사가 도와줘야겠어요."

"과장님, 청장님 결재는 받으신 거예요?"

"한 검사, 단독으로 진행하는 겁니다. 그래서 민 계장이 해체를 각오해야 한다고 말한 거고요."

"아니, 그래도……."

"검사님, 클럽 영업 시간에 맞춰 진입할 생각입니다. 그 전에 관할 법원 판사에게 사유서를 전달할 예정이고요. 주명근이 검거될 경우 바로 구속 영장 청구할 수 있도록 준비 부탁드립니다."

"아니, 그건 문제없지만……."

한 검사는 의욕적인 민 경정의 강렬한 눈빛을 보고 더는 반대할 수 없었다.

"그러죠. 그럼 어떻게 진행하실 건가요?"

"네, 우선 옥스퍼드 클럽은 최 형사와 나 형사가……."

"본부가 해체되면 어떻게 되는 건가요? 진범이 아니라면서요? 그럼 사건 수사는……."

"그게 걱정이에요. 이번에 검거하지 못하면 이렇게 수사가 종결될 수 있어요."

"종결이요? 아니, 다음 주면 범인이 누군지 알 수 있을 텐데…… 왜 이렇게 무리하게……."

남 순경의 말에 도 경감은 고개를 끄덕이며 답했다.

"그래요. 맞아요. 하지만 다른 방법이 없었던 거죠. 이렇게 하지 않아도 사건은 종결되고 특수본은 해산될 테니까요."

"만약 이대로 사건이 종결되면 어떻게 되는 건가요? 그냥 지켜만 봐야 하나요?"

"아닐 거예요. 팀장님이 아무 생각 없이 이렇게 하실 분은 아니잖아요. 안 그래요? 남 순경."

"그렇긴 하죠. 아무튼 주명근이 꼭 잡혔으면 좋겠네요. 박 형사님, 주명근 몽타주 좀 다시 보여 주시겠어요."

"여기요."

"음……. 경감님 몽타주 눈매와 좀 달라서 몰랐는데, 주명근 몽타주를 보니 낯이 익어요. 어디선가 본 듯하고요. 누구지?"

"그래요?"

"그런 것 같은데……."

남 순경은 고개를 갸웃거리다 동그랗게 눈을 뜨며 말했다.

"어어! 맞다. 그 뺑소니차…… 에이, 설마……."

"뺑소니차요? 저번에 말했던 할머니 뺑소니…… 아니, 칠 뻔했다던 그 차 말인가요?"

"네. 와아, 박 형사님. 기억력 좋은데요. 그걸 기억하고 있어요?"

박 순경은 수줍은 듯 고개 숙이며 살짝 미소 지었다.

"그게 무슨 얘기예요?"

"아, 그게……."

남 순경은 차에 치일 뻔한 남순 할머니를 구했던 사건을 도 경감에게 얘기했다.

"차량 번호는 조회해 봤어요?"

"네. 대포 차였는데, 271라 3124였어요. 번호가 바로 나오네. 하하."

"271라 3124요?"

도 경감이 깜짝 놀라며 남 순경을 바라보자, 남 순경은 어리 둥절한 표정으로 도 경감에게 물었다.

"왜 그러세요?"

"그랜저 검정색 차량이었나요?"

"네. 그걸 어떻게……."

"그 차라면 살인사건이 있었던 그 날 CCTV에 찍혔던 차예요. 용의 차량으로 우리도 찾던 중이고요."

"정말이세요?"

"남 순경, 그 차주 얼굴을 본 거예요?"

"네, 경감님. 50대 후반 정도로 보였고요. 눈매는 이 몽타주인 주명근……."

"아니, 주필상이겠죠."

"그럼 주필상이 범인인가요?"

"아니요. 주필상은 알리바이가 있어요. 그날 그 차를 주명근이 타고 나간 것이 아닌가 싶네요."

"그렇다면 주명근이 범인인 게 확실한 거잖아요."

"아니죠, 남 순경님. 그것만으로 주명근이 범인이라고 확신할 순 없어요."

"맞아요. 일단 주명근을 검거해 신문해 봐야겠죠. 그날 알리바이가 없다면 우리에게 유리하겠지만, 그것보다 살인 흉기나 피해자 혈흔 같은 확실한 물증을 찾을 수만 있다면 더할 나위가 없겠죠. 분명 차량에 피해자 혈흔이 남아 있을 거예요. 수색이 길어지는 걸 봐서는 상황이 어렵게 돌아갈 것 같네요."

"그럼……."

"민 계장!"

상황실 문이 벌컥 열리고 강남서 홍 서장이 들어오며 민 경정을 찾았다. 서장 뒤로 형사과 형사들도 따라 들어왔다.

"충성! 서장님 오셨습니까?"

박 순경은 문 앞으로 뛰어나가 홍 서장에게 거수경례했다. 그 뒤로 남 순경과 도 경감이 일어서서 경례했다.

"충성!"

"민 계장 지금 어디에 있나?"

"네? 아……."

박 순경이 쭈뼛거리며 말을 못 하자 홍 서장이 언성을 높였다.

"내 말 못 들었나? 어디에 있냐고 묻잖아?"

박 순경이 놀라 움찔하며 어찌할 바를 몰라 하자, 도 경감이 앞으로 나와 말했다.

"민우직 팀장은 현장에 있습니다. 무슨 일로 그러십니까?"

"그걸 몰라서 물어? 한 검사도 같이 있나?"

"아닙니다. 한서율 검사는 서울 지검에 있을 겁니다."

"그래? 영장 없이 주 사장 자택을 압수수색했다면서? 누가 지시한 건가?"

"압수수색이 아니라, 긴급체포 명령을 서도경 총경님이 지시하셨습니다."

"서 과장, 이 자식…… 사실이야? 내가 민 계장한테 직접 확인해 봐야겠으니 당장 복귀하라고 해!"

"서장님, 특수본은 경찰청 소관입니다. 서도경 총경님이 지휘하신 게 뭐가 문제라고 이러십니까? 오히려 지금 서장님이 월권을 행하시는 것 같습니다."

홍 서장을 따라 들어와 있던 형사들 중 김 경감이 앞으로 나와 도 경감에게 말했다.

"서장님께 뭐라고 한 겁니까? 월권이라니? 어디 앞에서 무례하게……."

"무례라니요? 정당한 권한 행사를 한 건데 뭐가 문제라고 이렇게 저희에게 윽박지르는 겁니까? 이게 더 무례한 짓 아닙니까?"

"뭐요? 짓? 지금 서장님께……."

"김 팀장! 김 팀장은 잠자코 있어. 도민 경감이라고 했나?"

"저를 다 기억해 주시다니 영광입니다."

"지금 비꼬는 건가?"

"아닙니다. 일개 경감 이름을 기억해 주셔서 놀랐을 뿐입니다."

"그래, 따박따박 말대답하는 게 미국 스타일인가 보지? 연쇄 살인범이 잡힌 상황에서 진범을 잡겠다고 개인 사유지를 무단으로 침입하는 게 맞는 건가? 강남서로 신고가 들어왔단 말이야. 그런데도 이게 월권이라고 할 수 있나?"

"침입이 아니……."

홍 서장이 도 경감의 말을 끊고 더 큰 목소리로 다그치듯 말했다.

"강남서 관할에서! 경찰이 무고한 시민의 집을 무단으로 침입해 난장판으로 만들고, 그것도 모자라 남의 영업장에 영장 없이 난입해서 영업이나 방해하고, 신고나 들어오게 만들고 말이야. 이래도 이게 월권인가?"

"그곳은 무고한 시민이 사는 집이 아니라 연쇄 살인사건 용의자의 집입니다. 그리고 증거를 확보하기 위해 불가피하게 진입한 것뿐입니다. 그건 조사 결과를 보고 판단하시죠, 서장님."

"뭐라고? 살인 용……."

그때 문밖에서 불쑥 누군가 끼어들었다.

"그건 도 경감 말이 맞는 것 같은데요, 서장님."

상황실 문 앞에 서 있던 강남서 형사들 틈을 헤집고 민 경정이 앞으로 나왔다.

"남 순경, 와 있었군. 괜찮아?"

"네, 저야……."

남 순경은 홍 서장을 힐끔 쳐다봤다.

"민 계장, 이게 무슨 일인지 설명을 해 보게."

"제가요? 서장님, 서 과장님 지시였습니다. 문제가 있다면 경찰청으로 가서서 서 과장님께 직접 말씀하시죠. 이유는 여기 도민 경감이 이미 설명한 것 같은데요."

홍 서장은 일그러진 얼굴로 버럭 소리치며 말했다.

"뭐야! 지금 잘했다는 거야? 그런 일이 있었으면 보고는 했어야지? 안 그래?"

"보고요? 예, 죄송합니다."

민 경정은 허리를 굽혀 공손히 고개 숙였다.

"서장님, 긴급체포 명령이라 신속하게 진행하느라 보고를 못 드렸습니다. 지금이라도 보고드릴까요?"

"뭐? 이 사람이 지금 나랑 장난해? 내가 장난하는 것 같아!"

민 경정은 홍 서장에게 한발 다가가 결연한 어조로 말했다.

"제가 한가롭게 장난이나 치는 것처럼 보이십니까? 긴급체포라고 말씀드리지 않았습니까? 살인 용의자가 도주 염려가 있고, 증거 인멸을 할 수 있는 상태라 어쩔 수 없이 긴급하게 발동한 사안입니다. 그 정도는 서장님도 아시지 않습니까?"

"뭐? 살인 용의자? 누가? 주 사장 아들이? 오늘 새벽에 살인범이 잡혔다고. 그걸 그새 잊었나? 어!"

"잊다니요? 그걸 어떻게 잊겠습니까? 그러니 살인범을 내놓으시라는 말입니다. 저희에게 인계해 주셨으면 이런 사달은 없지 않았겠습니까? 전, 직접 제 눈으로 보고 확인해야겠습니다.

그자를 연쇄 살인범이라고 확정할 수 없으니 용의자를 체포하기 위해 긴급하게 집행한 것이 아니겠습니까? 이제라도 살인범을 인계해 주시면 저희가 제대로 진범인지 아닌지 확인해 보겠습니다."

홍 서장은 탄식하듯 손뼉을 치며 말했다.

"아하! 이거 어쩌나? 방금 정신 병원으로 이송을 했네만. 병원에서 검찰 조사를 받을 예정이네. 그러니 검찰 수사 결과를 기다려 보면 되지 않겠나? 그리고 이제 특수본도 해산해야 하지 않겠어? 범인도 잡혔는데 말이야."

"아직 저희는 잡지 못했습니다."

문밖에서 지켜보고 있던 안 경위가 형사과 형사들 사이로 나오며 말했다.

"자네는 또 누군가?"

"안민호 경위라고 합니다."

"경위? 경위 따위가 중간에 말을 끊어? 지금⋯⋯."

김 팀장이 보다 못해 끼어들었다.

"안 경위, 자네는 빠져. 여기가 어디라고 자네가 나서나? 이게 무슨 무례야?"

"아니, 누가 먼저 무례를 저질렀는데 그런 말씀입니까, 김 경감님?"

안 경위가 김 경감에게 대들자, 무리에 있던 형사과 장 경위도 못 참고 뛰쳐나왔다.

"야! 안민호. 팀장님께 저질렀다고 한 거야? 이 자식이, 정말!"

"그래, 그랬다. 장 경위, 너도 이러는 거 아니지. 다 아는 처지에 너무한 거 아니야! 너라도 경감님께 말했어야지. '서장님이 이러시면 안 된다. 고언을 하시라.' 응? 안 그래? 장 경위!"

"뭐야? 너! 이 자식이 정말 말 다 했어? 이 자리가 어디라고 말을 함부로 해!"

장 경위가 안 경위에게 달려들자 김 경감이 황급히 막아서며 말렸다.

"장 형사, 가만히 있어! 진정하고. 안 경위, 자네도 그만하지. 서장님 앞에서 이게 무슨 짓들이야?"

"김 팀장, 그쪽도 마찬가지야. 조용히 좀 하지."

"뭐요?"

겨우 진정될 것 같았던 상황이 민 경정의 도발에 말싸움으로 커졌다. 금세 상황실은 시끌벅적 소란스러워졌다.

"조용히들 해! 김 팀장, 민 계장. 조용히 좀 시켜, 어서!"

"모두 조용!"

민 경정의 고함에 모두 그대로 멈춰 서서 그를 쳐다봤다.

"이제 좀 살 것 같네. 그래, 내가 서 과장을 직접 만나서 얘기해 보지. 이거야 원! 말이 통해야 말이지."

"그만 가시죠, 서장님. 뭐 해? 모두 자리로 돌아가지 않고!"

홍 서장은 서둘러 상황실 밖으로 나갔고, 형사과 형사들도 뒤따라 줄지어 나갔다.

"도 경감, 괜찮겠어? 우리야 뭐…… 이런 일 한두 번 당해 본 건 아니지만 괜히 우리 때문에 불똥 튀는 거 아닌지 모르겠네."

"그게 무슨 말씀이세요? 동료가 부당한 압력을 받고 있는데 가만히 있을 수 있습니까? 정당하게 말할 건 말해야 하지 않겠습니까?"

"그래……. 그래, 맞지. 도 경감 말이 맞아. 그런데 미국이랑 한국은 좀 달라서 말이야."

"그것보다 가신 일은 어떻게 되셨어요? 빈손으로 오신 겁니까?"

"그러게 말이야, 빈손이네."

"역시 예상대로군요. 아, 그런데 저희가 찾고 있던 살인 용의자 차량을 남 순경이 봤다고 하네요."

"남 순경이? 무슨 말이야?"

"살인사건 당일 CCTV에 찍힌 차량 중에 271라 3124 그랜저 차량 기억하십니까? 첫 번째 살인사건 당일 날 찍힌 차량 말입니다. 그 차를 남 순경도 쫓고 있었나 봅니다. 운전자 얼굴도 확인했다고 하고요."

"그래? 살인범을 본 거야? 주명근을?"

"아니요, 주필상이요. 주명근의 부친 말이에요."

"남 순경도 주필상을 알고 있었어?"

"이름만 알고 있었는데, 주명근 몽타주를 보고 경감님이 말씀해 주셔서 알았어요."

"팀장님, 주명근이 주필상의 차를 타고 범행 장소에 있었던 것 같습니다."

"주명근이 살인범이라는 게 점점 명확해지는군. 확실한 물증만 찾으면 되는데…….”

남 순경은 미간을 찌푸리며 조심스럽게 민 경정에게 물었다.

“팀장님, 정말 주명근을 잡지 못하면 이대로 사건이 종결되는 건가요?”

“그럴 수도 있겠지. 그 전에 특수본은 해체될 거고.”

“정말 특수본이 해체된다고요? 팀장님, 그래도 무슨 대책은 있으신 거죠?”

“음……. 아! 벌써 시간이 이렇게 된 거야? 남 순경, 잠깐만. 도 경감은 이만 청으로 복귀하지.”

도 경감은 당황스런 표정으로 물었다.

“갑자기 그게 무슨 말씀이세요? 현장에서 팀원들이 아직 돌아오지도 않았습니다. 증거라도…….”

“아니야. 지금쯤 복귀 명령이 내려졌을 거야. 알지 않나? 도 경감, 이미 그들은 모두 알고 있었어.”

“그렇지만, 팀장님. 아직 범인이 잡히지 않았습니다. 2주 후면 또 살인사건이 발생할 겁니다. 정말 이대로 수사를 종결하실 겁니까?”

도 경감의 말에 남 순경이 덩달아 흥분하며 말했다.

“맞아요, 팀장님. 또 살인사건이 발생한 다음에야 수사를 재개하자고 하시는 건 아니시겠죠?”

“남 순경, 그리고 도 경감. 일단 각자 자리로 돌아가지. 이렇게 된 걸 어쩌겠나.”

안 경위가 나서서 도 경감과 남 순경을 말렸다.

"도 경감님, 그렇게 하시죠. 남 순경님도요. 네?"

"그래. 이만 각자 자리로 가서 일들 봐. 난 할 일이 좀 남았어. 아, 남 순경은 잠깐 나 좀 보고."

"네."

민 경정은 남 순경과 함께 탕비실로 들어가 대화를 나눴다.

"시보야, 연쇄 살인범 건은 그렇게 알고 있어."

"네, 그럴게요."

"서 의원 구하는 대로 바로 올 거야. 조심하고. 몸 상태는 어때? 괜찮아?"

"괜찮아요. 통증은 조금 있지만 움직이는 데 문제없어요."

"다행이다. 안 형사한테 어떻게 해야 하는지 얘기해 뒀다. 내가 해야 할 역할을 대신해 줄 거야. 그러니 안 형사랑 잘 부탁한다."

"네. 팀장님도 조심하시고요. 제가 드린 메모 다 보셨죠?"

"그래. 그날 있었던 일들과 동선까지 머릿속에 다 입력했다. 걱정 말고 네 몸이나 조심해."

"무리하면서까지 오지 마세요. 서 의원만 생각하세요. 여기는 안민호 형사랑 제가 있으니까요. 팀장님이나 특히 몸조심하셔야 해요. 네?"

"알았어, 인마. 그럼 난 준비하러 먼저 나가 봐야겠다. 근데 시보야, 굳이 날 보고 여길 맡으라고 한 이유가 뭐야?"

"서민주 의원이 절 못 믿더라고요. 그래도 팀장님 말씀은 믿을 거 아니에요. 안 그런가요?"

남 순경은 멋쩍은 미소를 지었다.

"그래? 그 이유가 다야?"

남 순경은 말없이 고개만 끄덕였다.

"알았다. 이만 나가자."

옥스퍼드 클럽 지하 주차장을 수색 중이던 나영석 경위와 나상남 경사는 지하 4층 주차장으로 이동 중에 클럽 바운서들에게 제지당했다. 같은 시각 클럽 안 수색을 마친 최우철 경위와 일선 경찰관들은 클럽과 연결된 엘리베이터를 타고 1층으로 올라왔다. 1층에는 이미 경비 요원들이 빌딩 위층으로 올라갈 수 있는 출입구 앞을 가로막고 있었다.

그때 빌딩 정문으로 일선 지구대 경찰관들이 들어와, 그중 한 경찰관이 최 경위에게 왔다.

"무슨 일입니까? 신고받고 왔습니다."

"신고요?"

그때 출입구를 가로막고 서 있던 경비 요원 중 한 명이 손을 번쩍 들었다.

"네! 네, 저희가 신고했습니다. 여기 이 사람들이 남의 사업장을 침입하려고 하지 않습니까? 아무리 경찰이라고 해도 영장 없이 이러면 안 되는 거죠. 안 그렇습니까?"

"저기, 어디서 나오셨습니까?"

최 경위는 경찰증을 꺼내 보이며 말했다.

"서울 지방 경찰청 형사과 최우철 경위라고 합니다."

"저희는 영산 지구대에서 나왔습니다. 이철수 경위라고 합니다. 영장 있으십니까?"

"살인 용의자를 긴급체포하기 위해 진입하던 중이었습니다."

"살인 용의자요? 저희 관할인데 어떤 살인사건 말씀이십니까?"

"강남 연쇄 살인사건이라고……."

"그 사건은 이미 범인이 잡힌 걸로 아는데요."

"그게…… 진범이 따로 있습니다. 여기서 용의자를 봤다는 제보가 있었고요."

"그래요? 그럼 잠시만."

이철수 경위는 출입구 앞을 가로막고 있는 경비 요원에게 걸어갔다. 지구대 경찰관 중 한 명이 이 경위에게 다급하게 달려가 휴대폰을 건넸고, 전화를 받은 이 경위는 연신 고개를 끄덕였다. 그는 전화를 끊은 뒤 경비 요원에게 가던 길을 돌려 다시 최 경위에게 왔다.

"서장님 지시가 있으셨습니다. 철수시키라는 명령입니다. 청으로 복귀하시죠."

"서장님? 강남 경찰서 홍 서장님 말씀입니까?"

"네. 이만 정리하시고 복귀하시죠. 더 크게 일 만들지 마시고요."

"죄송하지만, 그건 좀 안되겠는데요."

"그러면 저희도 어쩔 수 없네요. 사유지 무단침입죄로 검거할 수밖에."

"뭐요? 무단침입죄? 서장님 지시입니까?"

"아셨으면, 그만하시고 철수하시죠."

"최 형사님! 철수하시랍니다!"

비상계단 출입문에서 나상남 경사가 큰 소리로 말하며 나왔고, 그 뒤로 나영석 경위가 뒤따라 나오고 있었다.

"뭐야? 왜 벌써 올라와?"

나 경위가 최 경위에게 다가가 조용히 말했다.

"최 형사님, 철수하시죠."

"철수? 누가 철수하라고 했는데? 강남서장이……."

"아니요. 과장님이 직접 지시하셨어요. 과장님 연락 못 받으셨어요?"

"과장님이?"

"네. 그러니 그만 가시죠."

나 경위는 정문으로 걸어가며 일선 경찰관들과 형사들을 향해 말했다.

"자아, 자! 모두 철수합니다."

"잘됐네요. 그럼 저희도 그만 가 보겠습니다."

이철수 경위와 함께 지구대 경찰관들도 빌딩에서 철수했다. 최 경위가 움직일 생각을 않자, 나 경사가 다가가 팔을 잡으며 말했다.

"최 형사님, 어쩝니까? 과장님 지신데요. 이만 복귀하시죠."

"정말…… 뭘 어쩌자고 이러는 거지? 여기서 체포하지 못하면……."

"어쩌겠습니까? 뒤져 봤자 나오는 것도 없지 않았습니까?"

"그래서? 나 형사는 이대로 돌아가려고?"

정문으로 나가던 나 경위가 다시 되돌아오며 말했다.

"최 경위님, 나 경사 말이 맞습니다. 정보가 샌 것 같아요. 보니까 치울 건 다 치운 상태였습니다. 클럽도 마찬가지였을 것 같은데요?"

"그래. 아주 깨끗했지."

"도 경감님과 통화했는데, 논현로 집도 깨끗이 정리된 상태라고 하셨어요. 우리가 한발 늦었습니다. 그만하고 가시죠."

"팀장님은? 연락 없었고?"

나 경사는 최 경위 팔을 끌어당겼다.

"과장님 말씀으로는 그곳도 별다르지 않답니다. 최 형사님이 무슨 말씀을 하시는지는 알겠는데요, 다른 방법이 있지 않겠습니까? 다음에 제가 꼭 잡겠습니다. 그러니, 일단 돌아가시죠."

"아니. 그게 아니라 나 형사……."

최 경위 주머니에서 번쩍거리는 불빛이 새어 나왔다.

"어, 최 형사님. 전화 온 것 같은데요."

최 경위는 주머니에서 휴대폰을 꺼내 전화를 받았다.

"여보세요."

"아이고, 전화를 받았네요. 나예요, 최우철 형사."

"어? 민지 아버님이세요?"

"그래요. 잘 지냈어요?"

"네. 중국에 계신다고 들었습니다. 혹시 한국으로 들어오셨어요?"

"허허. 네, 오늘 비행기로 들어왔어요. 많이 바빠요?"

"사건 수사 중이라 조금…… 지금 어디세요?"

"강남 경찰서예요. 최 형사 좀 보고 가려고."

"아, 그러세요? 그럼 제가 바로 가겠습니다. 잠시만 기다려 주시겠어요?"

"아이고, 바쁜데 시간 뺏는 거 아닌지 모르겠어요?"

"아닙니다. 곧 가겠습니다."

"그래요. 고마워요."

최 경위가 전화 끊자 나 경사가 바로 물었다.

"최 형사님, 민지 양 아버님이세요? 서울에 오셨답니까?"

"어. 나 형사, 나 먼저 가 볼게. 여기 정리하고 복귀해. 나 경위, 수고했어. 일이 있어서 먼저 가 볼게. 미안."

"아, 아닙니다."

최 경위는 그렇게 말하고는 서둘러 빌딩 밖으로 나갔다.

"사장님이 지시하셨습니다. 이사님을 대신해 학교에 들어갈 자를 보내라고 말입니다."

"그게 무슨 소리야?"

"연쇄 살인범이 잡혔습니다. 그러니 이제 그만하시죠."

"뭐? 잡혀? 지금 그게…… 그게 그 소리였어?"

그가 해맑게 웃는 모습을 오 실장은 지그시 바라만 봤다.

"아빠가 왜 이러는 거야? 도대체 무슨 꿍꿍이야?"

"꿍꿍이가 아니라 이사님을 보호하시려는 겁니다. 사장님은 이제 이사님을 후계자로 키우시려고 하시니, 그런 짓은 이제 그만하시죠."

"그런 짓? 네가 뭘 안다고 그딴 소리야?"

"이사님, 무슨 이유로 그런 일을 하시는지 모르겠지만, 혹시 사모님 때문이십니까?"

"뭐? 사모님? 씨발, 여기서 왜 그 여자가 나와? 날 버리고 간 여자를 왜 여기서 꺼내? 알면서 왜 그래? 나 돌아 버리는 꼴 보고 싶어서 그래? 아이, 씨발! 약, 약 줘! 안 되겠어. 미칠 것 같아. 아…… 아악! 술이라도 마셔야겠어."

그는 갑자기 온몸을 떨며 고개를 좌우로 흔들고 갈팡질팡 거실을 돌아다니다, 테이블에 있던 양주병을 들어 병째로 들이마셨다.

"저기, 이사님. 진정하십시오."

"씨발, 지금 진정하라고? 누가 날 이렇게 만들었는데? 아으, 아악! 씨발. 약, 약! 약 줘!"

그는 괴성을 지르며 양손으로 머리를 움켜잡고 마구 흔들었다.

"사모님은 이사님을 버리신 게 아닙니다. 그러니 그런 걸로 괴로워하지 마십시오."

그는 실성한 듯 오 실장에게 달려들어 멱살을 잡아 흔들었다.

"날 버린 게 아니라고? 그럼 뭔데? 네가 뭘 안다고 까불어? 말 함부로 할 거야? 형이라도 그건 못 봐줘. 알아?"

"진정하시고 제 말 좀 들어 보십시오, 이사님."

"뭔데? 어서 말해 봐. 뭘 알고 있는 거야?"

"사모님은 돌아가셨습니다. 커억!"

그는 오 실장 멱살을 놓고 맥없이 뒤로 한두 발짝 물러났다.

"이사님은 어릴 적에 집을 나간 것으로 알고 계시지만, 사실은 그때 돌아가셨습니다."

"죽었다고? 아니야. 그럴 리가 없어. 그런데 아빠는 왜 그 여자가 날 버리고 떠났다고 한 거지? 왜? 그럴 필요까진 없었잖아?"

"그것까지는 모르겠지만, 사고였는지 병원에서 사망하셨습니다."

"그게 정말이야? 아니야. 믿을 수 없어. 왜? 왜 나한테 여태 그런 거짓말을……."

"못 믿으시겠다면 사망 진단서를 보여드리겠습니다."

"사망 진단서…… 그럼 엄마 묘지는? 어디야? 알고 있어?"

"그건 좀 더 찾아보도록 하겠습니다. 화장하셨다고 했는데…… 어디에 모셨는지 찾지 못해…… 아니, 찾아보지 못했습니다."

"당장 찾아! 알았어? 당장 찾으라고?"

"네, 알겠습니다. 이제 말씀해 보시죠. 사모님 때문이 아니라면 도대체 무슨 이유로 그런 일을 벌이신 겁니까?"

"내가 말 안 했나? 아빠에게 악령이 씌었다고. 그 악령이 이젠 날 노리고 있어. 악령의 노여움을 풀어야 한다고. 그래서 내가……."

"무슨 소리십니까? 악령이라니요?"

"형은 못 봤어? 악마의 눈빛. 아빠 몸속에 기생하며 아빠 영혼을 점점 갉아먹고 있다고. 아빠가 악령에게 완전히 영혼을 뺏기게 되면, 그때는 내 영혼까지 뺏으려 할 거야. 아빠를 이용해 나까지 악령의 손아귀에 넣으려고 한다고. 당장 그걸 멈춰야 해. 그래서 제물을 받치는 거야. 젊은 여자를 악령에게 바쳐 아빠 영혼을 구해 내야 한다고. 그래야 나도 살 수 있어, 알겠어?"

"악령 같은 건 없습니다, 이사님. 그런 얘긴 사장님 앞에서 절대 꺼내시면 안 됩니다. 아셨습니까? 그때는 정말……."

"당연하지. 비밀로 해야 해. 형도 아무 말 마! 절대 아빠가 알아선 안 돼. 알았다간 악령이 날 가만두지 않을 거라고."

"이걸 뭐라고 말씀드립니까? 이사님, 사장님은 이제 이사님에게 사업을 물려주시려 준비하고 계신 듯합니다. 그러니……."

"안 돼! 사업이 무슨 소용이야? 악령에게 영혼을 빼앗기면 돈, 권력 이딴 게 뭐가 필요한데? 이제 얼마 남지 않았어. 좀 더 빨리 해 볼게. 응? 그때까지만 형이 어떻게 미뤄 봐. 응? 제발 형."

"사장님 스타일 아시지 않습니까? 안 됩니다. 안 된다면 안 되는 분이십니다. 그렇게 꼭 하셔야 한다면 일주일 정도는 미뤄 보겠습니다. 더는 연기 못 합니다. 앞으로 3주 남았습니다. 그때까지 마무리하시죠."

그는 두 손으로 머리를 움켜잡고, 여전히 거실을 이리저리 걸어 다니며 중얼거렸다.

"3주…… 하아, 안 되는데…… 아으! 아악! 씨발, 어쩌라는 거야. 아…….."

가늘고 작은 눈을 최대한 크게 뜬 그는 고개를 돌려 오 실장을 쳐다봤다.

"아! 알았어. 알았어. 내가 어떻게든 해 볼게. 그럼 되는 거지? 3주? 응?"

"그렇게 하시죠. 그럼, 제가 깔끔하게 뒤처리하겠습니다."

"뒤처리? 아하, 하하하. 그래. 그러면 되겠네. 역시 형이야."

그는 소름 끼치는 기이한 소리를 내며 크게 웃었다.

제19화

감춰진 증거

최 경위가 운전하며 경찰서로 가고 있을 때 서민주 의원에게
전화가 걸려 왔다.

"어, 민주야."

"통화 가능해?"

"어, 그래. 지금 부모님 댁에 가려고?"

"응. 내일 갈까도 했는데, 내일도 똑같을 것 같아서. 너무 늦
었지? 괜찮아. 그냥 전화해 본 거야. 바쁘잖아. 일 보고 나중
에……."

"저기, 민주야. 같이 가자. 조금만 기다려 줄 수 있어?"

"얼마나?"

"어……. 한 30분…… 아니, 40분 정도."

"그럼 내가 경찰서로 갈까?"

"그럴래? 서에서 멀지 않으니. 그럼 와서 전화해."

"알았어. 도착하면 전화할게."

서 의원과의 통화를 마친 최 경위 입꼬리가 기분 좋은 듯 살짝 올라갔다.

　최 경위는 경찰서 로비로 뛰어 들어갔다. 대기실 의자에 앉아 있던 민지 아버지는 최 경위를 보고 일어나 손을 들어 보였다.

　"안녕하세요, 아버님."

　"아이고, 천천히 걸어요."

　"잘 지내셨어요? 몸은 어떠세요?"

　"최 형사 덕분에 잘 지냈어요."

　민지 아버지는 푸근한 미소를 지어 보였다. 최 경위도 웃음을 띠우며 말했다.

　"네. 중국에서 오늘 들어오신 거예요?"

　"짐 풀자마자 바로 여기로 왔어요."

　"아이고, 오래 기다리셨어요? 하루 쉬시고 내일 뵐걸 그랬나 봐요. 몸도 안 좋으신데요."

　"최 형사, 알고 있겠지만…… 이제 얼마 남지 않은 인생이라, 마지막으로 얼굴보고 인사나 하러 왔어요. 내일 고향에 내려갔다가 다시 중국으로 갈 예정이에요."

　"아…… 네, 무슨 말씀인지 압니다. 어쩌죠? 이렇게 잠깐 뵙고 또 떠나신다고 하니……."

　"나도 참 아쉬워요. 저기……."

　"네, 말씀하세요."

　"시간 되면 나랑 식사라도 같이 할래요?"

"식사요? 지금까지 저녁 식사도 못 하신 거예요?"

민지 아버지는 겸연쩍게 웃으며 조심스럽게 말을 꺼냈다.

"그게…… 마지막…… 아니, 그러니까 최 형사한테 식사라도 대접하고 싶어서 말이죠."

"아이, 제가 뭐라고……. 네, 어서 가시죠. 많이 배고프시죠?"

"아니에요. 늙은이라 배고픈 것도 잘 모르겠어요. 하하."

"그런 게 어디 있습니까? 어서 가시죠. 뭐 드시고 싶은 거 없으세요?"

두 사람은 사이좋게 이야기를 주고받으며 식당으로 향했다. 밤늦은 시간이었지만 광양불고기가 유명한 고깃집은 사람들로 북적였다.

"아버님, 여기가 불고기 잘하는 집입니다. 선지해장국도 같이 나오는데 맛 진짜 좋아요. 괜찮으시죠?"

"좋네요."

"내일 몇 시에 내려가세요?"

"오전에 버스로 내려갈까 해요."

"아, 네."

최 경위는 잠시 입술을 깨물며 머뭇거리다 이내 입을 열었다.

"……아버님, 죄송합니다. 약속을 못 지켰습니다."

"아니에요. 그런 얘기 듣자고 온 게 아니에요. 밥이라도 한 끼 같이 먹고 싶었어요. 도움만 많이 받았잖아요. 그렇죠?"

"아닙니다. 도움이라니요? 저희가 당연히 해야 할 일을 한 건데요. 그걸 제대로 못해 죄송스러울 뿐입니다."

"아니라니까 자꾸 그러네요. 조 검사님은 잘 계시죠?"

"아……. 그렇죠. 그게…… 조 검사가 사고로 죽었습니다."

"아이고, 이런! 이게 무슨 일이랍니까?"

안타까워하던 민지 아버지는 최 경위가 잠시 멈칫하자, 고개를 들어 빤히 쳐다봤다.

"뭐예요? 무슨 일인데 그래요? 뭐 말 못 할 일이라도 있었던 거예요? 내가 살면 얼마나 산다고 그래요? 그냥 편하게 말해요."

"그런 게 아니라요, 아버님. 확실한 게 아니라서…… 그러니까 그게 사실, 타살로 보고 있습니다. 아직 수사 중이라, 죄송합니다. 더는 말씀드릴 수가 없네요. 이해하시죠?"

"그럼요. 이해해요."

"잠시만요. 뜨거워요. 조심하세요."

종업원이 숯불을 테이블에 내려놓았다. 그리고 또 다른 종업원은 고기와 밑반찬들을 테이블 위에 깔았다.

"저기, 잠깐 화장실 좀 다녀올게요."

"아! 네. 여기 화장실이 어디죠?"

"저어기로 가시면 돼요. 비밀 번호는 12345예요."

"아버님, 같이 가시죠."

"아니에요. 너무 늙은이 취급 안 해도 돼요. 아직 그 정도는 아니에요."

민지 아버지는 허허 하고 웃으며 자리에서 일어났다. 그리고 화장실을 가면서 휴대폰을 꺼내 누군가에게 전화를 거는데, 주머니에서 주머니에서 종이쪽지가 떨어졌다. 최 경위는 그 종이를 발견하고 집어 들었다.

접혀 있던 종이 사이로 '유서'라는 단어가 보였다. 최 경위는 잠시 망설이다, 종이를 펴서 글을 읽었다. 정말 유서였다. 처음은 시한부 인생을 정리하는 유서로만 생각했다. 하지만, 아니었다. 자살을 암시하는 내용이었다.

최 경위는 급히 유서를 원래대로 접어 테이블 위에 올려놓았다. 그리고 서민주 의원에게 전화를 걸었다.

"거의 다 왔어."

"민주야, 미안. 어쩌지?"

"아……. 알았어, 괜찮아. 바쁜데 어쩔 수 없지. 일 봐."

"내가 일 끝나면 바로 연락할게. 미안해. 그리고……."

최 경위는 말하다 잠시 머뭇거리다 말을 이었다.

"이번 주말에 저녁이나 같이 하자고. 어때?"

"정말? 안 바빠?"

"바쁘지. 그래도 밥 먹을 시간은 있지. 그리고 누구랑 하는 약속인데. 이번엔 꼭 지킬게."

"오늘은 봐주지만 주말 저녁 약속은 안 봐줄 거야. 그날은 꼭 지켜?"

"그래, 알았어. 그러니까…… 조심히 다녀와."

"알았어, 조심할게. 자기가 이렇게 신경 써 주니 좋네. 프훗. 알았어. 그럼 수고해. 주말 데이트는 잊지 말고."

"데이트? 아하하. 그래, 들어가."

"여자 친구인가봐요?"

화장실에 다녀온 민지 아버지가 불쑥 물었다.

"어, 오셨어요."

"결혼할 사이?"

"아이, 아니에요. 친구예요."

"친구하고 데이트를 하나?"

최 경위는 멋쩍게 웃으며 말했다.

"들으셨어요? 그게……. 아, 아니에요. 아, 여기 이거 떨어뜨리셨더라고요."

"아이고, 혹시 봤어요?"

"아니요. 왜요? 보면 안 되는 거라도 있나요?"

민지 아버지는 종이쪽지를 주머니에 서둘러 집어넣었다.

"아니에요. 그럼 됐어요."

"오늘은 어디서 주무세요?"

"여기 근처 호텔 잡아 뒀어요."

"네, 잘하셨네요. 오신 김에 저희 팀장님도…… 민우직 형사요. 그때 보셨잖아요."

"그럼요. 알죠."

"네. 보고 가시죠. 민 팀장님도 좋아하실 겁니다."

"에이, 이 늦은 시간에 민폐인 것 같은데……."

"아니에요. 팀장님도 그냥 이렇게 가시면 서운해하실 거예요. 식사하시고 같이 서로 들어가시죠?"

"그럴까요? 그럼, 잠깐."

"네, 그러시죠. 어서 드세요. 고기 다 타겠어요."

"그래요. 어서 들어요."

승합차에 방탄조끼를 입고 있는 경찰 특공대원들이 **빽빽**하게 앉아 있다. 운전석 옆엔 민우직 경정이 앉아 있고, 조수석에 앉아 있는 경찰특공대 팀장 윤 경위는 뒷좌석을 바라보며 작전 계획을 설명하고 있었다.

"다시 말하지만, 이번 작전은 일사불란하게 움직여야 한다. 용의자가 나타난 후 최대한 은폐한 상태에서 지정된 동선을 따라 접근한다. 작전이 시작되면 착오 없이 마무리할 수 있도록. 작전에 실패는 없다."

뒷좌석에 앉아 있는 특공대원들은 굳은 표정으로 일제히 고개를 끄덕였다.

"민 계장님, 준비됐습니다."

"그래, 윤 경위."

뜨르륵. 뜨르륵.

그때 휴대폰 진동이 울리며 액정이 번쩍거렸다. 민 경정은 휴대폰을 들어 귀로 가져갔다.

"어? 왜?"

"팀장님, 어디 계십니까?"

"알면서 뭘 물어? 올 생각 마."

"아하, 예. 사무실에 계신다고요. 잘됐네요."

"무슨 소리야?"

"아, 안 그래도 민지 양 아버님이 오셨습니다."

"뭐? 정말?"

"네, 지금 저랑 식사 중이세요. 아버님이 팀장님 얼굴 좀 뵙고 싶다고 하시네요. 사무실로 모시고 가겠습니다."

"어? 어, 그래. 그런데……."

"그럼 사무실에 딱 기다리고 계십시오."

"최 형사, 뭔 소리야?"

뚜뚜.

"뭐야? 이 자식은. 민지 아버님이라……."

"계장님, 연락 왔습니다. 용의자가 나타났다고 합니다."

"그래. 이제 각자 위치로 이동하지."

윤 경위는 몸을 뒤로 돌려 대원들에게 지시했다.

"전 대원은 각자 위치로 이동한다. 용의자가 눈치채지 못하게 최대한 접근한다. 우선 1팀부터 출발."

뒷좌석에 앉아 있던 대원들이 일제히 고개를 끄덕였다. 뒷문이 열리고, 1팀 대원들이 밖으로 뛰어나갔다. 순차적으로 나머지 대원들도 모두 내렸다.

"윤 경위, 신호 보낼 테니 준비하고 있으라고. 서민주 의원에게 문제없도록 각별히 주의해 주게."

"네, 계장님."

"다치는 대원도 없어야 해. 알지?"

"알겠습니다. 신호만 잘 보내 주십시오."

민 경정은 운전석에서 내려 골목을 따라 올라갔다. 그리고 서민주 의원의 자동차에서 조금 떨어진 곳에 머물러 상황을 주시했다.

•

"아버님, 민우직 팀장이 사무실에 있다고 하네요. 식사 다 하셨으면…… 맛이 없으세요? 많이 남기셨네요."

"아니에요. 맛있었어요. 소식하고 있어요. 강제적 소식……."

민지 아버지는 힘겹게 웃어 보였다.

"아……. 그럼 이제 사무실로 가……."

"그런데, 여남구 학생 말입니다."

"네? 아, 네."

최 경위는 자리에서 일어섰다, 갑작스럽게 여남구를 언급하는 민지 아버지에 놀라며 다시 자리에 앉았다.

"정말 자살한 게 맞아요? 뉴스로 봤어요. 그 뉴스 보고, 더는 미련 없이 한국을 떠났지요."

"아……. 그러셨군요. 죄송합니다, 아버님. 저희가…… 아니, 제가 지키지 못했습니다."

"정말 자살이 맞나요?"

"그게…… 타살로 의심하고 있습니다."

"그렇죠? 아니, 그런 것 같았어요……. 그럼 그건 수사 중인 건가요?"

"사실은 진행을 못 하고 있지만 늦지 않게 재수사할 생각입니다. 아, 이필석 의원이 죽은 건 아십니까?"

"죽어요?"

"아, 모르셨군요. 네. 자택에서 투신 자살을 했습니다. 그게…… 그때 대법원 판결을 내렸던 이대우 대법관도 사고로 죽었습니다. 거기에 조덕삼 검사까지……."

"뭔가 이상하네요. 그렇죠?"

"아버님도 그렇게 느끼시죠? 그래서 앞으로 재수사를 해 봐야 할 것 같습니다."

"그래요? 잘된 것 같은데요, 난."

"그게 무슨 말씀이세요?"

"왜요? 내가 죽이지 못해 아쉽네요."

"예? 아…… 네. 그래도……."

"그래요. 수사는 해야겠죠. 그래도 그놈이 죽었다니 정말 다행이네요. 그런 나쁜 놈이 죗값도 받지 않고 편히 살고 있을 거라 생각하니 내가 얼마나 억울하고 참담했는지……. 최 형사는 모를 겁니다. 이제 좀 발 뻗고 잘 수 있겠네요."

"그러셨군요. 죄송합니다."

"죄송하다고 하지 말아요. 어쩔 수 없었잖아요. 법이 그런데. 법이 문제지, 형사님들이 무슨 잘못이 있겠어요. 아무튼 잘됐네요. 한결 마음이 놓여요. 딸한테 할 말도 생겼고요. 아, 이만 서로 가 볼까요? 민우직 형사님이 기다리시겠어요."

"네, 일어나시죠."

민 경정은 서 의원의 부모님 집과 자동차를 번갈아 보며 상황을 주시하고 있었다.

윤 경위로부터 무전이 걸려왔다.

"계장님, 들리십니까?"

"어, 윤 경위."

"지금 현관문이 열렸습니다. 서민주 의원입니다."

"알았어. 작전 개시한다."

민 경정은 빠른 걸음으로 서 의원의 부모님 집으로 갔다. 대문 잠금 장치 열리는 소리가 들릴 때, 민 경정은 대문으로 올라가는 계단 앞에 도착했다. 이내 대문이 열리고 서 의원이 문 밖으로 발을 내딛었다.

"서 의원."

"어, 민 팀장님? 여기는 어쩐 일이세요?"

"서 의원한테 볼 일이 있어서, 잠깐."

"여기 있는 줄 어떻…… 아, 우철 씨가 알려 줬나요?"

"최 형사? 아, 그래요. 맞아요. 들고 있는 서류 봉투는 뭐예요?"

"안 그래도 이것 때문에 연락드리려던 참이었어요."

"잘됐네요. 그럼 잠깐 안에 들어가서 얘기할까요?"

"그러시죠. 들어오세요."

서 의원은 서류 봉투를 민 경정에게 건네며 다시 대문 안으로 들어갔다.

"서 의원, 이 봉투 내용물은 확인해 봤어요?"

"아니요, 아직. 그런데 협박 편지는 아니던데요."

"맞아요. 협박 편지가 아니라는 건 알고 있었어요. 미안해요."

"알고 계셨어요? 그럼 국회 찾아오신 것도 이것 때문에 오셨던 건가요?"

"네, 맞아요. 또…… 확인할 것도 있었고요. 그건 나중에 얘기해요. 그것보다 이 봉투, 내가 가지고 가도 되겠죠? 괜찮죠?"

"아니요."

민 경정의 얼굴이 순간 굳어졌다.

"여남구 씨가 제게 부탁했어요."

"여남구요? 여남구 학생이 서 의원에게 무슨 부탁을 했다는 건가요?"

서 의원은 주머니에서 접힌 종이를 꺼내 보였다.

"이 쪽지에 글을 남겼더라고요. 경찰, 검찰도 못 믿겠다고 저에게 부탁을 했어요. 꼭 이필석 의원을 단죄해 달라고요."

민 경정은 서 의원이 건네준 쪽지를 말없이 읽었다.

"1년 전에 우철 씨가 맡았던 그 사건 증거물이죠? 그렇죠, 팀장님?"

"맞아요, 서 의원. 근데 그걸로 끝이 아닌 것 같아요."

"그게 무슨 말씀이세요?"

"서 의원, 그것보다 급히 처리해야 할 게 있어서요. 집에 들어가서 기다려 줄래요?"

"무슨 일인데 그러세요?"

"아무 일도 아니에요. 나중에 다 설명할게요. 그렇게 해요."

"아, 네. 그럼 서류는 제가 보관하고 있을게요. 괜찮겠죠?"

"아니, 내가 가지고 있을게요. 위험할 수 있어서 그래요. 오늘은 부모님 집에서 자고 내일 서로 와요. 그때 모든 걸 설명하고 자료도 건네줄게요."

"민 팀장님, 믿어도 되겠죠?"

"서 의원, 우철이 믿죠?"

"네."

"그럼 나도 믿어요. 우철이는 내 친동생이나 마찬가지니까요. 어서 들어가요. 혹시 밖이 좀 소란스러워도 나오지 말고요. 알았죠?"

"밖에 무슨 일이라도……."

"서 의원 신변 보호 차원에서 경찰들이 경호를 설 거예요. 그래서 조금 시끄러울 수 있어서 그래요."

"저야 보호해 주신다니 좋은데, 여의도로 가야 해서요. 그럼 저한테 계속 경호를 붙이실 건가요?"

"그래요? 그럼 일단은 집에 들어가 있어요. 잠깐 일 처리하고 여의도까지 안전하게 모실게요. 차 키 좀 빌릴 수 있을까요?"

"차 키는 왜……."

"차 좀 확인하고 바로 돌려줄게요. 차에 이상이 없는지만 볼 거예요."

"정말 무슨 일로 그러세요?"

"서 의원 신변 보호 차원에서 확인하는 거니까, 너무 걱정 말아요.”

“그러죠. 여기 키요.”

“고마워요. 들어가요. 확인하고 전화할게요. 그 전에 절대 나
오지 말아요. 알았죠? 약속해 줘요.”

“무섭게 왜 그러세요? 혹시 제 차에 폭발물이라도 있는 건가
요?”

“아니에요. 혹시나 해서 그런 거예요. 조심해서 나쁠 건 없잖
아요. 안 그래요?”

“그렇긴 한데……. 네, 그럼. 전화주세요.”

상황실 구석 소파에 나상남 경사가 누워 코를 골며 자고 있
었다. 코 고는 소리가 밖에서도 들릴 만큼 고약하게 우렁찼다.

“시간이 많이 늦었죠?”

“아, 아닙니다. 민우직 팀장 소리는 아닐 겁니다. 아하하. 들
어가시죠.”

최우철 경위는 상황실 문을 열어, 민지 아버지가 먼저 들어
갈 수 있도록 안내하고 뒤따라 들어갔다.

“잠깐 계십시오. 저기, 나…….”

“아니에요. 놔둬요, 최 형사. 많이 피곤한가 본데 깨우지 말죠.”

“아, 코 고는 소리가 좀 시끄러운데 괜찮으시겠어요?”

“네, 괜찮아요. 근데 민 형사님이 안 보이네요?”

최 경위는 괜히 주위를 두리번거리며 민 경정을 찾는 척했다.

"잠깐 자리를 비우셨나? 어디 가셨지? 전화해 볼까요?"

"아니에요. 금방 오시겠죠. 좀 기다려 보죠."

"네. 그럼 차 한 잔 드시면서 기다리시죠."

"그래요. 아, 물도 좀 주겠어요?"

"네, 여기에 잠깐 앉아 계세요."

최 경위는 의자를 빼서 민지 아버지를 앉히고 탕비실로 갔다. 민지 아버지는 안주머니에서 약통을 꺼내 두 알을 손에 꺼내 놓았다. 그때 문자 알람 소리가 들렸다. 민지 아버지는 폴더 폰을 열어 보고는 바로 닫았다.

"아버님, 여기 물이요."

"고마워요."

민지 아버지는 알약을 입에 넣고 물을 마셨다.

"항암 약인가요?"

"아니요. 진통제예요."

민지 아버지는 그렇게 말하며 쓴웃음을 지었다.

"몸도 안 좋으신데 늦은 시간에 제가 괜히 오자고 한 건 아닌지 모르겠습니다."

"아니에요, 그런 말 말아요. 대신에 민 형사님 본다고 빨리 들어와 담배를 못 펴서 그런데, 바람도 쐴 겸 담배 좀 피러 가도 될까요?"

"네, 그러시죠. 흡연실로 모실게요."

"아니요. 거기는 너무 답답해서 싫은데…… 옥상으로 가죠.

오래간만에 서울 도심 구경도 하고 시원한 바람도 쐴 겸. 괜찮죠?"

"그러시겠어요?"

최 경위와 민지 아버지는 상황실에서 나와 엘리베이터가 있는 곳으로 갔다. 최 경위가 엘리베이터 버튼을 누를 때 민지 아버지는 안주머니에서 담뱃갑을 꺼내 열었다.

"어, 이런. 담배가 있는 줄 알았는데 없네요. 어쩌죠? 담배 안 피죠?"

"네, 끊었습니다."

민지 아버지는 아쉬워하며 빈 곽을 다시 주머니에 넣었다.

"잠시만요. 그럼 여기서 기다리세요. 제가 담배 금방 가져오겠습니다."

"그래요? 아이고, 미안해서 어쩌나? 고마워요."

"잠시만 계세요. 먼저 올라가시면 안 됩니다. 아셨죠?"

"알았어요."

민지 아버지는 고개를 끄덕이며 웃어 보였다. 최 경위는 계단으로 급히 뛰어 내려갔다.

민 경정은 서 의원 부모님 집에서 나와, 서 의원의 차가 있는 곳으로 갔다.

삐빅!

운전석에 올라타 들고 있던 서류 봉투를 조수석에 내려놓은 뒤, 룸미러로 뒷좌석을 확인했다. 범인은 엎드려 있는지 보이지 않았다.

"뭐 해? 이제 그만 나오지."

"……."

"야! 너 거기 있는 거 다 알아."

그때였다. 뒤에서 시커먼 덩어리가 불쑥 튀어 올라 민 경정에게 팔을 뻗었다. 민 경정은 재빨리 몸을 앞으로 숙이고, 좌석 조정 버튼을 누르며 엉덩이를 뒤로 쭉 밀었다. 그 순간 운전석 좌석이 뒤로 밀려나며, 뒤에 있던 시커먼 덩어리를 밀쳐냈다.

"아악!"

"요건 몰랐지?"

민 경정은 바로 몸을 돌려 뒷좌석으로 뛰어 넘어갔다. 범인은 칼을 꺼내 민 경정에게 들이밀며 위협했다. 민 경정은 순간 조수석 뒷자리 문에 바짝 붙어 그를 노려봤다. 잠시 멈칫하던 범인은 칼을 휘두르며 다가왔다. 민 경정은 칼을 쥐고 있던 손은 팔로 막고, 주먹으로 그의 명치를 가격했다.

"커억! 으윽."

"어디서 칼질이야!"

민 경정은 양팔로 앞뒤 좌석 머리 받침을 잡고, 두 발을 들어 그에게 그대로 꽂아 버렸다. 뒷좌석 문을 열고 나가려던 그는 민 경정의 발에 맞아 밖으로 튕겨져 나갔다. 차 밖으로 나가떨어진 그는 바로 일어나, 칼을 앞으로 내밀며 민 경정을 주시했다. 그 사이 민 경정은 여유롭게 뒷좌석 문을 열고 나왔다.

"야, 너 뭐 하는 놈이야?"

"……."

"나 알지? 1년 전에 우리 만났잖아!"

그는 아무 말 없이 칼을 들이밀며 앞으로 달려들었다. 민 경정은 뒤로 물러서며 그의 손목을 잡고 옆구리를 주먹으로 치려는 순간, 어디선가 주먹이 날아와 민 경정의 얼굴을 그대로 내리쳐 버렸다. 그의 주먹에 맞아 잠시 휘청거리던 민 경정에게 그는 다시 칼을 휘둘렀다. 민 경정은 재빨리 뒤로 물러나 간신히 칼을 피할 수 있었다.

"야, 너 그때 그놈 맞지?"

"……."

"말 못 하는 거 보니 그놈 맞네. 그치?"

"정말 시끄럽네. 순순히 봉투만 넘겨. 그럼 목숨만은 살려 줄게."

"야아, 말할 줄 아네? 목소리도 좋고. 그래, 말 좀 해. 좋잖아. 뭐 하는 놈이야? 너 뭐냐고?"

"참 시끄럽네. 그때나 지금이나."

"오호, 그때 그놈 맞구나, 오늘은 결판을 내 볼까?"

"결판? 죽다 살아난 놈이 할 말은 아니지."

"그런가? 그런데 봉투는 왜? 중요한 거라도 들어 있어?"

"조용히 내놓고 꺼져. 그럼 살려는 준다."

민 경정은 손을 입으로 가져가며 나지막이 말했다.

"싫은데. 야, 너 다크킹덤 조직원이냐?"

"……."

"어이쿠, 맞네? 그렇구나. 네 어깨에 있는 왕관 문신은 니들 다크킹덤 표식이고?"

"쓸데없는 소리로 명 재촉하지 마라."

"맞나 보네. 좋다, 이제 가자."

"무슨 헛소리야! 죽으러 갈까?"

그는 여유롭게 손가락 사이로 칼을 돌리며 서서히 민 경정에 게 다가갔다.

"오케이!"

민 경정은 손을 들어 엄지와 검지를 붙여 원을 만들었다.

"칫! 죽으려고 환장을 했구나."

"그럴까?"

"뭐? 어! 이게 뭐야?"

괴한의 얼굴과 가슴에 순식간에 붉은 점들이 나타났다. 근거 리에서 엄폐한 채 지켜보던 특공대원들이 일제히 총을 겨누며 나왔다. 민 경정은 특공대원들 뒤로 물러났다.

"순순히 손 들고 투항해."

윤 경위는 권총으로 그를 겨누며 앞으로 나왔다.

"……."

"경고한다. 손들고 투항해. 그렇지 않으면 발포한다."

그는 한 손을 주머니에 슬며시 집어넣었다. 윤 경위는 그에 게 좀 더 가까이 다가가 소리쳤다.

"야! 쓸데없는 짓 말고 투항해."

"……."

"멈춰! 더 이상 움직이며 쏜다. 그대로 엎드려. 엎드리라고!"

그때 그자가 주머니에서 재빨리 손을 빼들었다.

"야! 멈추라고!"

그자의 손에는 주사기가 들려 있었고, 그 주사기를 자신 목덜미에 꽂았다. 순식간에 일어난 일이라 대원들이 급히 그를 덮쳐 팔을 잡아 봤지만, 이미 주사기가 목에 꽂혀 약물이 다 투약된 뒤였다.

"빨리 구급차 불러!"

"네!"

괴한은 잠시 경련을 일으키며 몸을 떨더니, 순간 온몸에 힘이 풀린 듯 몸이 축 처졌다.

"어서! CPR 시행해!"

윤 경위 지시에 한 특공대원이 긴급하게 그에게 심폐 소생술을 시행했다. 그때 서 의원이 대문을 열고 나왔다.

"팀장님, 무슨 일이죠?"

"어? 서 의원, 나오지 말라니까……."

"이 사람들은 다…… 어, 저…… 저 사람은 왜?"

"서 의원, 잠시만 뒤로 가 있어요. 윤 경위, 어때?"

윤 경위는 그의 맥박을 체크했다. 그리고 민 경정을 바라보며 고개를 좌우로 흔들었다.

"…… 사망했습니다."

"젠장!"

"죄송합니다, 팀장님. 갑자기⋯⋯."

"아니야. 자네들한테 한 소리가 아니야. 내가 그 생각까지 못 했어. 미안하네. 독극물을 가지고 있다는 걸 알고 있었는데⋯⋯ 그걸 자신한테 쓸 줄이야."

"이게 다 어떻게 된 일이죠?"

서 의원이 시신 가까이 다가가려 하자 민 경정이 막아섰다.

"서 의원, 저리로 가요. 윤 경위, 상황 종료하고 정리 부탁하네. 시신은 부검 요청하고."

"네, 알겠습니다."

민 경정은 시신에게 다가가 어깨 문신을 살폈다. 그리고 마스크를 내려 그의 얼굴을 확인했다.

"아는 자입니까?"

"어. 1년 전 봤던 그놈이 맞네."

민 경정은 일어서서 서 의원에게 갔다.

"서류 봉투 때문인가요?"

"그래요. 범인을 생포하지 못해 아쉽지만 서 의원이 무사해 다행이에요. 상황은 차차 설명할게요. 내일⋯⋯ 아니, 아침에 서에서 봐요."

서 의원은 어리둥절한 표정으로 대답했다.

"네."

"저기, 윤 경위. 서 의원님을 여의도 집까지 안전하게 모셔다 드려요."

"알겠습니다. 서 의원님, 저희가 모시겠습니다."

최 경위는 아래층 교통과에서 담배와 라이터를 얻어 계단으로 뛰어 올라왔다. 하지만 민지 아버지는 보이지 않았다. 불길한 예감에 엘리베이터 버튼을 급히 눌렀다. 다행히 바로 엘리베이터가 도착해, 최 경위는 늦지 않게 최고층으로 올라갈 수 있었다.

최 경위는 엘리베이터에서 내리자마자 뛰기 시작했다. 옥상으로 연결된 비상계단으로 급히 달려갔다. 계단 끝까지 올라왔을 때 옥상 밖으로 나가는 출입문 앞에 민지 아버지가 서 있었다.

"아버님, 여기 계셨어요?"

"아……. 최 형사."

최 경위는 민지 아버지에게 다가서며 말했다.

"아휴, 놀랐잖습니까? 밖으로 나가시죠. 담배 가져왔습니다."

"어……. 그래요. 근데…… 밖이 좀…….'

"왜 그러세요?"

민지 아버지는 옥상으로 나가는 걸 망설이고 있었다. 그 모습을 이상하게 여긴 최 경위가 먼저 문을 열고 밖으로 나가자, 그리 멀지 않은 곳에 남 순경과 안 경위가 보였다. 그들은 각각 엎드려 있는 낯선 남자들 등에 올라타 수갑을 채우고 있었고, 옆에는 경찰특공대 복장을 한 대원 네 명이 낯선 남자들을 향해 총을 겨누고 서 있었다.

"남 순경? 지금 뭐 해?"

남 순경은 수갑 채우는 것을 잠시 멈추고 소리 나는 곳을 쳐다봤다.

"어! 최 형사님."

"남 순경은 왜 여기에 있는 거야? 서 의원은 어쩌고?"

"최 형사님, 잠시만요. 좀 확인할 게 있어서요."

남 순경은 엎드려 있는 자의 손목에 수갑을 채우고 오른쪽 어깨를 확인했다. 그리고 고개를 갸웃거리더니 다시 양쪽 어깨 모두 확인했다.

"어? 없네. 뭐지? 아닌가?"

"이게 무슨 상황이야? 저기, 아버님 괜찮…… 으윽! 아……."

최 경위가 민지 아버지를 부르며 뒤돌아설 때 뒤에서 민지 아버지가 최 경위의 복부에 칼을 꽂으며 껴안았다.

"최우철, 이놈!"

"아버님……. 왜? 으흑……."

최 경위는 민지 아버지가 꽂은 칼 손잡이를 잡고, 뒤로 한 발짝 물러나 그대로 주저앉았다. 남 순경은 주저앉는 최 경위를 보고, 깜짝 놀라 일어섰다. 그런 남 순경을 안 경위는 놀란 눈으로 쳐다봤다.

"왜 그러십니까, 남 순경님?"

남 순경은 특공대원에게 수갑 채운 자를 맡기고 재빨리 최 경위에게 달려갔다. 민지 아버지는 칼로 찌른 뒤 뒷걸음치다 그대로 주저앉았다. 그는 온몸을 벌벌 떨면서도 최 경위를 계속 노려봤다. 남 순경은 그제야 최 경위 배에서 피가 흐른다는 걸 알게 됐다.

"어, 피! 최 형사님, 괜찮으세요?"

님 순경은 고통스러워하는 최 경위를 감싸 안으며 앉았다.

"남 순경, 으흑…… 저기……."

"최 형사님!"

안 경위도 급히 달려와 최 경위 상태를 살폈다. 그리고 민지 아버지에게 총을 겨눴다. 그 뒤로 특공대원 2명도 뒤따라 민지 아버지에게 총을 겨눴다.

"당장 엎드려. 당신 누구야? 뭐 해? 당장 엎드리지 않고!"

"안 형사, 으흑…… 으흐……."

"최 형사님, 말씀하지 마세요. 누가 앰뷸런스 좀 불러 주세요."

"아! 네."

특공대원 중 한 명이 곧장 응급 구조를 요청했다.

"남 순경님, 이 상황은 예상에 없었잖습니까?"

하루 전, 강남 경찰서 옥상

"시보야, 여기선 보일까?"

"저도 모르겠어요. 시도해 보려고요. 시체가 있던 곳에서 거리가 멀어 안 될 수도 있지만 해 볼게요."

"그래, 조심하고. 걱정이다. 이번은 그냥 보고만 있는 거다? 상황만 나한테 설명해 주는 거야. 존재는 드러내면 안 돼. 알겠지?"

"네, 너무 걱정 마세요. 지금 몇 시죠?"

"02시 35분."

"그럼 이제 시작해 볼게요."

나는 천천히 눈을 감았다, 서서히 눈을 떴다. 주변에 수상한 사람은 보이지 않았다. 초자연 현상으로 들어온 것일까? 형님이 보이지 않는다.

"형님, 제 목소리 들리세요?"

"어, 그래. 들려. 누가 있어?"

"아니요. 아무도 없는데요. 좀 더 살펴볼게요."

사람이 숨어 있을 만한 곳을 찾아보려 할 때였다. 두건으로 코와 입을 가린 두 남자가 기둥 뒤에서 갑자기 뛰어나와 옥상 출입문 앞으로 갔다. 저들이 살인범일까?

그들은 옥상 출입문 양옆에 서서 누군가 들어오는 것을 기다리는 것 같았다. 그들 손에는 각목이 들려 있었다. 바로 그때, 옥상 출입문이 열리고 민우직 팀장이 들어왔다.

어! 형님?

그 뒤로 최우철 형사도 보였다. 그 순간, 각목을 들고 있던 자들이 민 팀장과 최 형사 뒷덜미를 힘껏 내리쳤다. 두 사람은 무방비로 각목에 맞아 쓰러졌다.

"시보야, 아직도야? 아무 일 없는 거냐고?"

"아, 형님. 아니요. 지금 범인들이 팀…… 아니, 최 형사를……."

"뭐? 어떻게 돼 가고 있는 건데?"

쓰러져 있던 민 팀장에게 복면을 한 자가 또 다시 각목을 내리쳤다. 민 팀장은 기절한 듯 몸을 움직이지 못했다. 쓰러져 있던 최 형사가 다시 일어나려 할 때 또다시 각목이 날아들었다. 각목에 맞은 최 형사는 앞으로 쓰러졌지만 바로 고개를 들어 올렸다. 그러나 더는 일어서지 못하고, 그대로 널브러지고 말았다.

곧이어 복면을 쓰고 있던 그들은 각목을 집어 던지고, 최 형사를 양쪽에서 부축해 일으켜 세웠다. 그들은 의식을 잃어 제대로 서지도 못하는 최 형사를 질질 끌어 옥상 난간으로 갔다. 그리고는…….

쾅!

빠앙. 빠앙. 빠앙. 빠앙.

아래에서 자동차 경보음이 크게 울려 퍼졌다. 그들은 최 형사를 옥상 밖으로 던지고, 뒤돌아서서 다시 민 팀장에게 갔다. 설마 형님도……. 그들은 민 팀장 앞에 서 있다가, 갑자기 고개를 돌려 날 쳐다봤다. 순간, 놀란 나는 고개를 돌리며 눈을 감고 말았다.

"어!"

"왜? 무슨 일이야?"

"사라졌어요. 뭐지?"

"뭐가 사라져?"

"아니, 그 살인범들이 사라졌어요. 안 보여요. 아! 뭐야? 빠져 나온 거야?"

"뭐가 어떻게 된 거야? 시보야."

"잠시만요. 다시 들어가 볼게요."

다시 눈을 감았다 떴다. 하지만 역시나 보이지 않았다. 모두 어디론가 사라져 버린 뒤였다. 그사이 빠져나간 건…… 아니, 아니다. 쓰러져 있던 형님도 보이지 않는다. 대체 뭐지?

"왜 그래? 뭐 하는 거야?"

"네?"

"너 지금 눈 뜨고 있는 거 몰라?"

그랬다. 이상하게도 초자연 현상으로 들어가지 못하고 있었 다.

"남 순경님, 괜찮으세요? 이게 무슨 일입니까, 도대체."

"뭐가 어찌된 일인지 모르겠어요. 왜 저 사람이……."

"안…… 으흑…… 안 형사, 저분은…… 이민지 양 아버님이 셔……."

"누구요? 이민지 씨 아버님이요?"

최 경위는 남 순경 팔을 붙잡고 일어서려 했다.

"으윽, 난 괜찮으니까 잠깐만 일으켜 줘."

"최 형사님, 그대로 계세요. 움직이면 더 위험합니다."

"나쁜 놈들! 너희들을 죽이지 못했지만…… 너희들도 천벌을 받을 거다. 이 빌어먹을 놈들아!"

"아버님……. 으흑, 그게 무슨……."

"내가 모를 줄 알았냐? 이 살인마야! 네가 조 검사랑 한통속으로 여남구 학생을 죽인 걸, 내가 모를 줄 알아?"

남 순경을 붙잡고 겨우 버티고 있던 최 경위는 민지 아버지를 바라보고 말했다.

"아버님……. 아니에요. 으흐, 뭘 오해…… 아으윽, 오해하신 듯합니다."

"최 형사님, 말씀 그만하세요. 계속 피가 흘러나옵니다. 이러다 정말 큰일 나세요."

"오해? 내가 다 들었는데도? 끝까지 그 더러운 입으로 날 속이려 하는 거야!"

안 경위는 민지 아버지를 겨누고 있던 총을 내리며 말했다.

"무슨 일인지 모르겠지만 최 형사님은 그럴 분이 아닙니다. 뭔가 오해하고 계신 겁니다."

"모르면 그 입 다물어. 내가 조 검사랑 통화하는 걸 다 들었는데도 오해? 그때 이미 알았지. 재판은 아무 소용없다는 걸 말이야. 결국 무죄가 선고 됐잖아. 법? 아무짝에도 쓸모없는 거였어. 그때 난 결심했지. 법이 통하지 않으면 내가 직접 응징하겠다고."

"도대체 그게 무슨 말입니까?"

"최우철 이놈! 이제라도 모든 죄를 밝히고 속죄해라! 네가 어찌 그럴 수가 있어? 어? 으흐흐……."

민지 아버지는 흐느껴 울기 시작했다. 최 경위는 그런 민지 아버지에게 다가가고 싶었지만, 점점 의식을 잃어 가고 있었다.

"최 형사님, 정신 차려 보세요. 안 됩니다. 잠들면 안 되세요. 네? 최 형사님."

"남 순경님, 좀 더 지혈을 강하게 해 주세요."

"네, 그럴게요. 최 형사님, 정신 차리세요. 네! 최 형사님!"

곧이어 앰뷸런스 사이렌 소리가 들리기 시작하더니 점점 크게 들려왔다. 그 소리에 안 경위가 최 경위에게 달려가 말했다.

"응급차가 왔나 봅니다. 최 형사님, 조금만 버티십시오."

남 순경은 최 경위가 정신을 잃지 않도록 더 큰 소리로 외쳤다.

"최 형사님, 안 돼요! 정신을 잃으면 안 된다고요! 네? 제 목소리 들리세요? 최 형사님!"

"남…… 순경…… 으윽, 괜찮…… 아."

"안 돼! 저놈은 살아서는 안 된다, 이놈들아!"

민지 아버지가 칼을 들고 일어서려 하자, 안 경위는 다시 총을 겨누며 경고했다.

"가만히 계십시오. 더 다가오면 가만있지 않을 겁니다."

민지 아버지는 안 경위 말을 무시하고 일어나려 했지만, 특공대원들이 곧바로 제압했다.

그때 옥상 출입문이 열리고 응급대원들이 뛰어 들어왔다. 응급대원들은 최 경위를 빠르게 처치하고 들것에 옮겼다.

"안 형사님, 상황 정리 부탁드려요. 제가……."

"남 순경님, 아닙니다. 제가 가겠습니다. 남 순경님 상태도 좋아 보이지 않으십니다. 여기 남아 계셨다가 민 팀장님 오시면 상황 설명을 해 주셔야 할 것 같습니다. 그러니 제가 가겠습니다."

응급대원들은 들것을 들어 올려 옥상 출입구로 나갔고, 안 경위도 곧바로 뒤따라 나갔다.

현장에 남아 있던 특공대원들은 엎드려 있던 자들을 일으켜 세웠고, 울고 있는 민지 아버지에게 수갑을 채웠다. 남 순경은 그저 우두커니 서 있었다.

"이만 가 볼게요, 팀장님."

"그래요, 서 의원."

서 의원과 인사하고 돌아선 민 경정은 주머니에서 진동이 느껴져 휴대폰을 꺼내 받았다.

"안 형사, 거기는 벌써 마무리 된 거야?"

"팀장님, 그게…… 돌발 상황이 발생했습니다."

"무슨 소리야? 빨리 말해 봐."

민 경정이 언성을 높이며 통화하는 걸 들은 서 의원은 발걸음을 멈추고 그를 쳐다봤다.

"지금 응급실로 가는 중입니다. 최 형사님이……."

"무슨 소리야? 최 형사가…… 아!"

민 경정은 순간, 서 의원이 가까이 있다는 걸 깨닫고 뒤돌아

나지막한 소리로 말했다.

"무슨 일이야? 왜 응급실을 가?"

"민지 아버지 아시죠? 그 분이 최우철 형사에게 칼로 위해를 가했습니다."

"뭐? 그게 무슨 말이야? 왜? 그래서? 최 형사는 괜찮아? 위독한 거야?"

"병원에 도착해 봐야 알 것 같습니다. 지금 이동 중에 연락드리는 겁니다."

"그래? 남 순경도 같이 있는 거야?"

"아니요. 남시보 순경은 민지 아버지와 함께 있을 겁니다. 나머지 범인들하고요."

"민지 아버님이 도대체 왜……. 아니, 아니야. 알았어. 병원에 도착하면 어디인지 문자로 알려 줘."

"네, 팀장님. 상황실로 가실 거죠? 서 의원님은……"

"어, 무사해. 자세한 건 만나서 얘기하고. 최 형사 상태 확인되면 바로 연락하고. 알았지?"

"알겠습니다. 어서 남시보 순경에게 가 보십시오. 걱정이 돼서 말입니다. 무척 괴로워하는 표정이었습니다. 눈빛도 좀 풀린 듯했습니다."

"그래? 큰일이네. 또 그런 일을 겪었으니…… 그래, 알았어. 이만 끊어."

민 경정이 전화를 끊자마자 서 의원이 다가와 물었다.

"팀장님, 우철 씨가 왜요? 병원은 또 무슨 소리고요?"

"저기, 서 의원."

"무슨 일이 생긴 거죠?"

"그래요. 놀라지 말고 들어요. 최 형사가 지금 병원으로 실려 가는 중이라고 하네요."

"우철 씨가요? 왜요? 무슨 일로요? 아니, 위급한 건가요? 네?"

"서 의원, 진정해요. 아직 정확히는 몰라요. 현장에서 사고가 있었나 봐요. 칼에 찔린 듯해요. 최 형사는 강한 친구니까 쉽게 무너지지 않을 거예요. 너무 걱정 말아요. 병원 확인되면 가 보 도록 하죠. 난 먼저 상황실로 가 봐야 할 것 같아요. 거기도 환 자가 있어서."

"누가 또 다쳤나요?"

"정신적으로 큰 외상을 입은 친구가 있어서, 그 친구를 빨리 만나 봐야겠어요. 그리고 최 형사에게 해를 입힌 사람도 만나 봐야 해서요. 서 의원은 우선 여기서 조금만 기다렸다 연락오 면 최 형사한테 가 줘요."

"네, 그럴게요. 연락 주세요."

앰뷸런스 사이렌 소리에 잠에서 깬 나 경사는 벌떡 일어나 주위를 살폈다. 그리고 창문으로 걸어가 바깥 상황을 살폈다. 응급차에서 대원들이 들것을 들고, 급히 뛰어내려 경찰서 안으 로 들어가는 모습이 보였다. 나 경사는 머리를 긁적이며 다시 소파로 걸어가 앉았다. 그때 상황실 문이 열리고 한서율 검사가 들어왔다.

"안녕하세요, 나 경사님."

"어! 안녕하십니까, 검사님."

"팀장님 아직 안 오셨어요? 3시까지 와 달라고 하셨거든요."

"아, 네. 아직이요."

"그런데 웬 앰뷸런스죠?"

"그러게 말입니다. 저도 무슨 일인지는……."

"다른 분들은 다 퇴근하신 건가요?"

"아니요. 안 형사와 남 순경은 A지점 현장에 나갔습니다. 최우철 형사는 민지 아버님 만나고 계실 거고…… 아, 민지 아버님 아시죠? 이덕복 씨요."

"알아요. 중국에서 돌아오신 거예요?"

"그런 것 같습니다. 이덕복 씨 전화받고 바로 만나러 가셨어요. 팀장님은 일이 있다고 나가셨는데…… 전화해 볼까요?"

"아니에요. 3시라고 시간을 정해 와 달라고 한 걸 보면 곧 오시겠죠. 근데 나 경사님은 매번 당직이신가 봐요?"

"아, 당직이 아니라…… 귀찮아서요. 혼자 사는데 왔다 갔다 하는 것도 시간 낭비잖아요. 여기서 숙식하는 편이 낫죠. 아하하."

상황실 밖 복도에서 누군가 걸어오는 발소리와 웅성거리는 소리가 들렸다. 한 검사는 민 경정인 것 같아 상황실 문으로 다가갔다. 그때 상황실 문이 열리고 특공대원들이 밀려 들어왔다. 그 뒤로 수갑을 찬 민지 아버지와 낯선 두 남자가 뒤따라 들어왔다. 낯선 이들이 상황실로 들어오자, 나 경사는 한 검사를 보호하기 위해 급히 문으로 달려가 한 검사 앞에 섰다.

"뭡니까, 당신들? 어? 민지 아버님!"

"저희는 경찰특공대 소속 대원들입니다. 민 계장님 지시로……."

나 경사는 민지 아버지를 훑어보다 소스라치게 깜짝 놀랐다.

"이게 뭡니까? 지금! 이덕복 씨 몸에 피…… 피가 나지 않습니까?"

"아닙니다. 그 피는 최우철 경위님 피입니다."

특공대원의 말에 한 검사는 깜짝 놀라 나 경사를 밀치고 나와 물었다.

"뭐요? 최 형사님 피라니, 그게 무슨 말이죠?"

"네. 이자들은 최우철 경위 살인 미수 현행범입니다. 자세한 건 저기 남시보 형사에게 들으시죠."

"민지 아버님, 이게 무슨 일입니까? 아버님이 왜요?"

"……."

나 경사는 민지 아버지에게 다가갔지만, 그는 고개를 푹 숙인 채 아무 말도 하지 않았다.

특공대원들은 현행범들을 이끌고 상황실 취조실로 들어갔다. 남 순경은 생각에 깊이 잠긴 듯 고개 숙인 채 터벅터벅 걸어왔다.

"남 순경!"

한 검사는 남 순경 앞으로 달려가 말했다.

"남 순경님 옷에 피가……."

나 경사도 뒤따라 달려와 소리쳤다.

"야! 남 순경! 내 말 안 들려?"

"나 경사님, 잠시만요."

한 검사는 남 순경의 팔을 살며시 잡으며 말했다.

"남 순경님, 괜찮아요?"

하지만 남 순경은 고개를 들지 못했다.

"대체 무슨 일이에요? 최 경위님이 많이 다치신 거예요? 최 경위님은 어디 계세요?"

남 순경은 천천히 고개를 들어, 눈물 맺힌 눈으로 나 경사를 바라봤다.

"저기…… 병원에……."

"병원? 얼마나 다치신 거야? 민지 아버님은 또 뭐고?"

"민지 아버님이…… 최 형사님을…… 칼로……."

"칼? 칼로 찌르기라도 했단 말이야?"

남 순경은 아무 말 없이 고개를 끄덕이며 눈물을 흘렸다.

"정말이야? 아니, 왜 그래? 울 것까지는 없잖아. 왜? 뭐야? 최 형사님이 위독하기라도 한 거야? 아니면……."

"아니겠죠. 아니죠? 남 순경님."

남 순경은 흐르는 눈물을 닦으며 목이 멘 목소리로 겨우 말했다.

"흐으흠, 아니에요. 모르겠어요. 의식을 잃으셨는데……."

"울지만 말고 자세히 좀 말해 봐, 남 순경! 말 좀 해 보라고!"

나 경사는 답답한 마음에 감정이 격해져 목소리가 커졌다.

"나 경사님, 잠시만요. 남 순경님도 충격이 심했나 봐요. 진정될 때까지 기다리죠. 남 순경님, 이리와 앉아요. 안색이 너무 안 좋아요. 여기 앉아서 잠시 쉬어요."

남 순경은 말없이 흐느껴 울며, 한 검사가 마련해 준 의자에 털썩 주저앉았다.

"검사님, 팀장님도 이 사실을 아실까요?"

"모르고 계시지 않을까요? 그러지 말고 전화해 보죠."

한 검사와 나 경사는 남 순경이 편히 쉴 수 있게 탕비실로 자리를 피해 줬다. 취조실 앞에는 두 명의 특공대원들이 경계를 서고 있었다. 탕비실에 들어선 나 경사는 민 경정에게 전화를 걸었다.

"팀장님, 지금 어디에 계십니까?"

"어, 나 형사. 지금 상황실로 가고 있어. 금방 도착할 거야."

"얘기 들으셨습니까?"

"어, 최 형사 일 말이지? 성모 병원으로 이송했다고 들었어. 안 형사가 같이 있어."

"성모 병원이요? 상태는 어떤데요?"

"방금 수술실로 들어갔다고 했으니 수술 결과를 봐야 할 것 같아. 다 왔으니까 가서 얘기해. 이만 끊어."

나 경사가 휴대폰을 귀에서 떼자, 한 검사가 바로 물었다.

"뭐예요? 성모 병원에 계신 거예요?"

"다 오셨다고, 와서 얘기하자고 하시네요. 최우철 형사는 성모 병원에 있다고······. 지금 수술 중이라고 합니다. 안민호 형사가 병원에 같이 있나 봅니다."

"수술이요? 아······. 아무 일 없어야 할 텐데······."

"그럴 겁니다. 최 형사님은 강한 분이라 괜찮을 겁니다."

성모 병원 응급실 앞에 서 의원 자동차가 들어섰다. 차가 멈추자마자 조수석에서 서 의원이 내려 응급실로 뛰어 들어갔다.

"여기, 최우철이라고. 형사인데, 응급 환자 어디 있나요?"

"아, 형사님이요? 지금 수술 중이세요."

"수술이요? 언제요?"

"방금 전에 들어가셨어요. 같이 오신 보호자분은 수술실 보호자 대기실에 계시니 그곳으로 가 보시죠. 안쪽으로 쭉 들어가셔서 왼쪽으로 가시면 보이······."

"고마워요."

서 의원은 간호사가 말을 다 끝내기도 전에 간호사가 가리키는 방향으로 뛰어갔다. 보호자 대기실에는 안 경위가 고개 숙인 채 앉아 있었다.

"안 형사님! 우철 씨는 어때요?"

"아, 의원님. 방금 전에 수술실로 들어가셨습니다."

"어떻게 된 거죠?"

"칼에 복부를 찔리셨습니다."

"왜요? 무슨 일로요?"

"죄송합니다, 의원님. 저희가 미리 손을 쓴다고 썼는데…….
미처 손을 쓸 수가 없었습니다. 죄송합니다."

"아니에요. 우철 씨 많이 다친 건가요? 심각한 건 아니겠죠?"

"그건…… 네, 그럼요. 걱정 마세요. 수술 잘될 겁니다."

"그렇죠? 그래요. 괜찮을 거예요."

"네. 곧 일어나실 겁니다. 최 형사님은 꼭 이겨 내실 거예요."

상황실 밖 복도에서 다급하게 뛰어오는 발걸음 소리가 들렸
다. 점점 그 소리가 커지더니, 상황실 문이 벌컥 세차게 열렸다.

"남시보, 시보야!"

고개 숙이고 있던 남 순경이 고개를 들어 문 쪽을 바라봤다.
그 순간, 잠시 멈췄던 울음이 터져 나왔다.

"남시보, 괜찮아? 내가 이럴 줄 알았다. 왜 울어? 자식
이……."

"죄송해요, 팀장님. 제가 또…… 으흐흑."

"또라니? 아니야. 최 형사는 괜찮을 거야. 그러니까 쓸데없는
생각 마. 응?"

민 경정은 남 순경을 감싸 안았다.

"오셨어요, 팀장님."

"인사드릴 타이밍을 놓쳐서……."

민 경정이 상황실에 들어와 남 순경을 찾을 때, 그 소리를 들은 한 검사와 나 경사는 탕비실에서 나와 그들 뒤에 조용히 서 있었다.

"한 검사님, 오늘 남 순경이 많이 힘든 날입니다. 최 형사 일전에도 힘든 일을 겪었거든요."

그 말에 나 경사가 놀라며 되물었다.

"또 무슨 일이 있었던 겁니까? 팀장님."

"어, 그런 게 있었어. 그러니까 나 형사가 남 순경 신경 좀 써 줘. 아니다, 그러지 말고 집까지 데려다주고 와."

"예, 그러겠습니다."

"팀장님, 그런데 민지 아버님이 왜 그랬을까요?"

"그건 저도……. 이제부터 확인해 봐야죠. 취조실에 계시나 요?"

"네. 어떤 상황인 줄 몰라서 들어가 보지도 못했어요."

"잘하셨습니다. 제가 들어가 보겠습니다. 밖에서 지켜보시죠. 아! 남 순경, 그 사람들 어깨는 확인해 봤어?"

"없었어요."

"그래? 알았어. 집에 가서 좀 쉬어. 아무 생각 말고. 어? 알았 지? 나 형사, 어서 데리고 가."

"팀장님, 어깨라니요? 그게 뭔가요?"

"그건 민지 아버님 뵙고 말씀드릴게요, 검사님. 그럼."

민 경정은 남 순경의 어깨를 다독이며, 자리에서 일어나 취조실로 들어갔다. 이덕복은 탁자에 손을 올린 채 머리를 숙이고 있었다. 그 옆으로 낯선 두 남자가 중국어로 시끄럽게 대화하고 있었다. 민 경정이 들어온 것을 보고도 그들은 대화를 멈추지 않았다.

"조용해! 새끼들아!"

빈 경정의 기세에 눌린 두 사람은 대화를 끊고 고개를 숙였다.

제20화

죽음의 진실

이덕복은 취조실 탁자에 두 팔을 걸친 채 머리를 숙이고 있다, 민 경정의 고함에 고개를 들었다. 민 경정은 이덕복을 쳐다보며 맞은편 의자에 앉았다.

"너희 둘은 조용히 하고 있어! 어르신, 중국어 할 줄 아시죠? 전달해 주세요."

이덕복은 고개를 끄덕이고, 옆에 앉아 있는 두명의 남자에게 중국어로 말했다. 그들은 민 경정을 바라보며 고개를 끄덕였다.

"좋아요. 어르신, 어떻게 된 일이지 말씀해 주시겠습니까?"

"내가 그랬어요. 이들은 아무런 죄가 없어요. 나랑 얘기하고 이들은 돌려보내 줘요. 여행 온 중국 동포들입니다. 아무것도 몰라요."

"이들과 무슨 관계십니까?"

"중국에 있을 때 알고 지내던 동생들이에요. 이 일과 아무런 관계도 없어요. 그러니……."

"어르신! 계속 거짓말하시면 제가 좋게 해드릴 수가 없어요. 제가 묻는 말에 한 치의 거짓도 없이 대답해 주셔야 합니다. 그렇지 않으면……."

민 경정은 최대한 감정을 절제하려는 듯 주먹을 불끈 쥐고, 목소리가 커지려 하자 바로 입술을 깨물었다. 그리고 다시 말을 이어 갔다.

"어르신이 아니라 피의자로 대할 수밖에 없습니다. 아시겠죠, 어르신."

"무슨 말이지 모르겠네요. 민 형사님, 내가 무슨 거짓말을 한다는 거예요?"

민 경정은 탁자를 내리치며 큰소리쳤다.

"어르신! 좋습니다. 그렇게 나오시면 어쩔 수 없죠. 이덕복 씨, 최우철 형사를 왜 해치려 한 겁니까?"

"살인자니까요. 당신도 한통속일지 모르겠지만, 조 검사와 짜고 여남구 학생을 죽인 살인자란 말입니다."

"뭐라고요? 누가 여남구 학생을 죽였다고요?"

"모르고 있었어요? 아니면 내 앞에서 연기하는 건가요?"

"도대체 무슨 말을 하는 겁니까? 최우철 형사가 여남구 학생을 죽였다는 겁니까?"

"맞아요. 몰랐다면 똑바로 들어요. 조덕삼 그놈과 최우철이 작당해서 여남구 학생을 죽인 겁니다. 정말 몰랐어요? 참…… 형사라는 양반이 동료가 살인자인 걸 모르고 있었단 말인가요? 크흑. 커억, 콜록 콜록."

이덕복은 손으로 입을 급히 가리며 기침을 했다.

"좋습니다. 무슨 증거라도 있습니까?"

"증거? 있지. 내가 직접 들었으니까!"

"직접 들으셨다고요? 누구한테요?"

"소 검사가 최 형사와 통화하는 걸 내 귀로 직접 들었어요."

"통화요? 둘이 만나서 나눈 대화는 아니군요. 그렇죠?"

"그렇지만…… 분명 조 검사가 죽이라고 지시하는 걸 들었단 말입니다. 병원에 있는 여남구 학생을 확실히 처리하라고 한 말을 내 귀로 똑똑히 들었단 말이오!"

"조 검사가 최우철 형사라고 하던가요? 통화 중에 이름을 말했습니까?"

"어……. 그건 아니지만 이필석 그놈 사건을 담당했던 검사고, 수사를 맡았던 형사가 최우철 그놈 말고 또 있겠어요? 분명……."

"이덕복 씨, 잠시만. 지금 최우철이라는 이름도 듣지 못했는데, 최 형사라고 추측을 했다는 말입니까?"

"그렇지만…… 상황이…… 그리고……."

"이덕복 씨, 최 형사한테 확인이라도 해 보셨습니까?"

"아니, 그걸 물어본다고 순순히 얘기했겠어요? 괜히 말했다 내가 위험할 수 있는데."

민 경정은 헛웃음이 터져 나왔다.

"하, 그러면 확인도 하지 않고 그렇게 무작정 죽이려 했다는 겁니까?"

"무작정?"

이덕복은 민 경정을 노려보더니, 크게 소리 내어 웃으며 이어 말했다.

"그래요. 가재는 게 편이라더니, 좋을 대로 생각해요. 이젠 난 상관없으니."

"이덕복 씨, 단단히 크게 오해하고 계십니다."

이덕복은 부릅뜬 눈으로 민 경정을 노려보며 언성을 높였다.

"오해? 그들이 말한 대로 그대로 다 됐는데, 오해라고? 여남구 학생은 죽었고, 이필석 그 죽일 놈은 무죄로 풀려났어요. 그래도 오해라고? 너도 한통속이라 그거냐? 그런 거야? 크흑, 콜록 콜록."

이덕복은 감정이 격해져 마른기침을 콜록거렸다.

"여남구 학생은 최우철 형사가 죽이지 않았습니다. 여남구 학생이 자살을 시도한 그날, 저랑 이덕복 씨 문병을 갔습니다. 기억 안 나십니까?"

"뭐요? 그날이……."

"왜 확인도 안 하시고, 이런 일을 벌이셨습니까?"

"확인이요? 했지요. 조 검사가 모든 걸 다 실토했어요."

"조 검사가요?"

"그래요. 최 형사에게 물어봤으면 순순히 대답을 했을 것 같소?"

"아닙니다, 이덕복 씨. 그날 분명 최 형사는 저랑 있었습니다. 여남구 학생에게 부재중 통화가 와 있어 급히 학생에게 갔지

만…… 늦었던 겁니다. 결국 병원에서 치료 중에 사망한 거고
요. 못 믿으시겠다면……."

"이제 상관없다 하지 않았소! 엎질러진 물이고, 내 죄는 달게
받을 생각이에요. 죄를 부정하는 것도 아니고…… 아, 조덕삼
그놈도 내가 죽였어요."

"네? 조덕삼 검사를요?"

차 뒷좌석에 앉아 있는 조덕삼 검사 입엔 청테이프가 붙어
있었다. 그는 부들부들 떨며 눈을 이리저리 움직였다.

"으음……. 으으음……."

"조 검사, 왜 그랬어요?"

"으음……. 으으음…… 으음."

"테이프를 뗄 거예요. 그런데 소리를 지르면 바로 죽일 겁니
다. 알았죠?"

중국 동포 중 한 사람이 조 검사 목에 칼을 대고 있었다. 조
검사는 고개를 끄덕였다.

"좋아요."

이덕복이 중국어로 중국 동포에게 뭐라고 말하자, 그가 조
검사 입에 붙어 있던 테이프를 뗐다.

"민지 아버님, 뭔가 오해가 있으신 것 같습니다."

"오해요? 그래요. 말해 봐요. 왜 그랬어요? 누구 지시로 그런

거예요?"

"무슨 말씀이신지?"

이덕복이 고개를 옆으로 살짝 움직이자, 중국 동포는 조 검사 목에 대고 있던 칼에 힘을 주었다.

"아악! 아으, 아…… 네, 알겠어요. 그러니까 제발…… 칼 좀……."

이덕복이 고개를 끄덕이자 그는 조 검사 목에서 칼을 뗐다.

"그러니까 말해 봐요. 왜 죽인 거예요?"

"아닙니다. 제가 그런 게 아닙니다. 정말입니다."

"그럼 누가 지시한 건가요? 이필석 그놈이에요?"

"그래서 이필석 의원도 죽인 겁니까?"

"그렇다면 말할 건가요? 그래요, 내가 죽였어요. 그러니 살고 싶으면 어서 사실대로 말해요."

"네, 맞아요. 이필석 의원이 죽이라고 지시했습니다. 저는 지시에 따른 것뿐입니다, 어르신."

"그래요. 그래서 최우철 형사에게 죽이라고 지시한 건가요?"

"네? 아니……."

"똑바로 말해요. 정말 죽고……."

"네, 맞아요. 맞습니다. 최 형사가 죽였습니다. 맞아요. 이 제 다 말했으니 제발 살려 주십시오. 전 그냥 중간에서 전달만……."

"전달만 했다, 그런 건가요?"

"네. 그러니 제발 살려 주십시오."

"이래도 아니라고 할 겁니까? 당신이 최우철에게 속고 있는 거예요."

"어르신, 오해십니다. 조 검사가 거짓을 말한 겁니다. 최 형사가 이민지 양 사건에 얼마나 신경을 많이 썼는지 누구보다 어르신이 잘 아시지 않습니까?"

"그래요, 알죠. 그래서 더 괘씸했어요. 그렇게 믿었는데 어떻게 나와 내 딸에게……."

"어르신, 정말 최 형사는 아닙니다. 조덕삼 검사 배후에 누가 있는 겁니다. 그 배후를 지금 쫓고 있는 중입니다. 최 형사가 그 사건에 가담할 이유가 없지 않습니까?"

"배후를 쫓아요? 그럼, 이필석 그놈이 지시한 게 아니란 말입니까?"

"네, 아닙니다. 그런데 정말 이필석 의원을 죽이셨습니까? 설마 이대우 대법관도……."

"아니에요, 그건."

"아니라고요? 그런데……."

"그래요. 이필석 그놈을 제일 먼저 죽이려 했어요. 그래서 직접 죽이려고 찾아갔지만, 이미 누가 죽였더군요."

"뭐라고요? 혹시 살해 현장에 계셨습니까? 목격하신 거예요?"

"내가 아니고 여기 이 친구들이……."

"정말입니까? 누가 죽였는지 직접 본 겁니까?"

이덕복은 중국어로 옆에 있는 중국 동포에게 그날 일을 물었다. 중국 동포는 그날 일을 이덕복에게 설명했다.

"그날, 이필석이 죽은 날. 이 친구들이 뒤를 쫓아 집까지 갔어요. 다음날 죽일 계획으로 미리 집을 찾았고, 이필석 그자 동선을 파악하고 있던 중이었죠. 그런데 한 남자가 이필석 뒤를 쫓는 걸 본 모양이에요. 이필석 그자가 집으로 들어가려는데, 그 남자가 이필석을 붙잡고 강제로 집 안으로 밀고 들어간 거예요. 거기까지 지켜보고 아파트 밖으로 나와, 차를 타려고 할 때 이필석이 베란다에서 떨어지는 걸 본 거죠."

"이필석을 밀고 들어간 남자 얼굴은 기억나는지 물어봐 주시겠어요?"

이덕복은 번갈아가며 말을 전했다.

"아파트 복도 전등 불빛으로 그자 얼굴을 볼 수 있었다고 하네요."

"그럼 혹시 이대우 대법관 살인 현장도 목격한 겁니까?"

"아니요. 이대우 대법관은 생각지도 않았던 인물이에요."

"그런데 조 검사는 왜 죽이…… 아니, 그럼 조 검사도 죽이지 않으신 겁니까?"

"아니요. 조 검사는 죽인 게 맞아요. 내가 죽였어요."

"교통사고로 위장해 죽이신 겁니까?"

"미리 물로 질식사시키고 택시 추락사로 위장한 거예요. 그러니 이 친구들은 아무 상관이 없어요. 이제 아시겠죠?"

"모든 걸 인정하시니 그 점은 참작될 겁니다. 이자들은 이필석 의원 살해 현장에서 있었던 일을 증언만 해 준다면, 정상 참작해서 살인 방조죄 정도로 감경받을 수 있도록 애서 보겠습니다."

"뭐라고요? 살인 방조죄……."

"네. 살인 공범으로 넣지 않는 걸 다행이라 생각하십시오. 살인을 방조한 것은 명백한 사실이라 그건 어떻게 해드릴 수 없습니다. 그렇지만, 살인 공범이나 공모 죄로는 처벌받지 않도록 애서 보겠습니다. 그러니 이필석 의원 사건에 협조해 주셔야겠습니다."

이덕복은 중국 동포에게 민 경정의 말을 전했다. 두 사람은 잠시 서로 상의하더니 이덕복에게 얘기했다.

"좋다네요. 대신, 협조하면 말한 대로 약속을 지켜 달라고 하네요."

"그건 꼭 약속한다고 전해 주십시오."

"그러죠."

민 경정은 크게 숨을 내쉰 뒤 말했다.

"어르신, 우선 죄송합니다. 어르신은 조덕삼 검사 살인 및 최우철 형사 살인 미수 건으로 바로 구속되실 겁니다. 아무리 법 신뢰가 땅에 떨어졌다고 해도 직접 처벌하시는 건 아니었습니다. 왜 그렇게까지 하신 겁니까? 어른신도 똑같은 범죄자가 된다는 걸 모르시지는 않으셨을 것 아닙니까?"

"이제 와서 그게 무슨 소용이 있겠어요. 상관없어요. 이제 돌이킬 수 없지 않나요. 죗값을 받는 걸로 대신하죠."

"어르신, 최 형사는 괜찮을 겁니다. 깨어나면 그때 직접 만나 얘기해 보시죠. 그럼 최 형사도 이해할 겁니다."

"……."

이덕복은 굳게 입을 다물고 아무런 말도 하지 않았다.

"저희가 무능해 이런 일이 생겼습니다. 저희 소임을 제대로 했다면 어르신이 그렇게까지는 하지 않으셨을 텐데 말입니다. 진심으로 송구스럽게 생각합니다."

"최 형사가 아니라면 누가 여남구 학생을 죽인 겁니까? 배후가 있다고 했죠? 그럼 이번만은 제발 제대로 진범을 잡아 줘요. 죄송하다는 말 대신에 말이에요. 그렇게만 된다면 최 형사가 진범이 아니라는 걸 믿을 수 있지 않겠어요."

"네, 어르신. 무슨 말씀인지 알겠습니다. 진범이 누구인지 그 배후까지 꼭 파헤쳐 저희 과오를 깨끗이 씻어 내겠습니다."

"내가 죽기 전에 진범을 잡아 줬으면 고맙겠네요."

"꼭 그렇게 하겠습니다, 어르신."

"괜찮아?"

"네, 이제 좀."

"이렇게 둘만 있는 건 처음이네."

"아, 그러네요."

"둘만 있는데 말 편하게 해."

나 경사는 살짝 미소 띤 얼굴로 남 순경에게 말했다.

"아닙니다."

"그래, 편한대로 해. 음악이라도 들을까?"

"아니에요. 그냥 조용한 게 좋아요. 빗소리 듣기도 좋고요."

"그러게, 요샌 새벽만 되면 비가 내리네. 그래, 그럼."

"아, 빗길에 운전 조심하시고요. 괜히 저 때문에……."

"아니야. 나도 상황실에만 있는 게 답답했는데 드라이브한다 생각하고 가는 거야. 하하."

"제가 아니라 박민희 형사가 옆에 있어야 하는데……."

나 경사는 당황해하며 말을 더듬거렸다.

"뭐…… 뭐야? 갑자기 왜? 여기서 박 형사가 왜 나와?"

"박 형사 좋아하시는 거 아니셨어요?"

나 경사는 버럭 소리 지르며 얼굴을 붉혔다.

"아니야! 내가 누굴 좋아한다고 그래? 아니야. 큰일 날 소리 하네. 박 형사가 알면 난리 난다. 괜한 소리 하지 마."

"강하게 부정하시는 거 보니 더 의심스러운데요. 다 알아요, 나 형사님. 저한테까지 숨기지 않으셔도 됩니다. 잘해 보세요."

"이거 뭐, 최 형사님도 그러더니…… 아, 그게 아니……."

나 경사는 겨우 최 경위 일에서 벗어나, 평정심을 찾은 남 순경을 건드린 것 같아 아차 싶었다.

"아니, 아니야. 내가 괜한 소리를 했네. 미안."

"저는 괜찮아요. 최 형사님 상태 좀 어떤지 전화해 볼까요?"

"아니야. 팀장님도 아무 걱정 말고 들어가서 쉬라고 했잖아.

그냥 가서 쉬어. 응?"

"궁금해서 잠이 더 안 올 같아서 그래요."

"아……. 그런가? 그래, 그럼."

남 순경은 휴대폰을 꺼내 안 경위에게 전화를 걸었다.

"남 순경님, 어떠십니까? 괜찮은 거죠?"

"네. 괜찮아요. 저보다 최 형사님은?"

"아직 수술 중입니다. 수술이 좀 길어지네요. 그래도 너무 걱정 마십시오. 간호사분이 잠깐 나왔을 때 물어봤는데, 수술은 잘 되어 가고 있다고 했습니다. 아하하."

"정말이죠?"

"그럼요. 제가 왜 거짓말을 합니까?"

"알겠어요. 수술 끝나면 연락 주세요. 꼭이요."

"네, 그러겠습니다."

"고마워요, 안 형사님."

나 경사는 궁금한 듯 슬쩍 통화 내용을 물어왔다.

"뭐라고 그래? 수술은 끝났대?"

"아니요. 수술이 좀 길어지나 봐요. 수술은 잘되고 있다고 하는데 저 때문에 거짓말하는 것 같기도 하고……. 수술 중에 간호사가 나올 수 있나요?"

"어? 그거야……."

"아무튼 수술 중이라고 하네요."

"어, 음……. 아, 근데 상황실에서 말이야. 팀장님이 범인들 어깨를 확인해 봤냐고 물었잖아? 그게 무슨 말이야?"

"그게…… 아, 아니에요. 아무것도요."

"아무것도 아니라고? 뭐야? 내가 알면 안 되는 거야?"

남 순경은 머뭇거리며 말을 잇지 못했다.

"이거 뭐야? 섭섭하게……. 동료끼리도 비밀인 거야? 팀장님이 나한테도 비밀로 하라고 하신거야?"

"그건 당분간 대외비라고 하셔서요. 죄송해요. 나중에 팀장님이 내용 공유하실 거예요. 너무 서운해하지 마세요."

"뭐야? 참……. 알았다. 어쩔 수 없지. 난 또 어깨에 뭔가 있는 줄 알았지. 문신이나 그런 거."

"문신이요? 어……."

"뭐야? 그런 거야?"

"아니……."

"에이, 됐다! 말 못 하는데 괜히 내가……. 얼마나 왔지?"

"거의 다 왔네요. 저쪽 골목으로 쭉 가서 사거리에서 왼쪽으로 들어가시면 돼요."

"그래. 이제 들어가 쉬어. 나도 바로 병원으로 가 볼 거야."

"그럼 저도……."

"어? 아니, 안 돼. 팀장님이 집으로 데리고 가라고 하셨어. 나도 팀장님 지시에 따라야 하니까, 병원에 따라갈 생각은 하지 마. 알았지?"

"뒤끝 작렬이시네요."

"뒤끝? 그래. 몰랐어? 나 완전 뒤끝 있는 남자야."

"아하하. 네 네. 알아 모시겠습니다."

"뭐? 하하하. 그래, 웃으니 좋잖아. 웃어."

"고맙습니다, 나 형사님."

"이제 다 왔다. 우산 없으니까 뛰어 들어가."

"네, 전화 주세요."

"그래."

남 순경은 차에서 내려 두 손으로 얼굴을 가리며 집으로 뛰어갔다.

취조실에서 나온 민 경정에게 한 검사가 다가갔다.

"팀장님, 뭐가 어떻게 된 건가요?"

"잠시만요, 검사님."

민 경정은 취조실 앞에서 대기하고 있던 특공대원에게 갔다.

"중국 동포 두 사람은 유치장으로 데리고 가고, 어르신은 안전 가옥으로 모셔요. 도주 위험은 없을 거예요. 혹여 자해할지 모르니 감시는 해야 합니다. 나 외에 누구와도 만나게 하는 일은 없어야 합니다. 알겠죠?"

"예, 알겠습니다."

특공대원은 함께 대기하고 있던 대원들과 취조실로 들어갔다.

"팀장님, 안전 가옥이라니요?"

"민지 아버님이 시한부이신 건 아시죠? 말씀드린 것 같은데……."

"알고 있어요. 그래도……."

"그냥 모른 척해 주십시오. 민지 아버님에게 해드릴 수 있는 게 그것밖에 없어서요."

"하지만…… 네, 그러세요."

한 검사는 민 경정의 눈을 보고 더는 뭐라고 말할 수 없었다.

"고맙습니다, 검사님. 잠깐, 저기로 가서 얘기하실까요?"

그때 취조실에서 이덕복과 중국 동포들이 수갑을 찬 채로 대원들에 이끌려 나오고 있었다.

"저기, 잠깐만. 이덕복 씨는 수갑 풀어드리세요."

"네? 아, 예."

특공대원은 이덕복에게 다가가 수갑을 풀어 주었다.

"고마워요, 민 형사님."

"아닙니다. 제가 조만간 찾아뵙겠습니다."

"아니에요. 오지 말아요."

이덕복은 그렇게 말하며 고개를 돌려 외면했다. 대원들은 피의자들을 이끌고 상황실 밖으로 나갔다.

"후……. 여기 앉으세요, 검사님."

의자에 앉은 한 검사 맞은편에 민 경정이 몸을 앞히며 말을 이어 갔다.

"밖에서 들으셔서 아시겠지만, 조덕삼 검사는 이덕복 씨가 살해한 것으로 보입니다. 물론 혼자 한 것은 아닌 것 같고, 같이 있던 중국 동포를 고용한 것 같습니다."

"저도 그렇게 보였어요. 그런데 정말 조 검사만 살해한 걸까요? 이필석 의원과 이대우 대법관도 이덕복 씨 일행이 살해한 건 아닐까요?"

"아닐 겁니다. 거짓말을 하실 것 같지 않아요. 시한부 선고를 받아 얼마 남지 않으셨어요. 굳이 형량을 줄이려 그런 거짓말을 할 것 같지는 않아요."

한 검사는 입을 삐쭉 내밀며 고개를 끄덕였다.

"나오실 때 보니까 중국 동포 어깨를 보시던데요. 뭘 확인하신 건가요?"

"어깨에 왕관 문신이 있는지 확인했습니다."

"왕관 문양이면……."

민 경정은 그동안 서민주 의원에게 있었던 일과 그 과정에서 있었던 모든 일들을 얘기했다.

"그런 일이 있었다고요? 아무리 비밀로 하셔야 한다지만 동료들은 믿고 말씀을 해 주시지 그러셨어요. 팀장님도 그렇고 남시보 순경이 많이 힘들었을 것 같네요. 그 모든 걸 다……."

"네, 그렇죠. 그러면 좋았겠지만 만약을 대비해 비밀리에 진행한 것이니 너무 서운해 마십시오."

"아니요. 서운한 게 아니라 두 분만 너무 고생하신 것 같아서요. 알고 있었다면 힘을 보태드릴 수도 있었을 텐데…… 죄송해서 그러죠."

"아이고, 우리 검사님. 역시나 마음이 한결같이 고우십니다. 마음만으로 감사합니다."

"그럼 최우철 형사 건도 남 순경이 본 건가요?"

"맞습니다. 그래서 더 힘들 겁니다."

"그러겠네요. 연이어⋯⋯. 팀장님은 이필석 의원과 이대우 대법관은 다크킹덤의 짓이라 생각하시는 건가요?"

"일단은 그렇게 보고 있습니다. 이필석 의원 살해 현장을 목격한 목격자가 생겼으니, 수사는 조금 더 수월해질 것 같습니다."

"정말 다크킹덤이라는 사조직이 활동하고 있다니⋯⋯. 왕관 문신이라⋯⋯."

"다크킹덤 관련 증거가 확보됐으니 수사에 속도를 붙일 수 있을 것 같습니다."

"그러네요. 여남구 씨가 남긴 증거물, 지금 가지고 계신가요?"

"그 증거물은 검증 중에 있습니다."

"검증 중이라고요?"

"네. 예전 채이돈 사건으로 이름을 들어 보신 적이 있을 겁니다. 그때도 사건 증거물 건으로 도움을 받았던 친굽니다. 김승철 경감이라고. 기억나십니까?"

"기억나요. 팀장님과 동기분이시죠. 정보과에 계신다는."

"맞습니다. 그 친구한테 USB 내용들이 원본인지, 조작된 흔적은 없는지 확인해 달라고 부탁했습니다. 함께 있던 서류 문서들도 원본인지 사본인지도요. 그리고 여남구 학생이 남긴 글도 여남구 학생 필체인지 감정을 부탁했고요."

"와, 벌써⋯⋯."

"한시라도 빨리 진행해야 하지 않겠습니까? 판이 흔들려 우리 쪽으로 조금 기운 듯합니다. 이때 제대로 판을 흔들어 놔야 하지 않겠어요?"

"네, 그래야죠."

"내일이라도 당장 진행할까 합니다. 괜찮겠죠? 검사님."

"그러시죠. 도민 경감님도 함께 하시는 건가요?"

민 경정은 잠시 고민하다 대답했다.

"아직은 의견을 타진해 보지 못했습니다."

"팀장님 생각은 어떠세요? 저는 저희에게 꼭 필요한 분이라 생각이 들어서요."

"저도 그렇습니다. 그럼, 가까운 시일 내에 의중을 확인해 보겠습니다."

"그러시죠. 팀장님 판단에 맡길게요. 저도 각오는 돼 있어요."

"그럼요, 각오하셔야죠. 아! 그리고 서민주 의원은 어떠십니까?"

"서민주 의원님이요? 저는 잘 모르는 분이라……. 팀장님은 어떠신데요?"

"국회의 도움도 필요할지 몰라서 말입니다. 초선 의원이지만 초선들 사이에서는 신임이 두터운 걸로 알고 있습니다. 저희에게 힘이 될 분이라 생각합니다."

"그것도 팀장님 판단을 믿어 볼게요. 그러시죠."

"감사합니다, 검사님. 그럼 가 보실까요?"

"벌써요? 아, 병원에……."

"아닙니다. 가 볼 곳이 따로 있습니다."

"네? 어디 말씀이세요?"

"그건 가 보시면 압니다. 가시죠."

연쇄 살인사건 D-10일

해가 뜨기 직전 푸른빛이 창을 비출 때까지, 나는 침대에 누운 채로 천장만 바라보고 있었다. 눈을 감으면 칼에 찔린 최우철 형사가 떠올라 눈을 감을 수 없었다. 아직도 수술 중일까? 전화를 해 보고 싶었지만 그냥 기다려 보기로 했다.

여태껏 잘해 오고 있다고 생각했다. 내 능력으로 소중한 생명을 구할 수 있다고. 그것이 내 소명이라고. 하지만 넘지 말아야 할 선까지 넘어선 것은 아닐까? 주제넘게 나서고 있는 것은 아닐까? 순리를 깨고 있는 것은 아닐까? 내 능력에 의구심이 들기 시작했다.

바뀌지 말아야 할 미래를 내가 바꾸려 하는 것은 아닐까? 머릿속은 터질 듯 온통 물음표로 가득했다. 그때, 드르륵거리는 소리와 함께 진동이 느껴졌다.

"네, 나 형사님."

"바로 받네? 역시나 못 자고 있었구나."

"최 형사님은 어떠세요?"

"어, 방금 중환자실로 옮겼어."

"중환자실이요? 수술이 잘못된 건가요?"

"아니야. 수술은 잘됐어. 하루 이틀 경과를 봐야 한다고는 했지만."

"수술이 잘됐다면서요? 그런데 왜…….'

"장기 여러 곳을 건드렸나 봐. 봉합은 다 잘했다는데…… 염증이나 또 다른 부작용이 생길 수 있을 것 같다고…… 뭐라고 하셨는데 잘 모르겠고. 아무튼, 경과 지켜보자고 하셨으니까 그렇게 알고 걱정하지 마. 고비는 넘긴 거 같으니까, 알았지?"

"네, 팀장님도 거기에 계세요?"

"아니, 아직 안 오셨어. 검사님과 상황실에 계신 듯해. 병원으로 오신다고는 하셨는데 모르겠네. 팀장님한테는 안 형사님이 연락했을 거야. 한다고 했거든."

"알겠습니다. 무슨 일 있으면 바로 연락 주시고요. 죄송해요, 같이 있어야 하는데……."

"남 순경, 걱정 말고 푹 자 둬. 아직 사건 종결된 거 아니다. 살인범 잡아야지. 응?"

"네, 그래야죠."

"그래. 이만 자."

"그럼 고생하세요."

전화를 끊고 보니 문자가 와 있다. 형님 문자였다. 자고 있을지 몰라 문자로 보냈다며, 수술 잘됐으니 걱정 말고 문자 봤으면 편히 자라는 내용이었다. 답장을 보내고 눈을 감아 보려 했지만 역시 잠이 오지 않았다.

그러고 보니 몇 시간 뒤면 해장국집 작은아들 발인인데 가 봐야 할까? 할머니 얼굴을 제대로 볼 수나 있을까? 아니다. 나중에 묘소에 찾아가 용서를 비는 게 좋겠다. 지금은 누구도 볼 자신이 없다.

드르륵.

"팀장님이 또 보내셨나? 어!"

드르륵.

문자가 연이어 들어왔다. 안 형사와 한 검사 그리고 박 형사의 문자였다. 모두 내가 걱정돼 보내 온 문자들이었다. 그래, 힘내자. 혼자 힘들어하지 말자. 내 옆에는 이렇게 힘이 되어 주는 동료들이 있지 않은가! 함께해 줄 동료가 있다. 고맙다, 정말. 남시보, 힘내자!

그래도 잠은 오지 않는다.

이른 아침, 중환자실 앞 대기실에 안 경위와 서 의원 그리고 나 경사가 나란히 앉아 있었다. 면회 시간까지는 많이 남았지만, 최 경위가 깨어나기를 기다리며 밤을 새우는 중이었다.

"고생들 많아."

민 경정과 한 검사가 대기실로 들어서자 나 경사가 일어나 인사했다.

"어, 팀장님 오셨어요. 검사님도 오셨습니까?"

"고생들 많으셨어요."

"아닙니다. 고생은요?"

민 경정은 서 의원에게 갔다.

"서 의원, 괜찮아요?"

"네, 저야 뭐……."

"안녕하세요. 한서율 검사라고 합니다. 처음 뵙겠습니다."

"네, 서민주라고 합니다."

한 검사와 서 의원이 인사하는 동안 민 경정은 안 경위에게 가 물었다.

"아직 안 깨어났어?"

"네, 팀장님. 아직 의식이 돌아오지 않았나 봅니다."

"그래. 이제 좀 들어가서 쉬어. 내가 지키고 있을 테니. 서 의원도 들어가서 눈 좀 붙이고 와요."

나 경사는 눈치를 살피며 민 경정에게 말했다.

"팀장님도 못 주무시지 않으셨어요? 괜찮으시겠어요?"

"괜찮아, 이 정도는."

"그런데 이덕복 씨가 왜 그런 겁니까? 진술은 하던가요?"

"어, 그래. 모두 진술했어. 그건 나중에 얘기해. 이렇게 다들 지키고 있는 것보다 몇 사람만 남고 들어가 쉬는 게 어때? 교대로 지키는 게 좋을 것 같은데."

"그러는 게 좋겠습니다. 아니면 식사라도 하고 오시죠. 의원님, 먼저 드시고 오세요."

"그러지 말고. 나 형사, 안 형사랑 의원님 모시고 가서 식사하고 와."

서 의원은 고개를 가로저으며 말했다.

"아니, 저는 괜찮아요. 입맛이 없어서요. 드시고 오세요."

"그래요. 그럼, 자네들이라도 먼저 먹고 와."

"네. 금방 다녀오겠습니다."

드르륵.

띵 띠딩 띵띵! 띵동!

"어, 뭐야? 문자 소린가?"

갑자기 동시에 문자 알림 소리가 울렸다. 처음 문자를 확인한 안 경위는 어리둥절한 표정으로 민 경정을 바라봤다.

"팀장님, 이 문자는 뭡니까?"

"왜? 잠깐만."

민 경정도 문자를 바로 확인했다.

"뭐야, 이거. 팀장님, 이게 어떻게 된 겁니까?"

나 경사도 문자를 확인하고는 넋이 나간 얼굴로 민 경정을 봤다.

"무슨 일이에요? 왜들 그러세요?"

"이런, 생각보다 빠른데……."

한 검사는 민 경정에게 다가가 휴대폰을 건네받아 문자를 확인했다.

- 공지 -

금일부로 강남 연쇄 살인사건 특별 수사본부를 해산합니다. 각 부원들은 각자 일선 근무지로 복귀해 대기 바랍니다. 수사 결과에 따른 징계 절차가 있을 예정이니, 빠른 시일 내에 별도 통보하도록 하겠습니다. 이상.

나 경사는 잔뜩 성난 목소리로 말했다.

"팀장님, 해산이야 그렇다고 해도 징계는 너무한 거 아닙니까?"

"정말 해산하는 겁니까? 아직 연쇄 살인범을 잡지도 못했는데……. 아니, 그자는 진짜가 아니지 않습니까?"

안 경위는 어이없는 헛웃음을 터뜨렸다.

"모두 진정들 해. 징계 절차가 있을 거라고 했지, 징계를 내린다는 건 아니잖아. 우선 대기하라고 하니 기다려 보자고. 어?"

"그럼 경찰청으로 복귀하는 겁니까?"

"그래야지, 일단은."

나 경사는 미간을 찌푸리며 민 경정을 쳐다봤다.

"일단이요?"

"우선 아침이나 먹고 와. 그 얘기는 나중에 하고. 여기 병원이야. 조용히들 하지."

민 경정은 서 의원의 눈치를 살피며 서둘러 상황을 정리했다.

"아……. 네. 서 의원님, 죄송합니다."

"아니에요, 나 형사님."

이날 상황실은 모두 정리되었고, 빠르게 징계 절차가 진행되었다. 이틀 뒤 징계 결과는 각자 문자로 통보되었다.

- 민우직 경정 : 3개월 정직 처분

- 최우철 경위, 안민호 경위 : 1개월 정직 및 3개월 감봉 처분

- 도민 경감, 나영석 경위 : 1개월 정직 및 3개월 감봉 처분

- 나상남 경사 : 3개월 감봉 처분

- 남시보 순경, 박민희 순경 : 1개월 감봉 처분

- 한서율 검사 : 통영지검으로 전출

연쇄 살인사건 D-6

클래식 음악이 흐르고, 긴 테이블 곳곳에 촛대와 꽃병들이 장식되어 있다. 서빙하는 종업원들이 테이블 위에 음식들을 세팅 완료하자, 문이 열리고 사람들이 줄지어 들어섰다. 모두 자리에 착석한 후 각자 앞에 놓여 있는 음식들을 먹으며 담소를 나눴다.

"어때요? 여기 음식 괜찮죠?"

"매번 오지만, 올 때마다 나오는 음식들이 어디서도 맛보지 못한 것들로 가득하네요."

"이만한 곳이 없다니까요. 허허허."

"이번 총선은 어떻게 보십니까? 어르신."

"이번에 제대로 바꾸지 못하면 우리도 힘들어집니다. 아시죠?"

"그래서 이렇게 모인 게 아닙니까?"

"정권이 바뀌고 나니 내부 살림이 확연히 쪼그라들었어요. 이제라도 새로운 인재들을 영입해 조직을 다질 필요가 있어요. 안 그런가요?"

"그래도 아무나 들일 수 없지 않겠습니까? 지금까지 어떻게 만들어 온 조직인데……."

"알지요. 하지만 이제는 양적으로도 확장할 필요가 있어요. 다시 우리 시대를 만들어 가야 하지 않겠어요? 이제 선거도 준비해야 할 때가 됐고요. 해야 할 일이 많아요. 그만큼 나가야 할 돈도 많다는 겁니다."

"그건 그렇습니다. 지금 모으기가 쉽지 않아졌어요. 기업들이 일하기 어려워지니 여윳돈이 어디 있겠습니까? 그것도 그거지만…… 점점 말을 들어 처먹지 않으니……."

"이게 다 힘이 약해졌기 때문 아니겠어요. 그러니 힘을 키워야죠. 이번 총선에서 반드시 우리 힘을 보여 줘야 합니다. 안 그래요?"

"어르신 말씀이 맞습니다."

"그래도 영 탐탁치가 않아서……."

"좋은 방법이라도 있으십니까, 어르신."

"여러분들이 걱정하는 게 뭔지 압니다. 잘 생각해 보세요. 신라시대에 성골과 진골이 있지 않았습니까? 우리도 성골은 그대로 두고 진골들을 확장할 필요가 있지 않겠어요? 성골들은 뒤로 물러나 진골들을 내세워 진행해 보는 건 어떻겠습니까?

성골은 좀 더 음지에서 진골들을 움직이고 말입니다. 그렇게 생각하면 골치 아픈 일은 쉽게 해결되지 않겠어요."

"그렇다면야…… 육두품들도 많은데……. 아하하하."

"행동대원들을 꾸리려면 머니가 필요합니다. 우리 세가 많이 꺾인 게 사실이지 않습니까? 이제라도 새로운 인재들을 영입해 세력을 확장해 자금을 확보할 필요가 있어요."

"저도 그 말씀에 동의합니다."

"여러분들의 의견을 듣고 싶군요."

"이러다 정말 나라가 망하게 생겼습니다. 이 정부가 나라를 망쳐 놓고 있는데, 이제라도 제대로 돌려놓아야 하지 않겠습니까? 저도 어르신 말씀에 동의합니다."

"그래요. 저희 만성지회에서도 이렇게 둬서는 안 된다고 보고 있습니다. 힘을 합쳐 이번에는 바꿔야 한다는 목소리가 큽니다. 저도 동의합니다."

"개혁이라고 칼춤을 추는 꼴을 더 이상 못 봐 주겠습니다. 이제라도 다시 제자리로 돌려놔야 하지 않겠습니까. 동의합니다."

"좋아요. 이번에 멤버를 적극적으로 늘리기로 하죠. 대신, 상위 클래스는 여기 계신 분들로만 구성하는 걸로 하죠. 괜찮으시겠죠?"

"좋은 생각이십니다."

"저도 좋습니다."

"네, 동의합니다."

테이블 양옆으로 줄지어 앉아 있는 사람들이 동시에 손을 들며 동의를 표했다.

"좋아요. 모두 동의하는 것으로 알겠어요. 오늘 소개할 사람은 진골 멤버를 이끌어 갈 인재라고 보면 될 겁니다. 다들 잘 알고 있을 겁니다. 주홀딩스 대표 주필상 사장이라고. 자, 들여보내요."

잠시 후 문이 열리고 주필상 사장과 그의 아들 주명근이 들어왔다.

"안녕하십니까? 영광스러운 자리에 함께할 수 있어 크나큰 영예라 생각합니다. 주홀딩스 대표 주필상이라고 합니다. 여기는 제 자식인 명근이라고 합니다."

천장에는 화려한 샹들리에가 걸려 있고, 천장을 지탱하는 기둥들은 그리스 성전에서나 보았던 건축 양식이었다. 파티 룸 곳곳에는 온갖 술과 안주들이 있었고, 그곳엔 연미복 차림의 남성들과 화려한 드레스를 입은 여성들이 모여 칵테일을 마시며 사담을 나누고 있었다.

"동민아, 여기다."

"어, 브라더."

"어떠냐?"

"뭐, 생각했던 것보다는 노멀하네."

"노멀? 카하하하. 자식, 실망했어?"

"아니, 나야 브라더가 하도 기대하라고 해서 기대를 좀 많이 했지."

차동민은 멋쩍게 웃으며 주위를 둘러봤다.

"염려 마. 아직이다. 기다려. 노멀한 것 좀 즐기다 보면 생각지도 못한 것들을 볼 거야."

정민우는 고개를 뒤로 젖히고, 흰자위를 보이며 웃어 보였다.

"뭐야? 뭐가 더 있는 거야?"

"있지, 당근!"

"그런데 내가 와도 되는 곳이야? 클럽 사장 아들 말로는……."

"왜? 뭐라 그래?"

"아니, 아무나 올 수 있는 곳이 아니라고 해서 말이야."

"그렇지. 아무나 올 수 있는 곳은 아니지. 왜? 네가 아무나 같아서 그래?"

"그게…… 좀……."

멋쩍어 하는 차동민을 보며 정민우는 다독이듯 말했다.

"오우, 쏘리 쏘리. 야, 농담이야. 네가 아무나였으면 내가 데리고 왔겠어? 괜찮아. 그리고 여기 들어온 이상 누가 뭐라고 못해. 그게 이곳 룰이야. 가끔씩 외부인을 데리고 오기도 하니까 너무 쫄지 마."

"누가 쫄았다고 그래? 그게 아니고……."

"카하하하. 우선 사람들하고 인사 좀 나눠. 여기 있는 사람들, 우리나라에서 내로라하는 집안 자제들이니까. 알아 두면 네 사업하는 데 도움될 거야. 따라와 소개시켜 줄게."

정민우는 차동민의 팔을 살며시 잡아끌어, 한 무리의 사람들이 있는 곳으로 갔다.

"아이고, 안녕하십니까? 그동안 잘들 지내셨습니까?"

"어? 왔어?"

"네, 형님. 잘 지내시죠?"

정민우는 일일이 사람들 손을 맞잡으며 인사했다.

"그렇지. 사업차 미국에 있다가 이것 때문에 어제 들어왔잖아. 제키는 어때? 전자 쪽 경기가 좋지 않잖아? 에이플에 매번 밀리고 말이야. 아, 미안. 뭐, 사실이잖아."

형님이라는 자가 웃으며 심기를 건드렸지만, 정민우는 오히려 크게 웃으며 말했다.

"그렇죠. 사실이죠. 너무 힘들어 죽을 것 같습니다. 미국은 자동차 리콜 문제로 가셨던 겁니까? 안 되는 자동차 사업 이제는 접으시라니까요. 형님도 이제 AI로 갈아타세요. 4차 산업 시대에 매번 마틴 형님네 잡아 보겠다고 너무 무리하시는 거 아닙니까? 카하하하."

"뭐? 이……."

"제임스, 참아. 제키, 이런 자리에서 꼭 그래야 하는 거야?"

"아니, 제임스 형님이 먼저…… 아, 알겠어요. 그보다 형님들, 소개할 친구가 있습니다. 여기 데이비드라고, 제가 추천해드린 AI 로봇 벤처 회사 오너예요. 브라더, 인사드려."

"안녕하십니까? 반갑습니다. 데이비드라고 합니다. 정확히는 AI 제품 소재를 개발하는 모라클이라는 작은 벤처 회사입니다."

"아하, 그래. 모라클? 반가워, 난 스미스라고 해."

"그래. 난 제임스야."

"네, 잘 부탁드립니다."

정민우가 위를 손가락으로 가리키며 물었다.

"형님들 위층에서 무슨 얘기하는지 아세요?"

"뭐겠어? 세상 돌아가는 얘기들 하시겠지."

"아니지. 세상을 어떻게 뒤집어엎을까 애꿎은 머리만 쥐어짜고 있을 거야. 안 그래? 아하하하."

"카하하. 그래요, 그래. 카하하하."

스미스는 정민우의 어깨를 툭 치며 말했다.

"이제 가 볼까?"

"어! 벌써요?"

차동민은 정민우에게 속삭이듯 물었다.

"어디 가는 거야, 브라더?"

"따라와. 이제 시작이야. 아, 놀랐지? 여기서는 영어 이름으로 부른다. 알아 둬."

스미스가 앞장서 가고, 그 뒤로 나머지 일행들이 뒤따랐다. 파티 룸 끝에 정장 차림에 덩치 큰 남자 둘이 검정색 문을 지키고 서 있었다. 그들이 문 앞에 도착하자, 문을 지키고 있던 남자 둘이 문을 양옆으로 활짝 열었다.

"이건 뭐야, 브라더?"

"왜? 놀랐어? 정신 똑바로 차려. 내가 말했잖아. 여긴 맨 정신으론 못 버틴다고. 카하하하."

"여기는 왜요, 형님?"

"어, 미안. 갑자기 누가 좀 보자고 해서 말이야. 잠깐 기다려 봐. 커피 마실래?"

"네. 제가 사 올까요?"

"어, 그래."

남 순경은 카운터로 가 커피를 주문한 뒤 기다리고 있었다. 그때 한 노신사가 카페로 들어왔다. 그는 주위를 살피더니, 민 경정이 있는 테이블로 걸어가 맞은편에 앉았다. 남 순경은 노신사가 어디서 본 듯 낯이 익었다.

잠시 누군지 생각하고 있을 때 주문했던 커피가 나왔다. 남 순경은 커피를 들고 자리로 돌아갔다.

"팀장님, 커피 드세요."

노신사는 깜짝 놀라며 민 경정에게 물었다.

"누굽니까?"

"괜찮습니다. 동료 경찰입니다."

"아, 그래요. 아휴!"

노신사는 크게 한숨을 내쉬었다.

"남 순경, 미안한데 다른 곳 멀찍이 가서 커피 마시고 있어."

"아……. 네."

"고마워."

남 순경은 멀찍이 떨어진 자리에 앉아 민 경정과 노신사를 지켜봤다. 노신사 얼굴을 유심히 지켜보던 남 순경은 그제야 그가 누구인지 생각났다. 바로 채이돈 의원이었다. 법정에서 잠깐 본 것이 다여서 바로 떠올리지 못했던 것이다.

"나와 줘서 고마워요."

"무슨 일로 저를 다 찾으셨습니까?"

채 의원은 주위를 살피더니 민 경정에게 나지막이 말했다.

"민 형사도 알고 있잖아요? 그래서 나에게 사람을 붙였던 거 아닙니까?"

"무슨 말인지? 자세히 말해 보시죠."

"좋아요. 그러죠. 나 좀 살려 줘요."

"네?"

"뭘 그리 놀라는 거예요? 알고 있잖아요. 이 의원, 이 판사, 조 검사까지……. 이제 나란 말입니다."

"누가 의원님을 죽이기라도 한다는 겁니까?"

"정말 몰라서 묻는 거예요? 내가 무사히 해외로 빠져나갈 수 있게 도와줘요. 그렇게만 해 준다면 당신들이 원할 만한 것을 내놓겠소."

"그게 뭔지는 몰라도 저희에게 크게 도움이 되지 않을 듯한데요. 그러지 말고 누가 죽이려 하는지 알려 주시죠."

"에헴……."

채이돈은 헛기침을 하며 고개를 돌렸다.

"다크킹덤입니까?"

다크킹덤이라는 말에 채이돈은 화들짝 놀라며 민 경정을 쳐다봤다.

"뭐요? 다크킹덤? 그걸…… 알고 있었던 거요? 그래서……."

"맞군요. 그럼 저희에게는 실익이 없는 것 같은데요."

"정말, 실체를 다 알아냈다는 겁니까? 어떻게?"

"그건 말씀드릴 수 없으니 살고 싶으시면 저희 수사에 협조하시죠. 알고 계신 보따리를 다 풀어 보시란 말씀입니다."

"뭘 알아냈는지 몰라도 그건 못 합니다. 다만…… 일본으로 밀항할 수 있게 해 주고, 신분도 세탁해 준다면 고려해 볼 수 있을 것 같은데……."

"신분 세탁과 밀항이라……. 하지만 의원님께서 저희에게 뭘 줄 수 있는지 모르는 상황에선 약속드리기가 어려운데요."

"좋아요. 일주일 후에 여기서 다시 봅시다. 그때 내가 솔깃할 만한 것을 가지고 올 테니. 대신 그쪽에서도 신분 세탁과 해외로 빠져나갈 수 있는 방도를 마련해 와야 합니다. 그러면 되겠소?"

"음……. 좀 손해인 것 같지만, 좋습니다. 다음 주에 다시 뵙죠."

채 의원은 다시 한번 주위를 살피고, 자리에서 일어나 서둘러 밖으로 나갔다. 그때 화장실에서 나온 남 순경은 민 경정이 있는 자리로 급히 달려왔다.

"형님, 채이돈…… 채이돈 의원 맞죠? 잠깐 말씀드릴 게 있는데……."

"일단 가면서 얘기하자."

"아……. 네, 그럼 가시죠. 가면서 말씀드릴게요."

민 경정과 남 순경은 카페에서 나와 택시를 탔다.

"그래, 말해 봐. 뭐야?"

"여기서 말씀드리기는 그래요. 내리면 말씀드릴게요."

택시가 도착한 곳은 한 재래시장 입구였다. 민 경정과 남 순경은 택시에서 내려 잠시 마주 섰다.

"형님, 아까 카페 화장실에서 시체 환영을 봤어요."

"뭐? 시체 환영?"

"네, 그게 누군지 아세요?"

"누군데? 왜?"

"……."

"나라도 본거야? 무섭게 왜 그래? 빨리 말해."

"채이돈 의원이요. 현장에서 또 그 냄새가 났어요. 서 의원 차에서 났던 냄새요."

"정말이야? 그럼 또 그놈들 짓인가?"

"그렇지 않을까요?"

"혹시 눈에 뭐가 보였어?"

"그게…… 채 의원 눈에 두 사람이 보였거든요. 서로 마주 보고 있었고요. 그런데……"

"왜 그래? 뭔데 이리 뜸을 들여. 어서 말해 봐."

"한 사람은 저번처럼 야구 모자와 마스크를 쓰고 있었고, 또 한 사람은…… 옆모습이었지만……."

남 순경은 머뭇거리며 말을 잇지 못했다.

"뭐야? 혹시 우리가 아는 사람이야? 맞지? 그런 거야?"

"네. 옆모습이었지만 나상남 형사였어요."

"뭐? 나…… 나 형사? 에이, 비슷한 사람이겠지. 나 형사 얼굴이 개성 있어도 어디 비슷한 사람이 없겠어. 옆모습이라며?"

"그렇죠, 옆모습. 그런데……. 아니에요, 다음에 직접 확인해 보면 되겠죠."

"그럼 일주일 후에 채 의원이 죽게 된다는 거잖아. 뭐야? 우리가 그곳에서 만났다는 걸 그놈들이 알고 있다는 거야?"

"아까 그곳에서 다시 만나기로 하신 거예요?"

"어."

"설마…… 진짜 나상남 형사가……."

"의심부터하지 말자. 그건 내일이라도 확인할 수 있잖아. 우리가 미행을 당한 건가? 아니면 채 의원? 그냥 들어가면 안 되겠는데. 혹시 모르니 조금 더 돌자."

남 순경은 앞을 보고 걸으며 작은 목소리로 물었다.

"누가 미행하는 게 느껴지세요?"

"아니, 의심스러운 놈은 안 보이는데……. 시보야, 고개 돌리지 마."

"네. 그런데 형님은 뒤에 눈이 달린 것도 아닌데 어떻게 아세요?"

"그게 다 경력이고 연륜이라는 거야. 뒤를 봐야 알 수 있는 게 아니거든. 잘 봐. 내 앞쪽 주위를 눈동자만 움직이며 보는 거야. 저기 앞에 열려 있는 유리문에 비치는 게 보이지? 주변 지형지물을 잘 활용하면 돼. 소리도 잘 들어 보면…… 여긴 시장이라 그렇지만, 발걸음 소리도 들려. 그리고 방향을 바꿀 때마다 살짝 눈치 못 채게 뒤를 보는 거지. 너도 경험이 쌓이면 어렵지 않을 거야."

"그렇군요."

"의심스러운 사람은 없는 것 같다. 이제 그만 돌아가자. 내일이라도 다시 가서 확인해 봐야겠어. 괜찮겠어?"

"그럼요. 이제 끄떡없어요."

"그래, 뭐 다른 건 없었고?"

"아, 두 손을 배 위에 모아서 꽉 쥐고 있었어요. 손에 뭔가 쥐고 있는 걸까요? 아니면……."

"그래? 채 의원이 다크킹덤 관련 정보를 주겠다고 했는데…… 그걸까?"

민 경정이 나지막이 말하자 남 순경도 덩달아 작은 목소리로 말했다.

"다크킹덤 정보요?"

"그게……."

민 경정은 카페에서 채이돈 의원과 나눴던 대화를 얘기하며, 낡고 오래된 주상복합 건물 입구로 들어갔다. 건물 안으로 들어선 민 경정과 남 순경은 철물점 상가 문 앞에서 잠시 주위를 살피더니, 조심스럽게 문을 열고 들어섰다.

"오셨습니까, 팀장님."

"네, 대방 지구대입니다. 무엇을 도와드릴까요?"

"……."

"저기, 선생님. 문이 고장 난 거면 열쇠 수리공을 부르시죠. 여기는 지구대입니다."

뚜 뚜.

"남 순경님, 또 장난 전화예요?"

"술 취해서 문이 고장 났다고 열어 달라잖아. 나 참."

"열쇠 집에 전화를 안 하고 왜 여기로 전화를 하는 걸까요? 정말."

"남 순경!"

"아, 네. 김 경사님."

"나가 봐. 누가 찾아오셨어."

"저를요?"

남 순경은 지구대 정문으로 나갔다.

"어, 민 팀장님?"

"그래, 나다."

"여기는 어쩐 일로……."

"뭐가 어쩐 일이야? 일해야지."

"일이요? 3개월 정직 당하셨잖아요."

"그래, 당했지. 그렇다고 하던 일을 멈출 순 없잖아."

남 순경은 미소 지으며 말했다.

"사실 언제 오시나 기다렸습니다. 그런데 지금 근무 중이라……."

"새삼 왜 그래? 지구대장에게 다 얘기해 뒀어. 가자."

"벌써요? 아니, 잠깐만요. 그러면 사수한테 보고……."

"사수한테는 팀장이 얘기할 거야. 가자니까? 시간 없어. 현장 가기 전에 들릴 데도 있어."

"아, 그럼 잠시만요. 옷 좀 갈아입고……."

"일하러 가는 거야. 괜찮아. 어서 가자."

민 경정은 남 순경 팔을 잡아끌어 차 조수석에 태웠다. 그가 남 순경을 데리고 간 곳은 강남에 있는 재래시장과 연결되어 있는 주상복합 건물 안에 있는 철물점이었다.

"철물점에는 왜요? 뭐 사시게요?"

"잔소리 그만하고 들어가 봐."

남 순경은 철물점 문을 조심스럽게 열고 안으로 들어갔다.

"어! 박 형사님."

"안녕하세요, 남 순경님."

철물점 안 책상엔 박민희 순경이 앉아 있었다.

"아직 아무도 안 왔나?"

"아니요. 검사님은……."

그때 철물점 안쪽 문이 열리고, 한 검사가 모습을 드러냈다.

하루 전 04시 30분 (최 경위 피습 사건 당일)

한 검사는 민 경정을 따라 주상 복합 건물 안으로 들어왔다.

"팀장님, 여기는 왜요?"

"조금만 더 들어가면 됩니다. 다 왔습니다."

"이 새벽에 시장은 무슨 일로……."

민 경정은 허름한 유리문 앞에 멈춰 섰다.

"철물점이잖아요?"

"네, 여깁니다. 들어가시죠."

민 경정은 철물점 상가 문을 열고 들어섰다. 안은 하얀색 앵글 선반에 각종 건축 자재와 도구들이 차곡차곡 쌓여 있었고, 지저분하게 철물들이 쌓인 책상이 하나 있었다. 민 경정은 앵글 선반 사이로 걸어가더니, 안쪽 문을 열고 한 검사를 불렀다.

"이쪽입니다, 검사님."

한 검사는 민 경정을 따라 안으로 들어갔다.

"어? 여기 뭐예요, 팀장님?"

문 안쪽에는 아무것도 없는 널찍한 공간이 있었다.

"이곳이 우리가 앞으로 사용할 수사본부입니다, 검사님."

"수사본부요?"

"네."

3일 전 23시 50분 (연쇄 살인사건 D-9)

"안녕하세요, 검사님."

"어서 오세요, 남 순경님. 이리 들어오세요."

민 경정은 남 순경을 힐끗 한번 쳐다보고, 살짝 미소 지으며 문 안으로 들어갔다.

"팀장님, 여기가 뭐 하는 곳인데…… 우와!"

남 순경은 한서율 검사가 나왔던 그 문으로 들어서며 감탄사를 내뱉었다.

"팀장님, 여기…… 상황실……."

"그래, 어디서 많이 봤지? 앞으로 여기가 우리 수사본부다."

"수사본부요? 그럼 연쇄 살인사건 수사 계속 진행하는 건가요?"

"물론이지."

"그런데…… 이래도 되는 거예요? 팀장님, 정직당하셨잖아요? 검사님은……."

"저는 통영지검으로 좌천됐죠. 휴가 내고 왔어요. 그러니 휴가 끝나기 전까지 사건 해결해야 해요. 그래야 다시 서울 지검으로 복귀할 수 있을 테니까요."

"그래, 남시보. 비밀리에 수사 연계하는 거야. 박 형사도 정보과로 복귀했지만 도와주기로 했어."

"팀장님이 따로 부르셔서 조금 놀랐지만, 이렇게라도 진범을 잡을 수만 있다면 당연히 저도 일조해야죠."

"네, 저도 진범은 꼭 잡고 싶었어요. 팀장님이 못 하시면 저 혼자라도 A지점 현장에 잠복해 범인을 찾으려고 했거든요."

"그랬어?"

"어, 나 형사님!"

나 경사는 언제 들어와 있었는지 남 순경 뒤에서 불쑥 끼어들었다. 그 바로 뒤에는 안 경위도 서 있었다.

"저도 있습니다, 남 순경님."

"안 형사님도 그럼……."

"자! 이제 다들 모였나?"

"네, 팀장님."

"근데 최 형사님은……."

나 경사는 최 경위 안부를 묻는 남 순경의 어깨에 손을 올리며 말했다.

"어, 걱정 마. 지금 병원에서 오는 길이야. 의식 찾으시고 빨리 회복되고 있다고 하니 곧 있으면 여기로 합류 하실 거야."

"정말요? 다행이네요. 그럼 바로 시작하나요?"

"그 전에 모두에게 말할 게 있는데……."

"오셨습니까, 팀장님."

"최 형사?"

"최 형사님, 벌써 이렇게 움직이셔도 되는 거예요?"

"응, 괜찮아."

최 경위는 휠체어에 앉아 강남시장 철물점에 설치된 수사본부에서 팀원들을 기다리고 있었다. 그때 탕비실에서 종이컵을 들고 누군가 나오며 인사했다.

"팀장님, 안녕하세요."

"어, 서 의원. 같이 온 거예요?"

"의원님, 안녕하세요."

"네, 안녕하세요. 남 순경님. 우철 씨가 갈 데가 있다고 하도 떼를 써서요."

"뭐야? 이민지 양 아버님 뵙고 온 거야?"

"네, 팀장님. 고맙습니다. 안전 가옥에 모셔 주셔서요. 민지 아버님도 고마워하셨어요. 계속 거기에 계시게 하실 건가요?"

"아니, 그건 힘들지. 당분간이야. 그래, 뭐라 하셔? 오해는 풀었어?"

"그게⋯⋯."

"아버님, 저 왔습니다."

"⋯⋯."

"죄송합니다. 저 때문에 하시지 말아야 할 일을 하셨더군요."

"⋯⋯."

"아버님께 따지러 온 게 아닙니다. 사과를 받으러 온 것도 아니고요. 아버님께 용서를 빌러 왔습니다. 이렇게 된 게 모두 저 때문이라 생각이 들어서요. 오죽하셨으면 아버님이 직접 범죄자들을 단죄하려고 했을까 하는 생각에⋯⋯ 병원에 있으면서도 많이 괴로웠습니다."

이덕복은 뒤돌아 선 채로 아무 말도 하지 않았다.

"아버님, 오해십니다. 민우직 팀장에게 들었습니다. 전 아닙니다. 여남구 학생을 지키지는 못 했지만⋯⋯ 죽이지는 않았습니다."

그제야 이덕복은 뒤돌아 최 경위를 바라봤다.

"그래요. 나도 민 형사한테 들어 알아요. 그래도 난 후회 안 해요. 나라도 그놈을 단죄했으니까. 아쉬운 건 이필석 그놈을 내 손으로 죽이지 못한 것이⋯⋯ 원통할 뿐이지."

"이해합니다. 저도 마음 같아서는⋯⋯. 아버님, 반드시 여남구 학생을 죽인 범인과 그 배후 세력을 잡아 이번에는 제대로 법의 심판을 받게 하겠습니다. 지켜봐 주세요. 그때까지 식사잘 챙겨 드시고 몸 챙기십시오. 식사도 잘 안 하신다면서요?"

"얼마나 살겠다고⋯⋯. 남은 인생 교도소에서 사는 것보다 그 전에 가는 게 좋지 않겠어요. 내 걱정은 말고 치료나 잘 받아요. 미안해요, 최 형사. 이제 찾아오지 말아요. 최 형사 말대로 이번에는 제대로 범죄자들을 심판해 줘요. 그게 나한테나 내 딸에게 그리고 여남구 학생을 위하는 일이에요."

"네, 아버님. 무슨 말씀인지 압니다."

"난 이제 할 일을 다 한 것 같네요. 민지가 날 어떻게 봐 줄지 모르겠지만 말이죠. 이만 가 봐요."

"아버님, 또 찾아뵙겠습니다. 그럼 쉬십시오."

이덕복은 아무 말 없이 뒤돌아섰다.

⁕

"그래, 어르신도 힘드셨을 거야. 법이 제대로 작동하지 않는 현실에 분개하셨던 거고. 현장에 있는 우리야 너무나 흔히 겪는 일들이라 치부하고 넘기기 일쑤였으니. 나도 반성해야 할 부분이겠지. 그러니 반성으로 끝낼 일이 아니라 이제라도 바로 잡아야 하지 않겠어?"

"네, 그래야죠."

"서 의원, 함께해 줘서 얼마나 큰 힘이 되는지 모릅니다. 고마워요."

"아니에요. 초선 의원이라 얼마나 힘이 되질 모르겠지만, 제가 할 수 있는 선에서 최선을 다해 도울게요."

"겸손도 하셔라. 중요한 시점에 정치권에서 여론을 형성해 줘야 할 겁니다. 그때 도움 많이 받겠습니다, 서 의원. 그리고 도

경감은…… 어, 호랑이도 제 말하면 온다더니. 하하. 이제 오는
건가? 도 경감."

"늦지 않았지요? 어, 최 형사. 이제 좀 괜찮아진 거예요?"

"네, 경감님."

2일 전 (연쇄 살인사건 D-8)

"경감님, 잘 쉬고 계셨습니까?"

"모처럼 잘 쉬었어요. 휴가 보내는 기분이랄까? 하하. 집에서
책과 함께 잘 지내고 있어요. 어때요, 나 경위는?"

"저도 영화관에서 실컷 영화만 봤습니다. 조조부터 심야까지
요. 아하하."

"그랬군요. 이참에 하고 싶었던 거 다 해 둬요. 또 이런 시간
이 언제 올지 모르니까요."

"그럴까 합니다. 그런데 팀장님은 왜 시장에서 만나자고……
아, 저기 오시네요."

도 경감은 나 경위가 손으로 가리키는 곳으로 고개를 돌렸
다. 그곳엔 손을 흔들며 걸어오는 민 경정이 보였다.

"오래 기다렸어?"

"아닙니다. 그런데 왜 이곳에서……."

"여기 음식 잘하는 맛집이 있거든. 거기로 가자고. 빈대떡이
랑 육회비빔밥 먹읍시다. 괜찮지?"

"네, 전 육회비빔밥 좋아합니다."

"잘됐네. 어서 갑시다."

세 사람은 시장 초입에 있는 빈대떡집 안으로 들어가, 육회비빔밥과 빈대떡을 시키고 자리에 앉았다.

"여기 유명한 곳은 맞습니까? 팀장님."

"나 경위, 이 시간에 사람이 별로 없어. 그래서 일부러 이 시간에 온 거야. 사실 할 얘기가 있어서 인적 뜸한 곳으로 왔지. 맛집도 맞아, 나한테는. 하하하. 먹어 봐, 맛 좋아."

"무슨 말씀인지 어서 해 보시죠."

도 경감은 나지막한 목소리로 민 경정을 재촉했다.

"뭐야? 도 경감은 눈치챈 거야?"

"눈치까지는 아니고, 맛집이라는 곳에 사람 한 명 없는 걸 보고 감이 왔죠. 무슨 진중한 얘기를 하시려고 이런 곳으로 데리고 오신 겁니까?"

"야아, 역시. 그래, 맞아. 아주 중요하고 진중한 얘기를 이제 할까 해."

"마음에 준비는 이미 했으니 어서 말씀해 보시죠."

"좋아. 두 사람을 따로 보자고 한 것은……."

00시 02분 현재 (연쇄 살인사건 D-5)

"이제 검사님만 오시면 되는 건가?"

민 경정이 두리번거리며 인원을 확인하는 것을 보고 남 순경이 말했다.

"저기, 안민호 형사랑 나상남 형사가 아직⋯⋯."

"검사님과 함께 올 거야, 남 순경."

최 경위와 서 의원이 남 순경에게 감사의 마음을 담아 말을 이었다.

"그나저나 남 순경, 고마워. 덕분에 이렇게 여기에 있네."

"맞아요. 감사해요, 남 순경님."

"에이, 아니에요. 두 분 다 무사하셔서 정말 다행이에요. 전 그거면 돼요."

"그런 능력이 있다는 게 놀랍고 신기하네요. 사실 지금도 믿기 어렵지만요."

서 의원 말에 도 경감이 고개를 끄덕이며 말했다.

"그러게 말이에요. 그런 일이 있었는데 아무 도움도 못 주고⋯⋯ 혼자 감당해야 할 무게가 너무 무거운 건 아닌지 걱정되고 미안하네요. 이제부터라도 가능하면 동료들과 짐을 나눴으면 좋겠어요."

"나도 경감님과 같은 생각이야. 이번은 어쩔 수 없었겠지만 언제든 도움을 요청하라고. 알았지? 팀장님만 귀찮게 하지 말고, 나도 좀 귀찮게 해 줘. 응?"

"넵, 최 형사님. 앞으로 많이 귀찮게 하겠습니다. 그때 가서 딴소리하시면 안 됩니다."

"알았어. 하하, 아으⋯⋯."

최 경위는 소리 내어 웃다가 수술한 부위가 아팠는지 배를 움켜잡았다.

"괜찮으세요?"

"괜찮아. 너무 웃기진 말라고, 아직은 조심해야 해."

"네."

남 순경은 머리를 긁적이며 머쓱하게 웃었다.

"남 순경님은 제 생명의 은인이시니 그 은혜를 꼭 갚고 싶네요. 뭐든지 말씀하세요. 다아 들어드릴게요. 아셨죠?"

"넵, 의원님. 기억해 두겠습니다."

서 의원은 남 순경을 보며 환히 웃었다.

"뭐가 그렇게 즐거우세요?"

문밖에서 한서율 검사의 목소리가 들리더니, 얼마 있지 않아 열린 문으로 들어섰다.

"오셨습니까, 검사님."

"늦지 않았죠, 팀장님?"

"그럼요. 근데 다른 친구들은?"

"저희도 왔습니다. 어, 최 형사님!"

안 경위와 나 경사는 반가운 얼굴로 최 경위에게 달려가, 서로의 안부를 물으며 대화를 나눴다. 민 경정은 한 검사에게 다가가 물었다.

"검사님, 가신 일은 어떻게 되셨습니까?"

"그게…… 잠시만요."

한 검사는 가방에서 흰색 서류 봉투를 꺼냈다.

"이것 보세요. 팀장님 생각이 맞았어요."

"그래요?"

민 경정은 건네받은 서류 봉투에서 문서를 꺼내 살펴봤다.

"예상대로였네요. 고생하셨습니다, 검사님."

"고생은요? 팀원들이 다했죠. 나영석 경위가 큰 역할을 해 줬어요, 경감님. 국과수에 잠입하는 것 부터해서 자료를 빼 오는 것까지……."

"뭡니까? 불법을……."

"도 경감, 어쩔 수 없었어. 영장 청구도 할 수 없고, 확인은 해야 하고 말이야."

도 경감은 짧게 한숨을 내쉬며 고개를 끄덕였다.

"네, 이해합니다. 그래서 뭘 가지고 나오신 겁니까?"

"이필석 의원 부검 결과서와 이대우 대법관 시체 검안서예요. 그리고 서 의원님을 죽이려 했던 범인 부검 결과서도요. 이건 몰래 빼 온 건 아니고요."

"그건 왜요?"

"남 순경이 맡았다는 그 냄새 있잖아요. 빙초산으로 만든 독극물이었어요. 그게 서 의원님을 죽이려 했던 범인 몸에서 검출되었고, 이필석 의원 몸에서도 검출된 거예요. 그런데 그걸 은폐한 거죠. 이대우 대법관의 경우 부검을 하지 않아 확인할 수 없었지만, 시체 검안서에 외인사일 수도 있다는 의견이 적시되어 있었어요. 시체 검안서를 작성한 의사를 직접 만나고 오는 길이에요. 몸에 주삿바늘 흔적이 있었지만 경찰이 의도적으로 숨겼다고 했어요. 의사는 이 부분이 미심쩍어 시체 검안서에 의견을 남긴 걸로 그 책임을 다한 거고요. 법정에서 증인으로도 나서 주겠다고 약속했어요."

"진실을 밝혀 준 이가 하나라도 있어 다행이네요. 서류 좀 볼 수 있을까요?"

"그러세요, 경감님. 여기요."

최 경위는 휠체어를 밀며 한 검사 앞으로 갔다.

"검사님, 저도 볼 수 있을까요?"

"네, 여기요."

도 경감은 주변을 빙 둘러본 뒤 안 경위에게 물었다.

"그런데 나 경위는 같이 안 왔나요?"

"혹시 모른다고, 그곳에 남아 있겠다고 했습니다."

"아, 그래요. 수고 많았어요."

안 경위는 말없이 도 경감에게 목례했다.

"자! 이제 다들 모였으니 시작해 볼까요?"

민 경정의 말에 모두 회의 테이블에 둘러앉았다.

"부검 결과서와 시체 검안서를 직접 보서서 알겠지만, 이필석 의원과 이대우 대법관은 타살인 것이 분명해졌습니다. 또한 그 살인범의 배후 세력이 누구인지도 명확해졌고요. 서민주 의원이 그들의 다음 타깃이었습니다. 다행히 서민주 의원은 무사히 우리 옆에 있지만, 그 사건으로 그들은 우리의 정체를 알아챘을 겁니다. 그런 이유로 특별 수사본부를 계속 이어 가는 것은 위험할 수 있다고 판단했던 겁니다."

"의도했다는 말씀입니까, 팀장님?"

"그래, 나 형사. 그걸 감안하고 긴급체포명령을 내렸던 거야.

우선 우리가 해야 할 일은 연쇄 살인범을 체포하는 일입니다. 유력 용의자인 주명근 소재를 파악하고 있지만, 어디로 꽁꽁 숨었는지 찾지 못하고 있어요."

"벌써 뜬 건 아닌지 걱정입니다."

"아닐 거예요, 안 경위. 분명 다음 살인을 실행할 겁니다."

"그래요. 도 경감 말이 맞아요. 외국으로 출국했을 가능성도 있겠지만, 도 경감 말대로 다음 살인사건을 실행할 확률이 더 높다고 봅니다. 그러니 남 순경 그리고 도 경감, 앞으로 남은 기간 동안 A지점을 순회하면서 살인사건 현장을 찾는 데 집중해 줘요."

"네, 팀장님. 걱정 마세요. 꼼꼼히 현장을 훑고 있으니까요."

"남 순경이 현장에서 미리 목격만 할 수 있다면 범행을 미연에 막을 수 있을 거예요. 하지만 그 전까진 주명근 소재를 파악하는 데 주력해야 합니다. 만약을 대비해 투 트랙 전략을 병행할까 합니다."

"남 순경, 잘 부탁해요."

"네, 도 경감님."

"한 가지 더. 수사본부를 비밀리 이런 곳에 설치한 이유는 알고 있을 겁니다. '다크킹덤'이라는 사조직 실체를 파헤치기 위해섭니다. 그들은 이미 우리를 감시하고 있을지도 모릅니다. 가능한 한 미행당하지 않도록 조심하시고, 앞으로는 모든 수사를 비밀리에 진행해야 할 겁니다. 이제부터는 이 안에 있는 우리 외에 어떤 누구도 믿어서는 안 됩니다. 내부 동료들이 눈치

채지 못하게 수사를 진행해 주기 바랍니다."

민 경정 말이 끝나자 바로 한 검사가 말을 이어 갔다.

"다크킹덤 조직원들은 검찰, 경찰 그리고 정재계를 망라해 암약하고 있을 것으로 추정되고 있어요. 그런 이유로 팀장님 말씀대로 유령처럼 수사해야 할 거예요. 그래서 이번 수사 작전명을 고스트라 할까 하는데 어떠세요?"

"고스트? 좋은데요."

최 경위는 바로 좋다고 화답했다. 민 경정도 고개를 끄덕이며 웃어 보였다.

"고스트 수사팀? 좋은 것 같습니다."

"그럼 고수팀이네요, 고수. 와! 좋네요."

나 경사는 남 순경 팔을 팔꿈치로 툭 치며 말했다.

"그러네. 고수 좋네, 남 순경."

"작전명은 고스트. 수사팀은 고수. 이렇게 정하죠. 괜찮겠죠?"

"네!"

자리에 있는 모든 이가 일제히 동의했다. 그리고 한 검사가 말을 이어 갔다.

"그리고 한 가지가 더 있어요. 다크킹덤은 서민주 의원을 표적으로 삼고 있을 거예요. 언제 다시 암살을 시도할지 몰라요. 특별 경호를 붙이겠지만 언제나 경호에 만전을 기해야 할 거예요. 여기 계시는 분들도 그 점 각별히 유의해 주시기 바라요."

"고맙습니다. 저도 국회에서 다크킹덤과 관련된 정보를 수집해 보려고요. 국정원 소관인 국회정보 위원회 위원들을 접촉해 볼까 해요."

민 경정은 서 의원을 바라보며 고개를 내저었다.

"서 의원, 위험할 수 있어요. 직접 움직이는 건 반대입니다. 다크킹덤이 서 의원을 주시하고 있을 게 뻔합니다. 그 상황에서 섣불리 움직이는 건 더 위험해요."

"그래, 서 의원. 당분간은 조심하는 게 좋겠어. 앞으로 서 의원은 저와 같이 움직일 겁니다. 수사가 종결될 때까지 안전 가옥에서 생활하게 될 거고요."

"그래, 최 형사가 옆에서 잘 지켜드려."

"네, 팀장님."

"그렇다고 가만히만 있을 수 없잖아요. 저도 돕고 싶어요, 팀장님. 신분이 노출되지 않는 선에서 국정원 정보를 수집해 볼게요. 맡겨 주세요."

"좋아요. 알겠어요. 단, 당분간이라도 조심하는 게 좋겠어요. 그건 괜찮겠죠?"

"그럴게요, 팀장님."

한 검사는 살며시 서 의원 손에 손을 올리며 말했다.

"서 의원님, 조심하셔야 해요."

"네, 검사님. 조심할게요."

민 경정은 그들을 흐뭇하게 보다, 팀원들을 둘러보며 말을 이었다.

"자, 집중해 주세요. 아직까지 다크킹덤이 어떤 조직이고, 그 규모가 어느 정도인지 아직 명확하게 밝혀낸 것은 없습니다.

단지 지금까지 발생한 이민지, 여남구, 이필석 그리고 이대우 살인사건의 유력한 혐의가 있는 범죄 조직이라는 것뿐입니다. 우리에겐 많은 시간이 주어지지 않았습니다. 석 달…… 아니, 그들이 우리가 비밀리에 수사를 진행하고 있다는 사실을 알아채기 전에 빨리 그들을 먼저 쳐야할 겁니다. 한 달 내에 다크킹덤 정체를 밝혀내야 승산이 있을 거예요."

"네. 가능한 모든 정보원을 움직이겠습니다, 팀장님."

"그래, 최 형사."

"제가 할 일은 없을까요?"

"남 순경, 아직은 특별히 없어. 우선은 연쇄 살인범 잡는 데 집중해 줘. 아! 채이…… 아니다. 그건 따로 얘기하자."

"채이돈 의원 말씀하시는 거예요? 그건 왜……."

"아닙니다, 검사님. 다른 일이에요. 이번에 다크킹덤 정체를 밝혀내지 못하면, 역으로 우리가 당할 수 있다는 점 명심해 주기 바랍니다. 아셨습니까?"

"네!"

팀원들 모두 결연한 의지가 담긴 목소리로 크게 대답했다.

"고맙습니다. 위험까지 감수하고 이 길에 흔쾌히 동행해 준 여러분이 있기에 반드시 다크킹덤의 정체를 밝혀내, 악의 뿌리를 제거할 수 있을 겁니다."

"파이팅! 할 수 있다. 아자!"

"다크킹덤 실체를 밝혀내자. 아자! 아자!"

"좋습니다. 우리 모두 힘을 합쳐 정의가 무엇인지를 제대로 보여 줍시다."

민 경정이 두 손을 불끈 쥐며 결연하게 말하자, 안 경위도 격앙된 목소리로 이어 말했다.

"맞습니다! 다시는 이민지 양과 여남구 군 같은 억울한 피해자가 나오지 않도록 정의가 제대로 실현돼야 합니다."

한 검사도 단호한 목소리로 이어 갔다.

"그래요. 경찰, 검찰 등 고위층에 만연해있는 적폐를 청산할 수 있는 좋은 기회가 될 거에요."

나 경사는 갑자기 벌떡 일어서서, 불끈 쥔 주먹을 앞으로 뻗으며 외쳤다.

"정의가 살아 있다는 걸 이번 기회에 보여 주자고요!"

"맞아요. 보여 줍시다!"

모두 일제히 일어나 의지를 다졌다.

"그래요. 여러분을 믿고, 전적으로 의지하고 있습니다. 고마워요. 모두."

"에이, 뭐가 고맙다고 그러세요, 자꾸. 팀장님을 위해 이렇게 모인 것도 아닌데요."

"아…… 그렇지."

민 경정은 남 순경을 보며 머쓱하게 웃어보였다.

"팀장님, 이제 현장에 갈 시간입니다."

"그래, 남 순경. 준비하자고, 도 경감."

"네, 팀장님. 모러사이클 준비해 뒀습니다."

"자! 이제 각자 맡은 일을 시작해 볼까요?"

"네, 팀장님!"

따르릉. 따르릉.

"여보세요. 그래, 승철아. 결과 나왔어?"
"……."
"그래, 곧 간다. 기다려."

에필로그

B2 프로젝트

1968년 미국 서부 텍사스 주

사막처럼 모래로 뒤덮인 황량한 곳에 철조망으로 둘러싸인 곳, 그 철조망 외곽을 따라 군용 지프차 한 대가 달리고 있었다. 한참을 달리던 지프차는 해골 그림과 출입금지 구역 팻말이 달린 철문 앞에서 멈춰 섰다.

소령 계급장 군복을 입은 미군이 지프차에서 내려 문 앞으로 갔다. 철문 끝에 걸려 있던 경비용 카메라가 소령 쪽으로 움직였고, 얼마 있지 않아 철문이 자동으로 열렸다. 문이 열리자 소령은 다시 조수석에 올라탔다.

지프차는 안으로 한참을 더 깊숙이 들어가, 한 벙커 앞에서 멈췄다. 소령이 내리고 곧바로 뒷좌석에서 하사관이 따라 내렸다. 하사관은 뒷좌석에서 짧은 머리 동양인을 끌어내렸다. 동양인은 검은 천으로 눈이 가려진 채였다. 하사관은 동양인의 팔을 잡고, 소령을 따라 벙커 안으로 들어갔다.

벙커 안에서 보초를 서고 있던 군인들이 일제히 소령에게 거수경례를 했다. 그들은 보초병들을 지나 철문을 열고 승강기에 올라탔다. 천천히 지하로 내려간 승강기가 멈춰 섰고, 철제문 앞에서 한 병사가 거수경례하며 그들을 맞았다. 그리고 안내를 하듯 앞장서 걸어갔다.

병사를 따라 들어간 곳에는 겹겹으로 출입통제 문이 설치되어 있었다. 병사는 일일이 열쇠로 문을 열어가며 안으로 그들을 인도했다. 드디어 마지막 문이 열리고, 여러 명의 군인들이 사무를 보는 공간이 나타났다.

소령은 그곳을 지나 지휘관실로 들어갔고, 책상 앞에 앉아 있는 대령에게 경례를 했다.

"저기 앉히고 나가 있어."

"알겠습니다."

"눈은 풀어 주고."

"예."

하사관은 동양인을 의자에 앉힌 뒤, 눈을 가리고 있던 천을 풀어 줬다.

"여기가 어딥니까?"

동양인은 한국어로 말했고, 책상 앞에 앉아 있던 대령은 무슨 말인지 알아듣지 못했다.

"뭐라는 거야? 조용히 있어."

손이 등 뒤로 결박되어 있던 한국인은 일어서서 묶인 손을 보이며 말했다.

"손도 풀어 주시오. 팔이 아파 힘듭니다. 왜 나한테 이러는 겁니까? 말한 것과 다르지 않습니까?"

"되게 시끄럽네. 곧 통역할 사람이 올 거니까, 그때까지 조용히 있으라고!"

대령은 책상을 두 손으로 내리치며 동양인을 쏘아봤다.

"아……."

한국인은 무슨 말인지 알아듣지 못했지만, 대령의 목소리와 표정을 보고 더 말하면 안 될 상황임을 눈치 채고 얌전히 의자에 앉았다.

대령은 서류를 들척이며 뭔가를 찾기 시작했고, 한국인은 경계하듯 심각한 표정으로 방 곳곳을 둘러보았다. 그때, 방문이 열리고 한 동양인과 미군 병사가 들어왔다.

"미스터 쩡, 저 사람 옆에 앉아요."

"예, 대령님."

미스터 정이라는 동양인은 영어를 할 줄 아는 한국인이었다. 그의 손에도 수갑이 채워져 있었고, 무더운 날에도 장갑을 끼고 있었다.

"내 말을 전달하고, 저 사람 말을 내게 거짓 없이 말해 주면 됩니다. 알았죠? 미스터 쩡."

"네, 그러죠."

미스터 정은 대령 말을 한국어로 전달해 줬다.

"당신 계급과 이름?"

"하사 남희백이요."

"남 하사, 당신은 여기서 몇 가지 검사를 받게 될 겁니다."

"검사요?"

"조용히 하고 듣기나 해요. 기간이 얼마나 걸릴지는 당신에게 달렸습니다. 당신이 가지고 있는 능력을 우리에게 거짓 없이 모두 알려 줘야 합니다."

"이미 다 말하지 않았습니까?"

"우리는 당신 뇌가 일반인과 다르다는 것뿐, 특별한 능력이 있다는 걸 알지 못합니다."

"그건 눈으로 보여 주고 할 수 있는 게 아닙니다. 제 눈에만 보인다고 이곳에 오기 전에 분명히 말하지 않았습니까?"

"그러니 우리가 믿을 수 있게 증명해 보여야 합니다. 그래야 당신도 그에 합당한 대가를 받을 수 있습니다."

미스터 정이라는 사람은 대령의 말을 또박또박 통역해 주고 있었다. 그러나 말 속에는 아무런 감정이 담겨 있지 않았다.

"답답하네. 그걸 연구한다고 날 여기로 데리고 온 거 아닙니까? 왜 말이 달라진 겁니까? 그걸 내가 어떻게 증명하라는 말이오! 사람이라도 죽이란 말입니까?"

"어떻게 증명할지는 당신이 알아서 하고, 당신은 앞으로 205번으로 불릴 겁니다. 여기서는 이름을 부르지 않고 번호로 호칭할 예정이니 그렇게 알아요."

"뭐요? 아니, 사람한테 이름이 있는데 왜 이름을 부르지 않고……."

"시끄럽고, 그렇게 알고 있어요. 잠깐 대기해요."

"저기, 정씨. 도대체 여기가 뭐 하는 곳이오?"

미스터 정이 그대로 대령에게 통역하려 하자, 남희백이 급히 막았다.

"아니, 아니에요. 그걸 통역하면 어쩝니까? 당신한테 물었는데."

"두 사람, 내가 알아듣지 못하는 대화는 하지 말고 조용히 있어."

미스터 정은 그저 대령이 한말을 통역할 뿐이었다.

"뭐야? 당신은 자기 생각도 말 못 해? 여기가 도대체 뭐 하는 곳이냐고?”

"조용히 해요. 좋은 말할 때.”

대령은 버럭 화를 내며 큰 소리로 말했지만, 미스터 정은 아무런 감정 없이 통역했다.

몇 분이 지나지 않아 하사관이 다시 들어왔다. 하사관은 곧장 남희백 팔을 잡고 밖으로 끌고 나갔다. 그 뒤로 미스터 정이 따라 나섰다.

"어디로 가는 겁니까? 정씨, 당신은 알죠? 말 좀 해 줘요.”

"뻑! 셧업(Shut up).”

"조용해, 새끼야.”

"뭐……. 정씨, 그거까지 통역할 것 없는데…….”

남희백을 데리고 간 곳은 문에 쇠창살로 된 작은 창문이 있는 수용소 감방이었다.

"여기는 뭐예요? 왜 날 이런 곳에 데리고 오는데? 내가 무슨 죄를 지었다고 이러는 겁니까? 당신들 왜 이래? 말과 다르잖아.”

미스터 정은 이번엔 통역하지 않았다. 하사관은 문을 열어 그곳에 남희백을 밀어 넣었다. 그리고 바로 문을 닫아 버렸다. 미스터 정도 하사관을 따라 남희백이 들어간 방에서 떨어진 곳에 자발적으로 들어가 문을 닫았다.

방 안은 간이침대와 가림 벽 뒤로 변기통이 있는 사방이 막힌 협소한 공간이었다. 남희백은 문에 나있는 작은 창 사이로 얼굴을 대고 소리쳤다.

"여기요! 여기가 도대체 어디예요?”

하지만 아무도 남희백 말을 듣지 못했는지 조용했다.

"정씨, 거기 있죠? 정씨, 당신도 여기 있어요? 있으면 말 좀 해 봐요."

"조용해!"

누군가 한국어로 말했다.

"어! 누굽니까? 정씨예요? 무슨 말이라도 좋으니 말 좀 해 봐요. 여기가 어디예요?"

"아무리 떠들어도 아무도 알아듣지 못한다고. 그러니까 조용히 하고 있어. 괜히 당신 때문에 여기 있는 사람들만 곤란하게 만들지 말고."

"그게 무슨 말이에요?"

"조용히 하라고, 제발!"

"아……. 알았어요."

남희백은 정체 모를 남자의 말을 듣고, 더 이상 아무 말도 하지 않았다. 정적이 흐르는 방안에서 시간이 얼마나 지났는지 알 수 없었다. 한참 뒤 군홧발 소리가 들려왔다.

이내 멀지 않은 곳에서 영어로 말하는 누군가의 목소리가 들리며 문이 열렸다. 얼마 후 군홧발 소리가 점점 커지면서, 남희백이 있는 방으로 의사 가운을 입은 금발의 남자와 함께 미스터 정이 문 앞에 섰다. 그 뒤로 하사관이 지켜보고 있었다.

문이 열리고, 미스터 정이 말했다.

"205, 밖으로 나온다."

"어디 가는 겁니까? 정씨."

미스터 정은 대답하지 않았다. 대신 하사관이 남희백 손에 수갑을 채우며 영어로 말하자, 그 말을 통역했다.

"아무 말 말고 따라와요."

남희백은 하사관 눈치를 보며 고개를 끄덕였다. 의사 가운을 입은 남자가 앞장서 걸어갔고, 그 뒤로 남희백과 하사관 그리고 미스터 정이 뒤따랐다.

그들은 수용소를 나와, 하얀색 벽으로 둘러싸인 복도로 남희백을 데리고 갔다. 그곳에는 여러 개의 문이 있었고, 마지막 문으로 의사 가운을 입은 남자가 들어갔다.

"안으로 들어가시오."

남희백이 안으로 들어가자, 미스터 정은 바로 옆방으로 들어갔다. 하사관은 따라 들어가지 않고 복도에 남아 문 앞에서 대기했다. 남희백은 205 숫자가 앞뒤로 크게 쓰여 있는 회색 옷으로 환복하고 의자에 앉았다. 의사 가운을 입은 남자는 남희백의 양손을 팔걸이에 묶었다. 그리고 남희백 머리와 얼굴에 전극을 부착했다.

"지금 뭐 하는 건지 좀 압시다."

그때 스피커에서 영어가 들리는가 싶더니 미스터 정의 목소리가 들렸다.

"205, 뇌를 검사하는 겁니다. 그러니 겁먹지 말고 얌전히 있어요."

"뇌 검사는 이미 했잖소."

"좀 더 자세히 하는 겁니다. 걱정 말고 기다려요."

의사 가운을 입은 남자는 거울을 향해 고개를 끄덕였다.

"몇 가지 질문을 할 겁니다. 진실만을 말해야 합니다."

"알겠소."

"이름이 뭡니까?"

"그건 말했잖습니까?"

"그냥 대답만 해요, 토 달지 말고. 이름이 뭡니까?"

"남희백이요."

"국적은 어딥니까?"

"대한민국."

"결혼은 했습니까?"

"네, 아들이 하나 있어요."

"좋습니다. 그렇게 하는 겁니다. 사람 시체를 볼 수 있습니까?"

"예."

"당신에게만 보이는 겁니까?"

"예, 맞아요."

"시체로 보였던 사람을 보름 뒤에 실제 시체로 본 적이 있습니까?"

"그래서……."

"예, 아니오로 질문에 짧게 대답만 하라고요."

"예."

"시체를 본 장소에서 그 사람이 죽는 걸 직접 본 적이 있습니까?"

"내 눈 앞에서 죽는 걸 봤습니다."

"지금 혹시 시체가 보입니까?"

"남희백은 하얀색 벽으로 둘러싸인 방을 둘러봤다."

"없는 것 같소."

"없는 겁니까, 모르겠다는 겁니까?"

"없소."

"좋습니다. 검사는 모두 끝났습니다. 얌전히 문 앞에 가서 서 있어요."

의사 가운을 입은 남자는 남희백 머리에 붙어 있던 전극을 떼어 냈다. 그리고 의자 팔걸이에 묶인 손을 풀고, 다시 수갑을 채웠다. 남희백은 문 앞으로 가 섰다.

그날 이후 남희백은 매일 이곳으로 와서 몇 가지 검사와 함께 시체가 보이는지를 확인하고 다시 방으로 돌아갔다. 그러던 어느 날이었다.

남희백 눈에 102 숫자가 쓰여 있는 회색 옷을 입은 남자가 벽에 기대 채 앉아 고개를 숙이고 있는 것이 보였다.

"시체인 듯한데. 저기에 사람이 앉아 있는데 보입니까?"

남희백은 손으로 한쪽 벽을 가리켰다.

"여기엔 당신 말고 아무도 없어요."

"그럼 시체가 맞는 것 같네요."

남희백은 시체 앞으로 걸어가, 무릎을 꿇고 앉아 얼굴을 확인했다. 동양인이었고 눈에서 피가 흘러내린 자국이 있었다. 눈동자엔 처음 이곳에 함께 들어왔던 의사 가운을 입고 있었던 남자가 보였다.

"뭐가 보입니까?"

"시체가 맞아요. 의사 가운을 입은 사람이 102번 남자를 죽인 듯합니다."

"어떻게 죽였는지 자세히 말해 봐요."

"그렇게 자세히는 몰라요. 단지 시체 눈동자에 보이는 단서로만 짐작할 뿐이지."

"그럼 시체가 어떤 상태인지 자세히 설명해 봐요."

남희백은 시체를 살펴보며 시체 상태를 설명했다.

그날 이후로 실험실에서 매일 한 명의 시체를 봤다. 무슨 실험을 하고 있는지 알 수 없었던 나는 이곳으로 오고 나서 잠을 제대로 잘 수 없었다. 공포심은 이미 한계에 다다랐다. 언제 내 시체를 볼지 모를 일이었다.

일주일이 지나고 실험실 문 앞에서 대기하다, 열린 문틈으로 거울에 비친 102번 남자를 봤다. 그는 의자에 앉아 있었고, 의사 가운을 입은 남자가 102번 눈을 안대로 가리고 있었다. 그리고 그의 눈에선 피가 흘러내리고 있었다. 아주 잠깐이었지만 눈이 마주쳤다.

102번은 실험실을 나와 내 옆을 지나쳐 갔다. 그때 귀에서 이상한 소리가 들렸다. 처음은 잡음이라고 생각했다. 그런데 아니었다. 영어였다. 무슨 소리인지 알아듣지 못했지만, 분명 영어가 내 귀에 들렸다. 어디서 들리는 거지?

그 순간, 누군가 한국어로 내게 말을 걸었다.

'왜 날 그런 눈으로 쳐다봤지?'

"누구야? 누가 얘기한 거야?"

하사관은 버럭 화를 내며 소리쳤다. 정씨가 하사관 말을 통역했다.

"조용히 해."

말을 한 사람은 정씨가 아니었다. 그럼 도대체 누구지?

'나야, 102번. 방금 지나간 사람.'

주위를 두리번거리며 살폈다.

'뭐야? 정말? 어떻게 나한테만 들리는 거야?'

'그게 중요한 게 아니야. 왜 날 그런 눈으로 봤는지나 말해.'

102번이라는 그는 내 속마음까지 읽고 있었다.

'실험실에서 무슨 일이 일어나고 있는지 그게 궁금해서 그랬어. 네 눈에 나는 피도 그렇고.'

'정말 그 이유야?'

'그래. 너도 한국인이야?'

'아니, 난 미국인이야. 난 상대방의 머릿속을 읽을 수 있어. 그래서 그 사람의 언어를 통해 내 의사를 전달할 수도 있지.'

'와우, 대단한데. 실험실에서 무슨 검사를 받고 있었던 거야?'

'내 능력을 이용해 첩보를 수집하려는 거야. 포로를⋯⋯.'

102번 말이 갑자기 끊겼다.

'그래서? 포로 뭐? 내 말 안 들려?'

"내 말 안 들려? 어!"

혼자 속으로 말한다는 것이 입 밖으로 튀어나오고 말았다. 하사관은 또 한 번 화를 내며 내게 욕설을 내뱉었다. 정씨가 그 욕설을 통역하려 할 때 내가 먼저 말했다.

"알았어. 통역 안 해도 돼, 정씨. 조용할게."

"조용히 해. 귀에서 소리가 들린다는 말 아무한테도 하지 말고."

"뭐?"

"빽! 셧업!"

"입 닥쳐, 새끼야."

하사관 욕을 통역한 정씨에게 말했다.

"알았어. 오케이, 오케이."

분명 정씨도 알고 있다. 102번이 내게 말을 걸었다는 것을. 그럼 정씨는 지금까지 일부러 모른 척했던 걸까? 그러고 보니 정씨는 무슨 능력이 있어서 이곳에 와 있는 걸까? 단순히 영어를 잘해서 통역병으로…….

"안으로 들어가시오."

또 실험실 안으로 들어섰다. 오늘은 다행히 시체가 보이지 않았다.

실험실을 나와 다시 수감실로 돌아온 나는, 창밖에 사람이 있는지 주위를 살폈다. 아무도 없는 것을 확인하고 조심스레 정씨를 불렀다.

"정씨, 내 말 들려요? 들리면 말 좀 해 봐요."

그때였다. 내 귓속에서 또 말이 들렸다.

'조용히 하고 듣기만 해.'

'어. 당신이구나. 이제 내 생각이 들려?'

'그래. 그러니까 말하지 마.'

'당신 여기 온 지 얼마나 됐어?'

'2년…… 넌 무슨 능력이 있는 거야?'

'나? 나는…….'

'뭐야? 시체를 본다고?'

'아! 그렇지. 생각을 읽는다고 했지.'

'그래. 그러니 나한테 거짓말할 생각은 마.'

'넌 계속 내 생각을 읽을 수 있는 거야?'

'아니야. 어느 정도 거리가 멀어지면 읽지 못해. 또 하루가 지나도 안 되고. 다시 텔레파시를 연결하려면 눈을 봐야 해.'

'그렇구나. 그래서 눈을 가린 거구나. 아! 정씨에 대해 알아?'

'정씨? 정지상.'

'이름이 정지상이구나. 뭐 하는 사람이야? 그 사람도 무슨 능력이 있어 이곳에 잡혀 온 건가?'

'그렇지. 이곳은 우리 같은 능력이 있는 사람들을 모아 놓은 곳이야.'

'도대체 이곳에 몇 명이나 잡혀 와 있는 거야?'

'30명쯤. 나도 정확히는 몰라. 정지상이 그 정도라고 말해 줘서. 알았어.'

'정지상은 무슨 능력이 있는 건데?'

'손에 닿은 물건과 연관된 과거 일들이 보인다고 했어.'

'물건에서 과거를 본다고?'

'그래. 사건 현장에 있었던 물건을 만지면 그때 벌어진 상황을 볼 수 있는 능력이지. 그래서 정지상은 항상 장갑을 착용하고 있는 거야.'

'맞다. 그래서 장갑을……'

'여기서 빠져나가야 해. 사람들이 계속 죽어 나가고 있어.'

'그걸 어떻게 알아?'

'네가 있는 그 방을 쓰던 사람. 네가 오기 이틀 전에 나간 후로 돌아오지 않았어.'

'정말? 근데 여기가 어디인지도 모르는데 어떻게 빠져나가려고?'

'그건 계획이 있어. 너도 합류할 거지?'

'당연하지. 나도 같이 할게.'

'좋아.'

'언제 실행할 생각이야?'

'일주일 후.'

'뭐? 일주일 후? 좀 더 일찍 실행하면 안 될까?'

'왜?'

'그게……'

'뭐야? 왜 말하면 안 되는데?'

'아, 미안해. 근데 정말 말하면 안 되는 거야. 믿어 줘.'

'우리 사이에 비밀이 있으면 안 돼. 널 어떻게 믿고 계획을 공

유하지?'

'이 상황에서 내가 뭘 할 수 있겠어. 아무것도 할 수 없다고. 믿어 줘.'

'안 돼. 넌…….'

'정씨한테 얘기 못 들었어?'

'지상이? 왜? 지상이도 아는 거야?'

'맞아. 알고 있어. 정씨도 알면서 얘기 안 한 것 같은데, 그만한 이유가 있어서 그런 거야. 대신 정씨한텐 묻지 마.'

'그건 또 무슨 소리야?'

'그걸 정씨 입으로 말하면 정씨가 위험해.'

'뭐야? 뭔데 그래?'

'말할 수 없어. 네가 이해해 줘.'

'도대체 뭔데? 말해 봐.'

'아! 의사 가운 입은 백인, 그자에게 물어봐. 그자는 말해 줄 거야. 그자도 알고 있으니. 아니면 대령한테나.'

'뭐라고 물어봐야 하는데?'

'너한테 무슨 일이 일어나는지 물어봐.'

'왜?'

'그건 묻지 말고.'

'그래, 알았어.'

4일 후, 수감실 문이 열리는 소리에 205번 남희백은 잠에서 깼다. 창밖을 내다보니, 102번 남자가 눈이 가려진 채 걸어가고 있었다.

"오늘이다!"

102번이 갑자기 크게 소리쳤다. 하사관은 곤봉으로 102번 등을 내리치고 수감실을 세차게 두드렸다.

"으윽!"

쾅! 쾅! 쾅!

"셧업! 뻑!"

계획했던 그날이었다. 102번은 의사 가운을 입은 남자의 생각을 읽어 외부로 나갈 수 있는 날을 알아냈다. 오늘은 군수 물자가 들어오는 날이었고, 그 군수 물자 수송 차량으로 빠져나갈 기회였다. 하지만 겹겹이 통제된 문들을 열고 나갈 방법은 문을 관리하는 경비병 몰래 열쇠를 빼내는 것뿐이었다.

그것으로 다가 아니었다. 곳곳에 있는 경비 카메라를 피해 나가야 하는 문제도 있었다. 이 모든 걸 해결할 방법을 찾아야만 했다.

의사 가운을 입은 남자는 실험실 의자에 묶인 102번 팔을 풀어주었다. 그는 손이 저렸는지, 손을 몇 번 흔들어 떨고 안대를 벗었다.

"나에게 무슨 짓을 한 거야?"

102번이 묻자 스피커에서 대령의 목소리가 흘러나왔다.

"무슨 소리지?"

"알고 있으니 말해. 나한테 무슨 일이 일어나는 거냐고?"

"쓸데없는 소리를 들었나 보군. 안다고 뭐가 달라지지는 않 겠지. 왜? 그자가 말하지 않던가?"

"무슨 말?"

"당신이 여기서 죽는다는 거 말이야. 이제 사나흘 남았나?"

"내가 죽는다고?"

"그래. 205번이 말하지 않던가? 당신 시체를 여기서 봤다고 말이야."

"뭐?"

"그것보다 들어가는 남자 잘 부탁하네."

대령의 말이 끝남과 동시에 실험실로 한 남미계 남자가 들어 왔다. 그 남자의 눈을 본 102번은 대령이 묻는 질문에 그자의 생각을 읽어 알려 주었다. 남미계 남자는 스페인어를 쓰고 있 었다. 그래서인지 영어로 대령과 나누는 대화를 이해하지 못하 는 듯했다.

그 시각 하사관이 미스터 정과 함께 남희백 수감실 앞으로 왔다. 그리고 문을 열어, 남희백을 끌고 실험실로 향했다. 수용 소 출입 통제 문을 여는 순간, 미스터 정이 하사관 뒷덜미를 두 주먹으로 내리쳤다. 하사관은 앞으로 꼬꾸라지며 기절했고, 남 희백과 미스터 정은 하사관을 경비 카메라가 보이지 않는 구석 으로 옮겼다. 그리고 하사관 옷을 벗겨 미스터 정이 그 옷으로 갈아입었다. 미스터 정은 경비 카메라가 있는 곳을 지나, 수감 실에 있는 사람들의 문을 일일이 열기 시작했다.

그사이 남희백은 경비 카메라와 연결된 전선을 끊었다. 카메라 고장인 것을 확인하고, 이쪽으로 군인들이 올 때까지 수감된 모든 사람들을 풀어 줘야 했다. 남희백도 미스터 정을 도와 수감된 사람들을 풀어 줬다.

쓰러진 하사관은 손과 발을 묶어 수감실에 가뒀다. 그리고 군인들이 올 때까지 잠시 수감실 안으로 들어가 숨어 있었다. 그때 세 명의 군인들이 수감실로 뛰어왔다. 출입 통제 문이 닫혀 있는 것을 확인하고, 단순 고장이라 생각한 그들은 웃으며 문을 열고 안으로 들어왔다. 두 명은 수감실을 확인했고, 나머지 한 명은 고장 난 카메라를 수리하기 위해 경비 카메라를 만지고 있었다.

그때, 미스터 정의 신호에 따라 일제히 수감자들이 뛰어나와 군인들을 제압했다. 제압된 군인들의 입을 틀어막고, 팔과 다리를 묶어 똑같이 수감실에 감금했다. 미스터 정과 남희백은 외부로 나가는 출입 통제 문 열쇠를 관리하는 경비병에게서 열쇠도 확보할 수 있었다.

열쇠를 다른 수감자에게 전달한 뒤, 미스터 정과 남희백은 102번을 찾으러 실험실로 향했다. 계획대로 문제없이 진행되는 것처럼 보였다. 하지만 오래가지 않아 탈주한 사실이 탄로 났다. 벙커 안에 경보음이 울려 퍼졌다.

일부 수감자들은 감시 카메라를 제어하는 통제실을 장악했다. 또 다른 수감자들은 무기고를 털어 군인들의 생활관으로 진격했다. 좁은 공간에서 수감자들과 군인들 간 총격전이 벌어졌다. 대령은 경보음을 듣자마자 실험실을 빠져나와 비상 출구로 달려갔다. 102번도 포로로 잡혀 온 남미계 남자와 함께 실험실을 나와 출입구를 찾아 뛰었다.

총격전으로 통로에 화재가 발생하여, 군인들은 출입구로 피하기 바빴다. 군인들은 빠져나가면서도 출입 통제 문들을 일일이 다 닫았다. 때문에 총기를 소지한 수감자들은 겹겹이 막혀 있는 출입통제 문을 하나씩 부수며 출입구로 나가는 수밖에 없었다. 그 외 사람들은 화재 연기에 우왕좌왕하며 얼마가지 못하고 쓰러졌다.

남희백과 미스터 정은 실험실에서 102번을 찾지 못하고, 뒤늦게 출입문으로 가려 했으나 그곳은 이미 뿌연 연기와 불길로 뒤덮여 더 이상 갈 수 없었다. 그때 뒤에서 102번이 소리쳤다.

"이쪽이야! 빨리!"

남희백과 미스터 정은 102번을 보고, 그에게 달려갔다.

"출입문으로 나가는 건 불가능해."

미스터 정은 소매로 코와 입을 가리며 102번에게 말했다.

"그럼 어디로 가야 하지? 불길이 계속 이쪽으로 번지고 있어. 그것보다 연기에 질식해 오래 버티지 못할 거야."

"대령이 빠져나간 곳으로 우리도 나가야 해. 분명 실험실에서 멀지 않은 곳에 있을 거야."

"거기가 어딘 줄 알고? 지금이라도 불길을 뚫고 출입문으로 나가야 한다고."

남희백은 불길로 뛰어들기 위해 옷으로 입 주위를 가렸다.

그때 미스터 정이 남희백 팔을 붙잡았다.

"저곳으로 가자. 출입문은 포기해. 반대로 뛰어. 어서!"

"정말?"

미스터 정은 아무 말 없이 남희백의 팔을 힘주어 잡았다.

"그래, 알았어. 가자."

미스터 정이 앞서 뛰어가고, 그 뒤로 나머지 일행들도 따라 뛰었다. 막다른 길에 섰을 때 점점 희뿌연 연기가 이들에게 다가오고 있었다.

"여기가 마지막인가?"

"난 여기서 죽지 않는다며? 나흘 후에나 죽는다고 하지 않았어?"

"누구한테 들은 거야?"

"대령."

"그럼 다행이네. 그렇다면 우리도 죽지 않을 것 같은데…… 포기하지 말고 출입구를 찾아보자."

그때, 남미계 남성은 더 이상 참지 못하고 무작정 연기 속으로 뛰어 들어갔다.

"안 돼!"

미스터 정이 남미계 남성을 붙잡기 위해 뛰어가려 하자, 남희백이 미스터 정의 몸을 끌어안으며 만류했다.

"가지 마, 미스터 정."

"이제 어떻게 하지?"

102번은 소매로 입을 가리며 다급하게 말했다. 그때 미스터 정이 손에 낀 장갑을 벗으며 주변 벽면에 손을 가져가 댔다. 그리고 잠시 눈을 감고 생각에 잠기는 듯하더니, 이내 말했다.

"여기, 이쪽 바닥이야."

"뭐? 바닥?"

그때 갑자기 미스터 정이 남희백을 끌어당기며 함께 네모난 곳에 올라섰다. 그러자 그들이 밟고 서 있는 네모난 바닥이 움푹 꺼지는 걸 느꼈다.

"뭐야?"

"어! 여기다."

바닥이 내려앉으며 벽면 사이에 틈이 생겼다. 그 틈을 102번이 힘껏 밀자 통로가 보였다.

"빨리 나가. 연기가 더 빨리 우리 쪽으로 오고 있어."

"어! 그래!"

세 사람은 벽면 틈 안으로 들어와, 벽면을 다시 밀어 닫았다. 그들이 서 있는 곳에는 작은 동굴이 나 있었다. 동굴 안으로 횃불이 환히 타오르고 있었고, 그들은 곧장 불빛이 보이는 곳으로 내달렸다.

《시체를 보는 사나이 2부》끝.

시체를 보는 사나이 2부. 죽음의 설계자 ②

2022년 7월 27일 초판 1쇄 발행

지은이 공한K
펴낸이 박시형, 최세현

책임편집 김명래 **디자인** 정아연 **교정교열** 전해림
마케팅 권금숙, 양근모, 양봉호, 이주형 **온라인마케팅** 신하은, 정문희, 현나래
디지털콘텐츠 김명래, 최은정, 김혜정 **해외기획** 우정민, 배혜림
경영지원 홍성택, 이진영, 임지윤, 김현우, 강신우
펴낸곳 팩토리나인 **출판신고** 2006년 9월 25일 제406-2006-000210호
주소 서울시 마포구 월드컵북로 396 누리꿈스퀘어 비즈니스타워 18층
전화 02-6712-9800 **팩스** 02-6712-9810 **이메일** info@smpk.kr

쌤앤파커스(Sam&Parkers)는 독자 여러분의 책에 관한 아이디어와 원고 투고를 설레는 마음으로 기다리
고 있습니다. 책으로 엮기를 원하는 아이디어가 있으신 분은 이메일 book@smpk.kr로 간단한 개요와 취
지, 연락처 등을 보내주세요. 머뭇거리지 말고 문을 두드리세요. 길이 열립니다.